VINCENT POLIQUIN

Takané

VIIN

Catalogage avant publication de Bibliothèque et Archives nationales du Québec et Bibliothèque et Archives Canada

Poliquin, Vincent, 1983-
Takané
(TAT ; 001)
Pour les jeunes de 13 ans et plus.
ISBN 978-2-924729-01-4
I. Titre.
PS8631.O445T34 2016   jC843'.6   C2016-941387-X
PS9631.O445T34 2016

ISBN 978-2-924729-01-4 (relié)
ISBN 978-2-924729-00-7 (broché)
ISBN 978-2-924729-04-5 (ePUB)
ISBN 978-2-924729-05-2 (PDF)
ISBN 978-2-924729-02-1 (CreateSpace broché)

Dépôt légal: 3ᵉ trimestre 2016
Bibliothèque et Archives nationales du Québec

Les publications VIIN
www.viin.ca
www.facebook.com\viin.takane

Illustration : Vincent Poliquin

Table des matières

à É.Y. et V.S.
« Ô, raconte notre histoire, »
supplièrent-ils de leurs grands yeux baignés de larmes,
où miroitait la myriade d'étoiles tout autour.

PROLOGUE

Nous sommes Takané

Il essuya son front en sueur avec son avant-bras, puis en dégagea sa longue tignasse humide. Il s'approcha du microphone qui captait sa respiration haletante, le saisit fermement et cria à tue-tête :
— Nous sommes TA-KA-NÉ !

Du haut de la scène de l'immense stade, il salua la foule en délire et tourna le dos à cette marée de fanatiques que la clôture de sécurité parvenait à peine à contenir. Tandis que les cinq musiciens quittaient la scène, les cris, les rugissements, les sifflements et les chants ne tarissaient d'aucune façon. Ils remirent leur instrument à leurs techniciens et, éreintés, ils revêtirent leur peignoir d'entraînement. Le reste de l'équipe technique, affairée aux consoles, équipements et échafaudages, les accueillit chaudement. De l'autre côté du rideau, le vacarme redoublait. Les cinq jeunes hommes adulés se débouchèrent une bouteille de bière. Ils pouvaient enfin souffler. Leur visage exténué affichait un large sourire. Ils se regardèrent, fiers de leur grand exploit. *C'était totalement incroyable!* pensèrent-ils tous.

Dans la pénombre des coulisses, leurs yeux brillaient à travers des chevelures mouillées et sous des fronts luisants de sueur. Assis en un cercle serré, contraints par l'exiguïté du passage circonscrit par la multitude des caissons et de l'équipement épars, les musiciens échangèrent frénétiquement une foule d'anecdotes sur leur prestation. Leurs répliques colorées sifflaient comme des fusées de feu d'artifice et se concluaient par des éclats bruyants de rires francs; les effets pyrotechniques utilisés sur scène peu avant pâlissaient devant cette pétarade. Ils ne prenaient répit de leur jacassage que pour savourer de longues gorgées rafraîchissantes. Leur silence momentané rapportait au premier plan les hurlements qui ne s'épuisaient guère dans le stade, puis ils s'excitaient à nouveau.

Partageant le même sentiment d'accomplissement et le bonheur que les garçons, leur gérant se joignit au cercle et les félicita chaleureusement.

— Écoutez, les gars, on ne vous laissera pas partir sans un rappel. Vous devez retourner sur scène si vous ne voulez pas être tenus responsables demain du plus grand désordre civil à Kapousha[1] !

La colossale structure d'acier que constituait le stade vibra intensément, sur le point d'entrer en résonance, lorsque la foule entière se mit à scander en cadence : « TAKANÉ ! TAKANÉ ! TAKANÉ ! »

Les membres du groupe, complices dans cette longue et extraordinaire aventure, se contemplèrent, leur regard suggérant une seule et même question :

— Par quel morceau achevons-nous cette soirée unique ?

Le batteur tapotait un coffre avec ses baguettes, insinuant le rythme d'une de leurs chansons. Les yeux des autres s'illuminèrent, le sourire triomphant. Comme si l'éther lui eût soufflé les mots, le chanteur prononça, sur un ton lent d'une incantation mystique :

— *Oud Vélaga*[2].

Il se leva, vida sa bouteille, retira son peignoir et prit sa guitare. Il jeta un coup d'œil par l'ouverture du rideau noir menant à la scène. Une mer houleuse de monde s'agitait à perte de vue.

Chaque technicien à son poste, l'équipe était prête.

Kassepi Mollieur se leva d'un bond, fit tournoyer ses baguettes, s'approcha de la toile et attendit le signal de l'éclairagiste, qui plongea la scène dans un noir absolu, pour traverser la cloison.

Les hurlements déjà à un niveau surhumain doublèrent pour atteindre leur paroxysme lorsqu'on l'aperçut. Kassepi se dirigea vers sa batterie monstrueuse, installée sur une plateforme exagérément surélevée.

---

[1] Kapousha : capitale et mégapole de Kapie (ou empire kapien). Centre culturel, économique, logistique, industriel, gouvernemental, historique et touristique, situé de part en part de l'estuaire du grand fleuve Sabbéor. Lire le **Dossier** pour plus de détails sur les notes de bas de page.

[2] *Oud Vélaga* : le titre d'une pièce de Takané qui signifie « Peuple de la vallée, à jamais », en langue kapienne (ou kapien).

Il amorça sur ses lourds tambours le battement tribal qui introduisait le morceau choisi. Les projecteurs se mirent à scintiller sur le rythme et la foule devint folle.

Tandis que Kassepi martelait ses peaux, Énoeur Yabèl récupéra sa longue basse et apparut à l'avant-scène en sautant d'une plateforme tout en faisant sonner un lourd vrombissement des cordes sous ses doigts.

Honnelli Sècca le suivit de près pour retrouver ses claviers et plaqua une série d'accords de piano tragiques, soutenus par une section de cordes synthétisées.

Isoeur Kavèlli et Juheur Vossa sortirent de chaque côté de la scène, et, à l'unisson, ils jouèrent le riff de guitare dévastateur d'introduction. Isoeur effectua ensuite un solo — une variation sur la mélodie thème de la chanson —, puis Juheur plaqua le plus lourd de tous les accords avant de s'époumoner au microphone :

— *Oud Vélagaaaaaaaaaaaaa!*

Le groupe battit quatre puissants temps et propulsa le riff galopant des plus *thrash*[3]. La mer de monde au pied de la scène, à peine calmée, captivée, écuma de plus belle, projetant de part et d'autre : bouteilles, chandails, souliers et accessoires de toutes sortes — tout comme les corps ayant perdu pied.

C'était en 1037, et à la grandeur de la planète, le monde musical était dominé par l'empire TAKANÉ.

---

[3] *Thrash* : Style musical caractérisé par une rythmique accélérée, agressive et grave ; il est accompagné par des riffs complexes de guitare galopante ou saccadée, hautement distordue, et par l'usage de deux grosses caisses à la batterie. Dans l'enchevêtrement des genres et sous-genres du métal et de leurs subtilités, la musique de Takané (selon les morceaux et l'évolution de son style) pourrait être qualifiée de *thrash*, de *heavy*, de *death*, de *melodic death*, de *speed*, par endroit de *black*, de *power*, et même de *hard rock*, de *hardcore*, de symphonique ou de néo-romantique. Les mélomanes n'ayant que faire des étiquettes et de telles ségrégations, nous nous limiterons à qualifier Takané de groupe de *thrash* ou de *heavy* métal.

PREMIÈRE PARTIE

On suvial kappior
(L'éveil kapien)

CHAPITRE PREMIER

La découverte de Takané

TAKANÉ

—

PIANISTE RECHERCHÉ
POUR COMPLÉTER GROUPE HEAVY MÉTAL
ET ÉDIFIER NOUVEAU SON

—

CONTACTEZ JUHEUR VOSSA
17.898.09.41

Honnelli Sècca s'arrêta devant un babillard tapissé d'annonces hétéroclites et contempla un instant cette invitation qui se trouvait à la hauteur de ses yeux. Un tampon la datait du 15 décembre 1027. D'un geste vif, Honnelli repoussa sa crinière brun foncé vers l'arrière et saisit un crayon dans son vieux sac à dos sans forme en tissu noir délavé et constellé d'écussons de ses groupes préférés. Il nota à la hâte le nom du groupe, le contact et le numéro de téléphone.

898, c'est dans Nameulédò[4], raisonna-t-il.

Sans trop se presser, Honnelli se dirigea vers une salle de classe. Il ouvrit la porte pour ensuite pénétrer dans l'amphithéâtre où un professeur anonyme donnait un cours magistral à trop d'élèves attentifs. Il ne pouvait dire depuis combien de temps le cours avait débuté ; cela ne l'importait aucunement. Il s'assit là où il restait de la place, entre deux inconnus à qui il n'adressa jamais la parole. Il passa le reste de l'heure à gribouiller dans un cahier qui contenait de

---

[4] Nameulédò (prononcé Nameulédon) est un arrondissement de Kapousha, où se situe l'Université de Kapousha. Il s'étale sur un plateau à 180 m d'altitude, d'une part surplombant la cité et d'autre part se trouvant au pied du mont Avèlbièro qui domine la ville de ses 413 m.

tout sauf des notes de cours. Il se rendit compte qu'il était temps de prendre la pause quand les élèves se levèrent. Il jeta un coup d'œil à sa montre, ramassa ses affaires et quitta la salle de classe et le pavillon.

Sa situation ne lui apportait aucune satisfaction. Seule la légère neige qui dansait dans le ciel parvint à le tirer momentanément de sa torpeur, mais les généreuses précipitations de son enfance lui manquaient vivement.

L'hiver kapien n'a de la saison que le nom, ironisa Honnelli intérieurement.

Sans le moindre remords de sécher son cours, il prit le chemin de la station de métro. Un train apparut au moment où il atteignait la dernière marche menant au quai. Aucune raison de se précipiter : des tonnes de passagers, tous étudiants, descendaient lentement des wagons. Une fois à l'intérieur, il trouva un siège libre et s'isola de l'incessant va-et-vient en augmentant le volume de son lecteur de cassettes. Les fréquences aiguës du rythme rapide et agressif de sa musique confirmaient ses préférences de style, déjà facilement identifiables à son accoutrement. Certains lui jetaient un regard désapprobateur, mais cela n'avait aucun impact sur Honnelli qui n'avait que faire de tous ces faux juges kapiens.

Quinze minutes plus tard, le métro entrait en gare à la station Kapousha-Koh[5], dont la sortie donnait sur une sympathique artère commerciale de goût. En période estivale, la rangée d'arbres de cette large promenade offrait une ombre recherchée, mais en ce morne après-midi de janvier, elle présentait un spectacle gris. Même dans ce secteur moins densément peuplé que les fourmillants quartiers de la cité, le vaste trottoir aménagé pour accueillir l'impressionnant achalandage de promeneurs faisant du lèche-vitrine demeurait plus imposant que la chaussée, retranchée d'une voie de tram. Honnelli marcha machinalement le long des riches commerces où tous le dévisageaient dans ce quartier qui n'était pas habitué à un tel costume sombre et offensant. Même si les passants étaient nombreux, une atmosphère lourde enrobait la ville et la maintenait dans un silence

---

[5] Kapousha-Koh (souvent abrégé Ka-Koh) (« Kapousha-Nord ») est l'arrondissement pris entre la cité de Kapousha, au sud, et la baie de Kapousha, au nord. Ce quartier, fameux pour ses villas cossues, ses allées bordées d'arbres centenaires, le grand phare et son accès à la plage, est l'icône de la richesse et l'on y fait souvent allusion dans les propos péjoratifs qui visent une certaine classe supérieure.

sourd et paisible. Seules quelques voitures ici et là venaient troubler la quiétude morose et ténébreuse de l'hiver. Le soleil tirait déjà sa révérence.

Honnelli bifurqua dans un square impeccablement entretenu et généreux en végétation. À l'autre bout, il traversa l'étroite rue et fouilla sa poche pour en sortir la clé de la maison. Il déverrouilla le portail aux gravures élaborées et, une fois chez lui, il prospecta la cuisine à la recherche de nourriture qui ne demandait pas d'effort de préparation. Une fois sa mission accomplie, il alla s'avachir sur le fauteuil du salon, mâchant sa trouvaille sans entrain. À la vue du téléphone, il déposa son repas ridicule sur une table à thé, sortit sa note, composa le numéro de ce Juheur Vossa et laissa sonner quelques coups.

On ne répondit pas.

Ennuyé, Honnelli se dirigea vers le piano à queue qui occupait un important coin du salon. Il s'assit d'abord de côté, posa ses doigts égarés sur quelques touches, puis finit par bien s'y installer pour jouer quelques mélodies de son cru. Lentement, une musique de plus en plus passionnée emplit le logement désert et repoussa sa solitude oppressante. La lumière du jour faiblissait à travers des grandes fenêtres donnant sur le square, mais les réverbères illuminaient suffisamment le salon pour qu'Honnelli continuât à promener ses doigts sur le clavier sans devoir allumer la moindre lampe.

Il alla par la suite se reclure dans sa chambre avant le retour de ses parents, tuant le temps avec cette nouvelle console de jeu vidéo qui était une véritable révolution dans le monde du divertissement. Il ne fit pas attention aux bruits et mouvements des membres de sa famille lorsqu'ils arrivèrent et s'affairèrent à leurs tâches quotidiennes. Il ne daigna pas non plus répondre lorsque sa mère vint lui annoncer que le souper était servi.

Il tenta à nouveau de joindre ce Juheur Vossa au téléphone quelque part en soirée, mais toujours sans succès.

Au diable ton groupe merdique, conclut-il, irrité.

Honnelli sortit de sa cellule et alla réchauffer au four micro-ondes le repas resté sur la table de la salle à manger. Son père était dans son bureau, et sa mère, probablement déjà à lire au lit. Son apparition n'attira pas leur attention et il préféra cela ainsi. La sonnerie du four micro-ondes retentit dans la cuisine plongée dans la pénombre.

Il vida l'assiette, accoté au comptoir. Il saisit une canette de bière dans le réfrigérateur ; l'éblouissant éclairage artificiel l'irrita. Il prit une gorgée et se rendit dans le vestibule pour revêtir son veston en cuir noir, sa tuque noire, ses bottes noires et ses gants coupés noirs. Dehors, après cette chute de neige en journée, la nuit était plutôt douce et n'avait rien des grands froids hivernaux de Kiménora[6] auxquels il était habitué.

Dans ce quartier, les rues étaient désertes en semaine, à ces heures. La bière à la main, Honnelli retourna à la station de métro sans croiser personne. Il descendit les escaliers où, étrangement, la station vibrait encore d'une activité humaine incessante. Un train arriva et un flot de personnes en débarquèrent pour ensuite disparaître dans les rues sombres du quartier. Honnelli se mêla à la foule qui attendait patiemment la sortie des autres passagers pour entrer dans les wagons.

Après avoir effectué un changement de ligne à une gare qu'il connaissait bien, Honnelli descendit à Kadeu-Fèttoyah, une station bien ordinaire dans Kadeu[7]. Le quartier n'avait rien de particulier : typiquement kapien, avec ses logements de cinq ou six étages, délimités par des boulevards importants et ses rues, majoritairement piétonnières, qui trouvaient leur chemin entre les pâtés de maisons. Tous les commerces essentiels avaient pignon sur rue à la sortie du métro. Le quartier était beaucoup plus animé que son paisible (et morne) Kapousha-Koh, non pas parce qu'il offrait des attraits semblables aux quartiers culturels ou ceux en vogue ; il était plutôt animé par le quotidien d'une ville toujours éveillée par la grande proximité qu'une forte densité de population oblige.

Honnelli disposa de sa canette vide dans un récipient à recyclage, puis consulta une carte de visite qu'il s'était procurée il y a quelque temps.

Le Spectre de l'ombre
Bar, référence métal à Kapousha
Kadeu-Fèttoyah, Bèyogaru *dün* 750-1[8]

---

[6] Kiménora : capitale du royaume nordique de Kiménie. Signifiant « racine des Dieux » en kiménore, elle est située près du soixantième parallèle, ce qui en fait la capitale la plus nordique du monde.

[7] Kadeu : arrondissement populaire au cœur de Kapousha

[8] Kadeu-Fèttoyah, Bèyogaru *dün* 750-1 : au rez-de-chaussée du 750 rue Bèyogarou à la station de métro du quartier Fèttoyah dans Kadeu

Il chercha du doigt cette rue sur une carte du quartier placardée au sortir des métros. Sous ses pieds se trouvait une dalle sur laquelle était incrustée une rose des vents, comme à toutes les autres stations de la ville. Une fois orienté, il s'aventura d'un pas sûr. Il marcha quelques minutes sur Mavéor *onéguéò*[9] avant de bifurquer à droite sur la rue secondaire où il se rendait. Un tramway le dépassa dans le tournant. Il compara les adresses, il n'était plus très loin.

À l'approche du bar, il crut un instant se retrouver à Kiménora, dans le quartier sombre qui lui manquait tant. Des bandes de *métalleux*[10] allaient et venaient dans la rue. Il arriva à l'adresse indiquée. Quelques fumeurs observèrent son accoutrement, similaire au leur, puis le saluèrent. Honnelli ouvrit la porte de l'estaminet et, sitôt, une musique vive, énergique et percutante le submergea. À sa grande surprise et son bonheur, il reconnut un solo de Klove X, guitariste de Kimen Nessin[11], un groupe de Kiménora qu'il côtoyait avant d'immigrer ici. Alors qu'il faisait le tour des lieux, son visage s'illuminait. Honnelli semblait renaître.

Ah, mon bon ami Klove, si tu savais! Ta musique s'est rendue jusqu'à Kapousha. Quel bonheur! se disait-il en se remémorant d'innombrables soirées de beuverie et de débauche en compagnie de son ancien camarade de musique.

Satisfait de voir qu'une centaine de garçons et filles *headbangnaient*[12] comme lui au rythme pesant de ce succès, il sentait l'espoir bourgeonner en lui.

---

[9] Mavéor *onéguéò* : nommé en l'honneur du premier empereur Mavéor (129—155), boulevard de première importance qui commence sur la grande place impériale, aux abords du fleuve Sabbéor, et qui traverse la cité dans la direction ouest-nord-ouest en remontant la vallée pour atteindre la ville universitaire sur le plateau du mont Avèlbiéro. Il traverse de part en part l'arrondissement Kadeu et en est la principale artère.

[10] *Métalleux* : individus, souvent adolescent ou jeune adulte, adeptes de la musique métal qui arborent des vêtements sombres, souvent à l'effigie d'un groupe métal, d'autres accessoires métalliques et qui portent communément les cheveux longs.

[11] Kimen Nessin : « les dieux tombent » en kiménore. Important groupe de la seconde vague métal de Kiménora.

[12] *Headbangner* : effectuer un mouvement circulaire ou de vifs à-coups avec le cou et la tête, faisant ainsi tournoyer ou balayer sa longue tignasse, tels un moulin à vent ou une vadrouille.

Il alla commander une bière au comptoir très achalandé. Pendant qu'il attendait d'être servi, il revit l'annonce de ce groupe Takané sur un des piliers du bar. Le tenancier vint à lui et se rapprocha pour entendre sa commande. Au moment de payer, Honnelli le questionna en pointant l'affiche du doigt.

— Dites-moi, connaissez-vous ce groupe Takané ?

— Bien sûr, ils sont connus par ici. Ils viennent du quartier et se tiennent souvent ici, répondit-il d'un ton jovial.

— Eh bien ! Si vous les connaissez personnellement, vous leur direz que s'ils veulent se trouver un pianiste, ils feraient bien de répondre au téléphone.

Le tenancier ne sut pas déceler s'il y avait un sourire moqueur sur le visage d'Honnelli, mais il sourit tout de même en guise de réponse avant de servir un autre client.

Honnelli se retourna pour contempler la salle. Une chanson, probablement celle d'un groupe local, puisqu'il ne la connaissait pas, disparut en fondu pour faire place à un hymne culte de Sahiké Nora[13] sans donner le moindre répit. Les gens *thrashaient*[14], les gens mimaient les instruments, les gens chantaient, même. Honnelli demeura spectateur, s'imbibant tranquillement de l'ambiance et d'alcool. Un sourire se dessina sur son visage. La chanson finit et une autre, qu'il ne connaissait pas, se mit à jouer. La foule l'accueillit avec grande clameur. C'était un enregistrement en spectacle dont la qualité sonore était particulièrement mauvaise. On tapota sur l'épaule d'Honnelli, qui se retourna. Le tenancier pointa le haut-parleur et cria « TAKANÉ », puis pointa l'annonce du groupe pour s'assurer que l'information passait. Honnelli fit signe de comprendre avec le pouce et remercia de la tête. La chanson lui plut. Il y avait de bons éléments, c'était dynamique et bien rythmé, ça venait des tripes.

Il y avait ici un potentiel et il voulut l'exploiter. Il se trouva stupide un instant de ne pas avoir déniché ce sanctuaire plus tôt.

---

[13] Sahiké Nora : « Les racines d'un nouvel arbre » en kiménore. Groupe phare de la seconde vague métal de Kiménora.

[14] *Thrasher* : danse typique de la musique métal qui constitue à sautiller en cercle (*mosh pit*) et à s'entrechoquer de coup de coude, ou simplement à se projeter les uns contre les autres et à se repousser énergiquement ; et à tendre la main à ceux et celles tombés au sol.

Voilà maintenant un an que je suis arrivé ici et depuis, je ne fais que mâcher mes souvenirs d'adolescence à Kiménora. Il serait peut-être temps que je poursuive ici ce que j'avais entamé là-bas.

***

Un front chaud apportait une importante chute de neige qui s'accumulait rapidement sur les rues. Des congères se formaient contre la façade des immeubles. Une jeune femme élancée marchait d'un pas pressé dans ce quartier mal éclairé. Sa progression était ralentie par les épais amas de neige sur les trottoirs, poussés par la déneigeuse. Son long manteau à grand capuchon noir au subtil reflet vert foncé était couvert de flocons collants. Elle se précipita vers un portique adjacent à un dépanneur dans lequel d'autres jeunes vêtus de noir se procuraient de l'alcool et des vivres.

Une fois à l'intérieur, elle retira son capuchon, révélant une longue et flamboyante chevelure blond platine. Elle se défit de son manteau, qu'elle remit au préposé au vestiaire. Il accueillit poliment cette cliente régulière.

— Bonsoir, Énovia !

Généralement plus généreuse dans ses réactions, elle ne répondit cette fois qu'avec un bref sourire avant de replacer ses cheveux devant le grand miroir et de gravir l'escalier menant aux salles à l'étage. Dans la fleur de sa jeunesse et de sa beauté, cette femme au regard acéré d'un rapace aimait dévoiler son corps svelte, mais bien formé, avec des jupes courtes et des décolletés ravissants. Sa tenue, de sa propre confection, et son maquillage habile reflétaient quelque chose de noble malgré le style marginal couramment dénigré. Elle portait des boucles d'oreilles élaborées, un diamant à la narine, un jeu de colliers et de pendentifs qui se perdaient entre ses deux seins fermement maintenus dans un corset, trop de bracelets aux poignets et autant de bagues que de doigts. Tous ces bijoux redoublaient le respect qu'on portait à ce personnage admiré ; elle était comme une reine sur son royaume.

Ainsi pénétrait-elle, toujours attendue, dans le salon : la populace qui emplissait l'endroit plusieurs soirs par semaine jetait sur elle une attention toute particulière. Comme à l'habitude, on venait la saluer et prendre de ses nouvelles ; or ce soir, elle ne s'attarda pas à converser avec toutes ces connaissances. Elle cherchait quelqu'un en particulier. Avec un certain agacement, son regard de faucon prospectait le salon à l'éclairage trop tamisé.

Elle trouva l'adolescent qu'elle cherchait dans un large fauteuil troué et souillé. Il semblait bouillir de colère. À en juger à toutes les bouteilles qui jonchaient le sol environnant, il avait enfilé bière après bière depuis quelque temps. Il se retourna avec des yeux de feu lorsqu'il l'entendit l'appeler.

— Hé, p'tit Sècca ! J'ai appris que tu nous quittais pour Kapousha. Que vas-tu aller foutre là-bas ?

La voix d'Énovia, claire et franche, affichait une grande confiance. Elle était agréable. On y percevait autant d'intelligence que de classe.

***

Après une troisième bouteille de bière, Honnelli se joignit à la foule qui dépensait beaucoup d'énergie à se secouer sur le solo de guitare infernal de Ribar[15]; celui d'une pièce composée avant que le groupe n'obtienne son immense succès commercial et que les *métalleux* les délaissent, considérant qu'ils avaient édulcoré leur son en acceptant de se plier aux exigences de l'industrie. Honnelli s'étonna que sa bouteille fût déjà vide. Celle-ci s'était vidée plus vite que les précédentes, effroyablement plus vite ; ou bien était-ce le temps qui était devenu relatif ? Et combien de chansons avait-on fait jouer depuis tout à l'heure ? En route pour aller se chercher une autre consommation, il se buta contre un couple, s'excusa, puis il alla s'appuyer contre le comptoir. Il le sentit vibrer sous les puissantes pulsations.

— La même chose, s'il te plaît, cria-t-il au tenancier en pointant sa bouteille vide.

— Ça vient...

Submergé par la musique assourdissante, Honnelli ne comprit pas le reste de la phrase et se plia au-dessus du comptoir. Le serveur répéta.

— D'où viens-tu ? Ton accent m'est étranger.

— Ah ! Je suis de Kiménora. Le berceau du métal, évidemment, répondit-il avec un orgueil non dissimulé.

---

[15] Ribar : grand groupe de métal qui évoluait en Kiménie à la même époque que Sahiké Nora et Kimen Nessin

— Oh, Kiménora! Oui, un endroit vénéré par ici, spécifia l'homme au large sourire et aux yeux écarquillés. Il tendit à Honnelli la bouteille commandée. Ce dernier renchérit en s'égosillant alors que le volume retentissant d'une nouvelle chanson surpassait celui de la précédente.

— Là-bas... J'ai fait partie de plusieurs projets métal... Ces dernières années... J'avais mon groupe... Je vivais à même le Sombre quartier.

Vu l'âge du jeune homme qu'il servait, le barman parut sceptique, mais il n'était pas là pour remettre en question la véracité des affirmations des clients réchauffés. Soulevant sa bouteille, Honnelli était sur le point de partir lorsqu'il demanda :

— Alors, dites-moi, une dernière chose... Est-il possible d'entrer en contact avec ce groupe : Takané ?

— Certainement ! Ils louent une stalle à l'ancienne écurie rénovée de l'université... Ils y jouent régulièrement dans ce bâtiment converti en locaux de répétition. Une fois sur place, vous ne pourrez pas la manquer. Vous verrez leur logo sur la porte.

Honnelli sourit, remercia et salua le barman, puis quitta le bar.

***

L'étage était divisé en deux parties : un salon, mal entretenu mais convivial, où une meute de *métalleux* se donnaient rendez-vous, puis une salle avec une plateforme modeste sur laquelle les spectacles de la sombre scène étaient présentés.

Ce soir-là, tous les groupes de la communauté métal de Kiménora suspendaient leurs activités pour saluer le départ de l'un d'eux. Honnelli Sècca, seize ans, quittait Kiménora, la sombre scène locale et un cercle solide d'amis pour aller s'établir à Kapousha, qu'il ne pouvait que maudire.

Il foudroya d'un regard venimeux la grande Énovia qui se tenait devant lui pour lui rappeler pour une millième fois son sort frustrant. Le poison injecté dans son regard était toutefois dilué dans l'amalgame de sentiments qu'il éprouvait pour elle ; il ne ressentait ni haine ni dégoût, tout au contraire.

— Hé, p'tit Sècca bouillonnant ! Je ne voulais que te souhaiter un bon départ, se défendit-elle d'un ton moqueur.

Elle lui fit un clin d'œil qui aurait fait chavirer tous les cœurs. Elle lui saisit sa bière, en but une gorgée et la déposa à côté du divan où Honnelli était toujours avachi. Elle se pencha vers lui. Il put respirer les volutes odorantes émanant de sa gorge parfumée qui le plongèrent dans une extase. Elle lui prit les mains et posa ses lèvres encore humides sur sa bouche. Honnelli goûtait enfin, mêlé aux saveurs du houblon, le rouge des lèvres suaves d'Énovia. Celle-ci l'invita à la suivre. Il se leva en suivant le mouvement d'Énovia qui se redressait. Tout s'était évanoui autour de lui.

***

Une fois dehors, Honnelli s'efforça de voir comment il pourrait rationner sa bière sur le chemin du retour pour éviter de se retrouver sans alcool en milieu de parcours. Rendu dans le métro, sa tête tournait. Il sirotait sa bière en tentant d'analyser les affiches publicitaires environnantes. Ses oreilles bourdonnaient de bonheur, comblées par cette musique qui le maintenait en vie. Seules deux ou trois jolies filles purent le tirer de son état de béatitude. Comme transporté par un nuage, il se retrouva à sa station sans trop se rappeler avoir effectué un changement de ligne. Des images d'une extase passée se mêlaient à l'ensemble dans une cacophonie mentale assourdissante qui prévalait contre les bruits environnants.

***

Le soleil se levait. Il était plus près de midi que de l'heure du déjeuner. Énovia se leva, nue, et embrassa Honnelli une dernière fois en lui soufflant à l'oreille :

— Hé, p'tit Sècca, ne m'oublie pas. J'attendrai de tes nouvelles du Sud.

Puis elle s'habilla en vitesse et partit.

Lorsqu'il se leva à son tour, Honnelli avait l'impression d'avoir fait un rêve éveillé. Énovia n'était plus dans la bâtisse.

Visiblement exaspérés, ses parents étaient venus le récupérer dans le quartier sombre et comptaient compléter avec lui les préparatifs du déménagement. Ce qu'il pouvait les haïr de l'avoir arraché à ce lit d'amour et à son milieu, qu'eux jugeaient inapproprié ! Il s'assura que le voyage soit pour eux une expérience des plus désagréables.

***

Honnelli entra dans la demeure familiale. Il n'avait pas sommeil. Il alla machinalement ouvrir le réfrigérateur en quête de quoi que ce soit qu'il put ingurgiter pour ne trouver finalement qu'une autre bouteille de bière à se déboucher. Il monta à sa chambre et prit sa guitare électrique sans la brancher. Il ressassait des mélodies qu'il avait écrites à Kiménora; autant de notes qui lui rappelaient une multitude de souvenirs d'Énovia, sa copine trop tardive. Après une année dans une sorte de coma dont il n'avait aucun souvenir, il semblait tranquillement renaître. Mais aujourd'hui, les mots qu'elle lui avait murmurés jadis refaisaient surface et le submergeaient à nouveau.

***

La lumière du jour glissait à travers les minces rideaux de la chambre. Le givre sur la vitre trahissait le froid extérieur et confirmait qu'il valait mieux rester dans le nid chaud, sous les couvertures.

Honnelli fut réveillé par une caresse. Il se tourna sur le côté et ses yeux encore brouillés virent une Énovia baignée par une lumière pure, l'œil platine. Elle se rapprocha de lui et l'enlaça. Leurs lèvres se retrouvèrent naturellement. Elle lui chuchota doucement l'admiration qu'elle avait pour lui.

— Ça fait quelques années que je t'observe, p'tit Sècca. Parmi tous ces gens, tu te démarques... Tu es un des rares qui a du potentiel parmi tous les autres qui sont voués à des projets médiocres et éphémères... C'est si dommage que tu doives nous quitter. Tu avais tout pour que ton œuvre côtoie celle de Sahiké Nora et d'autres grands groupes de ce monde.

— Je compte bien poursuivre là-bas.

Elle jeta un regard brouillé au réveil-matin.

— Hmm... Il est encore tôt, susurra-t-elle en refermant les yeux.

Les deux amants s'assoupirent à nouveau.

***

Énovia, je n'oublie pas et je ne t'oublie pas.

Honnelli cala le restant de sa bière puis déposa la guitare au pied du lit. Il se coucha avec des images de sa copine perdue et de ce bar métal qui lui redonnait espoir.

Le lendemain, il avait enfin un but.

CHAPITRE DEUX

La rencontre d'Honnelli Sècca

Honnelli se réveilla avec un malaise physique qu'il connaissait bien. Un sang dur parcourait péniblement ses membres engourdis. Un mal de tête complétait le tableau. C'était le prix à payer pour ces soirées remplies artificiellement d'allégresse. Une douche froide fit violence à son corps rouillé, mais l'effet saisissant chassa une partie de l'inconfort. Il déjeuna sommairement avant de sortir et d'inspirer un peu d'air frais. Une fois dehors, sa douleur devint lentement supportable et se dissipa dans la froideur de ce midi dégagé.

Comme à l'habitude, il se dirigea à l'université. Il était déjà trop tard pour ses cours du matin, qu'il avait manqués, mais cette fois-ci, il jugeait avoir une raison valable de sécher ses cours de l'après-midi. Au fond du campus, derrière les installations sportives, il trouva les fameuses stalles, un long bâtiment simple et rectiligne, briqué, d'un seul étage, couronné d'un toit sombre garni de lucarnes qui servait autrefois de grenier. Il longea cette écurie plusieurs fois centenaire convertie en locaux à vocations diverses, où grouillaient bon nombre de petits orchestres improvisés, d'associations et d'organisations étudiantes, jusqu'à ce qu'il parvienne au local du groupe Takané qui complétait cet ensemble hétéroclite. Les fioritures tribales qui ornementaient le nom du groupe inscrit sur la porte ne laissaient aucun doute possible sur son style musical. Ce logo plut à Honnelli.

Ils ont bon goût, tout de même, pensa-t-il, encouragé, avant de cogner avec fébrilité à cette porte qui s'ouvrirait sur l'inconnu.

Une peur subtile envahit le corps d'Honnelli : il savait qu'il n'avait aucun contrôle sur le déroulement de la suite. Peut-être allait-il tomber sur une bande d'abrutis, sur des personnes fort déplaisantes. Peut-être le poste de claviériste était-il déjà pourvu. Peut-être n'y avait-il personne là et qu'on ne lui répondrait pas. Au moment où ces scénarios se multipliaient dans sa tête, il entendit des pas se diriger vers lui. La porte s'ouvrit lentement. Honnelli eut l'impression d'un moment solennel, là, comme si une nouvelle dimension se déployait devant ses yeux.

Un jeune homme à peine plus grand que lui se dressait dans le cadre de porte. Une longue chevelure brun clair ombrait des yeux sombres non moins brillants ; des colliers métalliques couronnaient un t-shirt noir délavé à motif de tête de mort qu'un blouson de jeans noir recouvrait par ce temps froid ; enfin, des jeans saillants également noirs, visiblement neufs, effilaient les jambes du garçon, donnant sur des chaussettes sans intérêt. Honnelli se serait cru devant un miroir, n'eût été son manteau et ses traits faciaux différents.

Honnelli salua d'une légère inclinaison de la tête.

— Bonjour... ?

— Oui, salut, je m'appelle Honnelli Sècca. Il s'efforça de camoufler son accent, que son interlocuteur remarqua tout de même sans difficulté. Suis-je bien au local du groupe Takané ?

D'une main rapide, l'autre renvoya sa crinière vers l'arrière : son visage s'illumina. Il semblait à la fois amusé et intrigué par cet étranger intéressé par son groupe de musique. Avec un sourire chaleureux, il lui répondit :

— Oui, effectivement, c'est bien ici. Il pointa le logo sur la porte, puis ajouta fièrement : je suis Kassepi Mollieur, batteur du groupe. Entre, entre !

— Merci bien. J'ai vu votre annonce hier sur un babillard de l'université, déclara-t-il en refermant la porte derrière lui, puis je l'ai revue plus tard au Spectre de l'ombre. C'est le tenancier du bar qui m'a dit où vous trouver, après qu'une de vos chansons ait joué.

— Ah oui, bien sûr ! Tu as probablement parlé à Barèr ou Mévior, de très bonnes connaissances. Nous nous retrouvons souvent au Spectre, dit-il. Ainsi...

Kassepi chercha dans sa mémoire à très court terme.

— Honnelli.

— Honnelli, oui, désolé. Ainsi, Honnelli, tu es pianiste, n'est-ce pas ?

— Oui, je joue du clavier, parmi d'autres instruments également. Enfant, j'ai été forcé d'apprendre le piano. Puis, je me suis mis moi-même à la guitare à l'adolescence.

Il en parlait comme si cela faisait des siècles, comme si cela renvoyait à une époque reculée. Bien sûr, les deux adolescents mûrs savaient qu'il était question de la période de la puberté précoce, cette étape si lointaine et définitivement révolue, qui justifiait le ton de détachement d'Honnelli. Il compléta sa réponse :

— Disons que je m'y intéresse à nouveau depuis quelque temps.

Kassepi s'enthousiasma en entendant les compétences prétendues de ce claviériste au profil des plus métal. Il ne lui avoua pas que c'était la première réponse que le groupe avait reçue depuis la publication de leur annonce un peu partout dans les recoins de la sombre communauté. Il se montra curieux.

— Dis, Honnelli Sècca, c'est très kapien comme nom, mais tu as un accent dont je ne parviens pas à identifier la provenance. D'où viens-tu exactement ?

— Ah bon, mon accent paraît tant que ça ! Je suis de Kiménora, répondit-il gaiement.

Il se rembrunit en pensant à son passé et à ses géniteurs. Il reprit :

— Mes parents sont tous deux kapiens, mais ils ont déménagé là-bas lorsque ma mère prit un poste à l'ambassade kapienne de Kiménora. J'y suis né et y ai grandi. J'ai dû les suivre lorsqu'ils sont retournés vivre à Kapousha l'an dernier.

Les yeux déjà brillants de Kassepi s'illuminèrent encore davantage à la mention de cet endroit mythique et vénéré. Honnelli et lui discutèrent de Kiménora et de leur expérience musicale respective pendant un bon moment avant que Kassepi n'ait à s'excuser.

— Je dois malheureusement me rendre à un cours qui débute dans dix minutes. Je vais devoir te laisser et mettre le local sous clé. Si tu es libre ce soir, nous nous réunissons tous ici à partir de dix-sept heures pour répéter. Tu es le bienvenu et je suis convaincu que les autres seront ravis de faire ta connaissance.

— Excellent, j'y serai ! J'ai également un cours cet après-midi. Il ne m'enchante pas beaucoup, mais j'y vais pour passer le temps. Mes parents sont encore convaincus que des études universitaires finiront par me remettre sur le bon chemin, avoua-t-il en s'esclaffant. J'ai passé la plus grande partie des six dernières années à bâtir un projet métal marginal dans le quartier sombre de Kiménora. Ce n'est pas une migration forcée à Kapousha et des études payées qui me changeront.

Kassepi rit de bonne foi en verrouillant la porte et les deux garçons quittèrent le local en poursuivant leur échange, marchant vers le gros des pavillons universitaires.

— Je te comprends. Moi-même, depuis que j'ai joint Takané et que nous avons donné notre premier spectacle en automne dernier, je ne porte plus le même intérêt à mes études, à mon bac. J'ai certainement eu la piqûre. Je ne perçois plus mes cours et l'objectif final avec la même importance.

Ils se rendirent à leurs classes respectives, satisfaits de cette rencontre et plutôt excités par la promesse d'intégrer un nouveau membre au groupe. À ce moment, tandis que leurs cours débutaient, ni l'un ni l'autre n'avait le cœur à la matière enseignée.

Ce soir-là, Honnelli se rendit donc au local et rencontra enfin les membres de Takané. À première vue, ils avaient plus ou moins tous le même profil dans des corps variant légèrement en taille et en corpulence : une longue et abondante chevelure soyeuse ou une tignasse charmante ; des joues et un menton avec peu ou pas de pilosité de fin d'adolescence ; des traits sans déformation ni trop forts ni trop plats ; le teint typiquement kapien, un peu plus olive que basané ; une certaine maigreur, un corps droit. Leur accoutrement était très modeste : t-shirts noirs défraîchis et déteints par plusieurs années au soleil et trop de cycles de lavage agressifs, jeans bleu pâle troués, espadrilles usées. Honnelli nota comme un signe positif le regard allumé de chacun. Loin d'être absents, leurs yeux brillaient ; promesse de quelque chose de plus que de belles façades.

Les membres du groupe se présentèrent à Honnelli en lui serrant la main :

— *Chah*[16] ! Juheur Vossa, guitariste et chanteur.

Il y avait quelque chose chez lui, comme une aura gravitationnelle, qui poussait les gens attirés dans son orbite à rechercher sa présence, et qui lui conférait une sorte d'assurance et de charisme qui suggéraient à Honnelli qu'il assumait naturellement le rôle de meneur au sein du groupe. Honnelli ne se trompait pas.

---

[16] *Chah'* : On prononce *tchan* ou *tchâ*, selon les régions. Salutation familière et usitée provenant d'une formule ancienne *Tcha najya do* (« Le soleil te salue »).

— *Najy*[17] ! Moi, c'est Énoeur Yabèl, bassiste, dit-il, soulignant l'évidence de son affirmation en désignant la guitare basse qui lui pendait jusqu'à ses cuisses par une longue courroie.

Grand et effilé, Énoeur dépassait facilement ses amis d'une tête. Il était particulièrement beau garçon et ses traits faciaux dégageaient une agréable candeur. Son sourire était réconfortant, et sans malice. Sa pilosité faciale avancée pour son âge dissimulait une très légère acné qui tirait sur sa fin.

— Enchanté, Honnelli, je m'appelle Isoeur Kavèlli, guitariste. Et bien sûr, voici notre batteur Kassepi que tu connais déjà.

Isoeur, le plus petit du groupe par peu, avait ce visage doux sans duvet d'un enfant aux joues encore rosées. Sa voix était calme et douce, mais portait une sonorité basse qui la distinguait clairement de celle d'un jeune garçon. Il avait l'iris particulièrement clair pour une génétique kapienne.

— Prends-toi une bière dans le réfrigérateur ! lança Juheur à Honnelli.

La bande fit alors connaissance. Kassepi avait pris soin de transmettre à ses amis ce qu'il savait d'Honnelli. Sans surprise, tous étaient curieux de son passé à Kiménora. Il fut aussi question de leur vision de la musique métal, de la sombre scène de Kapousha qui grandissait tranquillement et de leur volonté d'ouvrir la marche alors que tout était à bâtir ici.

Les quatre membres de Takané eurent avec Honnelli une longue discussion fort sympathique, mais ils se gardèrent néanmoins une certaine réserve avec cet étranger qu'ils ne connaissaient que depuis peu. Cette distance, le fait évident qu'il n'appartenait pas au groupe, perceptible aux gestes anodins et intimes que des amis développent à long terme, régissait l'entretien, qui demeura amical sans plus. Personne n'osait dépasser les réactions mesurées ; les membres de Takané eux-mêmes trouvaient la situation étrange. Non pas que l'étranger était désagréable, tout au contraire, mais ils étaient déjà bien habitués à s'amuser et à travailler à quatre dans leur fraternité bien tissée d'innombrables anecdotes et histoires d'amitié. Or, ce soir, quatre individus s'efforçaient d'agrandir le cercle pour y faire entrer un cinquième membre.

---

[17] *Najy !* : « Salut ! »

Au bout de quelques bières, Honnelli émit le souhait de les entendre jouer. Juheur se leva du divan qu'il partageait avec Kassepi et Isoeur. Il alla au clavier électronique et l'alluma.

— D'abord, nous aimerions t'entendre jouer simplement pour avoir une idée de ton niveau, ton atmosphère sonore, tu sais, tous ces trucs de musiciens.

— Oui, sans problème.

Honnelli s'était rarement senti aussi intimidé dans sa jeune vie, mais quelque chose qui coulait maintenant dans ses veines atténuait les effets de cette émotion. Il ne demanda pas s'ils voulaient entendre quelque chose en particulier et sélectionna le son de piano acoustique sur le panneau de commande du synthétiseur. Il se mit à jouer une composition de son cru que les autres écoutèrent d'un grand intérêt. Honnelli ne leva pas les yeux, mais s'il l'eût fait, il aurait trouvé les regards impressionnés de quatre garçons pleinement satisfaits. Laissant aller ses mains sur le clavier, Honnelli modula en arpège pour parvenir à une nouvelle mélodie que les mélomanes de Takané reconnurent aussitôt et accueillirent avec joie.

Kassepi se précipita à sa batterie pour rattraper cet air. Honnelli remarqua que le reste du groupe s'apprêtait à se joindre à eux. Il se réjouit que ces Kapiens sachent jouer le répertoire moins connu de Sahiké Nora. Tous entrèrent au premier refrain. Là où se trouvaient d'abord quatre personnes trop protocolaires, une métamorphose s'effectua : le groupe explosa en une boule d'énergie. Honnelli en fut impressionné. C'était un morceau particulièrement difficile, exigeant une technique complexe, et ce groupe d'adolescents de son âge parvenait à l'exécuter sans faille avec la parfaite gestuelle métal, intense et frénétique. De sa mémoire, même les auteurs de cette chanson ne l'avaient jamais jouée avec autant d'énergie, plutôt concentrés à ne pas la rater sur scène. Juheur chantait juste, dans un kiménore qu'il comprenait à peine, soutenu par ses propres riffs de guitare de même que ceux d'Isoeur, qui se lança à son tour dans un solo virtuose typique que les groupes métal s'enorgueillissaient à exécuter; cette dernière prouesse se conclut par une harmonie de guitare accompagnée par un piano déchaîné, une basse pesante et une batterie au rythme effréné. Au terme de cette chanson, qui prit fin dans un crescendo d'accords puissants, la première barrière sociale entre Honnelli et Takané était tombée.

Kassepi battit la mesure et Takané amorça un autre succès de ce groupe kiménore. Bien qu'il fût un peu rouillé au clavier, Honnelli n'eut aucune difficulté à suivre. Ainsi trouvèrent-ils tous un terrain commun sur lequel une graine d'amitié était plantée dans l'espoir de consolider le groupe.

Ils enchaînèrent les succès de Ribar, de Kimen Nessin et d'autres groupes métal de ce monde marginal. Honnelli pouvait compter sur ses années d'improvisation pour accompagner sans connaître exactement les partitions au clavier. Ils eurent tant de plaisir que personne ne remarqua le temps filer.

Pourtant, ne voulant pas s'imposer, Honnelli expliqua qu'il devait rentrer, mais qu'il aimerait entendre le groupe jouer de leurs compositions originales avant de les quitter ce soir.

Le groupe évidemment enchanté entama cette chanson entendue au bar la veille, puis une seconde qu'Honnelli jugeait même meilleure que la précédente. Satisfait, il les salua et tous ensemble s'entendirent pour répéter l'expérience vendredi soir.

Honnelli les laissa et rentra chez lui dans un état d'euphorie. Il avait renoué avec la musique et s'était fait de nouveaux amis formidables qui partageaient ses ambitions. Il revint chez lui en un seul moment de béatitude. À son arrivée, la vue de l'appartement familial dissipa toute émotion positive en lui et son sourire s'effaça. Il monta à sa chambre sans faire de vague puis s'assit à son bureau. Après plus d'un an de silence, Honnelli écrivit une lettre à Énovia pour lui donner de ses nouvelles. Il s'excusa d'abord de ne pas lui avoir écrit plus tôt. Il lui raconta ses études, des plus ennuyeuses, sa découverte de la sombre communauté de Kapousha et sa rencontre avec le groupe Takané ; par la suite, il lui demanda de ses nouvelles. Le tout était écrit sur un ton affectueux, mais d'aucune façon il ne chercha à quémander son amour ou son attention. Il se garda bien sûr de lui dévoiler qu'il avait passé la majeure partie de cette dernière année à perdre son temps sur sa console de jeu vidéo et à se masturber en pensant à elle.

CHAPITRE TROIS

L'origine de Takané

Sitôt une porte refermée, sitôt une autre s'ouvrit : alors qu'Honnelli venait tout juste de quitter le local, Isoeur saisit quatre bières dans le réfrigérateur. Celles-ci n'étaient en rien différentes des nombreuses bouteilles précédentes ouvertes ce soir-là, mais Isoeur les tendit à ses camarades comme si elles portaient une signification plus importante. Son sourire manifestait un triomphe. Ces bières étaient celles d'une victoire, celles d'un événement charnière pour le groupe jusqu'alors incomplet. Juheur, Énoeur et Kassepi les saisirent avec un sentiment réciproque. Le son de la capsule débouchée fut des plus doux ; la première gorgée, une véritable lampée, des plus goûteuses. Les quatre musiciens se saluèrent avec leur bouteille vide au deux tiers.

— Ça y est ! s'exclama Juheur. Honnelli est exactement ce qu'il nous fallait. Quelle chance d'être tombé sur lui au premier candidat !

— Apparence métal à souhait, excellent pianiste, ayant déjà pas mal d'expérience de groupe, beau bonhomme : il est tout comme nous, si ce n'est de son accent rigolo ! blagua Kassepi.

— Sans oublier ses liens avec Kiménora ! ajouta Isoeur.

— Sa composition était plutôt intéressante également. Ce sera un bon atout à ajouter à votre duo de compositeurs, conclut Énoeur en direction de Juheur et Kassepi.

— Oui, certainement ! répondit Kassepi. Il faudra voir comment nous pourrions incorporer certaines de ses idées à nos pièces.

Son enthousiasme fut appuyé par un bien léger tintement de tête approbateur de Juheur, qui demeura silencieux à cet égard.

En ce moment rempli d'espoir, l'atmosphère était festive : les gars partageaient leur excitation et faisaient toutes sortes de blagues. Exceptionnellement, Juheur, connu pour son tempérament rassembleur, restait à l'écart. Les trois autres amis étaient portés par leur bonne humeur et ne remarquèrent pas l'inhabituelle retenue du meneur naturel. Le groupe quitta le local à une heure avancée de la nuit et personne ne songea aux classes auxquelles il devrait assister le lendemain. Traversant le campus endormi, ils se chamaillèrent bruyamment jusqu'à la station de métro.

***

À l'époque, le groupe se réunissait à l'ancienne stalle trois fois par semaine pour discuter, une bouteille à la main ; partager des anecdotes du quotidien, de leurs espoirs et de leurs frustrations ; jaser de filles ; commérer et napper le tout de vulgarités ; et bien évidemment, jouer de la musique. On pourrait croire que la musique n'était qu'un prétexte pour boire et passer le temps entre amis, mais ces quatre adolescents appliquaient une rigueur toute particulière à leurs exécutions. Rarement parvenaient-ils au terme d'une pièce sans que l'un d'eux eût arrêté ses confrères pour corriger une faute ou remédier à une lacune. Parfois même, ces réprimandes prenaient le ton d'une attaque et envenimaient l'atmosphère.

— Stop, stop, stop ! lança Juheur dans son microphone avec peut-être un peu plus d'agressivité qu'il ne l'aurait vraiment voulu. Ce dernier passage ne fonctionne pas. Isoeur, ta *passe*[18] de guitare ne suit pas la bonne rythmique et tu finis par précipiter les notes pour rattraper le riff suivant.

Isoeur fut piqué.

— Ah vraiment ! Et comment veux-tu que je place ces six notes à la fin autrement qu'en double-croche ?

— C'est simple, pourtant ! Ce sont deux temps en triolets, pas en doubles-croches, répliqua Juheur, qui crut devoir poursuivre sur le ton avec lequel il avait débuté pour ne pas perdre la face.

— Non, non, la mélodie ne mène pas au troisième temps, elle donne sur le contretemps suivant, rétorqua Isoeur, irrité et convaincu.

---

[18] Du terme anglais *fill*, il n'existe pas de traduction reconnue en français. Souvent à la batterie, à la guitare ou au piano, mais qui s'applique à tout instrument, une « passe » est une courte ligne mélodique (un bref *passage musical*, d'où la « passe ») placée vers la fin d'un riff ou d'une phrase musicale.

Énoeur joua la mélodie en sourdine sur sa basse avant d'y aller de sa conclusion.

— Il y a quelque chose qui cloche. J'arrive sur le troisième temps sans problème. Il faut que ce soit des triolets qui suivent pour remplir les deux derniers temps.

Isoeur jouait et rejouait le passage sans buter sur ladite difficulté.

— Je ne vois pas ce qui ne fonctionne pas.

Kassepi battait la mesure et Énoeur suivait sans hésitation. Isoeur les écoutait d'un air agacé, mais sans chercher à comprendre l'erreur qu'il faisait. Honneli, qui n'était là que depuis quelques répétitions seulement, demeurait silencieux derrière son clavier, ne sachant comment réagir devant ce désaccord qui menaçait de dégénérer. Heureusement, Kassepi vint clore la dispute avec un argument qui éclaira tout le monde.

— Dis, Isoeur, le motif à la batterie s'inverse rendu à ce bloc. Il doit te manquer un demi-temps en voulant continuer à suivre la caisse claire. Nous passons au contretemps : tac... tac... tac... tac, un-tac, deux-tac, trois-ô-é, quatre-ô-é. Ma descente de toms contient bien six coups.

Il la joua à vitesse réduite pour soutenir son argument.

Un sourire vainqueur apparut sur le visage de Juheur, mais il l'effaça avant qu'on l'interprète comme de l'arrogance. Il se frotta le dessous du nez pour le cacher avant qu'on ne l'aperçoive. Kassepi battit quatre temps et Isoeur entama la mélodie tandis que Kassepi joua le véritable motif à la batterie. Isoeur arriva finalement sur le troisième temps pour jouer ses six notes. Juheur et Énoeur eurent un large sourire satisfait un peu déplacé.

— C'est bon, j'ai compris. Reprenons, conclut-il avant de prendre une bonne lampée de bière pour desserrer sa gorge figée par ce coup porté à son amour-propre.

Juheur et Kassepi encouragèrent Isoeur, par diplomatie et pour que l'ambiance ne demeure pas mauvaise le reste de la soirée.

Sur le coup, la personne visée, s'il y en avait une, était vexée, mais comme à l'habitude, ces petites altercations étaient sans incidences majeures et menaient à de meilleures exécutions. En ces temps de camaraderie et de simple solidarité, l'un d'eux repartait avec un peu moins d'orgueil, et le groupe, lui, gagnait en cohésion.

Les gars rejouèrent le même bloc à quelques reprises jusqu'à ce qu'Isoeur l'eut bien mémorisé et que le groupe le jouât parfaitement ensemble, puis ils prirent une pause.

Sitôt qu'il eut joint le groupe, Honnelli ne put s'empêcher de questionner ses nouveaux collègues sur l'origine du nom du groupe.
— Dites, pourquoi « Takané », au juste ? demanda-t-il candidement.
Juheur soupira profondément et les autres demeurèrent interdits. Honnelli ne pouvait alors se douter que la réponse à cette question reposait sur un passé douloureux et émotivement très chargé. Kassepi s'était trouvé dans une situation semblable en joignant le groupe et ce qu'il avait vécu l'avait spécialement marqué. Il était à même d'apprécier la réticence manifestée par ses amis à répondre à Honnelli. Juheur lui raconta néanmoins l'histoire derrière le nom de Takané :

« Un soir de septembre 1025, le ciel couvert était particulièrement lourd, et l'air humide, presque palpable, était chargé d'électricité, prêt à se déchaîner à tout moment. Isoeur, Énoeur, Kmési et moi étions avachis sur le perron de l'appartement de... »
— Qui est Kmési ? interrompit Honnelli.

***

Depuis que la bande d'amis avait trouvé un nom de groupe, Juheur sentait qu'ils avaient le vent dans les voiles. Les répétitions étaient productives, les compositions avançaient bien et malgré l'absentéisme de certains, l'ambiance demeurait bonne. Plus d'un an après la dénomination du groupe, Juheur s'était mis dans la tête qu'il était temps d'enregistrer les quelques morceaux que le groupe jouait. Il avait fait le nécessaire pour dénicher du matériel d'enregistrement. Il allait rejoindre Énoeur, Isoeur et Kmési, qui l'attendaient au local de répétition de l'université où ils avaient récemment emménagé.

Or, au moment où, enthousiaste, il allait faire part de ses démarches aux autres, il constata que Kmési manquait encore au rendez-vous.
— Tiens, une autre fugue de Kmési ou quoi ? lança-t-il d'un ton moqueur. Il n'avait pas encore remarqué les visages éteints de ses deux amis.

Énoeur lui annonça la tragique nouvelle. C'était le 24 novembre 1026 et Kmési venait d'être retrouvé mort, pendu dans sa chambre.

Alors que Takané perdait son batteur élite, Juheur, lui, voyait la fin d'une profonde amitié. Il s'effondra au sol, plaqué contre la porte, et se cacha le visage, gémissant, pris dans un troublant et étrange mélange de sanglotement et de catatonie. Énoeur et Isoeur ne savaient pas plus que faire de cette affreuse nouvelle. La réaction de Juheur ranima leur colère et leur tristesse et ils écumèrent de rage. Ce soir-là, le groupe, amputé d'un membre, noya son chagrin dans une horrible beuverie. Par une telle douleur déchirante, entre plusieurs épisodes d'écroulement physique, les malheureux vandalisèrent les environs avec une maladresse grotesque.

Dans les mois qui suivirent, les trois amis sombrèrent dans une léthargie profonde et malsaine ; leurs vies étaient noyées dans l'alcool, les idées noires et la désillusion. Ils n'eurent jamais vécu un pire hiver, qu'ils passèrent à ressasser les meilleures et les pires anecdotes au sujet de Kmési.

***

Kmési Toth, ce vecteur libre et chaotique que nul ne sut dompter.

Il avait rencontré Juheur à la deuxième année du secondaire. Issu d'un père disparu avant qu'il n'atteigne l'âge de cinq ans et élevé de peine et de misère par sa mère débordée par deux emplois médiocres, Kmési avait le profil qui collait à ces bandes de marginaux qui recherchaient leur salut dans la musique métal. Malgré l'œil pisseux, la joue ayant eu plus que son lot d'acné, une tignasse hirsute, un corps recroquevillé sur un dos courbe et frêle affaissé sur son propre poids pourtant léger, d'une hygiène douteuse et à l'approche déconcertante, il possédait une énergie singulière que Juheur remarqua bien vite, là où la plupart n'eurent manifesté que du dédain. Kmési était une créature (on le surnommait parfois l'« araignée ») à haut indice d'explosivité, agile, prompte, bavarde et sans retenue. Les garçons le tenaient à distance par crainte d'être vus en sa compagnie tandis que les filles s'en approchaient sans crainte d'en tomber amoureuse. Si Juheur fut le bouffon sympathique de la classe, Kmési en fut le phénomène d'un étrange comique. À eux deux, ils formaient la paire distrayante qui attirait inévitablement et récurremment l'attention corrective des enseignants et le rire de leurs camarades. Ils devinrent amis par association.

Juheur jugea que Kmési possédait les qualités requises pour exceller aux tambours. Caché par toutes ces caisses et ces cymbales métalliques, on n'eût vu que ses baguettes virevolter avec virtuosité ; et l'araignée n'eût plus été la bête hideuse et effrayante, mais une créature mythique, impétueuse et admirable. Or, un jour, Juheur lui demanda s'il souhaitait jouer de la batterie pour son nouveau projet musical. Un essai le convainquit.

— J'adore taper comme ça ! répondait Kmési avec l'enthousiasme démesuré qu'on lui connaissait. Ça fait du bien de déverser sa rage sur une batterie !

Pauvre et sans lois, il avait subtilisé des morceaux de la batterie de l'école pour monter la sienne dans le garage des parents d'Isoeur. Il avait développé une façon unique et originale de jouer. Il n'acceptait jamais les conseils ni les leçons. Il créait sa propre théorie et sa singulière technique.

À l'époque, leurs séances prenaient davantage la forme d'une cure psychologique qu'elles n'étaient de véritables répétitions. Les quatre amis pouvaient jouer chacun leur truc dans une cacophonie immonde pendant des heures avant de se consulter et débloquer sur une composition sotte de leur cru.

Trop souvent, Kmési s'absentait sans prévenir. En plus de son vice pour l'alcool, partagé avec ses trois camarades, Kmési consommait fréquemment des drogues dures. Cet usage problématique ne fit qu'empirer lors de ses fugues chroniques. À un point tel qu'il ne se présentait plus à l'école et qu'à plusieurs reprises, il laissa ses amis sans nouvelles jusqu'à ce qu'une fois sa mère, avertie par la police, le retrouve dans un coma à l'hôpital.

Lorsque Kmési reçut son congé, les quatre adolescents se retrouvèrent sur le perron de l'un d'entre eux, confus, enlisés dans un mal de vivre inexplicable où les sentiments noyés dans l'alcool ne pouvaient qu'être subis. Des éclairs jaillirent dans le ciel ténébreux et le tonnerre résonna au plus profond d'eux-mêmes. Ils se mirent tous à crier, à se décharger du poids social et existentiel qui pesait sur eux, à combattre le fléau qui les frappait. Leur rage se mêlait à la foudre toujours plus intense. Lorsque le silence revint, sans se regarder, ils reniflèrent et invoquèrent en chœur :

« *Ô Takané*[19], *tonnerre, mon ire, ma douleur... mon cœur, mon souffle vital... Ô Takané, tonnerre, ma passion...* »
Cette célèbre réplique d'un héros de Sagueudmèl[20].
Takané était né.

***

Comme ce fut le cas pour Kassepi un an auparavant, Honnelli se sentit abominablement coupable d'avoir posé la question à son tour. Lui aussi avait senti que cette plaie, qu'il venait de mettre au jour, était loin d'être guérie, et il mesurait maintenant la lourdeur, la rage, et même la violence absolue contenues dans le nom de Takané. Le sort et la fin tragique de Kmési étaient au centre de l'identité du groupe. Un silence, froid et amer, perdurait alors qu'aucun ne trouvait les mots justes pour se ressaisir. Enfin, pour faire passer le malaise, Honnelli proposa de reprendre *Guèl Mèlthèï*[21]. Il n'avait jamais vu le visage de Kmési, mais il se le représenta aussitôt clairement dans son esprit en suggérant cette chanson chargée de sens. Piégé par ce titre évocateur, il sentit, là, commettre à nouveau une bévue.

— Merde, je suis sincèrement désolé, les gars...
Visiblement affecté, Juheur s'efforça de répondre.
— Mouais, reprenons...
Il cala sa bière d'un trait tandis qu'Isoeur et Énoeur fixaient encore le sol. Chacun reprit son instrument et Kassepi battit la mesure. La musique surgit sans effort alors que les trois membres originels jouaient comme des automates, juste, mais sans émotion. Aucun regard ne fut échangé durant les chansons suivantes. Toutefois, on

---

[19] De Takà (prononcé *takan*), important personnage de la mythologie kapienne, associé au tonnerre et à la fureur (plausiblement un proche équivalent de Thor). Cette dimension divine, fabuleuse, est effectivement l'effet, l'impression qui émane du nom du groupe. La particule *−né*, ici de génitif, peut donner, par extension, un sens de « les enfants de Takà » qu'on comprend dans les paroles de la chanson intitulée « *Takané* » : *Lyunni sé takà, thrèibb...* (« Enfants du tonnerre, levons-nous »).
[20] Sagueudmèl : prolifique poète kapien de l'ancienne époque classique, né vers -415 et décédé vers -370, qui demeure enseigné à l'école primaire et secondaire.
[21] *Guèl Mèlthèï* : Anges de mort

eût pu voir dans les yeux vitreux des trois musiciens qui avaient connu Kmési le même reflet d'une lourde évocation du passé.

***

Quelques années plus tôt, le groupe répétait chez Isoeur, dans le garage des Kavèlli. Son père, un représentant itinérant, partait en voiture vers midi et libérait ainsi le garage où, après l'école, les adolescents réinstallaient jour après jour leur équipement de musique empilé dans un coin. Juheur, Isoeur, Énoeur et Kmési s'adonnaient à la pire musique — que du bruit à l'oreille commune, du punk rock au heavy métal — simplement pour évacuer leur hargne et leur trop-plein d'énergie. Le père d'Isoeur rentrait rarement avant vingt et une heures ou vingt-deux heures. Du point de vue utilitaire, cette situation permettait au groupe de jouer longuement sans déranger quiconque. Madame Kavèlli rentrait elle aussi tard. Agente commerciale dans une succursale bancaire, elle conseillait des clients en soirée, mais c'était également une femme fatale qui collectionnait les hommes et qui repoussait régulièrement son retour au foyer. On eût pu croire que ses enfants, Myisa et Isoeur, avaient été deux accidents de parcours avec le même homme, qu'elle dut marier ; ils devenaient de mignons trophées qu'elle exhibait lorsque venait le temps de rehausser son statut social. Ainsi, en l'absence de sa mère, Myisa s'occupa de son jeune frère. Dès l'âge de douze ans, elle l'aida dans ses devoirs et prépara leur souper. Mangeant en tête à tête, les deux enfants soupçonnaient leurs parents de vivre leur adultère chacun de leur côté. Bien que les divorces demeurassent inhabituels et encore mal vus par la société, celui-ci sembla inévitable et imminent. Et de fait, les Kavèlli finirent par se séparer définitivement. La mère partit pour un autre homme et acquit une « garçonnière » ; le père conserva la maison et la garde des enfants. Peu changea. Le père demeura tout aussi absent, et Myisa continua à préparer le souper et à convier à table le groupe de musiciens, qui fut témoin de ces tribulations terminales et du déclin de l'unité familiale Kavèlli, qu'on pouvait suivre comme un feuilleton. Myisa passait au garage, les mains couvrant ses oreilles, les yeux clairs et brillants d'amusement, et elle s'assoyait pour admirer ces jeunes indignés le temps d'un morceau, puis elle les forçait à venir manger un brin à la cuisine. Myisa était de quelques années leur aînée et elle commençait un bac à l'université; c'était en quelque sorte la protectrice du groupe et la sœur à qui l'on se confiait tous. Sa compagnie était fort agréable et réconfortante, et elle avait établi des liens profonds avec chacun des membres du groupe. Peut-être eut-elle même le béguin pour Juheur, ce mystérieux prodige sympathique; alors que Kmési, par son tempérament sauvage, fut son préféré.

Cependant, dans l'année qui suivit la rupture, le père Kavèlli accueillit une nouvelle femme dans sa vie, et il se mit dès lors à garer sa voiture au foyer beaucoup plus tôt. Alors que les deux enfants — presque des adultes — s'éloignèrent progressivement de leur mère et méprisèrent aussitôt leur belle-mère, Takané n'eut presque plus de plages horaires pour jouer dans le garage et il fallut considérer emménager dans un endroit plus sûr.

C'était à l'approche de l'automne 1026; Juheur dénicha les stalles de l'université; le groupe y migra et perdit son contact presque quotidien avec Myisa; chacun de ses membres fut forcé de trouver un emploi pour payer le nouveau loyer; et Kmési se suicidait peu après, en novembre.

***

Les cinq musiciens jouèrent encore quelques chansons, puis la soirée se termina sans histoire. Ils traversèrent le campus en direction de la station de métro avec un esprit de camaraderie difficilement retrouvé. Ils échangèrent à peine quelques mots. Juheur, Isoeur et Énoeur descendirent au quai de la ligne numéro 1 vers Kadeu, tandis que Kassepi et Honnelli atteignirent le deuxième sous-sol pour prendre la ligne périphérique Honnadèté[22].

---

[22] Honnadèté : la « grande boucle »

CHAPITRE QUATRE

La rencontre de Kassepi Mollieur

— *Kimé*[23], c'est lourd l'histoire de Kmési. Je ne m'attendais pas à apprendre cela en cherchant à connaître un peu le passé du groupe.

— Ne t'en fais pas avec ça. C'est plutôt rare que nous en parlions, le rassura Kassepi.

— Ça doit être tout de même difficile pour toi d'être en compétition avec un fantôme.

Kassepi se fit cette fois beaucoup plus lent à répondre, comme s'il se fût subitement refermé.

— Hmm.

Honnelli ne pouvait dire si Kassepi acquiesçait, mais il voyait que la réponse était trop compliquée et intime pour être développée ici. Il n'insista pas. Par chance, à cette heure-là, les métros passaient encore régulièrement, et peu après, le vrombissement d'une rame dans le tunnel mit fin à leur conversation.

Le train s'arrêta et les deux compagnons y entrèrent.

— Où te rends-tu, Honnelli? demanda Kassepi, pour changer le sujet et rompre le silence.

— J'habite Kapousha-Koh, tout près de la station principale. Mes parents ont un somptueux appartement donnant sur le square Gall Hug[24].

— Ah oui! Je viens aussi de Kapousha-Koh. J'habite là depuis ma naissance dans la maison familiale qui est à peu près à mi-chemin entre ta station et la pointe du grand phare. Je prends une correspondance pour un tramway rendu à cette station.

---

[23] *Kimé* : juron kiménore inoffensif qui signifie « dieu ».
[24] Gall Hug : Un des deux frères fondateurs de la compagnie de locomotion ferroviaire Hug Urudèn

Les deux camarades partagèrent leurs impressions sur ce riche arrondissement, puis Kassepi entama sa propre histoire, à la demande d'Honnelli.

— J'en étais à ma deuxième session d'université l'année passée, et c'est en me rendant à un cours que j'ai rencontré Juheur par hasard. Étant probablement les deux seuls *métalleux* sur le campus, nous nous saluions lorsque nous nous croisions. Il m'apparaissait étrangement jeune pour étudier à l'université. Après être tombé sur lui quelques fois, je lui ai finalement parlé.

Kassepi se souvenait encore de la fraîcheur de l'air printanier qui lui avait insufflé le courage de lui adresser la parole une fois qu'ils s'étaient salués.

***

— *Najy*, frère! l'interpella Juheur, avec un enjouement qui tenait de l'étrangeté de leur relation, qui ne se résumait jusqu'ici qu'à un léger hochement, distant mais respectueux, de la tête.

Cette fois, Kassepi ralentit sa marche et prit un air rayonnant, puis interrogatif.

— *Chah*'! Dites donc, vous semblez encore bien jeune pour être à l'université. En quoi étudiez-vous?

— Oh, je n'étudie pas ici, je travaille à temps partiel à la bibliothèque universitaire. Je ne suis même pas en âge de m'inscrire. En fait, je n'ai que quinze ans, répondit Juheur, nullement intimidé, en retirant ses écouteurs.

Songeant à leur style vestimentaire commun, Kassepi posa alors la question tout indiquée :

— Alors, joues-tu de la musique? Les vouvoiements superflus furent rapidement délaissés.

À cette époque, il avait une chance sur deux qu'il jouait de la guitare, quatre chances sur cinq qu'il faisait partie d'un groupe et neuf chances sur dix qu'il écoutait le nouvel album de Sahiké Nora sur son lecteur-cassette portatif.

— Certainement! Je suis guitariste et chanteur de mon groupe métal (et il écoutait bien sûr le dernier album de Sahiké Nora qu'il mit sur pause)... Je joue pour Takané. Nous louons un local de répétition sur le campus. Ça explique pourquoi nous nous croisons aussi souvent ici. Es-tu également musicien?

— Oui, je suis batteur depuis déjà plus de quatre ans, mais mon dernier groupe s'est dissous récemment après des histoires ennuyeuses, et la fin du bail de notre local est tombée à point, faut-il croire.

— Sans blague? Nous sommes à la recherche d'un bon batteur stable! Nous en avons un actuellement, mais il ne convient pas du tout. Souhaiterais-tu venir auditionner?

— Avec plaisir! Kassepi Mollieur, répondit-il, enthousiaste, en tendant la main.

D'un air heureux, ils se serrèrent la main d'une poigne franche et se firent un léger tintement de tête respectueux.

— Juheur Vossa. Enchanté. Voici mon numéro de téléphone. Donne-moi un coup de fil cette semaine entre seize heures trente et dix-huit heures.

Les deux *métalleux* continuèrent leur chemin, emballés par cette rencontre fortuite.

***

— Eh bien, l'Université de Kapousha s'avère être un endroit heureux pour Takané! remarqua Honnelli afin d'indiquer qu'il suivait bien l'histoire.

— Oui, c'est bien vrai! Alors, le lendemain, très fébrile, j'ai appelé Juheur, et il m'a invité à passer à son appartement avant de nous rendre au local de répétition. Il me fit écouter quelques enregistrements de fortune qui dataient de l'époque de Kmési. La qualité était particulièrement mauvaise, mais je pouvais reconnaître le talent de ce gars-là, ce qui m'a amené innocemment au même malaise que tu viens de vivre.

***

— Très intéressant comme musique, j'aime bien... Et votre ancien batteur est impressionnant. Pourquoi ne fait-il plus partie du groupe?

Juheur stoppa brusquement la cassette et l'éjecta comme pour punir Kassepi d'avoir abordé le sujet. Il rejeta la cassette du revers de la main sur un tas d'autres albums qui étaient amoncelés sur la commode sale et bancale. Étonnamment, la pile à l'équilibre précaire qui se devait de faillir ne s'effondra pas, rajoutant une touche de surréalisme à cette minute dramatique. Juheur répondit d'un seul même long et rapide trait :

— Kmési est mort à l'automne 1026, et depuis, nous n'arrivons pas à trouver de batteur qui lui arrive à la cheville... Personne ne parvient à émuler son style original... Personne n'a son talent.

— *Heud*[25]... Je suis sincèrement désolé. Que lui est-il...

Juheur l'interrompit.

— Mais il faut croire que nous gardons espoir puisque je suis tombé sur toi et je t'ai invité à passer cette audition.

— Je ferai de mon mieux. À entendre ce que vous faites, je serais bien content de joindre un groupe à nouveau. Ce que vous jouez est bien meilleur que tout ce à quoi j'ai pu participer jusqu'à maintenant.

— *Shôda*[26], Mollieur. Allons maintenant voir ce que tu peux faire, conclut Juheur en affichant un large sourire de bravade, dans l'espoir d'oublier ses souvenirs douloureux.

***

— Donc, à ce moment-là, tu ne savais toujours pas qu'il s'était suicidé ?

— Non, exact. Je n'ai jamais eu la hardiesse de m'en informer par la suite. En fait, je l'ai appris au même moment que toi, tantôt ! Jamais n'avais-je eu la force ni la témérité de leur demander les circonstances du décès.

— Vraiment ! *Heud*... Merde... *Kimé*...

Honnelli étant à court de vocabulaire pour formuler sa pensée, Kassepi en profita pour achever son histoire.

— Nous avons ensuite marché ensemble de son appartement jusqu'aux anciennes stalles. J'ai aimé leur local sur-le-champ. Il y avait quelque chose de sympathique et de propice à la bonne musique. C'était chaleureux, quoi ! La batterie était bien garnie et Juheur me pria de m'y installer.

***

---

[25] *Heud* (prononcé *hôïd*, près du *eu* allemand, comme dans *Freud* [*Frôït*]) : juron kapien portant littéralement le sens du *fuck* anglais. Il n'en a toutefois pas la même force et s'apparente davantage au *fuck* québécois, ou un peu plus fort.

[26] *Shôda* : merci

— Alors, Mollieur, es-tu familiarisé avec le répertoire du métal kiménore ?

— Oui, bien sûr. J'ai grandi en écoutant Sahiké Nora, Kimen Nessin, Ribar.

— Le nouveau guitariste de Kimen Nessin, quelle découverte tout de même !

— Klove X est tout simplement génial ! Il a fait oublier la mort tragique de Vor Ani Atiké à tout le monde.

Kassepi se rendit compte trop tard de la triste allusion qu'il venait de susciter. Il se sentit désolé une fois de plus de sa maladresse.

— Bien, espérons que tu sois notre Klove X, riposta Juheur sur un ton doux utilisé pour le mettre en confiance plutôt que pour se venger de cette bévue.

Kassepi ne se fit pas attendre et s'exécuta. Juheur était attentif, mais n'eut pas besoin de plus d'une minute de ce solo époustouflant pour attester du grand talent de Kassepi, qui poursuivait les enchaînements compliqués. Au bout d'un moment, il regarda son juge qui affichait un air convaincu.

— Simplement pour le plaisir, saurais-tu jouer par-dessus la cassette ?

— Pas de problème. Que mets-tu ?

— *Kallien Nahavé* de Kimen Nessin.

— Ha, ha ! Évidemment, j'aurais pu le deviner.

La musique partit sans avertissement. Kassepi rattrapa le rythme après le premier motif technique de cinq mesures et accomplit un parcours sans failles. Le sourire de Juheur s'élargissait à chaque détour que Kassepi suivait machinalement avec virtuosité. Au bout de ces cinq minutes frénétiques de prouesses musicales, Juheur applaudit le batteur expert qui soufflait un peu.

— Ouf, ce n'est pas de tout repos, ce morceau ! Et pas le plus facile !

— Ha, ha ! *Heudan*[27] que c'est bon ! Donc, Mollieur, je t'engage sur-le-champ si tu acceptes.

— Certainement que j'accepte ! À quand la première répétition avec le reste du groupe ?

— Demain soir, à la même heure.

---

[27] *Heudan* : du verbe *heudor*, « fourrer », juron kapien de la même famille que *heud* vu plus tôt, qui est l'équivalent de l'anglais *fucking*

Ils passèrent ensuite une bonne heure à discuter de la scène métal de Kapousha et partagèrent leur vision du groupe. Ainsi, cette rencontre inespérée se révéla être de bon augure pour Juheur et Takané qui recherchaient un batteur à la hauteur de Kmési, et pour Kassepi, qui désirait fortement se joindre à un groupe ayant du potentiel.

Le lendemain, Kassepi arriva au local de répétition à l'heure prescrite. De l'extérieur, il pouvait entendre le groupe qui pratiquait ; à son grand désarroi, il y avait quelqu'un à la batterie. La porte était déverrouillée et Kassepi entra timidement, pour observer. Les musiciens ne s'arrêtèrent pas tout de suite de jouer, mais Juheur afficha un large sourire en voyant Kassepi et finit par se fourvoyer dans ses paroles ; il continua néanmoins à suivre les autres. Ceux-ci avaient tous un point d'interrogation à la figure : qui était donc cet inconnu qui s'était introduit dans leur lieu sacré ? Après le refrain, Juheur baissa la tête pour cacher son rire incontrôlable et contagieux. Énoeur se détourna afin de reprendre son sérieux, mais le rire l'avait atteint. Au bout de quelques mesures, Juheur, Isoeur et Énoeur arrêtèrent. Le batteur arrêta à son tour lorsqu'il entendit les autres instruments faillir.

— Que se passe-t-il ? Pourquoi ce rire, Juheur ? demanda-t-il inquiet.

— Eh bien voilà ! Je vous présente Kassepi Mollieur, annonça-t-il au microphone en pointant le *métalleux* étranger qui se tenait toujours là, figé dans le cadre de porte, attendant le dénouement de cette situation déplaisante. Juheur reprit.

— Kassepi est venu auditionner hier soir pour le poste officiel toujours vacant de batteur.

À ces mots, les yeux du type assis à la batterie s'écarquillèrent pour couvrir tout son visage, le rendant particulièrement laid, lui qui n'était déjà pas avantagé, d'ordinaire.

— Que... Mais qu'est-ce que cette histoire absurde ? Vous m'avez déjà comme batteur ! s'insurgea-t-il sur un ton mauvais, prêt à se mettre en colère. Juheur lui en donna l'occasion.

— Isoeur, Énoeur et moi n'avions pas encore statué sur ton poste. Mais après avoir entendu Kassepi hier soir, j'avais hâte que nous puissions l'entendre tous pour éventuellement l'intégrer à part entière.

— Non, mais ce n'est pas possible, *onéondeurk*[28] ! Tu es un vrai salaud, Juheur ! Comment peux-tu me faire ça ? enchaîna-t-il, ajoutant à cela un chapelet d'insultes kapiennes.

Il botta un pied de cymbale qui fit un vacarme en tombant au sol. Furieux, il se leva maladroitement et voulut pousser Énoeur au passage, mais celui-ci ne broncha pas. Le type recula, trébucha et se brisa le dos en heurtant le même trépied qu'il venait de frapper du pied. En boitant et en se frictionnant le dos, il prit son pardessus sans dérougir de colère, proférant toujours plus d'insultes jusqu'à l'épuisement de son répertoire. Il poussa Kassepi au passage et ouvrit la porte, comme s'il allait l'arracher et partir avec. Il sortit en coup de vent et claqua la porte. Heureusement, celle-ci demeura dans ses charnières.

Énoeur, qui luttait fortement pour ne pas éclater de rire, n'en pouvait plus. Juheur pleurait presque de joie. Isoeur se soulagea sans plus attendre :

— Enfin ! Quel bonheur de se débarrasser de ce parasite ! Ce qu'il pouvait m'exaspérer à la fin.

Juheur et Énoeur éclatèrent de rire, partageant le même sentiment de libération. Kassepi, demeuré tout ce temps dans le vestibule, était subjugué. L'autre batteur l'avait foudroyé du regard en sortant et Kassepi se sentait plutôt mal d'avoir provoqué son départ. Il était également embarrassé d'avoir été le catalyseur de cette réaction explosive. Juheur le réconforta :

— Ne t'en fais pas, tu n'entendras plus parler de lui. Il n'était avec nous que depuis trois semaines et il n'y avait aucune chance que ça fonctionne entre lui et nous. Son caractère nous énervait au plus haut point, et qui plus est, de ce que j'ai entendu de toi hier, il ne t'arrive pas à la cheville ! Ce n'était qu'une petite vengeance de le faire déguerpir comme ça. S'il te plaît, Kassepi, installe-toi à la batterie, je vais faire les présentations.

Kassepi fit la connaissance de ces joyeux lurons, puis on le pria de démontrer ses habiletés. Comme il l'avait fait la veille, il y alla d'improvisations, de modulations de vitesse et de passes complexes. Sa performance impressionna grandement Isoeur et Énoeur.

---

[28] *Onéondeurk* : littéralement « *dèche* (sperme) de ce qui est sacré », « sacrée dèche ! »

— Wow ! Kmé... Kassepi. Tu es génial, remarqua Énoeur, forcé de constater le frappant contraste de talent avec l'imbécile congédié peu avant.

***

— Quelle drôle d'histoire ! J'aurais bien aimé assister à cette scène, gloussa Honnelli.

— Oui, sur le coup, je me suis senti bien mal, mais aujourd'hui, j'en ris et je suis bien heureux d'avoir intégré le groupe. Par la suite, il arriva souvent que Juheur et moi nous retrouvions au local après mes cours et c'est ainsi que nous avons commencé à travailler ensemble sur la composition. Je ne saurais dire pourquoi, mais la chimie s'installa très rapidement entre nous deux.

Les deux compagnons sortirent à la station Kapousha-Koh. Honnelli souhaita bonne nuit à Kassepi, puis il s'engouffra au cœur de cette ville assoupie au tournant d'une rue. Kassepi resta seul sur le trottoir aux abords du rail de tramway. Le calme était grisant et l'air frais nocturne du printemps était jouissif. Le tramway ne tarda pas trop à arriver ; Kassepi y monta et disparut dans la nuit. Le quartier redevint désert et immobile.

CHAPITRE CINQ

La fin des études pour Kassepi Mollieur

De fins rideaux dorés filtraient la lumière du soleil matinal. Les grandes baies vitrées de la salle à manger située à l'angle de la maison donnaient à la fois sur le levant et sur la mer, au nord. La pente prononcée menant vers la plage ainsi que la baie offraient une vue imprenable qu'aucune résidence environnante ne venait obstruer. Par les fenêtres ouvertes, on entendait même les cris des oiseaux marins poussés par la légère brise qui gonflait indolemment les rideaux.

— Prendrais-tu une autre brioche, mon petit Kassi?

La mère de Kassepi apportait le jus de fruits fraîchement pressé. Au bout de la table, son père avait le visage voilé par son journal quotidien tenu bien droit. Kassepi refusa l'offre et remercia sa mère de façon laconique. Celle-ci demeurait déterminée à entamer une conversation avec son fils.

— As-tu obtenu une réponse pour ton stage estival en entreprise? Le mois de mai arrive à grands pas et il serait dommage que tu te retrouves sans perspectives après tes examens finaux.

Kassepi répondit à contrecœur et sans se réjouir de cette discussion.

— J'ai reçu une réponse hier... Je commence la semaine prochaine...

— Ah, mon grand! C'est une excellente nouvelle! Pourquoi ne pas nous l'avoir dit plus tôt? s'exclama-t-elle en pressant les épaules de son fils en guise de félicitations.

Son enthousiasme matinal exaspérait Kassepi et ce toucher l'irrita encore plus. Il savait alors pourquoi il ne souhaitait pas partager les événements de sa vie avec ses parents et désirait tant fuir leur nid. Renfermé et silencieux, il se hâta de terminer son assiette.

— Tu penseras à te procurer des vêtements décents pour cet emploi. Aucun employeur ne te gardera dans cet accoutrement ridicule et ces haillons, conclut son père en fixant son regard désapprobateur sur son fils, qui se levait pour quitter la pièce.

Invincible, en tenue métal, Kassepi prit le tramway et le métro en direction de l'université, oubliant tranquillement l'épisode désagréable du déjeuner et se fortifiant avec la musique projetée par ses écouteurs. Pour s'occuper, il révisa ses notes de cours une dernière fois.

Il arriva une bonne demi-heure avant le début de son dernier examen de la session. Il attendit sur un banc à proximité du pavillon des études commerciales pour profiter de la douceur matinale. Le printemps était déjà bien installé à Kapousha. L'air était frais, mais le soleil déversait une chaleur bénie. Kassepi avait laissé ses livres de côté, profitant plutôt de son point de vue pour admirer la gent féminine récemment allégée de ses habits d'hiver. De la musique plein les oreilles, il contemplait le tableau et ses pensées profondes resurgissaient. Il devint pensif et très calme, comme en symbiose avec son environnement. Ce n'était certes que le dernier examen de sa deuxième année d'université, mais un parfum de nostalgie l'entêtait maintenant. Il soupira profondément, prit ses affaires et se rendit à son contrôle final.

Dans le couloir, il ne se mélangea pas aux autres étudiants qui attendaient l'ouverture des portes de la classe. Demeuré solitaire, il n'ôta ses écouteurs qu'au dernier moment, pour se pencher sur les documents qu'on lui avait remis. Fort d'une bonne étude préalable, il fit l'examen avec une sérénité et un détachement particuliers. Son esprit pouvait presque se dissocier de son corps et se regarder couvrir le papier de ses réponses. Il termina l'épreuve sans se soucier du temps restant ni de la performance des autres. Il remit sa copie au responsable, le salua et sortit du pavillon. Il n'était pas encore onze heures trente et les examens prenaient fin à midi. Le campus était très calme et Kassepi, affamé, alla se procurer un repas à la cantine extérieure. Il s'installa placidement à l'une des nombreuses tables de pique-nique dispersées autour du lac du parc central. Entre chaque bouchée qu'il savourait pleinement, il basculait la tête vers le ciel, les paupières closes, pour absorber les chauds rayons du soleil. Enfin libéré de la lourde pression des études, c'était un de ces moments parfaits de béatitude.

Une fois son repas terminé, il soupesa ses options, avant la répétition. Juheur travaillait jusqu'en début de soirée ; Isoeur et Énoeur étaient à l'école secondaire jusqu'à seize heures ; Honnelli, lui, était probablement derrière sa guitare ou devant son piano, ou à jouer à un de ses jeux vidéo.

Ses pensées furent soudainement bousculées lorsque le campus fut envahi par une masse d'étudiants qui sortaient d'un examen. Pour certains, c'était leur tout dernier avant leur diplôme ; pour d'autres, ce n'était qu'une étape de plus avant l'été. Kassepi céda sa place à une bande d'amis tonitruants qui partageaient leurs impressions sur l'épreuve fraîchement terminée. Il fit une moue dépitée quand cette société libre tout autour s'en prit à sa bulle. Il ressentit une double déception : celle d'avoir été happé hors de son moment de béatitude solitaire, et celle de ne pas prendre part à ce bonheur collectif autour de lui.

Kassepi se réfugia dans le seul endroit où il se sentait à l'aise : le local de répétition.

Là, derrière ses tambours et cymbales, assis à sa forteresse de métal, il se sentait tout puissant et invulnérable. Il pratiqua sans prendre de pauses, ne se levant de son siège que pour se déboucher une bière ou pour appliquer des pansements à ses mains meurtries, fortement sollicitées. Il répétait et répétait des passages compliqués et des pièces entières en augmentant le tempo progressivement, sans s'arrêter, encore et toujours, reprenant dès qu'il trébuchait, recommençant à chaque variation d'intensité involontaire. Avec une maîtrise absolue, il accélérait de manière constante, passant d'un rythme lent à une cadence d'une vélocité extrême, comme s'il prenait son envol. Il repoussait ses limites, malgré la souffrance de ses membres et les brûlures aux doigts, allant jusqu'à dépasser de quatre, huit, douze, seize battements par minute de plus que ce que demandaient les morceaux de Takané et du métal en général. Peu importe la sueur qui lui coulait au front, la gratification d'une exécution réussie à des tempos surhumains surpassait le supplice. Il souffla un peu et se permit une bière comme récompense. Il passa à d'autres exercices de pieds et de jambes, ajoutant des jeux de baguettes une fois le bas maîtrisé. Il s'amusait à faire pivoter et virevolter ses baguettes pendant que ses pieds accéléraient tranquillement aux deux grosses caisses.

Kassepi ne vit pas l'après-midi passer. Pour son plaisir, il fit ensuite jouer par la console de son et les haut-parleurs ses chansons préférées qu'il accompagna à la batterie. Il choisit des morceaux particulièrement difficiles qu'il était fier de terminer sans failles majeures et au cours desquels il s'amusait à multiplier les mouvements spectaculaires. C'est durant l'une de ces exécutions qu'Isoeur et Énoeur arrivèrent au local. Kassepi acheva la pièce avant de saluer les deux écoliers qui l'écoutaient avec admiration, un grand sourire aux lèvres et les yeux brillants.

— Salut, Mollieur! Toi, tu ne chômes jamais, mon ami! Quel plaisir de te voir jouer comme ça, s'exclama Isoeur.

Isoeur déposa son sac d'école dans un coin. Bien qu'il ne fût que quinze mois plus jeune que Kassepi, son visage enfantin semblait amplifier son admiration envers son aîné.

— Ha, ha! Merci, Isoeur. Je ne voudrais pas te mettre de pression, mais il serait mal vu que tu ne sois pas à la hauteur à la guitare, le taquina Kassepi.

Énoeur rit de bon cœur et donna une tape amicale à son guitariste.

— Oh, Izi! Je crois que tu es mûr pour nous démontrer tes prouesses. Mais ne stresse pas trop, nous allons chercher à bouffer et nous revenons dans une heure, le temps que tu te réchauffes et t'exerces un peu. Tu viens, Kassepi?

Les deux amis partirent acheter le nécessaire à souper pour tout le groupe, laissant Isoeur seul. Isoeur s'installa et il se réchauffa les doigts en faisant une suite d'exercices — comme une sorte de rituel personnel — sans amplifier sa guitare électrique, puis une fois satisfait, il alluma son amplificateur et enclencha la distorsion et la réverbération. Enchaînant les gammes, partant en majeure, modulant en mineure, passant par des pentatoniques et d'autres gammes plus exotiques, puis glissant en arpèges pour finir par un jeu à deux mains de haute voltige, Isoeur était l'un de ces rares musiciens doués et chanceux sur qui le labeur de l'entraînement produisait des résultats impressionnants. Recroquevillé sur sa guitare, Isoeur était hypnotisé par le cliquetis envoûtant du métronome et son univers se réduisait à ses arabesques chromatiques et à cette pulsation maniaque qui lui assourdissait les oreilles. Il perdait toute notion du temps externe et pouvait passer des heures, drogué par la répétition machinale, jusqu'à ce que ses muscles et ses doigts mémorisent parfaitement les mouvements et en décuplent la vitesse d'exécution. Par plaisir, plus que par sagesse, il négligeait ainsi rarement ses trois heures de pratique quotidienne pour maintenir son niveau de jeu et s'améliorer progressivement. Naturellement, il lui arrivait de heurter un mur et de se décourager devant des embûches frustrantes, et il entretenait, comme tout musicien, une relation d'amour-haine avec son instrument. Il lui arrivait de jurer contre lui-même, de pleurer devant l'impossible, de perdre la raison à force de se faire marteler le cerveau par le métronome, d'arracher violemment les cordes usées avec exaspération, de cracher sur sa guitare et de l'envoyer promener durant quelques jours. Néanmoins, il y revenait, comme pour combler une carence, assouvir un besoin vital, et il était fréquent qu'il poursuive ses entraînements au-delà de la douleur, ignorant les tiraillements brûlants de ses phalanges et de ses poignets et du mal de dos et de cou dus à la posture inadéquate du passionné. Il insistait, obsédé par les coups de métronome toujours plus rapide, au point où la callosité du bout de ses doigts venait à s'écorcher et à ensanglanter les cordes métalliques. C'est principalement cette rigueur dans la persévérance qui faisait de lui un virtuose remarquable pour son jeune âge. Il agissait ainsi, un peu malgré lui, comme un effet de son obstination jubilatoire et obsessive, selon la profonde conviction kapienne que l'excellence n'était point le fruit du talent, mais bien celui du travail. Ce jour-là, comme en ces rares symbioses parfaites, les notes effrénées coulaient bien sous ses doigts. Il en était à expérimenter des combinaisons de gammes et des motifs inusités lorsqu'Énoeur et Kassepi revinrent.

— Eh bien! Voilà qui est très intéressant! Où as-tu déniché cette sonorité? demanda Kassepi.

— Oh! C'est une variation sur le thème d'une vieille chanson de Ribar. Ces musiciens ont vraiment creusé pour parvenir à construire cette mélodie, mais je trouve qu'ils ne sont pas arrivés au bout du chemin de leur découverte. Ils étaient à un poil de créer quelque chose d'extraordinaire. J'essaie de faire le dernier bout de chemin. J'ai peut-être trouvé une piste intéressante en écoutant ce que ce nouveau guitariste de Kimen Nessin, Klove X, exécute sur le dernier album du groupe. C'est du pur génie.

Isoeur se remit à jouer devant ses deux spectateurs qui engouffraient leur souper frugal, assis sur le divan. Entre-temps, Juheur et Honnelli arrivèrent à tour de rôle; ils ne voulaient pas déranger leur guitariste qui ne fatiguait guère d'enfiler les prouesses, tandis qu'il s'alimentait des regards scintillants et admiratifs de ses camarades.

Kassepi prenait de grandes bouchées qu'il mâchait vivement. La conjoncture l'agitait gaiement. Pour lui, cette fin de session décisive, cette communion musicale avec ses seuls amis proches et cette bouffe fortifiante l'exaltaient plus que tout. Plein d'énergie, il se leva, bouillonnant, prêt à entamer cette nouvelle répétition.

— Bon! Jouons, les gars, déclara-t-il.

Chacun emboîta le pas, se positionna et se réchauffa à son instrument. Une cacophonie émanait de l'ensemble qu'aucun ne percevait pourtant; chacun était concentré sur son propre jeu, qu'il distinguait au travers du chaos sonore. Ce voile de bruit prit une forme précise lorsque Juheur nomma leur hymne d'introduction : « *Takané!* »

Et le groupe s'exécuta avec une tumultueuse détermination.

Durant la pause, Kassepi prit place sur le sofa et retrouva momentanément la quiétude qui le portait plus tôt dans la journée. Le groupe, d'abord excité par ce premier segment très réussi, comme s'il était envoûté par l'état de leur batteur, finit par se calmer. Kassepi avait toute leur attention maintenant.

— Les gars, comme vous le savez, ce matin était mon dernier examen de la session.

Le groupe cria de joie et applaudit la nouvelle. Il reprit.

— Afin de conserver le stage rémunéré qui m'attend la semaine prochaine, je dois reconduire mon inscription pour le semestre d'automne comme preuve d'étude. Mais je n'ai pas vraiment l'intention d'y retourner. Je ne me sens pas du tout à ma place sur les bancs de cette école de commerce et je le serai encore moins dans ces bureaux administratifs. Tout ce qui me sourit et me nourrit, c'est de jouer de la batterie pour ce groupe, où je me sens réellement dans mon élément. J'ai pris la décision d'abandonner mes études pour me concentrer sur Takané.

Ses amis ne surent pas comment réagir et se turent. Chacun prenait à cœur ce projet, mais aucun encore n'avait eu à statuer ainsi sur ses buts dans la vie ni n'avait eu à décider de ses actions en fonction de ces buts. Comment savoir à dix-sept ou dix-huit ans, alors que le groupe n'en était somme toute qu'à ses balbutiements, que telle direction était la bonne, qu'un tel sacrifice en vaudrait la peine? Seul Juheur n'était plus dans le contexte académique, mais lorsqu'il avait quitté l'école, ses aspirations musicales n'étaient pas la cause principale de son décrochage scolaire. Au bout d'un moment d'hésitation, Honnelli félicita Kassepi.

— Bravo pour ton initiative! Nous devrions tous démontrer comme toi notre engagement formel envers ce groupe. Pour ma part, je suis totalement avec toi, et si mon nom figure encore sur les listes des étudiants, ce ne sera qu'aussi longtemps que mes parents s'entêteront à m'y voir inscrit.

Énoeur se courba vers l'avant, posant les coudes sur les genoux pour prendre la parole.

— Il en va de même pour moi. Après cette sixième et dernière année au secondaire, mes parents n'ont pas les moyens de m'envoyer à l'université et les écoles professionnelles ne me disent rien pour l'instant. Tout ce que je connais en dehors des bancs d'école, qui m'ennuient et m'exaspèrent, c'est ce groupe de musique. Vous êtes désormais ma seule avenue, se confia un Énoeur gêné par sa propre sincérité.

— C'est donc un grand jour pour Takané, conclut Isoeur qui tentait de dissimuler son embarras, encore incapable de trancher définitivement en faveur du groupe. Il ne partagea pas sa peur de s'engager pleinement. Juheur décela l'ambivalence de son vieil ami, mais Kassepi intervint avant qu'il pût y avoir la moindre confrontation inutile.

— Merci, les gars. Je me sens déjà un peu plus libéré. Je lève ma bière à la santé de Takané!

D'une certaine manière, en mettant symboliquement fin à ses études et en s'adonnant à la musique, Kassepi tournait la page sur une double source de frustration personnelle qui perdurait depuis longtemps.

CHAPITRE SIX

L'enfance de Kassepi Mollieur

L'éclairage artificiel des néons donnait un teint malade à cette pièce déjà trop pâle. Un médecin en sarrau également d'un blanc éblouissant s'entretenait avec une femme qui entourait son fils d'une douzaine d'années de son bras maigre mais réconfortant.

— Comment est-ce arrivé ? Eh bien, il s'est effondré en mimant jouer de la batterie. L'auriez-vous cru, docteur ? répondit-elle, décontenancée.

Le préadolescent rougit et baissa les yeux, honteux d'être mis à nu devant cet étranger par sa mère protectrice.

— Il joue de la batterie maintenant ? demanda d'un air perplexe le docteur, qui cherchait des précisions.

Son œil gauche se ferma complètement alors que son sourcil droit touffu se leva sur son front grassement plissé à une hauteur qui irritait le garçon. La femme fit un sourire gentil par politesse. Elle-même entra dans le jeu avec son air jovial forcé, qui rendait son enfant plus mal à l'aise encore.

— Non, non, jamais ! Il faisait seulement semblant d'en jouer, vous savez, dans le vide, s'imaginant entouré de ces ensembles farfelus de percussions. Oh là là, quel enfant coloré !

Son sourire était à présent détestable.

— C'est ce groupe de musique abusive qui lui monte à la tête, ajouta-t-elle. Depuis que son grand frère a ramené ce disque du diable, il s'essouffle à tenter de suivre la batterie complètement démente dans le vide. Oh, mais quel bruit ! Quelle horreur, cette musique !

Le docteur se fit impératif ; il ferma les yeux et son visage devint encore plus laid dans sa tentative de démontrer de l'autorité. Il leva même le doigt pour se convaincre de son influence. La mère plissa ses yeux et sourit hideusement, elle aussi, comme si elle fut la réflexion produite par un miroir ; elle obéit au sermon du docteur, qui semblait satisfait de son effet.

— Vous savez bien qu'il faut continuer à modérer ses activités physiques le temps que les exercices lui redonnent assez de capacité pulmonaire. Aussi délicieux que votre fils puisse être, il est également d'une grande fragilité.

Ces propos écœuraient davantage le préadolescent, d'autant plus que sa mère lui massait maintenant le dos nerveusement en guise d'encouragement et de réprimande. Dans ce moment des moins agréables, elle lui prit ultimement la main pour le diriger hors de cette pièce aux reflets livides. La petite famille prit congé du médecin.

— Je vous remercie, docteur Heulin, pour vos bons soins et conseils. Nous veillerons à ce que ces derniers soient suivis.

Elle n'avait pas encore rouvert les yeux et la tape dans le dos qu'elle donna à son enfant trahissait son agacement. Elle ajouta :

— Allez, mon petit Kassi, remercie et salue le docteur.

Ils quittèrent la salle d'urgence lorsque ce fut fait, non sans difficulté. Madame Mollieur tira son fils par la main hors de l'hôpital, marchant d'un pas rapide qui traduisait son fort désagrément. Une fois dans le stationnement, hors de portée des regards indiscrets de la salle d'attente, elle le gronda sévèrement.

— Vois-tu à quel point tu viens de me faire honte ? Mais quelle idée as-tu eu de t'essouffler ainsi ? Tu sais très bien que tu ne supportes pas les activités trop physiques. Veux-tu vraiment que tes poumons et ton cœur éclatent ? Est-ce vraiment ce que tu veux ? Oh là là, quel enfant têtu tu es ! Nous rendre d'urgence à l'hôpital parce que tu ne respirais plus, devenu mauve... Oh ! Mon Kassi, j'ai eu si peur de te perdre, mon petit Kassepi !

À ce moment précis, l'adrénaline de sa mère chuta. Elle éclata en sanglots, serrant son fils sain et sauf dans ses bras. Kassepi vivait une ambivalence nouvelle, incertain de vouloir s'abandonner à cet amour maternel. D'une part, il était irrité par le comportement de sa mère plus tôt, et parce qu'elle l'avait grondé, mais d'autre part, il ressentait un vif besoin de se faire réconforter après avoir eu bien peur durant cette dernière crise due à sa santé précaire.

— Allons, rentrons maintenant, conclut-elle en séchant ses larmes naissantes.

***

Après avoir célébré la nouvelle de Kassepi, le groupe entreprit le prochain morceau. Ils purent compter sur l'énergie débridée de leur batteur déchaîné pour cette soirée. La répétition devint une partie de plaisir et personne ne chercha à ramener la bande à l'ordre ni à plus de sérieux. Énoeur accourrut derrière la batterie, *headbangnant* sur le rythme, avec Kassepi. Juheur chanta des paroles absurdes qui firent bien rire Honnelli, pris derrière son synthétiseur, qu'il tentait de prendre comme une guitare. Après deux tentatives infructueuses où l'instrument tomba à terre, il laissa cet avantage aux guitaristes et se résigna à multiplier ses trémoussements en prenant appui sur son clavier. Quant à Isoeur, il passait des rythmiques à des solos improvisés, sans trop se préoccuper d'où en était rendue la chanson. À chaque salve syncopée de cymbales, les gars multipliaient les singeries. Kassepi fut bien heureux de l'effet provoqué, et il eut bien du mal à dissimuler son sourire. Il inspira profondément et accéléra son jeu pour ajouter du fil à retordre à ses amis, qui rouspétèrent gaiement. Toujours plus vite, il en était à moudre sa caisse claire de sa baguette gauche lorsqu'un souvenir lui traversa l'esprit comme un éclair.

***

Le petit Kassepi était couvert par les deux bras de sa mère. Il regardait le sol dans un mélange de gêne, de honte et de haine. Le professeur de musique ayant accordé une entrevue à sa mère lui demanda en quoi il pouvait lui être utile.

— Il y a que mon fils Kassepi a le souffle court et un petit cœur fragile. Il va de soi que les instruments à vent sont un danger pour lui. Je vous demanderais, s'il vous plaît, de bien vouloir assigner mon fils à un instrument plus léger, plus adéquat pour sa situation.

— Oui, bien sûr, évidemment, madame Mollieur. Je crois que votre fils ne s'éreintera pas aux percussions. Cela vous convient-il, madame ?

— Oh ! Voyons, mais... certes, tant que ce ne sont pas ces ridicules batteries. C'est que mon petit Kassepi a déjà eu un incident malheureux avec ces monstruosités.

— Je comprends, madame. Je peux vous assurer qu'il n'est pas question ici de ce genre d'instruments. Les percussions demeurent plutôt simplistes à notre niveau. Ce sera notamment la caisse claire ou la timbale. Votre fils n'aura pas de peine à suivre l'orchestre et jamais il ne cherchera son souffle.

— Je vous remercie, monsieur. Kassepi, remercie également ton enseignant !

***

Chaque nouveau morceau joué avec force et adresse ramenait ces souvenirs importants et révélateurs à l'esprit de Kassepi. Autant d'heures douloureuses à surmonter des difficultés, de persévérance à battre ses percussions et à combattre sa condition, à suffoquer, à tousser violemment par manque de souffle. Il s'y acharna durant des années, progressant imperceptiblement au quotidien, mais devenant lentement plus vigoureux et surtout plus talentueux à la batterie. Au terme de ses études secondaires, les résultats étaient probants. Sur le plan de la santé, il était parvenu à rejoindre les statistiques de son groupe d'âge et continuait à se fortifier pour reléguer au passé ce problème gênant.

Il voulut poursuivre en musique à l'université. Cela, son père refusa catégoriquement, insistant sur le fait que faire de la musique n'était pas une carrière, qu'être musicien n'était pas une profession digne, et que Kassepi serait éternellement misérable, qu'il était préférable qu'il devienne un financier comme il l'était lui-même. Sans toutefois délaisser la batterie et son groupe de l'époque, Kassepi plia sous la pression de ses parents et s'inscrivit aux hautes études commerciales de l'Université de Kapousha, où il devait pourtant rencontrer Juheur et découvrir Takané.

C'est cette sorte d'ellipse mathématique, où le destin le ramenait indirectement à ce que son cœur désirait, que Kassepi prenait conscience dans sa réflexion plus tôt ce matin, après son dernier examen, et lui confirmait peut-être un but à poursuivre. Certainement, cette association d'événements, à laquelle il voulait bien croire, lui accordait une confiance dans la voie qu'il choisissait alors de façon audacieuse.

La répétition se termina et les gars, fidèles à leur habitude, prolongèrent la soirée pour s'amuser et, cette fois, ils avaient comme prétexte pour fêter le « nouveau Kassepi ». Mais il se faisait tard et personne ne voulut manquer le dernier métro. Comme bien souvent,

Kassepi et Honnelli rentrèrent ensemble en direction de Kapousha-Koh. Les deux compagnons, avachis sur une banquette du train, goûtaient encore le plaisir de cette soirée de folie à jouer de la musique en groupe, sans prétention. Les quelques passagers anonymes du wagon ne pouvaient comprendre le moment intime de camaraderie que vivaient ces deux *métalleux* qu'ils jugeaient rapidement et, malheureusement, comme des nuisances à la société. Eux n'avaient rien à faire des regards désapprobateurs qu'on leur jetait et ils ne se gênaient pas, dans ce moment de « toute-puissance », pour parler fort et librement. Ils plaisantaient sur des sujets de façon si singulière que leur délire devenait inintelligible pour les passagers non initiés à leur monde. Kassepi finissait de rire de la dernière absurdité de Honnelli lorsque ce dernier demanda :

— Dis, Mollieur, quand as-tu joué de la batterie pour la première fois?

***

La salle était toujours la même, aussi froide et désagréable, par sa blancheur et les souvenirs pénibles qu'elle portait. Le docteur Heulin était en vacances lorsque Kassepi, maintenant en pleine adolescence, eut à nouveau une faiblesse en pratiquant un sport avec des amis après l'école estivale. C'est le jeune docteur nouvellement diplômé Samèl qui s'occupa de lui. Il consulta le dossier du garçon à la santé fragile. Remis de son malaise, Kassepi attendait l'arrivée de ses parents dans la salle d'attente. Son père vint finalement le chercher après plus de deux heures de retard.

— Je suis désolé, Kassepi : ta mère n'a pas pu venir te chercher, elle est prise au travail. J'ai été informé tardivement du fait que tu étais ici.

Kassepi ne parvenait pas à saisir pourquoi son père le traitait encore comme un enfant, alors qu'il était sur le point de le dépasser en taille et que son visage se fonçait d'un duvet brun. Il le salua poliment sans grande conviction, avec un respect conditionné qu'il regretta immédiatement.

— Le docteur désire te parler. Nous devons le rencontrer après son présent patient, s'il te plaît, dit Kassepi à son père de sa voix fraîchement muée.

Ils attendirent patiemment sans se parler. Leur esprit courait à vive allure à la recherche d'une phrase, d'un sujet qui briserait ce silence, mais rien ne semblait à propos. Plus le silence s'allongeait, plus les idées qui surgissaient dans leur esprit pour le briser étaient ridicules, de sorte qu'il devenait impossible de le briser ; et plus pénible devenait l'attente. La température du corps de Kassepi augmentait sous cette pression intenable, au point où il sentit une goutte froide de sueur perler de son aisselle et glisser le long de son flanc. Enfin, après en avoir terminé avec une vieille dame qui devait ne voir que le devant de ses pieds tellement son dos était courbé, le docteur Samèl vint retrouver Kassepi et son père.

— Bonjour, monsieur Mollieur, comment allez-vous ? Je crois comprendre en lisant le dossier de votre fils que ce n'est pas la première fois qu'il fait une telle crise respiratoire.

Le père acquiesça d'un air triste.

— Effectivement, nous tentons de le garder de faire des activités physiques trop intenses pour éviter ce genre de situations malheureuses.

Le médecin le coupa pour lui présenter son opinion à ce sujet.

— Pardonnez-moi, monsieur, mais contrairement aux prescriptions faites par mon collègue Heulin, certes très conservateur, j'aimerais, à l'inverse, vous proposer un traitement progressif. Votre fils demeurera très certainement faible toute sa vie s'il est privé d'activités physiques d'un minimum d'intensité. Il aurait tout à gagner à s'entraîner progressivement pour renforcer sa constitution. Si l'on augmente tranquillement le niveau d'intensité de ses activités, il parviendra à se développer correctement.

Son père fut surpris de cette nouvelle, mais ces propos concordaient avec sa conviction qu'on faisait un homme en le confrontant et le poussant à bout plutôt qu'en le dorlotant pour le préserver.

— Oui, cela me semble logique. Qu'avez-vous à proposer comme traitement ? Je vous écoute.

— Eh bien, monsieur, je vois dans son dossier que la dernière fois qu'il a fait une crise, il jouait de la batterie. Je comprends qu'il est difficile de faire entrer un instrument aussi bruyant, mais ce serait l'instrument demandant un effort physique parfait pour lui. Un effort physique progressif et l'apprentissage d'une rythmique pour améliorer sa pulsation et cadencer l'utilisation de ses organes.

Un large sourire se dessina sur le visage de Kassepi, écoutant avec avidité les paroles de ce jeune docteur qui lui plaisaient beaucoup. Son père eut un soupir de résignation, sachant très bien que son fils désirait jouer de cet instrument depuis fort longtemps.

— Soit, nous y verrons. Ce ne serait pas un grand problème d'en installer une au sous-sol. Ce n'est pas l'espace qui nous manque, heureusement. Il faudra voir à insonoriser la pièce, par contre.

Kassepi sourit, lumineux.

— Tant que tu ne considères pas en faire une activité sérieuse. Il n'est pas question que tu négliges tes études pour autant, rétorqua le père à son fils.

— Oui, papa, répondit Kassepi avec un air soumis.

Kassepi s'éteignit aussitôt. Ils remercièrent le médecin et quittèrent son bureau.

— *Shôda*, papa, dit-il timidement et difficilement. Papa...

Il fit une pause, craintif d'aborder le sujet.

— ... pourrais-tu me montrer à me raser?

Après une hésitation légère, mais perceptible, son père lui tapa l'épaule maladroitement et acquiesça sans poser de questions sur ses motifs soudains. Il ne saisissait pas d'où provenait ce besoin, il n'était pas certain de comprendre pourquoi il devait lui montrer ce geste aussi banal, mais il se contenta de jouer son rôle, insensiblement, et Kassepi fut soulagé de ne pas avoir à développer la discussion.

***

Honnelli laissa Kassepi à la station de Kapousha-Koh et rentra chez lui aussitôt. À son arrivée, Honnelli découvrit une lettre qui lui était adressée. Il n'y avait pas d'adresse d'expéditeur, mais le timbre kiménore et l'écriture féminine étaient suffisants pour qu'il en devine la provenance exacte. Ô Énovia! D'un seul coup, il oublia combien avait été longue et pénible l'attente d'une réponse, lui qui s'était presque résolu à avoir perdu cette fille, lui qui avait presque renié leurs brefs instants ensemble. Son cœur, qu'il ne sentait plus depuis sa migration, venait de se réveiller. Il s'appliqua à ouvrir l'enveloppe en prenant bien soin de ne pas déchirer cette précieuse preuve de l'existence d'Énovia. Il posa religieusement l'enveloppe sur un rare coin propre de son bureau et tâta la lettre entre ses doigts. Le papier était soyeux, riche, et odorant. Il pouvait déceler des relents lointains de son parfum. Il se sentit soudain tiré dans un monde qui transcendait la réalité, un lieu sans formes ni dimensions où elle et lui se retrouvaient enfin. À la lecture de ces lignes écrites dans un kiménore des plus élégants et d'une calligraphie des plus gracieuses, il pouvait entendre la voix et même sentir le souffle d'Énovia.

« *Cher Honnelli,*

Cela m'a fait une grande joie de te lire. Ta lettre fut comme un redoux de mars, si agréable et si éphémère, avant que le printemps s'installe enfin vraiment.

Mes lèvres ne peuvent que sourire lorsque tu en viens à maudire encore tes études. Je te souhaite courage et persévérance, même si je sais bien que tu rejetteras mes encouragements pour le peu d'importance que tu portes à l'école. Tes parents te soutiennent et veulent ton bien. Ne déverse pas toute ta haine sur eux, je t'en conjure. Puisses-tu trouver un équilibre sain et ta juste place, ô, petit Sècca bouillonnant.

Je me réjouis qu'il existe une communauté métal appréciable à Kapousha et que tu aies pu l'intégrer, même au point de joindre un groupe, dont je ne peux que souhaiter le succès. Lequel je sais dorénavant mieux assuré, sachant que tu participes à l'essor de cette joyeuse bande. Je ressens une envie certaine en apprenant que tu joues du piano pour eux; d'ailleurs, j'ignorais que tu avais aussi ce talent, toi qui fus toujours guitariste dans ces groupes qui vivotaient. Je prie le jour où je pourrai t'entendre au clavier et rencontrer tes nouveaux amis kapiens.

Les hivers semblent s'allonger sans fin depuis ton départ. Ton absence est encore à ce jour plus lourde que ce que chacun ose avouer. Les allusions agréables à ta personne amènent les bons rires qui précèdent un malaise et un silence où chacun se recueille en ta mémoire. Le sombre quartier n'est plus le même sans son petit Sècca.

Ici, avec le succès grandissant des groupes de premier ordre, une nouvelle cohorte de jeunots afflue au quartier, mais je ne suis plus aussi intéressée par cette nouvelle effervescence. Force est d'admettre qu'un gouffre générationnel s'installe et que je ne suis plus l'adolescente frivole qui a fait ma renommée. Ces enfants m'abordent comme une idole et accélèrent le déclin de mon implication dévote pour la communauté. Je me retrouve de plus en plus seule maintenant que Sahiké Nora, Kimen Nessin, Hivin et même Tahj sont intensivement en tournée. Je me présente bien moins souvent dans le quartier et c'est peut-être mieux ainsi depuis que j'ai intégré l'université où je rencontre de nouveaux amis qui sont mus par autre chose que leur haine de la société et leurs frustrations personnelles. Sans aucun regret, autant le sombre quartier fut pour moi un refuge, autant j'aspire à autre chose désormais.

Ainsi, je te souhaite de participer à des projets constructifs et de poursuivre ton émancipation d'ici le jour de notre prochaine rencontre. Dans l'espoir de te lire à nouveau bien rapidement.

Profonde amitié,

Énovia Satiké »

Honnelli lut et relut cette lettre jusqu'à pouvoir la réciter par cœur. Couché dans son lit, il s'endormit au bout d'une douzième lecture et rêva à la réponse qu'il s'empresserait d'écrire au matin venu.

CHAPITRE SEPT

1028, Suvélora[29]

« *Chère Énovia,*

Je n'espérais plus de réponse après cette si longue attente de ta première lettre. Sa réception est d'autant plus réjouissante qu'elle est arrivée le jour où Kassepi, notre batteur, nous annonça l'abandon de ses études et son engagement total envers le groupe. Pour une première fois, je sens le véritable sérieux de ce projet et le potentiel de notre travail, chose que je peinais à édifier à Kiménora. Mon intégration au groupe se fait rapidement et je développe un sentiment d'appartenance qui me fait oublier mon arrivée récente et mes efforts fortuits passés. De plus, mes fréquentations répétées des bars de la petite communauté métal en ébullition m'ont permis de m'y greffer rapidement une fois que je l'ai dénichée. Il semble véritablement se produire ici un éveil à la musique métal. Particulièrement à Kadeu où les jeunes sortis de l'école s'agglutinent autour d'un disquaire qui importe des cassettes des quatre coins du monde, puis ils se précipitent sur un magasin d'instruments pour jouer leurs chansons favorites. Je ne saurais estimer le nombre de guitaristes en herbe que j'ai pu croiser dans ce quartier dans les derniers mois.

Sans nullement prétendre renier ma ville natale, qui me manque grandement (ne serait-ce que pour jouer au hockey sur une patinoire extérieure l'hiver), je dois avouer me plaire de plus en plus à Kapousha, qu'on ne surnomme pas "la grande" sans raison évidente. Il existe ici un dynamisme peu commun qui en fait la plus importante cité du monde, sans qu'elle soit toutefois immensément démesurée et impersonnelle. Les quartiers que j'ai visités ont tous une sorte de charme à l'échelle humaine et une verdure paisible, malgré la forte densité de la ville. De

---

[29] *1028, Suvélora* : le printemps 1028

plus, j'appréhendais de quitter les beautés nordiques, mais les jeunes Kapiennes sont si jolies et nombreuses qu'on arrive à en perdre le nord, mais soit rassurée, nulle ne parviendrait à te surpasser. »

Il hésita longuement à compléter cette phrase, mais la plaça finalement, poussé par un courage et une hardiesse que la grande distance le séparant d'Énovia facilitait. Il s'en trouva néanmoins audacieux. Il sourit, satisfait, puis il poursuivit.

« Autrement, le groupe progresse bien et de nouvelles compositions se greffent lentement à notre répertoire qui, tranquillement mais sûrement, se détache des styles conventionnels que tous tentent de créer en émulant leurs idoles. L'été et l'automne s'annoncent intéressants : selon Juheur (le chanteur, guitariste et aussi le grand bouffon du groupe), il est question que nous enregistrions éventuellement quelques chansons.

Nous pouvons également compter sur les bons soins et conseils de Barèr Kappèlla, un jeune homme d'affaires du quartier qui est un important partisan de Takané. C'est lui qui tient le magasin de musique mentionné plus haut et qui possède aussi le bar situé à côté, où nous nous retrouvons souvent. Il est même très probable que tu l'aies rencontré peu après mon départ en 1027 lorsqu'il se rendit à Kiménora pour tisser des liens entre nos deux communautés métal. Tu n'es également pas sans savoir que Sahiké Nora se produira en territoire kapien en juillet, à Kapousha même, comme première date. Or, c'est ce même Barèr qui se charge de l'organisation de cette tournée qu'il prépare avec grands efforts. Son implication aura un impact important, puisque nous savons tous qu'au-delà des musiciens, il est impératif de s'entourer de personnes clés pour percer et s'élever au-dessus des groupes amateurs.

Je suis déçu d'apprendre que tu délaisses progressivement la communauté qui perdra une de ses principales admiratrices et activistes. Le quartier doit être des plus sombres maintenant que tu te tournes vers le campus. Je vois toutefois d'un bon œil le succès de nos groupes kiménores et l'agrandissement de la communauté, si elle peut gagner en respect et en reconnaissance. J'aurais souhaité que tu en demeures une importante ambassadrice. Elle aura toujours grand besoin de personnes de ta qualité.

Kapousha est en fleurs depuis quelque temps et embaume d'une douce odeur. Les pommiers en fleurs le long du Sessièn[30] me manquent. Tout comme toi.

Ton petit Sècca. »

Une fois cette lettre scellée, Honnelli sentit la faim assiéger son estomac. Il descendit à la cuisine pour se faire un déjeuner. La matinée était avancée et, ses parents partis travailler depuis longtemps, il jouissait de la session universitaire récemment terminée pour se faire maître de la maison. Sa mère avait laissé une note sur le réfrigérateur l'intimant de contacter ce bureau d'avocats qui lui fournirait un travail pour la période estivale. Il ne se pressa pas d'y faire suite. La journée était pluvieuse et c'était une raison suffisante pour qu'il retourne à sa chambre et entame une partie d'un nouveau jeu vidéo. À l'approche de la soirée, il s'habilla et sortit pour se rendre à la répétition de Takané, et en profita pour poster sa lettre en chemin.

***

Cette fois-ci, à son immense bonheur, la réponse d'Énovia se fit plus rapide.

« *Cher Honnelli,*

Le printemps s'installe à peine ici. Peut-être que les longs étés kapiens ont tôt fait de te faire oublier les longs hivers nordiques, mais je t'envie, car je suis ici fatiguée du froid et j'ai hâte de ranger foulard, manteau et bottes définitivement. Enfin, pour le peu de jours d'été chaud que nous avons...

Je suis heureuse d'apprendre que tu te plais là-bas et que les choses se placent pour toi. Lorsque tu nous as quittés, j'ai eu peur que tu délaisses la musique et que tu deviennes un petit homme modèle et ordonné, une fois prisonnier de tes parents dans une ville étrangère. Ainsi, tu as su perpétuer ta rébellion, petit Sècca colérique.

Kappèlla, oui, j'ai souvenir de ce type, un Kapien, qui descendit au quartier sombre au plus fort de l'hiver pour rencontrer notre élite. Je fus son hôte pour une de ces fameuses soirées au salon, et je dois admettre

---

[30] Sessièn : principal fleuve de Kiménie qui traverse Kiménora et qui se jette dans un estuaire parsemé d'archipels où des banlieues étendues et des maisons d'été de la capitale se sont construites.

*que je fus bien impressionnée par sa motivation et sa force d'action,
malgré son jeune âge. Si ça se trouve, je suis peut-être même son aînée.*

*Effectivement, les membres de Sahiké Nora sont très enthousiastes
par l'idée d'enfin envahir le territoire kapien et d'y répandre leur
musique. Je peux aussi t'annoncer que je serai également du nombre
de la troupe, lors de cette tournée, qui aura lieu précisément durant
la relâche estivale à l'université, puisqu'ils m'ont nommée gérante
de la marchandise. Nous aurons donc la possibilité de nous revoir à
Kapousha cet été. J'ai peine à m'armer de patience pour cette belle et
grande aventure!*

D'ici là, j'attendrai de tes nouvelles.

Bien à toi,

Énovia Satiké »

Cette nouvelle lettre était malheureusement trop courte pour
Honnelli, dont l'humeur en dépendait entièrement. Mais d'une
déception hâtive, il fut projeté vers une euphorie totale lorsqu'il lut le
dernier paragraphe. Son cœur, qui palpitait, entraîna tout son corps
dans une série de sauts de joie.

Elle vient! Elle vient à Kapousha! Énovia vient à Kapousha! s'écria
Honnelli intérieurement, pour ne pas ameuter ses parents.

De ses mains fébriles, il s'empressa de rédiger une réponse. Après
une première relecture, il se dit qu'il en ferait un propre révisé avant
d'envoyer ce brouillon précipité.

* * *

Le printemps glissait inévitablement vers l'été. Énovia venait à
Kapousha dans deux mois. Les répétitions de Takané allaient au
mieux. Honnelli avait à nouveau des amis avec qui passer du temps.
Il recevrait prochainement une première paye pour son emploi dans
le bureau d'avocats, qui commençait la semaine suivante. Il faisait
assurément bon vivre en ce printemps 1028.

« Chère Énovia,

*Il m'est impossible de contenir ma joie à l'idée de te retrouver après
une si longue absence. À cela s'ajoute également la jubilation de savoir
que je pourrai à nouveau voir Sahiké Nora en spectacle. Je compte déjà
les jours avant cette réunion bénie.*

67

Ce printemps est décidément des plus généreux.

Des heures passées au Spectre de l'ombre, j'ai parfois l'impression de retrouver l'atmosphère qui se créait autour du grand Salon métal, où nous voyions tous ces groupes de jeunes se rencontrer et former des associations, parfois brillantes. La même mécanique s'effectue ici dans l'entourage et tout ce qu'il manquerait pour mettre l'étincelle aux poudres serait d'avoir une scène où jouer ici à Kadeu. Avec l'engouement grandissant pour le métal, l'ambiance effervescente qui nous nourrit et la rigueur de nos répétitions, j'ai grand espoir qu'à notre tour, nous participerons à la fondation de quelque chose de nouveau, et que peut-être nous irons un jour jouer à Kiménora. Faute de pouvoir partager la scène lors de cette tournée purement kiménore cet été, nous continuerons à faire nos devoirs dans l'ombre. Notre jour viendra.

Entre-temps, j'anticipe avec bonheur nos retrouvailles en juillet. D'ici là, aurais-tu l'amabilité de me transmettre des nouvelles de mes vieux amis ? J'espère qu'ils vont tous très bien.

Avec amour,

Ton petit Sècca »

Honnelli mit au propre cette lettre et alla l'engouffrer dans la boîte aux lettres à l'entrée du métro de Ka-Koh où Kassepi l'attendait depuis peu. Ils se rendirent au campus pour une autre soirée remplie de tout ce qu'ils préféraient.

À leur arrivée, ils surprirent Juheur et Énoeur penchés sur des manuels scolaires et des cahiers d'exercices dont les pages étaient déchirées tant on y avait fait des gribouillages, qu'on les avait effacés pour mieux en refaire. Visiblement, Énoeur était accablé et prêt à tout abandonner. En voyant ses deux amis, il fut donc heureux de fermer ses bouquins expéditivement et dans un claquement sonore, comme si Kassepi et Honnelli étaient la cloche d'un cours qui s'achevait.

Bien que bénéfique et émoustillant, l'avancement du printemps amenait aussi l'augmentation du stress scolaire, à l'approche des examens de fin d'année. À l'université, où les sessions étaient plus condensées, Kassepi et Honnelli avaient achevé leur purgatoire dès le début de mai, mais pour Isoeur et Énoeur, qui étaient en dernière année du secondaire, l'étape ultime, qui culminait aux examens, ne faisait que commencer. À ce stade, le cursus normal couvrant les mathématiques, les sciences et la littérature atteignait un niveau de difficulté tout de même considérable. Isoeur s'en sortait plutôt bien par son intelligence et ses habitudes studieuses, mais Énoeur peinait bien davantage à traverser le dernier cycle avec la note de passage. Sa persévérance à compléter ses cours qui le rebutaient tant interpellait son ami Juheur.

Bien qu'il eut mis un terme à son éducation institutionnelle en quatrième année, par manque de motivation et par trop de turbulence, Juheur excella à l'école. Cela, jamais il ne le promulguait ni ne s'en targua. Seuls Énoeur, qui requérait son aide, et Isoeur savaient que Juheur était un élève prodige. S'il dérangeait constamment ses classes et hérita du titre de bouffon, c'est qu'il terminait toujours ses travaux à l'avance et cherchait à se désennuyer lorsque tous ses enseignants échouaient à le garder motivé et à lui offrir d'autres défis. Il dévora même précocement les manuels de son frère aîné. Selon son propre raisonnement, et contre le système qu'il jugeait trop rigide, il avait déjà consumé le curriculum scolaire. L'institution du diplôme le dégoûtait quelque peu. Ce certificat était pour lui un sceau non authentique et d'une complaisance biaisée, et il ne ressentit pas la moindre obligation de l'obtenir. Or, après le décès de Kmési, il se retrouva sans camarades pour polissonner et trop de réprimandes et de suspension le poussèrent à décrocher de l'école définitivement.

Énoeur, lui, luttait pour passer à travers son secondaire. C'était pour lui un objectif relevé et digne à atteindre, et Juheur possédait la magnanimité de lui prêter main-forte dans son apprentissage et de le secourir dans la résolution de problèmes. Ainsi, au local du groupe, où les deux amis se réunissaient tôt avant les répétitions, Juheur déposait volontiers sa guitare quelques heures avant l'arrivée des autres pour épauler Énoeur.

Cette entraide, Kassepi et Honnelli en étaient maintenant témoins, non sans curiosité, mais ils admirèrent leur meneur, qui possédait une profondeur et une complexité qu'il n'osait pas présenter aux autres. Observant ce trait de caractère abstrus de Juheur, ils conclurent que son comportement de pitre, qu'il s'évertuait à adopter devant son entourage, n'était peut-être en fait qu'une façade pour masquer et réprimer d'autres grands attributs.

En toute franchise, lorsque venait le temps de jouer, on pouvait émettre l'hypothèse que, si Isoeur était plus habile à la guitare qu'à l'école, Juheur était plus fort à résoudre les dérivées et les intégrales qu'à enfiler les arpèges de doubles-croches en triolet. Ce qui était une bonne chose, car cette excellence, qu'il possédait pour les équations et les dissertations, mais qu'il muselait, avait plus à voir avec les habiletés essentielles à la composition recherchée, qu'il — heureusement — mettait à profit avec génie, qu'avec la virtuosité retentissante, qui, elle, souriait davantage à Isoeur. Mais cet aspect de Juheur, c'était la « face cachée de sa lune ».

CHAPITRE HUIT

La fin du secondaire pour Isoeur Kavèlli et Énoeur Yabèl

Des cris retentirent à l'autre bout du corridor. Un vrombissement lourd et sourd se propageait à grande vitesse, comme si une vague déferlante fonçait vers ses victimes prises dans un tunnel. Les propos éjectés du fond de gorges humaines, comme une chorale d'une effroyable et douloureuse agonie, étaient encore incompréhensibles, mais le cerveau parvenait à faire le lien circonstanciel.

C'était la fin.

Isoeur avait réussi à fuir plus tôt et attendait impatiemment son camarade de classe en soupesant régulièrement son sac à dos rempli de munitions encore fraîches. Il se trouvait à la jonction de deux allées. D'un côté, une masse immonde avançait dans un chaos qui obscurcissait l'éclairage au néon. De l'autre, Énoeur accourait, déchaîné, soit poursuivi par le démon, soit étant lui-même un démon à la tête d'une troupe apocalyptique prête à basculer le monde dans l'abîme. Il arriva à la hauteur d'Isoeur, soudain submergé par deux vagues déferlantes d'humains enragés et possédés par une force qu'eux-mêmes n'avaient jamais connue. De son grand corps imposant, Énoeur frappa le casier qu'Isoeur gardait jalousement. La feuille de métal plia sous l'impact et Énoeur satisfait de l'effet enfonça son poing à trois autres reprises avant de regarder Isoeur d'une face glorieuse.

— C'est fini! *Heud*, Isoeur, t'en rends-tu compte? C'est *heudan* fini! Plus d'école secondaire de *merde*.

Isoeur était lui aussi emporté par le moment et affichait sa dentition à un point sans précédent.

— J'ai mon sac plein à craquer de matériel pour alimenter le feu de joie.

— On dit que certains tenteraient d'en déclencher un dans la cour d'école, sous le nez de la direction et des enseignants !

— Allez ! Dépêche-toi, Yabèl, nous allons manquer la première vague. Je ne voudrais pas manquer la sortie, insista Isoeur, qui parlait comme s'il participait à un grand débarquement militaire et voulait être aux premières lignes.

— Attends un peu, je dois rassembler mes cahiers à brûler... Tu l'as trouvé comment cet examen de mathématique ? sonda Énoeur en tournant le cou pendant que ses mains bourraient dans le désordre son sac qui arrivait à la fin de sa vie utile.

Isoeur le regarda d'un air incrédule. Depuis quand Énoeur se souciait-il de quoi que ce soit de l'environnement scolaire ?

— Franchement, Yabèl, *on s'en câlisse*[31] !

Énoeur arrêta son chargement et afficha la fierté la plus sincère avant de partir à rire. C'était rare qu'on puisse voir Isoeur si peu intéressé par un examen.

— Allez, allez ! La bande est déjà partie en furie. J'ai vu Yotal à la tête d'une cohorte des plus redoutables ; il doit être à l'extérieur maintenant.

Les deux amis rejoignirent le gros du régiment de finissants qui glissaient comme une masse solidaire le long des larges escaliers menant enfin dans la cour qui était déjà le lieu d'une affreuse débandade. Les étudiants des cycles inférieurs étaient tous murés pour laisser ce flot humain converger vers l'extérieur ; partout, ils constituaient une tapisserie d'un étrange motif apeuré. Du grand hall, on apercevait un début de voile de fumée noire autour duquel les adolescents festoyaient déjà. Les flammes s'élevaient en puissance et la foule se massa à bonne distance sous l'ardente chaleur qui s'ajoutait à cette journée estivale. Isoeur et Énoeur croisèrent dans leur course deux gardiens qui observaient la scène sans broncher, impuissants. Des flocons de cendre et de papier consumé par le feu

---

[31] « Câlisse » n'est évidemment pas un juron kapien, mais bien québécois. Il sert ici à renforcer le ton coloré et percutant. Les jurons québécois sont utilisés à différentes occasions dans le texte pour en souligner la gravité, le colorer, appuyer la consternation, ou sont parfois utilisés comme régionalisme, notamment de la Kapie orientale et méridionale. Son utilisation est préférée aux jurons kapiens qui ne sont pas si riches, car il est difficile d'inventer de meilleurs jurons. Bref, ce sont des jurons *crissement* durs à battre !

de joie virevoltaient dans la cour intérieure comme une douce neige de décembre.

Ils arrivèrent enfin à l'extérieur pour se fondre dans les centaines d'élèves rassemblés. Alors qu'ils dévalaient les quelques grandes marches du porche, des projectiles enflammés provenant de quelques étages plus haut dessinaient des paraboles d'épaisse fumée flamboyante dont l'équation aurait pu être le sujet de l'examen une heure auparavant. Isoeur lançait avec précaution ses cahiers des matières qu'il jugeait futiles lorsqu'un coup de sifflet retentit. Énoeur, pris de panique, se contenta de balancer son sac d'école en entier sans prendre le temps de trier quoi que ce soit, privé du plaisir de lancer chaque relique d'une époque enfin révolue. Une fois débarrassé de son plus lourd fardeau, son seul regret fut de ne pas avoir pu admirer chacune des pages brûler une à une dans cette fournaise aux matières combustibles aussi diverses. La fête fut de courte durée. La direction arrivait maintenant avec des policiers et des pompiers en renfort. La meute se faufila en courant vers la rue pendant que les autorités faisaient place à quelques lances d'incendie pour éteindre le feu. Le brouhaha n'avait tout de même pas perdu de sa force.

La horde quitta ce théâtre vaincu en quête d'un autre symbole à prendre d'assaut. Elle se dirigea vers le nord, chacun prenant le moyen qu'il pouvait pour se mouvoir. Certains prirent le métro, d'autres leur bicyclette et les plus tenaces marchèrent, inspirés par la piété de ce mouvement de masse qui portait une importante signification à leurs yeux. Les rangs grossissaient à mesure qu'on croisait d'autres écoles secondaires. Les émeutiers scandaient des slogans sans revendications et chantaient des comptines idiotes et vulgaires. Après avoir dépassé le mont Avèlbièro, la meute de fêtards arriva aux portes de la ville, tout juste à la limite sud de Kapousha-Koh. Elle était devenue si imposante qu'elle engorgeait l'artère principale de l'arrondissement jusqu'à l'ultime étape de leur pèlerinage décadent : la plage. Le salut était tout près.

Cette manifestation estudiantine était devenue avec les années un phénomène toléré par le public qui retrouvait chaque fois son cœur de finissant, ce qui redonnait un peu d'adolescence à son âme adulte. Les automobilistes klaxonnaient à la vue des agitateurs pour les saluer et les encourager ; des commerçants allumaient même des pétards et feux d'artifice au passage. C'était beau à voir, à entendre et à vivre.

Ladite plage se trouvait maintenant en vue et fut acclamée par la marée humaine qui s'apprêtait à l'envahir d'un moment à l'autre. Les jeunes coururent vers l'océan en se dévêtant et plongèrent dans les vagues tièdes de juin pour se laver de tout ce qui restait d'étudiant sur leur corps et leur âme ; une drôle de purification qui avait pour eux tant de sens. Isoeur et Énoeur étaient évidemment du nombre.

— Ah ! L'eau est *heudan* froide ! avertit Isoeur.

— Mais *ostie* qu'elle fait du bien ! le contredit Énoeur, qui lâcha ensuite un cri de délivrance qui fit peur.

Tandis que le soleil encore haut et fort s'occupait de réchauffer et de sécher leur chair de poule, ils allèrent rejoindre des amis qui venaient d'improviser un terrain de ballon dans le sable et un tournoi sans véritables règlements s'installa.

— Hé, Yabèl ! héla Yotal. Viens dans notre équipe, nous avons besoin de renfort !

Ils jouèrent et s'amusèrent dans un bonheur précédemment inégalé. Énoeur excellait à ce jeu de ballon et était récompensé d'une attention qu'il méritait pleinement. Le soleil était chaud, la mer rafraîchissante et, au dire de Yotal, dénué de gêne, les filles étaient « particulièrement bandantes dans leur tenue de plage ».

— Tout ce sport m'a donné faim et ce que je vois me donne atrocement soif ! dit Isoeur, sur un sympathique accent plaintif.

Sois sans crainte ! Juheur m'a assuré qu'il n'arriverait pas trop tard avec ce qu'il faut pour manger, et surtout, de quoi boire ! répondit Yotal, qui était le colocataire de Juheur.

Avec l'heure du souper qui vint, les casse-croûtes et les bars laitiers furent pris d'assaut et ceux-ci peinaient à suffire à la demande. Des barbecues s'improvisèrent en constellations satellites au grand feu principal, qui ne manquait toujours pas de matières combustibles ; les épais cahiers de notes de mathématiques flambaient particulièrement bien.

Juheur, Kassepi et Honnelli arrivèrent au crépuscule avec des vivres et une glacière remplie de promesses liquides. Ils eurent droit à un accueil bruyant qui leur fit chaud au cœur.

— Félicitations, les gars ! Vous n'êtes plus des *p'tits culs* désormais, rigola Juheur qui était plus jeune qu'eux, mais avait décroché du secondaire deux ans auparavant.

Honnelli était déjà au courant des difficultés scolaires d'Énoeur, et il l'interrogea ironiquement.

— Alors, Énoeur, quelle sera la suite pour toi?

Il ne dirigea pas la question à Isoeur pour éviter de tomber dans un débat idéologique sur certaines valeurs. Le sujet aurait été plutôt épineux et le moment n'était pas au drame.

— Mes parents étaient heureux que je parvienne enfin au bout de mes études secondaires, mais ils auraient espéré que je poursuive dans un collège professionnel pour que je devienne électricien ou je ne sais quoi d'autre. J'en ai tant bavé, j'en ai assez du milieu scolaire. Tout ce qui compte pour moi, c'est ce groupe, avoua Énoeur, rarement aussi éloquent, en tendant les bras vers ses acolytes. Maintenant, fêtons la fin de cette époque!

Énoeur plongea ses deux mains dans la glacière servant de trône à toutes ces bouteilles de bière, plantées comme des petits trophées dans un tapis de glace.

— À la fin du secondaire!

— Et à Takané! ajouta Kassepi.

À l'approche du solstice, le soleil poursuivit sa course ardente d'une arrogante persistance, et entama sa longue descente vers l'horizon, jusqu'au nord-ouest où il fondit dans l'océan au-delà des monts qui circonscrivaient la baie de Kapousha; puis la nuit douce s'installa. On alluma des feux, ici et là, le long de la plage, mais l'attraction principale demeurait ce grand feu de joie qui attirait les foules étudiantes. La musique n'avait pas cessé et les jeunes multipliaient les jeux. Les flammes produisaient des jeux d'ombres donnant une nouvelle attirance aux filles dénudées. Isoeur en fixait une en particulier qui ne l'avait pas remarqué, plus occupée par un jeu avec ses amies. Énoeur vint s'asseoir dans le sable à ses côtés en lui offrant une autre bière. Isoeur cala la sienne et accepta celle qu'on lui présentait.

— Mèllétcha est particulièrement agréable à regarder ce soir, murmura Énoeur. Je ne la connaissais pas aussi chaude sous son uniforme scolaire.

Isoeur demeura silencieux un instant, préférant ingurgiter plus d'alcool. Il ne parvenait pas à la quitter des yeux.

— Ce n'est pas Mèllétcha, mais bien Myulitcha[32].

---

[32] Mèllétcha : littéralement « Déesse-Soleil », pourrait se traduire par « Soleil divin » (mais au féminin), alors que Myulitcha, littéralement « Millier-Soleil », pourrait se traduire par « Myriade de soleils »

— Ah oui ? Hmm, je trouve ça encore plus poétique.

Isoeur offrit un sourire empathique à son ami, qui s'ouvrait rarement autant, visiblement plus à l'aise maintenant libéré. Il ne voulut pas que la conversation s'élève davantage et s'assura de garder leur discussion dans la grossièreté.

— *Onéô !* Je donnerais tout pour pouvoir la baiser ce soir ! Tu as vu ce derrière comme deux petites miches de pain chaudement sorties du four ? Et je n'avais jamais encore remarqué : comment faisait-elle pour contenir ce si joli buste dans son chemisier sans qu'il éclate ?

— Arrête, tu me donnes le goût de lui sauter dessus avant toi. *Heud !* Je dois aller me refroidir dans l'océan.

Énoeur se leva de tout son long et se dirigea vers l'eau en tentant maladroitement de cacher son membre qui pointait à douze heures. Il fut frappé par une bonne vague qui le mouilla jusqu'au nombril, refroidissant ses ardeurs instantanément. Soulagé que son horloge solaire nocturne ne donne plus l'heure, il s'en retourna tout jovial, animé tant par l'euphorie accumulée en cette journée spéciale que par l'alcool ingéré. Isoeur était heureux de voir Énoeur ainsi enfin libéré, ce qu'il trouva sincèrement beau ; mais avant qu'on puisse remarquer qu'il glissait dans un état émotif, il vida cul sec la bouteille qu'il avait à la main. Énoeur rejoignit sa bande d'amis, puis Isoeur en fit de même, lui qui avait été laissé un peu en retrait.

— Allez, Kavèlli, viens avec moi ! Nous allons du côté du feu, là-bas. Énoeur indiquait du menton l'endroit où se tenait Myulitcha. *Y heud Myulitcha, do heud Myulitcha, vé, véa heu...*

Énoeur était particulièrement en feu ce soir et cela faisait le grand bonheur de ses amis.

Isoeur s'impatienta.

— C'est bon, c'est bon, Yabèl, nous avons compris.

Après avoir enfilé une autre bouteille pour le courage, Isoeur se laissa tirer par son long ami qui le traîna sur les quelque trente mètres qui les séparaient de ce regroupement féminin qui attirait les imbéciles et les téméraires. Isoeur et Énoeur représentaient respectivement les uns et les autres.

Énoeur flottait sur un coussin d'air, gonflé avec étonnamment peu de vapeur d'alcool. Il se risqua.

— *Najy, Killè ! Najy, Myulitcha !*

Il ne connaissait pas le nom des autres filles, non moins déplaisantes, à part peut-être une, qui malheureusement servait probablement souvent de faire-valoir malgré elle.

— Énoeur! s'exclama Killè, qui semblait déjà avoir un peu de mal à faire la mise au point, mais que la venue de ce mâle égayait fortement.

La vie fait bien les choses, se dit Énoeur, qui pouvait ainsi choisir la belle Killè, tandis qu'Isoeur avait la chance de se glisser dans le maillot de bain de Myulitcha. Mais Isoeur allait échouer lamentablement dans ses démarches, surpris par l'assaut violent de l'alcool au cerveau. Pendant ce temps, Énoeur brillait à merveille et le feu rehaussait son côté charmant et séduisant.

— C'est rare, un nom de fille qui commence par la lettre *K*. J'aime bien ça.

Sa prétendante ne chercha pas à valider le fondement de cette affirmation, mais sourit joliment au compliment. Les ombres sur son visage et sur ses multiples autres courbes étaient comme autant de trous noirs aspirant les garçons hébétés. Énoeur, de toute sa vigueur et toute sa longueur, avait bien du mal à retenir et camoufler son érection. La chose devenait très visible. Il profita de la proximité de la ligne d'eau pour aller se confectionner une balle en boue avant de la lancer à sa proie et pour se refroidir à nouveau. Son astuce fonctionna doublement et Killè le rejoignit avec un faux air agacé, volontairement surjoué. Elle répliqua avec une motte de sable qui ne parvint pas à atteindre Énoeur, qui en retour se moqua de ce manque de force. L'instant suivant venaient les premiers contacts physiques. Killè fit un croc-en-jambe à Énoeur qui bascula dans l'eau froide. Il lança un cri et toute la jeunesse encore sur place put assister à leurs ébats. Ils finirent par dériver vers l'ouest, là où le public se faisait plus rare.

Ses amis le regardaient, ravis, pendant qu'ils caressaient un Isoeur qui venait de rejeter sur le sable le plan brouillon des fondations d'un château de sable en devenir, dont Juheur et Yotal s'affairaient déjà à former la base pour couvrir le dégât.

— Pauvre Kavèlli... Il a mal évalué ses forces, analysa Juheur.

— Crois-tu qu'il aurait eu une chance avec elle?

— Peut-être avec seulement deux ou trois bières dans le corps aurait-il eu la balance du courage et de la désinvolture pour l'approcher avec succès. Ça fait un bon bout de temps qu'il n'a pas été avec une fille.

— Eh bien, espérons qu'il ne se souvienne pas de ce triste épisode demain, conclut Yotal.

Kassepi se rapprocha d'eux et leur demanda si Isoeur s'en sortait.

— Je ne vois plus Énoeur. Pour moi, une vague l'a avalé.

Il venait de déployer le grand tapis rouge de la farce ; Juheur s'y jeta avec la plus grande aisance.

— Je lui souhaite que la vague qui l'a avalé se nomme Killè !

Tous éclatèrent de rire ; même Isoeur esquissa un sourire débile dans son demi-coma.

Au même moment, un kilomètre plus loin, éclairés par le sourire malin d'une mince lune marmoréenne, quatre pieds étaient chatouillés par l'écume des vagues roulant mollement sur le sable tandis que leurs corps indiscernables glissaient timidement vers les ténèbres, à l'ombre d'un rocher.

CHAPITRE NEUF

1028, Oré[33]

Honnelli haïssait profondément devoir porter des vêtements propres.

Il jetait son regard le plus souvent possible à travers la fenêtre de ce bureau d'avocats trop richement décoré où sa mère lui avait déniché un poste de commis pour l'été. Des bureaux à l'architecture classique dans Oudéò[34], tout juste à l'ombre de la colline du Palais, dont la firme pouvait se payer le luxe et s'enorgueillir grâce aux cachets exorbitants qu'elle soutirait sans grande peine à ses clients, souvent des entreprises multinationales. La journée ne semblait plus finir en cet après-midi léthargique de juillet où les employés se terraient dans leur cubicule pour travailler sur leurs dossiers — ou bien faire semblant d'y travailler. Honnelli monta aux étages supérieurs, là où il n'y avait plus personne, car les directeurs qui s'y trouvaient habituellement étaient tous partis en voyage d'affaires ou en vacances. N'étant désormais plus incommodé par sa superviseure qui était sur ses talons le plus clair du temps, il pouvait, de ces hauteurs, voir par la fenêtre au-delà du bâtiment d'en face et admirer le Palais qui inspirait le respect par son immensité et ses longues tours. Un peu à droite, il apercevait, encadré par la verdoyante île d'Onéò, le Sabbéor couler tranquillement pour glisser derrière la colline du Palais. Le temps était si lent ; même le grand fleuve semblait fatigué de couler vers l'océan.

À seize heures trente, Honnelli put enfin s'éclipser sans réprimandes, une fois la paperasse distribuée. Il sortit et se retrouva sur la grande place de l'Empire, où une masse de fonctionnaires et de

[33] *1028, Oré* : l'été 1028

[34] Oudéò : arrondissement central de Kapousha situé sur la rive ouest du fleuve Sabbéor, face à l'île d'Onéò, au pied de la colline impériale

touristes s'y dirigeaient vers les terrasses, bistrots et restaurants ou vers les tramways et la station de métro Oudéò — Dafine-Orayor[35], sur la ligne périphérique Honnadètè. À part zyeuter les jolies femmes en petit tailleur et autres légères tenues estivales, Honnelli n'avait que peu à faire sur les lieux une fois qu'il eut fait le tour du quartier impérial comme tout bon visiteur lors de sa première semaine de travail. La musique dans les oreilles, il se dirigea vers les escaliers s'engouffrant dans le sous-sol de la ville, où un train le prendrait pour le mener directement à sa station, Kapousha-Koh. Le trajet d'une douzaine de minutes était la plus simple des formalités.

Contrairement aux autres jours, Honnelli ne perdit pas sa bonne humeur en rentrant chez lui puisque ses parents étaient partis près d'un mois en voyage à l'étranger, comme tout bon bourgeois aisé et éduqué se flattait d'entreprendre. Sa bonne humeur fut décuplée lorsqu'il trouva une lettre d'Énovia en triant le courrier. Dans son excitation, il ne savait plus laquelle ouvrir en premier : la lettre ou la bouteille de bière récompensant sa journée de travail ?

« *Cher p'tit Sècca,*

Les dernières semaines se sont envolées si rapidement avec tous les préparatifs de tournée que je n'ai pas pu t'écrire plus tôt ! L'équipe de tournée s'active comme si nous allions participer à un parachutage imminent derrière les lignes ennemies. C'est très excitant !

Autant le dernier mois fila à toute vitesse, autant les derniers jours semblent s'égrainer péniblement, au ralenti, à mesure que la date fatidique approche. J'ai si hâte de parcourir la Kapie et de rencontrer tes amis mignons.

Tu demandais des nouvelles de tes anciens amis : bien que je ne les côtoie plus qu'en de rares occasions, je puis dire qu'ils se portent bien. Klove est peut-être le seul que tu aurais peine à reconnaître, lui qui est récemment revenu de tournée et prépare déjà un nouvel album dont l'enregistrement débutera incessamment. Pauvre Klove, je lui souhaite de trouver un équilibre dans ce cirque intense.

Par chance, à lire tes lignes, je puis me consoler du fait que, de votre duo jadis presque inséparable, toi tu n'aies pas sombré. J'ai si hâte de te revoir enfin dans une semaine ! Nous avons tant d'histoires à partager.

---

[35] Oudéò — Dafine-Orayor : Oudéon — Palais impérial

Très sincèrement,
Énovia »

Chaque fois, Honnelli avait une pointe de déception face à la froideur des salutations d'Énovia — *amicalement, très sincèrement, bien à toi...* —, qui ne laissaient jamais transparaître d'amour, mais tout au mieux une forme d'amitié. Il relisait les lettres afin de s'imprégner des phrases les plus évocatrices, celles où elle aurait laissé échapper un peu de sa passion pour lui. Il les mémorisait comme ultime espoir et impression positive pour nourrir ses fantasmes matinaux et de fin de soirée.

Ces pensées avaient aussi l'effet bénéfique de faire de lui un homme plus complet, jusqu'à lui insuffler l'énergie pour se concocter un souper digne de ce nom, par exemple. Ce soir-là, il avait bien du temps devant lui, n'ayant à rejoindre Takané que vers vingt et une heures pour une répétition tardive due aux emplois de Juheur et d'Énoeur. Il gardait son humeur élevée en submergeant le logement dans un vacarme énergique de musique métal qui ne pouvait plaire à aucun voisin.

Il alluma la télévision pendant qu'il ingurgitait son repas, qui n'était pas tout à fait un succès, vu ses piètres qualités de chef cuisinier. On annonçait une vague de chaleur extrême d'ici quelques jours. La fraîche Kiménora lui manqua subitement.

Une fois son repas consommé, il aurait bien aimé réunir ses pensées dans une lettre à Énovia, mais sachant bien qu'elle prenait l'avion pour Kapousha dans une semaine, elle ne la recevrait probablement pas à temps. Il se dit qu'il allait pouvoir libérer son trop-plein d'énergie au local de musique plus tard ce soir.

Honnelli prit pour une énième fois le métro en direction de l'université. Lorsqu'il resurgit de terre, le soleil était encore à l'horizon, fondant derrière le pavillon principal.

Les cinq membres arrivèrent au local de répétition à tour de rôle, dans une bonne humeur que seule une chaude mais agréable soirée d'été comme celle-ci pouvait engendrer. Juheur, Isoeur et Énoeur arrivèrent à bicyclette, haletant bruyamment après avoir gravi avec peine la pente prononcée entre Kadeu et Nameulédò. Juheur parvint à placer quelques mots entre deux inspirations exagérées.

— *Onéondeurk!* Je ne m'habituerai jamais à cette pente !

— C'est pourtant sa montée qui permet d'en apprécier la descente vertigineuse, philosopha Isoeur, qui présentait des joues rouges d'enfant.

Énoeur s'amusait à vider son surplus d'énergie à faire des cabrés[36] autour de ses amis, qui l'admiraient du coin de l'œil.

— Yabèl, tu vas te casser la gueule à un moment donné! lança Kassepi. À cet instant, le cascadeur perdit l'équilibre et tenta d'amortir sa chute tout en évitant de prendre sa bicyclette en pleine figure. Son public lui servit une bonne ronde de rires.

La bande entra au local et alluma l'équipement. En quelques minutes, tout était prêt pour une nouvelle répétition éclair. L'ordre de leur programme variait selon leur humeur, mais ces temps-ci, ils avaient pris l'habitude de commencer leur soirée avec leur chanson éponyme, qui était parfaitement maîtrisée depuis le temps qu'ils la jouaient, et ils s'amusaient tous à y insérer des folies pour agrémenter ce morceau. Ils enchaînaient ensuite avec des interprétations du répertoire métal, tantôt des monuments du genre, tantôt des démonstrations de prouesse, tantôt des hymnes mémorables, se bâtissant ainsi un répertoire varié, qui, un jour, leur servirait de matériel de spectacle. Au terme de la très difficile *Kallien Nahavé*, qui demeurait une de leurs pièces fétiches, les cinq musiciens s'entendirent pour prendre une pause bien méritée.

Or, avant de déposer sa guitare, d'une humeur joviale, Juheur fit une annonce au microphone.

— Hé! J'aimerais vous faire entendre l'ébauche d'une chanson que Kassepi et moi avons pondue dimanche. Vous verrez, elle est très agressive, comme nous les aimons! (Tous reproduisirent le sourire fier de Juheur, mêlé d'un petit rire gras de satisfaction.) Et cela m'a inspiré quelques paroles que j'ai écrites au cours de la semaine. *Métal Dihne*[37]! invoqua-t-il de sa voix gutturale comme s'il s'adressait à une large assemblée, possédé par un démon.

Cela donna le signal à Kassepi à battre la mesure avec force et célérité. On anticipait un morceau particulièrement énergique et très rapide.

---

[36] Cabré (*wheelie*) : acrobatie qui nécessite de se tenir en équilibre sur la roue arrière du vélo et en avançant avec la fourche avant dans les airs. Dans le passé, on l'exécutait sur un cheval.

[37] *Métal Dihne* : « La guerre du métal »

Sur le premier coup de cymbale, Juheur garrocha un riff en double-croche, à quelque cent quatre-vingt-douze battements par minute, entrecoupé de violents impacts ponctuels par Kassepi, qui finit par se déchaîner à la quatrième répétition. Le tout fut suivi par un motif plus linéaire qui annonçait un premier couplet où Juheur parvenait à peine à rythmer la vitesse et les respirations de son texte, qui évoquait des milices se rassemblant au milieu de cendres fumantes d'une ville en ruine. Semblant déjà être à leur maximum de débit, les paroles s'intensifiaient jusqu'à atteindre le refrain, plus simple, avec sa relâche et sa ligne mélodique.

— *Métaaaal... Diiiih-nnnnnne!* vociféra Juheur, tout rouge, qui respirait enfin. *Métaaaal... Diiiih-nnnnnne!*

Énoeur, doué pour apprendre au vol, arriva à suivre le refrain à la basse pour ajouter un peu de substance au duo. Il dut s'arrêter lorsque Juheur et Kassepi prirent le groupe par surprise avec un break précoce qui revenait à un second couplet. Puis, là où la suite logique donnait un second refrain, Juheur cria un seul « *Métal Dihne* » alors que Kassepi appliquait toute sa force à défoncer ses pièces pendant plusieurs mesures. Juheur reprit avec une variation *thrash* de l'introduction en annonçant à Isoeur que c'était la partie solo. Au bout de trente bonnes secondes de pure vitesse, Juheur fit glisser son médiator sur ses cordes et le duo revint à la relâche du refrain, cette fois augmenté à la tierce.

— Oh oui, belle transition! complimenta Isoeur, qui admirait toujours le génie créatif de ses amis.

Révélant la hardiesse du duo de compositeurs, la chanson atteignait un niveau d'impétuosité supérieur maintenant que la musique était plus aiguë et que Kassepi se déchaînait à nouveau pour soutenir le frénétique crescendo de paroles, qui n'étaient en fait que des sons que Juheur improvisait pour signifier son idée de ligne vocale, là où il n'y avait pas encore de mots. Le tout mena à un ultime « *Métal Dihne* » soutenu par un *blastbeat*[38] jusqu'au moment où Kassepi conclut avec deux salves percutantes de quatre doubles-croches sur la caisse claire, grosse caisse et cymbale *crash* simultanément.

---

[38] *Blastbeat* : technique de batterie caractéristique des genres *black metal* et *death metal*, qui alterne très rapidement la grosse caisse et la caisse claire, produisant un vacarme continu dotant un passage d'une intensité élevée et qui donne l'effet d'une vitesse surhumaine.

Le public, aussi petit en nombre fût-il, était unanime. Isoeur et Honnelli criaient au génie et Énoeur se balançait déjà d'un bout à l'autre du local exigu en faisant virevolter sa longue tignasse châtain-brun.

— C'est un véritable tour de force ! J'adore ! encensa Isoeur.

— J'aime bien aussi la coupure au premier tiers de la chanson, remarqua Honnelli.

Juheur et Kassepi partagèrent un sourire embarrassé.

— Euh, en fait, c'est que nous ne savions pas encore quoi y mettre, alors nous avons laissé un trou pour l'instant, grimaça Juheur.

Les trois autres reprirent leur instrument et Juheur et Kassepi donnèrent rapidement quelques instructions aux autres sur les accords et les gammes de la chanson, qui n'était pas très complexe. Pendant qu'Énoeur et Honnelli se coordonnaient, Isoeur improvisait des solos et d'autres ébauches de mélodie pour agrémenter certains passages stratégiques. Juheur et Kassepi allèrent s'ouvrir une bière pendant que les autres se familiarisaient avec cette nouvelle composition.

— J'ai hâte de voir la réponse en spectacle. J'imagine déjà les foules exploser violemment dans tous les sens, dit Kassepi en rêvassant.

Juheur alimenta le rêve.

— Oh oui, quelle furie ce sera !

Les projections qu'ils évoquaient étaient celles de foules immenses, grossies par l'imaginaire, naturellement. Les deux compositeurs parlaient de ces spectacles hypothétiques comme une suite logique inévitable, un futur assuré qui agrémentait et modelait leur réalité actuelle, sans s'embarrasser, sans jamais croire que leurs propos puissent n'être qu'illusion. Un spectacle à l'automne dernier avait déjà cassé la glace et ils pouvaient concevoir qu'il y en aurait bien davantage, bien assez tôt. Tel était leur jeune esprit lumineux empli d'espoir et d'ambition.

De retour derrière sa batterie, Kassepi pratiqua quelques *passes* puis attendit que les autres soient prêts.

— C'est presque incroyable ! Dire que nous allons enfin voir Sahiké Nora en spectacle la semaine prochaine. Je ne le réalise pas encore. Ça fait huit ans que j'en rêve.

— Oh oui, ce sera une grande fête métal qui durera toute la nuit ! Une belle petite beuverie de plus, répondit Énoeur, tout égayé.

— Sans oublier que nous pourrons également en virer toute une la veille pour mon anniversaire! ajouta Juheur dans son microphone, prêt à débuter.

— C'est vrai, le spectacle tombe la même journée que tes dix-sept ans. Quel cadeau extraordinaire! lança Isoeur.

— Ainsi, Juheur, tu es le petit benjamin, le taquina Honnelli qui avait eu ses dix-huit ans en avril dernier.

— Bon, les gars, êtes-vous prêts à jouer *Métal Dihne*? demanda Juheur avec sa voix grave et dure.

Après une autre bonne demi-heure de musique, Énoeur proposa d'aller manger une crème glacée sur le bord de la rivière Yattal[39], ce à quoi tous acquiescèrent, ayant le sentiment du devoir accompli. Ils étaient mûrs pour un peu de divertissement.

La nuit était bien installée, mais la ville baignait dans le halo gris-orangé de son éclairage artificiel. L'été, personne ici ne semblait vraiment se retirer pour sommeiller. Les trois amis de Kadeu enfourchèrent leur bicyclette; dominant la cité du promontoire universitaire, les hauteurs leur procurant une supériorité, une invincibilité. La légère brise leur apportait une arrogance et un courage auxquels la jeunesse carburait abondamment. L'air doux était grisant. Kassepi et Honnelli montèrent respectivement avec Juheur et Énoeur en s'accrochant du mieux qu'ils le purent. Dans un cri guerrier, Isoeur partit le premier sur la piste cyclable longeant le grand boulevard Mavéor *onéguéò*, bravant la pente descendante à pleine vitesse. Les tandems suivirent avec la même témérité et insouciance, se moquant des dangereuses intersections et des autres cyclistes qui étaient autant d'obstacles meurtriers.

Ils passèrent près, à plusieurs reprises, de se tuer tous.

Un million de perles multicolores scintillaient sur les flots tranquilles de la Yattal. Là, allaient mourir doucement les rires de nombreux adolescents qui profitaient de la tiédeur nocturne sur la promenade riveraine.

---

[39] Yattal : rivière qui traverse Kapousha dans l'axe Sud-Ouest-Nord-Est. Elle se jète dans le Sabbéor, à la pointe de Minonü, quelques deux kilomètres au sud de l'embouchure du Sabbéor dans la baie de Kapousha.

Isoeur arriva le premier, talonné par Énoeur, qui avait Honnelli comme fardeau. Juheur et Kassepi arrivèrent en dernier. Juheur lâcha un cri de soulagement :

— *Onéò-heudan-deurk!* Nous sommes passés à un cheveu que cette satanée voiture fauche notre roue arrière !

Kassepi déversait un rire fou, possédé par le spectre d'une mort qui venait de manquer son coup.

— Ha, ha, ha ! J'ai tellement senti son aile frôler mon pied, c'était *malade* !

Les cinq musiciens firent évidemment une entrée remarquée sans porter davantage attention à ce qui se passait autour d'eux.

— Eh bien ! Si ce n'est pas nos petits *métalleux* préférés !

Cette voix féminine alluma instantanément le quintette déjà enivré par la folle course et la nuit estivale. C'était des filles du secondaire. Elles avaient cette subtile aura d'adultes précoces qui commençaient l'université à l'automne. C'était particulièrement attirant.

Assurément, une belle veillée s'annonçait.

Les musiciens migraient librement d'un groupe d'amis à l'autre, alimentant et se nourrissant de blagues, de rires, de bière et de crème glacée, pour profiter de la nuit, peu importe le prétexte et le contexte.

Certains ne connaissaient pas Takané ni parfois même le métal, des lacunes que les membres se précipitaient à tenter de corriger. Honnelli s'entretenait avec un groupe de trois garçons et d'une fille, qui était jalousement gardée par son copain détestable.

— Joignez-vous à nous les vendredis soir au Spectre de l'ombre, rue Bèyogaru. Vous ne serez pas déçu de la musique, de l'ambiance et de la charmante compagnie !

Une gorgée de bière pour le courage.

Juheur s'efforçait d'attirer une petite brunette qui visiblement n'avait rien du profil *métalleux*.

— Non, nous n'avons toujours aucun album en vente, mais ça ne saurait tarder dans les prochains mois. Nous avons des cassettes d'enregistrement en direct de notre local, si jamais tu tiens à entendre notre musique... Le mieux est tout de même que tu viennes nous voir en spectacle bientôt ! ajouta-t-il, sachant très bien qu'aucun spectacle n'était encore envisagé par le groupe à court terme.

Une croquée dans un cornet sucré aux fruits des champs.

— Je t'offre le prochain cornet si tu sautes à l'eau et reviens par le quai là-bas, dit une fille qui avait un penchant pour Isoeur.

— Pfff, il n'y a rien là ! répondit Isoeur pour se valoriser.

— Non, tu es fou, Izi ! s'écria Énoeur, qui servait ici de faire-valoir.

— Mouais, j'attends toujours, mais je ne crois pas que tu le feras, ajouta la fille dont le buste l'emportait souvent à son grand désarroi sur son visage moins attrayant.

Énoeur s'approcha de l'oreille d'Isoeur. Il s'amusa à partager une métaphore sotte en sourcillant coquinement.

— *Onéò*, cette fille est chaude ! Tu as vu cette paire de boules ! dit-il en léchant celles de son cornet.

Isoeur feignit de se désister en allant rejoindre ses autres amis qui tentaient d'impressionner un autre groupe de jeunes filles, mais au dernier moment il partit à la course, sauta la rampe et plongea dans la rivière, ce qui lui valut plusieurs hourras aux alentours.

— Ha, ha, ha ! Il l'a fait, pauvre crétin ! claironna Énoeur.

Isoeur réapparut rapidement à la surface et revint au quai, accueilli par une foule qui voulait partager le halo dominant de sa fougue. La fille qui lui avait lancé le défi se fraya un chemin au travers du groupe et vint se placer devant lui.

— Tu me dois une glace, mademoiselle ! dit-il avec une fierté démesurée.

Elle le poussa à l'eau, ce qui lui valut à elle aussi bien des acclamations.

La soirée se poursuivit dans cette douce folie. La police, attirée par le bruit, vint s'assurer que personne dans cet attroupement n'était en état d'ébriété trop avancé.

— S'il vous plaît, diminuez le volume, sinon nous aurons à vous disperser maintenant que les commerces des alentours sont fermés.

C'était chose courante à Kapousha et après des décennies de répression de ce type d'attroupements, qui généra bien des événements cauchemardesques, l'ordre civil voyait à éviter les débordements plutôt qu'à proscrire ces rassemblements sans prétention. L'un des quatre policiers offrit même une couverture pour sécher un peu Isoeur qui eut à pondre une histoire farfelue en prétendant qu'il arrivait d'une baignade dans une piscine d'un ami tout près. Ce mensonge passa tout juste et fit rire l'entourage, une fois les policiers partis, puisque c'était un fait bien connu qu'il n'y avait aucune piscine privée à Kadeu, que des piscines municipales fermées à cette heure tardive.

— Allez, soyez prudents, les jeunes !

S'obstinant à siéger le long de ce quai, l'incident alimenta joliment la conversation de la bande d'adolescents, car bien que la police fût respectée, on aimait tout de même la défier ou somme toute s'en moquer un peu.

Il se faisait maintenant très tard. Les métros étaient fermés depuis peu, et Kassepi et Honnelli n'avaient plus de moyens de se rendre rapidement chez eux; pas plus qu'ils n'avaient d'argent pour se payer un taxi. Juheur leur offrit de crécher sur ses deux divans. Ils acceptèrent et n'ayant pas les vêtements nécessaires pour se présenter au travail le lendemain, ils se feraient porter tous deux malades. Une fois cette question réglée, qui les libérait de tout souci, ils annoncèrent la tournée de bière suivante.

CHAPITRE DIX

Le spectacle de Sahiké Nora

Toute la journée, une implacable chaleur pesa sur la cité ; à peine plus tolérable, la nuit fut torride. La noirceur n'apporta nul répit ni le moindre soulagement. Le Tout-Kapousha supportait péniblement cette canicule qui durait depuis des jours déjà.

Isoeur, impatient depuis une bonne demi-heure, regardait l'horloge du bar. Autour de lui, ses fidèles amis riaient fort et semblaient avoir oublié l'extrême chaleur, malgré la sueur qui les rendait tous abominablement luisants et battus.

19 juillet 1028, minuit et une.

— Joyeux anniversaire, Juh !

La bande cessa leurs plaisanteries bruyantes, surprise par le cri d'Isoeur. Un court moment passa, le temps que leur cerveau enivré et fatigué traite l'information.

— Joyeux anniversaire, Juheur ! crièrent-ils tous à l'unisson. Puis ils entamèrent la chanson tout indiquée. Yotal appela Barèr pour qu'il apporte de nouvelles consommations au fêté. Barèr, le tenancier du Spectre de l'ombre, où la fête se déroulait, les prépara sans hésiter.

— Merci, mes amis ! lança Juheur, dont l'état d'ébriété avancé exagérait l'émotion.

Barèr s'approcha gaiement avec précaution. Début vingtaine, un peu plus corpulent que ses maigres amis de Takané, attriqué en noir et cheveux longs attachés à la hauteur de la nuque, il se fondait aisément parmi sa clientèle. Il était de ces individus intrépides, n'ayant pas froid aux yeux, dont l'intelligence était vive et savait saisir les occasions. Bourreau de travail, il tenait ses succès de sa droiture et de l'obstination du pauvre qui n'a rien à perdre. Sa voix, posée et réfléchie, avait quelque chose de sage et d'auguste qui parvenait à influencer ses interlocuteurs. Or, son flair et sa détermination en affaire contrastaient fortement avec sa timidité en amitié. Il se gênait facilement et ce sont davantage Juheur et Isoeur, de grands habitués de ses commerces, qui en firent leur ami plutôt que l'inverse.

Il amena donc un cabaret de *shooters* et en servit un à chacun. Ils levèrent leur verre et avalèrent tous ensemble ce violent poison d'un trait. La bande entière grimaça et chacun y alla de sa façon de lutter contre la force de cet alcool. Isoeur vint aux côtés du fêté et appuya sa main sur son épaule dans une marque d'affection, mais aussi pour reprendre son équilibre.

— Vossa, pour tes dix-sept ans, je te souhaite le plus grand succès pour la première maquette de Takané qui, espérons-le, verra bientôt le jour... Mais aussi des baises à la tonne !

Lèbbé, charmante brunette épanouie d'à peine cent quarante-cinq centimètres et qui « aura bientôt seize ans », rougit en se cachant derrière la haute épaule d'Énoeur, elle qui aspirait secrètement à se lier à Juheur — ce que tous savaient, évidemment. C'était un secret qu'elle n'eut pas l'occasion de cultiver intérieurement avant que leur entourage commun ne le décèle récemment et l'use comme source de raillerie. Isoeur poursuivit sans néanmoins y porter attention.

— Que ces fréquentations soient stables ou pas, à toi de voir !

Cette fois, c'est Juheur qui rougit aux deux autres filles du cercle qui étaient passées à leur tour dans son lit. Elles ne semblaient pas s'en faire ni s'en plaindre ; peut-être ne le savaient-elles pas réciproquement.

— Izi, tes discours sont nuls ! glapit Juheur en postillonnant comme un débile.

Qu'importe ces souhaits, à voir comment se déroulait la soirée, il n'était plus question que Juheur puisse ramener une fille chez lui ; il allait bientôt falloir le porter. Il ingurgitait tout ce qu'on lui présentait et son tempérament demeura longtemps enthousiaste, jusqu'à ce qu'il heurte inévitablement un mur.

Vers quatre heures du matin, Juheur et Yotal chantaient comme deux idiots sur la voie publique et se traînaient mutuellement jusqu'à leur appartement.

— *Onéondeurk* qu'il fait chaud ! Il faut que je pisse.

Juheur trouva un des nombreux arbres bordant le grand boulevard Mavéor *onégυéò* et défit son pantalon pour se soulager. Il accota la main au tronc pour se retenir, mais tomba sur le côté et continua à se pisser dessus tout en riant à gorge déployée. Yotal vint à son secours et au moment où son ami ivre mort voulut le remercier, il lui vomit par-dessus l'épaule.

— Ha, ha, ha! *Heud!* Vossa, tu aurais pu faire attention, le réprimanda Yotal aucunement convaincant et fortement amusé par le comportement dégradant de son ami. Nous devrions éviter le boulevard, on va nous pincer.

« Ah non, nous allons nous perdre si nous prenons les petites rues », furent les dernières paroles « lucides » de Juheur avant qu'il tombe dans le coma.

Les deux ivrognes retrouvèrent leur appartement sans trop savoir comment ils y parvinrent ni combien de temps ce put leur prendre. Ils s'effondrèrent dans les secondes où ils réussirent à déverrouiller la porte. Yotal eut la chance de se rendre à son lit tandis que Juheur échoua sur le divan sale du salon.

***

Honnelli, pour sa part, ne dormait pas depuis des jours et, en raison de l'air suffocant de sa chambre, il fallut qu'il s'intoxique également horriblement ce soir-là pour sombrer dans un sommeil pesant et ronfler bruyamment. À son réveil, il prit une douche plus froide que tiède et s'attriqua pour l'occasion. C'était un grand jour pour les *métalleux*, et il n'allait pas décevoir la communauté. Tout de noir vêtu, malgré la chaleur accablante, décoré de bracelets et de chaînes, les cheveux longs détachés, il était prêt à se rendre à Kadeu. Il prit le métro comme à l'habitude et se mit à observer la masse de gens anonyme qui l'entourait. Il arborait un sourire singulier, outrecuidant, qui émanait de son sentiment d'élitisme. Il savait que personne autour de lui ne comprenait l'importance de ce jour et ne pouvait partager ce merveilleux moment de primeur. Il se sentait privilégié de faire partie de ce cercle d'initiés et de compter parmi les rares individus que cette culture méconnue enrichissait. Glorieux, il augmenta le volume de son baladeur par fatuité (mais également pour mieux entendre l'excellent et électrisant morceau qui commençait)

La Citerne était une salle communautaire située dans le sous-sol d'un bâtiment de six étages en biais du Kappèlla Mullior[41]. Habituellement utilisée pour des expositions locales ou de petits concerts pour enfants, cette voûte faite de roches et de briques centenaires possédait une scène aux dimensions respectables pour la tenue d'un événement rock. Le responsable, Pèrdérèr, un travailleur social connaissant bien la réalité des jeunes de la rue de son quartier, avait accepté de collaborer et de fournir la salle pour l'événement. Qui eût cru que la première escale du métal kiménore au pays aurait été cette cave de Kadeu ?

Sur place, Isoeur, Énoeur et Kassepi étaient à la porte, dans la file d'attente qui comptait déjà une bonne centaine de jeunes à midi. Le soleil imposait son impitoyable puissance et forçait une économie austère des mouvements. Les trois amis partagèrent leur sentiment que c'était un grand jour.

— *Heudan!* Sahiké Nora ! J'attends ce moment depuis que j'ai dix ans, s'exclama Kassepi, dont l'enthousiasme trouvait écho dans la foule massée autour de cette salle qui entrerait dans la légende.

— Bof, je les ai déjà vus quelques fois à Kiménora. Ils ne sont pas si terribles que ça, se moqua Honnelli, en pleine forme, pour agacer la meute de *métalleux*, qui le hua. Mais non, je plaisante ! Ça va être *malade* ! Et il fut acclamé en héros.

C'était une grande fête sobre dans la rue prise d'assaut par la sombre communauté qui dérangeait davantage par sa présence que par son activité, somme toute réduite. La police patrouillait par crainte de débordement, mais l'atmosphère était détendue et aucun excès ne semblait venir à l'attention des forces de l'ordre, impressionnées par ce rassemblement qui leur semblait presque étranger. Vers treize heures trente, un autocar tourna le coin du boulevard et s'aventura dans la rue relativement étroite. Un grand maigre aux cheveux longs un peu insolent courut devant pour annoncer la nouvelle d'une évidence frappante. La foule déjà considérable acclama l'autobus qui s'arrêta devant l'endroit alors que les membres des groupes descendirent un bref instant pour l'exciter et signer quelques autographes à la volée. Les musiciens disparurent à l'intérieur du bâtiment et le calme patient revint tranquillement dans la rue.

[41] Kappèlla Mullior : (« Musique Kappèlla ») le magasin d'instruments de musique de Barèr Kappèlla ; il est situé tout juste à côté de son bar, le Spectre de l'ombre.

— Dis, Isoeur, est-ce vrai que tu t'es ramené une fille l'autre soir, au bord de la rivière ? demanda Kassepi, une fois leurs idoles passées.

Isoeur rougit. Énoeur s'amusa à répondre à sa place.

— Oui, il faut croire qu'elle n'en avait pas eu assez d'un cornet à deux boules !

La métaphore eut l'effet escompté sur Kassepi et Honnelli qui se tordirent de rire. Énoeur en remit avec une bouche béante défiant toute proportion.

— Je crois qu'elle adorait plus particulièrement celle à la vanille et qu'elle s'est appliquée à ne pas en laisser échapper une goutte, une fois que ça s'est mis à fondre !

La conversation dégénéra de plus belle, une fois la grande porte de la vulgarité ouverte avec autant d'esprit.

Yotal arriva peu après.

— Salut, les gars ! Alors, j'ai manqué quelque chose ?

Énoeur lui serra la main.

— Sahiké Nora est arrivé il y a moins d'une demi-heure. Les membres sont passés rapidement pour ensuite aller se préparer à l'intérieur, mais ils ont eu droit à une brillante ovation ! Comment va Juheur ?

— Il se levait lorsque j'ai quitté l'appartement. Il semblait encore éméché, mais il ne manquerait pas ça pour rien au monde. Honnelli, as-tu eu droit à de belles retrouvailles avec ta copine du Nord ?

Honnelli prit des couleurs gênées, et se contenta de répondre qu'elle avait dû entrer par l'arrière avec le reste de l'équipe technique après que les membres de Sahiké Nora soient venus prendre un bref bain de foule.

— Elle sait décidément se faire désirer, remarqua Isoeur.

— Tu n'as pas idée à quel point, Kavèlli ! concéda Honnelli.

La file d'attente commençait à s'allonger considérablement. Toute la communauté métal s'était assurée d'arriver à l'avance pour vivre ce grand moment qui prenait une apparence festive. Cette affluence attira les clochards du boulevard Mavéor qui empestaient l'alcool, l'urine et la sueur brûlée par le soleil. Tout le spectre de la misère vint quêter, ce dernier dixième d'un pour cent de la population que la société ne parvenait pas à rattraper dans son filet. De l'agressif héroïnomane en manque à la mère chétive qui n'avait plus rien à donner à manger à son enfant, en passant par l'ivrogne cocasse qui amusait les *métalleux* pour une *dall*[42]. Probablement que la foule qui les regardait avec répugnance n'était que tout juste de la strate sociale au-dessus. Une heure plus tard, il devait y avoir près de trois cent cinquante pouilleux habillés en noir qui luttaient contre la chaleur excessive. Près de la porte, des insolents se querellaient et se faisaient rosser pour avoir voulu couper la ligne. Isoeur pouffa de rire.

— *Heud*, encore de ces crétins! Vous rappelez-vous ce fait divers, il y a quelques années? Un immigrant sévèrement estropié par l'homme qu'il avait dépassé. L'homme avait pris un an de travaux forcés pour voie de fait, tandis que l'autre en avait pris cinq pour désordre public et incitation à la violence!

— Tu me niaises? s'étonna Honnelli.

Ce n'était pas une blague.

Soudainement, un fantôme d'une blancheur de peau troublante longea la file à la recherche d'une bande d'amis à hanter.

— Hé, Vossa! Par ici!

Le spectre changea d'orientation comme s'il glissait sur le pavé.

— *Onéò*, quelle face tu fais, mon ami! Est-ce que tu survis?

— Merci de ta sollicitude, Kassepi. Je vais mieux. J'ai bu beaucoup d'eau et j'ai avalé un peu de nourriture avant de partir : je devrais être correct pour la soirée, assura Juheur qui reprenait rapidement un teint normal maintenant entouré d'amis.

— C'est vrai, tu étais dans un bien pire état lorsque tu t'es levé, confirma Yotal qui était probablement la personne ayant le moins l'air d'un *métalleux* dans toute la patiente assemblée, n'ayant même pas les cheveux longs ni de chandail noir. Il aimait détonner avec son environnement pour agacer : il eût volontairement revêtu, à l'opposé, une camisole de Sahiké Nora et des jeans déchirés pour se rendre dans un club dansant.

La petite cohue générée par d'innombrables discussions entre petits regroupements d'amis cessa soudainement lorsqu'on remarqua que les portes menant au hall de la salle commençaient à s'ouvrir. Près de quatre cents personnes retinrent leur souffle. L'ouverture prit un caractère solennel par sa lenteur excessive, comme si la porte pesait des tonnes et demandait une force surhumaine pour parvenir à l'ouvrir.

---

[42] *Dall* : appellation commune pour une unité de monnaie kapienne

Là où l'on eût espéré voir un portier invitant les gens à entrer, se tenait une jeune femme qui fut la plus stupéfiante des apparitions. Ses longues jambes lisses et luisantes pas trop fines étaient mises en valeur par une paire de talons hauts et une mini-jupe rouge qui voilait à peine sa petite culotte. Le rebord était tout effiloché et tombait en haillons en différents endroits sur ses cuisses fermes. Une ceinture de cuir noir assurait que le petit morceau de linge écarlate déjà porté très bas ne glisse pas davantage et cause tout un scandale. Une cravate noire à l'effigie de Sahiké Nora — article qu'elle mit instantanément à la mode — donnait plus de sérieux à ses deux solides arguments. Sous la pointe se cachait un nombril laissé nu par un chemisier blanc déboutonné jusqu'au diaphragme. Celui-ci avait les manches coupées courtes aux épaules, à la naissance du bras. Il se terminait, une douce glissade plus loin, sur un gant de cuir coupé ne couvrant que la paume et les jointures, laissant déployer des doigts fins couronnés d'ongles aux motifs noir et rouge. Une mécanique parfaite vint à mouvoir le tout d'une grâce presque royale : sa main glissa de la racine de sa chevelure argentée et repoussa les mèches infinies, dévoilant ainsi un regard ardoise, fortement cerclé de noir et très perçant, un nez droit agrémenté d'un diamant et des lèvres qui se déployaient comme une fleur envoûtante.

Ce n'était point une reine, mais bien une déesse.

L'auditoire demeura silencieux, ébahi, médusé, alors qu'elle scrutait de son estrade la foule à ses pieds comme si son statut ne lui permettait pas de se mêler à ce bas monde, ou bien comme un oiseau de proie voltigeant entre les nues en quête de sa victime. Une seule personne vint à se mouvoir, attirée par une force les unissant. Les membres de Takané fixaient maintenant leur confrère immigré qui devenait un réceptacle pour cette lumière divine. Ses lèvres se décollèrent pour ne former qu'un mot :

— Énovia.

— Hé, p'tit Sècca! dit-elle en lui offrant un chef-d'œuvre de sourire.

Sa promise le remarqua enfin et sauta dans le champ de *métalleux* comme une enfant, fauchant tout le monde du coude comme des pousses d'orge jusqu'à atteindre son but. Le charme était rompu.

Elle ne perdit pas de temps à retrouver la bouche d'Honnelli et puis sa langue, sans se soucier du public qui les dévorait du regard. Ils échangèrent enfin de douces paroles en kiménores ; elles étaient incompréhensibles à tous autour, mais coulaient à leurs oreilles comme une musique suave. Pour quelques minutes, ils furent le centre de l'univers jusqu'à ce qu'elle doive le quitter.

— Tu pars déjà, ma chérie ?

— Ne t'inquiète pas, p'tit Sècca. On m'a réservé une chambre d'hôtel à chacune de nos étapes, intimité féminine oblige. J'aurai ma propre chambre ce soir !

Honnelli était une fois de plus renversé et charmé par la légèreté de sa copine retrouvée. Pour elle, il n'y avait ni drame ni tragédie, que des situations humaines gérables pour lesquelles il ne servait à rien de regarder au ciel par fatalisme. Honnelli plongea subitement dans une léthargie étonnante, comme si cette fébrilité de la revoir, qu'il portait depuis des mois, avait été sa seule force vitale. Elle chercha à le ranimer de cette grande stupéfaction.

— J'ai très hâte de t'y retrouver, p'tit Sècca, dit-elle avec un sourire et un clin d'œil. Il était difficile de départager lequel des deux était le plus attirant.

Honnelli figea complètement et l'on craignit pour sa santé, mais son érection, bien visible, fut un signe suffisant pour ne pas alerter les secours. Énovia rit de plus belle et l'embrassa sur la joue, dominant de toute sa grâce et son émancipation féminine un Honnelli bête et absolument ridiculisé.

— Allez, à plus tard, mon beau p'tit Sècca. Je dois rejoindre l'équipe de tournée maintenant. Ça va bientôt ouvrir. À ce soir !

Honnelli était sur le point de fondre, complètement envoûté par cette apparition divine. Juheur voulut le secouer un peu, mais jamais il n'avait touché une épaule aussi molle, comme de la gélatine, alors qu'il était lui-même dépossédé de ses propres forces.

— *Heudanéò !* Êtes-vous certains qu'on n'a pas omis de chanter la déesse Énovia dans la mythologie kiménore ?

Les autres profitèrent de la stupeur de leur pianiste pour lancer quelques flèches de moquerie. Énoeur le premier.

— '*Néò*, cette femme est *heudan* chaude !

— Mi-faucon, mi-louve, rapace et prédatrice, même les mythologies les plus imaginatives n'ont pas de créatures aussi redoutables. Elle doit être grandiose au lit, rajouta Isoeur.

Énovia disparut par où elle avait émané, volant presque le spectacle de la soirée où enfin, au fond de la rue, le soleil déclinait. On devenait impatient devant le retard, mais, au bout d'une longue attente, on permit à cette masse grouillante d'adolescents de pénétrer dans ce four sombre au fond duquel se trouvait la scène gréée de l'équipement musical. Ces installations prenaient un côté surnaturel sous un éclairage glauque créé par quelques projecteurs aux gélatines vertes et bleues. La salle était pauvre et les décors aussi, mais cette parure minimaliste n'importait aucunement aux quatre cents *métalleux* venus étouffer dans cette caverne mal ventilée pour enfin voir de leurs propres yeux les légendes qu'étaient les musiciens de Sahiké Nora. Une fois tout le monde entré, il devenait impossible de se déplacer, chacun se trouvait compressé par ses voisins. On poussait déjà un peu vers l'avant, sur ceux aux premières loges qui s'appuyaient sur le rebord de la scène d'un peu plus d'un mètre de haut.

Enfin, vêtus du conventionnel habit métal, sans recherches ni ornements, les membres d'Obilon apparurent sur les planches sans présentation ni même une bande sonore d'introduction qui eût averti la foule de leur arrivée et l'eût galvanisée adéquatement. Le groupe faisait dans un genre de métal plus lent et plus sombre encore, plus *doom*[43], qui aurait bénéficié d'une mise en scène plus théâtrale. C'était meilleur en album qu'en spectacle, du moins, tel que dans ces conditions. Malgré l'appétit du public kapien qui en était à leur premier véritable concert métal, le premier groupe kiménore à jouer ici rencontra une réponse plutôt critique qui eut comme seule conclusion une finale gentille, mais sans plus. C'était peut-être mieux ainsi pour la suite, car l'endroit était déjà suffocant. Obilon laissa la place à la petite équipe technique kiménore qui avait quelques changements de matériel à effectuer avant le prochain groupe.

— Dommage que Kimen Nessin ne put pas être de cette tournée kapienne, dit Honnelli à ses amis qui étaient assez proches pour l'entendre. J'aurais bien aimé revoir Klove, et ç'aurait été bien meilleur qu'Obilon. Même à Kiménora, lorsque mon groupe ouvrait pour eux, je les trouvais ennuyeux.

— Barèr m'a dit que c'était son premier choix après Sahiké Nora, mais qu'ils s'apprêtaient à entrer en studio incessamment, gueula

---

[43] *Doom metal* : style de musique métal aux sonorités ténébreuses, lugubres et lentes

Juheur pour se faire entendre à travers les cris d'encouragement de la foule qui incitait le prochain groupe à se montrer.

C'était Hivin, avec leur fameux grand *V* central, un excellent groupe de la relève qui méritait amplement leur place sur l'affiche. Eux n'allaient pas décevoir, selon Honnelli qui s'improvisait critique et fin connaisseur.

— Je me souviens du lancement de leur premier album en 1025. *Kimé!* C'était quelque chose à voir. J'ai rarement assisté à une tempête aussi intense.

— Les connais-tu ? demanda Isoeur sur sa gauche.

— Non, pas personnellement. Ils sont beaucoup plus vieux que nous, ils ont déjà dans la trentaine. Les grandes personnes ne se mêlaient pas avec nous autres, les petits culs.

Tout comme le premier groupe, Hivin monta sur scène sans préambule, mais il établit un contact humain avec les Kapiens qui ne demandaient qu'à être soufflés par du métal pur, dur et assourdissant. Le public fut servi à souhait après quelques phrases inaudibles du chanteur qui appelait la foule à se déchaîner, en kiménore.

Et elle se déchaîna.

La température de l'endroit atteignit l'extrémité supérieure de la colonne des thermomètres conventionnels. Quatre cents corps collés comme des sardines s'agitaient telle une mer houleuse en réponse au déluge de décibels décapants ; c'était invivable, c'était littéralement l'enfer. Au début, certains s'amusaient à surfer au-dessus de la foule, pour se rendre sur la scène, *thrasher* durant quelques mesures aux côtés du groupe, puis se jeter à nouveau dans cette marée humaine. De temps à autre, on voyait se faufiler vers la sortie des *métalleux* blessés et ensanglantés, pourtant exaltés et souriants, comme émergeant d'un rite accompli. Toutefois, au bout de quelques chansons, c'étaient les corps inertes de personnes dans le coma qu'on sortait de leur trou pour les secourir qui étaient portés par les vagues de mains, de bras et de têtes. On en sortait à la douzaine, victimes de coup de chaleur. Par chance, la prestation de Hivin ne dura elle aussi qu'une demi-heure. On soupçonna qu'elle fut écourtée pour éviter qu'il n'y ait plus d'auditoire venu le temps du groupe principal.

Les musiciens de Hivin, visiblement comblés par la réponse très chaleureuse de Kapousha, remercièrent en kapien et lancèrent des plectres de guitare et une paire de baguettes dans la foule.

— J'aurais bien aimé en attraper une, avoua Kassepi, rêveur.

Juheur le rassura.

— Ne dis pas de sottises, Mollieur : tu éclipses ce batteur à la première occasion, et il doit avoir pas loin du double de ton âge.

— Je t'attrape celle de Sahiké Nora pour sûr, lui dit Énoeur pour le consoler.

— Ah, ces changements d'équipement et ces tests de son sont toujours trop longs! se plaignit Honnelli.

Barèr, en tant que promoteur de la série de spectacles en sol kapien, se présenta sur scène muni d'un microphone pour souhaiter la bienvenue à tous et remercier les groupes d'avoir fait ce long voyage pour venir jouer leur métal tant adoré ici à Kapousha. L'auditoire lui fit un brillant écho en crescendo lorsqu'il demanda à tous d'applaudir les groupes kiménores de la soirée. Il avait l'air un peu idiot, seul, devant tout ce monde qui ne l'acclamait pas lui, mais plus que pour ça, la scène n'était vraisemblablement pas son milieu de prédilection : il préférait les coulisses. Les clameurs prirent fin lorsqu'Énovia traversa la scène, côté jardin, de ses grandes enjambées pour rejoindre Barèr au centre d'un rond de projection blanc. Il y eut quelques sifflements grivois. Elle l'entoura de son bras en guise d'ancrage. Il lui fit un sourire complice un peu raté dont elle rendit les nuances au centuple. Il avait l'air d'un attardé social à côté de cette experte du genre humain. Dans un kapien fortement accentué (mais adorable), elle prit la relève au microphone et invita l'auditoire à rencontrer les membres de Sahiké Nora au kiosque de vente après le spectacle. On s'expliqua ainsi sa présence radieuse sur scène du fait qu'elle gérait la marchandise et l'étal des groupes.

— Crois-tu que les gens iront au kiosque pour rencontrer le groupe ou bien pour admirer de plus près ton Énovia? demanda Isoeur un peu moqueur.

— Que je les vois saliver dans son décolleté! Ils vont rencontrer mon poing à la figure, avertit Honnelli.

— Pas de panique. Ça n'a pas de chance d'arriver puisque ta copine porte un col serré par une cravate. Rien d'excitant là, le taquina davantage Juheur. Énoeur apprécia cette flèche.

— Cause toujours, Vossa. Tu peux bien jalouser longtemps avant de te trouver une femme aussi chaude !

Kassepi vint à la défense de son ami kapien pure laine.

— C'est tout de même bizarre qu'elle se soit éprise de toi. Ça doit être plus que triste la Kiménie après tout !

Les yeux plissés, Honnelli affichait un sourire chevalin. Ce jeu le divertissait autant qu'il amusait ses amis.

— Il n'en demeure pas moins que ce soir, quatre cents personnes se croiseront en rêvassant à elle, alors que moi, eh bien, vous savez… conclut Honnelli en leur tirant une grimace de vainqueur.

— Un point pour Honnelli et deux points pour Kiménora ici, comptabilisa Isoeur.

— Pourquoi deux points ? questionna Énoeur.

— C'est probablement un pour la beauté kiménore et un second pour la musique kiménore, raisonnait Kassepi.

— Ah non, en fait, j'allais vous donner comme indice de regarder de chaque côté de sa cravate.

Honnelli lui donna un coup de l'avant-bras dans le ventre qui prit un peu Isoeur par surprise. Comment avait-il pu déplacer son bras aussi librement dans ce dense terreau d'herbe humaine ?

— Tu n'as pas idée à quel point ils sont beaux et doux.

Honnelli sembla léviter à cette pensée érotique. Énoeur le retint par l'épaule et regarda vers le sol.

— Attention, Sècca, de ne pas te faire bousculer à la hauteur du bassin.

Ils échangèrent tous un sourire complice qui témoignait du minuscule monde intime qu'ils gardaient jalousement. Autour d'eux, on commençait à scander le nom de leurs héros pour les presser de monter sur scène.

— J'espère qu'ils vont jouer *Sahiké Nora* : c'est la première chanson qui m'a initié à l'univers métal, dit Juheur, dont le teint livide était camouflé par l'éclairage coloré.

Isoeur l'appuya.

— Moi de même !

— Oui, généralement, ils la gardent comme rappel. Ça finit toujours bien une soirée ! répondit Honnelli.

— J'ai passé les deux derniers mois à mémoriser leurs paroles ! s'écria fièrement Énoeur, en parfait fanatique.

— Sans pourtant ne pas trop savoir ce que tu chanteras à l'unisson. Ils pourraient autant parler de crème glacée à la vanille que tu n'en saurais rien, le taquina Kassepi avec des yeux chauds et narquois, sans malice.

— Non, non, Honnelli m'en a traduit les grandes lignes. J'ai une bonne idée de ce que contiennent leurs textes, maintenant, répondit Énoeur pour se défendre. Honnelli confirmait en retrait.

Pris dans cet environnement excessivement compact, Juheur fatiguait, d'autant plus qu'il ressentait encore les effets de ses abus de la veille. Son cerveau n'avait pas suivi le dernier bout de jasette.

— *Onéò* qu'il fait chaud ici ! Espérons que je ne sois pas déjà tombé dans le coma et transporté vers la sortie par voie aérienne avant qu'ils ne jouent *Sahiké Nora*. Cette chanson est tellement géniale ! Le pont suivant le solo avant de revenir au dernier couplet...

Sa fixation amusait ses amis.

— Oui, oui, Juheur, nous le savons ! déclara Yotal, qui voulait réconforter son ami.

Puis, leur conversation fut coupée court par l'extinction des lumières.

La foule se mit à crier « Sahiké... Nora, Sahiké... Nora ! » pendant qu'une bande sonore aux rythmes épiques servait d'introduction. Les basses résonnaient dans la cage thoracique de chacun. L'éclairage devint saccadé. La fumée emplit la scène. C'était un furieux combat entre quatre cents voix réunies contre le puissant rugissement des haut-parleurs. Les membres apparurent au fur et à mesure que la fumée se dissipait.

Les gars se regardèrent de leurs grandes pupilles dilatées qui miroitaient l'éblouissant éclairage pulsé.

— Ça va être *malade* !

Le groupe plaqua un premier accord — le plus lourd — et salua la foule dans un kapien universel, teinté d'un fort accent du nord, le même que celui qu'avait Honnelli à son arrivée et qu'il perdait de jour en jour.

Le groupe culte de Kiménora avait choisi comme introduction l'une de leurs plus violentes et furieuses tempêtes sonores, *Übur Hèllénésün*. Dès les premières notes, la foule devint folle instantanément. Le mercure explosa et les enfers que décrivait le chanteur en s'égosillant devaient sans doute ressembler considérablement aux conditions subies dans cette caverne suffocante.

Au bout de seulement deux chansons, le groupe demanda qu'on apporte beaucoup plus de bouteilles d'eau sur la scène, pour lutter contre la déshydratation causée par l'effort physique par une telle température. Malgré ces précautions, Sdouvre Bènore, le guitariste côté cour tourna de l'œil au cinquième morceau et s'affala au sol sans plus bouger. Quelques mesures plus tard, le reste du groupe s'arrêta de jouer, constatant que leur camarade était tombé sous l'effet de la chaleur extrême. Ils s'empressèrent de le réanimer en le brassant un peu, alors qu'il retrouvait lentement ses esprits à travers quelques balbutiements débiles.

L'incompréhension perdura un moment, alors que l'éclairage continuait à scintiller au rythme d'une chanson qui n'était plus. La foule s'apaisa par vagues, de la scène vers l'arrière, où il était plus difficile de percevoir ce qui se passait là devant. Puis l'éclairage s'éteint complètement. Sur la scène, on entendit des gens crier en kiménore. Les quelques bilingues sur les lieux, dont Honnelli, traduisirent la demande.

— De la lumière! Ils ont besoin d'éclairage sur la scène!

Les cris de panique excitèrent la foule dont l'incompréhension faisait place à l'irritation. La fatigue et la chaleur affectaient gravement tout le monde.

— Allez! Remettez-vous à jouer, *bordel*! entendit-on à l'arrière.

— Non, mais ce n'est pas possible! Qui peut bien être aussi stupide? s'écria Honnelli, irrité et offusqué.

D'autres voix insultèrent l'instigateur de cette plainte et l'on commença à se bousculer derrière. Comme des billes sur une table de jeu, le premier impact vint à les affecter toutes et l'ambiance tourna au vinaigre. Plus personne ne se souciait de ce qui se passait sur scène, là où Barèr venait tout juste de parvenir afin de porter assistance au guitariste tombé.

Les cris de la scène parvenaient à peine à percer le brouhaha de la salle.

— S'il vous plaît! Faites-le évacuer immédiatement en *bodysurfing*[44].

L'idée était farfelue, mais c'était le moyen le plus rapide de le faire sortir d'ici. Par chance, ceux qui étaient plus près de la scène purent répondre à la requête et ils aidèrent à soutenir le lourd corps inanimé.

— Vers la sortie! Vers la sortie! criait-on de groupe de porteurs en groupe de porteurs.

---

[44] *Bodysurfing* : technique périlleuse qu'une personne exécute en se laissant glisser au-dessus d'une foule, voguant aléatoirement au gré des bras qui la portent.

Au milieu de cette chaîne humaine, les membres de Takané aidèrent aussi au déplacement du corps ; ils s'empressèrent de communiquer la consigne à leur tour. Une fois que le guitariste inanimé fut passé, Juheur, dont l'état cadavérique rendait ses allusions comiques, ne put s'empêcher d'ironiser la situation.

— Eh bien, les gars, je ne me serais jamais attendu à toucher un membre de Sahiké Nora par de telles circonstances.

Enfin, trop tard, on alluma l'éclairage de la salle, ce qui agressa la vue de tous, comme s'ils avaient été des bêtes souterraines qu'on assiégeait et agressait soudainement avec la lumière du jour. Le guitariste était passé et déjà on s'occupait de lui dans la rue, à l'air frais, ou du moins là où l'air était moins vicié. Le court répit de ce transport extraordinaire fit place à une nouvelle impatience, mais cette fois aucune bande sonore d'introduction n'allait venir assouvir l'appétit de cette meute enragée.

— Non, mais vraiment, ne comprennent-ils pas que le spectacle est fini ? lança Isoeur, dégoûté par l'attitude des gens autour de lui.

— Ah non ! Tu crois ? Mais non, il va revenir, ce n'est qu'une pause. Il doit revenir. Ils doivent jouer *Sahiké Nora*, pleurnicha Juheur, que la fatigue rendait enfantin et capricieux.

— Je ne compterais pas trop sur cette conclusion, mon petit Vossa, raisonna Yotal.

— Effectivement, regardez sur la scène, le reste du groupe discute avec Barèr. Ils semblent tous atterrés, annonça Énoeur, dont la grande déception n'avait d'égal que l'irritation causée par cette insupportable chaleur.

Au bout d'un long conciliabule, Barèr prit le microphone et s'adressa à la foule bouillonnante. Il dut se résoudre à annuler le reste de la soirée puisque le guitariste en question était actuellement transporté à l'hôpital, par précaution.

La marmite écumante était sur le point de déborder.

Barèr tendit le microphone au chanteur de Sahiké Nora qui tenta en vain de calmer l'auditoire en leur promettant de revenir et en précisant que Kapousha formait un public formidable. Mais le fond de la salle criait au scandale et l'on commençait à quitter ce trou immonde en furie, après avoir lancé des projectiles vers la scène.

Dehors, les pires idiots s'en prenaient aux commerces des alentours pour évacuer leur rage et leur insatisfaction. L'infernal fourneau les avait transformés en bêtes sans conscience. Lorsque Juheur parvint dehors, la scène le saisit sèchement et il s'éveilla avec une énergie qu'on ne lui connaissait pas en ce lendemain de veille. Déjà, des vandales luttaient contre d'autres *métalleux* qui voulaient les empêcher de ravager les environs. Juheur vit deux écervelés sur le point de lancer une poubelle dans la vitrine du magasin de Barèr.

— *Heudandeurk!* Lâchez ça tout de suite, *mes tabarnak!* cria-t-il en accourant à leur rencontre.

Il se lança sur eux avec rage, secondé par Énoeur. Isoeur, Kassepi et Honnelli demeurèrent figés par l'horreur au centre de tout cet affrontement. Déjà, certains *métalleux* gisaient sur le pavé, le front ensanglanté. Certains criaient à l'agonie, maîtrisés par d'autres les empêchant de tout casser.

Juheur sauta sur celui qui s'apprêtait à lancer la poubelle de métal. Le vandale fut pris par surprise, ce qui permit à Juheur de le tabasser allégrement. Le sang gicla. Énoeur attrapa son acolyte juste avant qu'il ne défonce la tête de Juheur avec un panneau de signalisation arraché de son poteau. Énoeur, habitué à ce genre d'altercation et physiquement fort, n'eut pas de misère à mettre en échec cet hurluberlu.

Yotal, rapidement rejoint par Juheur et Énoeur, alla au secours d'une fille qui tentait en vain de se défaire de trois brutes, criant au viol.

La lutte dramatique ne donnait aucun vainqueur jusqu'à ce que le trio restant de Takané se jette à son tour sur les agresseurs. À nouveau, le sang gicla.

C'était laid.

Et ce qu'il pouvait faire chaud et humide !

— Attention, Mollieur ! Un couteau ! s'écria Juheur, en panique, et qui se défaisait à peine de son dernier assaillant.

Énoeur attrapa l'avant-bras armé et le redirigea avec autorité dans la cuisse de son propriétaire criant maintenant de douleur. Kassepi, sauvé de justesse, en profita pour le mettre K.O. d'un formidable coup de poing à la mâchoire.

Près de quatre cents personnes étaient prises dans cette escarmouche confinée dans la rue étroite sans parvenir à quitter les lieux.

On entendit les sirènes de police retentir un peu plus loin et se rapprocher rapidement dans cette rue bondée de *métalleux* dans tous leurs états. Vue des étages supérieurs des logements environnants, la meute en pleine guerre intestine se dilua à une vitesse impressionnante. En quelques minutes, la rue était baignée par la lumière rouge des gyrophares des voitures d'urgences, autant celles des policiers que des ambulanciers. Ceux qui n'avaient pas eu la possibilité de fuir furent arrêtés, contrôlés ou soignés.

Les membres de Takané se réfugièrent quelques pâtés de maisons plus loin, dans le parc attenant à l'école secondaire. La violence de l'événement demeura fort longtemps imprégnée en eux et ils eurent du mal à se calmer. Ils s'efforcèrent de ne pas éveiller les gens des environs pour ne pas se faire pincer par les policiers. À tour de rôle, chacun allait aux nouvelles sur la rue Bèyogaru et revenait avec une anecdote fraîche presque invraisemblable. On racontait que le responsable et le promoteur, donc Pèrdérèr et leur ami Barèr, avaient été amenés au poste de police pour la nuit, pour être interrogés. On racontait qu'une bonne vingtaine de criminels avaient été fourrés dans un fourgon cellulaire. On racontait que Bèyogaru *dün* était nappée de sang qu'on s'occupait à nettoyer. À travers tout ça, les gars ressassaient avec grandes émotions les actions héroïques qu'ils venaient de vivre. Cela dura une bonne heure avant que les nouvelles du front se fassent moins alarmantes. C'était Honnelli qui revenait cette fois.

— Les gars, je dois retrouver Énovia. Je ne l'ai pas vue après la fin prématurée du spectacle. J'espère qu'elle va bien !

Il espérait obtenir leur assentiment pour prendre congé de ses amis.

— Elle s'est probablement réfugiée à l'hôtel avant que tout cela n'éclate, dit Isoeur pour le rassurer.

Honnelli les quitta, non sans empathie. Il voulut repasser une dernière fois devant la Citerne, faisant le petit détour nécessaire. Lorsqu'il atteignit le théâtre de toute cette violence, le lieu était anormalement tranquille, paisible même. Tous avaient été dispersés ou escortés, et les lieux, nettoyés. Les gens étaient retournés se terrer chez eux et la noirceur de la nuit avait fini par s'engouffrer dans la rue. Les enseignes des commerces étaient éteintes et Honnelli poursuivit en direction de Mavéor *onéguéò*.

Il parvint à l'hôtel quelques minutes plus tard et entra dans le vestibule encore ouvert. Là se trouvait le gérant du groupe entouré de quelques autres membres qui monopolisaient le téléphone mis à leur disposition pour prendre des nouvelles de l'hôpital et du poste de police. Honnelli, de nouveau spectateur, passa sans déranger et demanda Énovia Satiké au préposé du comptoir, qui contacta sa chambre :

— Bonsoir, mademoiselle, Honnelli Sècca vous demande, annonça-t-il.

— Oui, faites-le monter, s'il vous plaît, répondit la voix féminine douce, sereine et apaisante au bout du fil. Énovia s'amusait à faire usage de ses connaissances limitées de kapien.

On lui indiqua la chambre et Honnelli monta silencieusement les escaliers. Un malaise intense grandissait en lui. Une peur plus grande que l'abomination vécue plus tôt venait à le ronger un peu plus à chaque palier atteint. Il arriva à l'étage, puis trouva sans difficulté la chambre. Il ressentit aussitôt l'intense émoi.

Il resta figé un long moment devant la porte close derrière laquelle Énovia se trouvait enfin, incapable de combattre l'inertie de son poing qui allait inévitablement y frapper et déclencher une réaction menant à l'ouverture de celle-ci.

Il finit par cogner timidement.

Énovia lui ouvrit la porte. Elle était en tenue de bain, la chevelure encore dégoulinante, l'humeur visiblement tranquille. Sans dire mot, elle recula de quelques pas en guise de bienvenue. À son tour, Honnelli fit deux pas craintifs sur la distance un peu plus grande qu'elle lui avait accordée. Il ne prononça pas un seul mot et, dans cette apaisante économie de paroles, il fit comprendre à Énovia qu'il avait un besoin impérieux de prendre une douche en désignant la salle de bain. Elle opina doucement et Honnelli s'éclipsa.

La chambre climatisée était comme un îlot refuge au milieu de cette ville calcinée par les derniers jours, où l'impitoyable force ardente imprima sa trace sur les façades des immeubles. Elle était une cellule de salut au cœur d'un enfer brûlé par l'acharnement de l'astre pire que toute représentation artistique.

Il s'enferma dans la toilette et se défit laborieusement de ses vêtements noirs qui collaient à sa peau, fusionnés à sa chair comme une couche organique supplémentaire. Il fit une grimace de dégoût en sentant le linge saturé de sueur glisser contre son épiderme. Son purgatoire débutait. Il découvrait dans ses jeans détrempés chacun des interstices suintants; le moindre film d'eau salée était chaque fois comme un poignard qu'il retirait lentement et doublement plus douloureux. Il se traîna jusqu'à la baignoire avec le désir impatient d'arracher cette couche brunie, mouillée, brûlée et puante. D'un simple geste, une trombe glaciale l'assaillit et lui figea le cœur et son être en entier.

Une éternité passa.

Sa peau blanchie de froid redevint tranquillement rose et son cœur se mit à palpiter violemment pendant que le bombardement devenait supportable et tiède. Il demeura arqué et immobile le temps que sa dernière semaine se soit complètement diluée et rejetée dans le drain. Il se savonna, se lava les cheveux, machinalement, sans passion, sans vitalité, sans notion du temps, le regard absent, mû seulement par un système neuro-mécanique dénué de conscience, autonome et autosuffisant. Honnelli se perdit en rêveries. Sous l'impétueux vacarme abrutissant, ses sens le quittaient lentement. L'eau coulait bruyamment, absolument indifférente, suprêmement harcelante, par son insouciance harmonieuse de sa place dans l'univers. Des litres d'insolence plus tard, Honnelli leva les yeux contre ces gerbes claires dont l'absence de conscience était un perpétuel doigt d'honneur à son égard. D'un influx émanant d'on ne sait où précisément, l'idée commença à germer en lui qu'il avait la capacité d'y mettre fin. Honnelli referma le robinet et regarda une à une les gouttelettes translucides, dans leur chute inexorable, rendues de plus en plus timides à choir comme si elles se sentirent intensément observées. Il n'offrit qu'un faible sourire débile en sa position de vainqueur. Il attendit que la dernière goutte annonce sa collision contre la paroi par un seul cliquetis aigu avant d'enjamber le bord de la baignoire. Dans cette lente motion, pour la première fois depuis une semaine, son corps eut un léger frisson, à la fois déplaisant et jouissif. D'une main nonchalante, il se sécha à l'aide d'une serviette blanche, et s'en entoura le bassin avant de poser la main gauche sur la poignée. Il éteignit l'interrupteur du ventilateur, n'ayant aucune vapeur d'eau à tirer de toute façon. L'absence de bruit faisait encore plus de bien et il pouvait enfin percevoir l'enivrant bourdonnement dans ses oreilles, qui se remettaient lentement du violent assaut auditif qu'elles avaient volontairement subi plus tôt. Puis sa main droite vint se poser par son subconscient sur la moulure du cadre de porte, au travers de la fente, comme pour freiner l'action suivante et imposer une pause. Au bout d'un long moment caractérisé par un vide cérébral assourdissant par son absence de réflexion, il sortit de la salle de bain sans avoir eu la force de se regarder dans le miroir, intimidant par ses dimensions, couvrant tout le mur au-dessus du comptoir. Il prit une grande respiration, fonçant vers l'inconnu comme un exilé téméraire cherchant à retrouver sa patrie.

Elle se trouvait là, retranchée au milieu de quantités de boîtes de marchandises sous sa supervision, empilées de façon chaotique, qu'il dut être inutilement pénible de monter si haut; elle se tenait là, derrière un lit défait qui était devenu le chemin le plus court et le plus simple pour traverser la chambre de tous ces obstacles; elle se trouvait bel et bien là, en chair et en os, près d'un fauteuil tourné à moins d'un mètre de la télévision plantée sur un tabouret bancal en guise de pot. Énovia lui offrit son sourire, intime et complice, de tout son corps encore enveloppé dans une serviette immaculée où ses cheveux se perdaient dans ces nuances si pâles. Son sourire fit une pause; les commissures de ses joues se détendirent imperceptiblement, presque figées à force d'en abuser.

— Hé, Sècca.

CHAPITRE ONZE

Au lendemain du spectacle de Sahiké Nora

Comme relevés d'un châtiment, les Kapiens eurent droit à un après-midi pluvieux et combien salutaire au lendemain de cette extraordinaire journée de juillet. La matinée avait été grise, du même smog qui étouffait la ville depuis des semaines, mais cette fois, le vent se levait du nord-ouest. Les feuilles dans les arbres, d'un vert éclatant, se mirent à frétiller et à dévoiler leur dos mat et argenté. Des bourrasques se faufilaient au travers des rues et souvent y restaient prisonnières, se débattant en tourbillon qui soulevait la poussière. Le ciel devint si sombre, ce ne pouvait plus être que de la pollution atmosphérique. Puis, dans un coup de vent qui fouetta les passants, quelqu'un sentit une gouttelette sur sa joue. Le temps qu'il lève la tête au ciel pour chercher inconsciemment d'où venait ce projectile humide, et déjà, les autres piétons sentirent à leur tour ce prélude à l'averse sur leur chair brûlée. Le crescendo fut si rapide qu'on eut à peine le temps de soupirer de soulagement avant qu'on acclame enfin le génie virtuose de la Nature. Tous partagèrent leur joie et tous échangèrent des regards amusés et empathiques ; les sautes d'humeur du climat rapprochaient les gens. Nul ne se plaignit d'avoir été surpris par cette tempête estivale ô combien bienfaisante !

Naturellement, les cinq garçons se rencontrèrent le lendemain soir à la stalle et partagèrent leurs impressions sur l'événement tragique de la veille.

— C'est inimaginable : dire que cette fille était sur le point de se faire violer par cette bande de monstres ! Comment peut-on en arriver là ? s'insurgeait Juheur.

— Ces trous-de-cul sont trop imbéciles pour obtenir des faveurs féminines ; ils sont obligés de les prendre par la force. *Onéondeurk!* s'écria Énoeur, qui se faisait mauvais.

— Oui, ils sont pathétiques, ajouta Kassepi.

Encore une fois, ils se remémoraient toutes les anecdotes de la veille, des plus légères, comme la santé fragile de Juheur, aux pires, comme le sang qui fut versé.

— Ils en parlaient partout dans les médias ce matin. À un kiosque de journaux, j'ai vu le titre « Émeute à Kapousha, spectacle métal vire au cauchemar » en première page, annonça Énoeur.

— Oui, j'ai lu cet article qui présente un bilan très peu flatteur de la communauté métal, ajouta Isoeur.

Kassepi se fâcha.

— Ce n'est tellement pas le genre de publicité dont nous avons besoin en plus !

— Un peu plus et l'on me lançait des roches en m'en venant ici, ce soir, appuya Honnelli.

Juheur voulut être optimiste et briser aussitôt la tangente prise par ses amis.

— Au moins, ça atteste de la réalité métal de Kapousha. Ce qui n'est pas entièrement mauvais : nous pouvons dorénavant souhaiter que « Métal Kadeu » apparaisse sur les cartes géographiques.

Les autres le regardèrent avec un soupçon de perplexité, mais, fatigués de ressasser des éléments négatifs, ils se rangèrent à son argument. Kassepi soupira et devint plus calme.

— Il est encore tôt pour dire si les effets seront bénéfiques ou non, mais je souhaite que cela déclenche le big bang d'une nouvelle ère, où le métal serait enfin dévoilé au grand public.

À ce propos, Isoeur partagea aussi son espoir.

— Qui sait ? Aujourd'hui, des millions de Kapiens liront peut-être pour la première fois sur la communauté métal et, de ce nombre, un infime pourcentage se trouvera curieux et découvrira peut-être cette musique, cette culture. Qu'on en parle en bien ou en mal, le métal y gagnera.

— C'est vrai, ajouta Honnelli, c'était comme ça à Kiménora également. Le métal souffrait d'une horrible réputation, mais la sombre communauté accueillait chaque année de nouvelles légions, attirées par cette marginalité si tristement dépeinte.

— C'est comme ça que Kiménora est devenue le principal cercle d'influence au monde, commenta Juheur. Ce n'est pas en demeurant gentil et sans agitation qu'on aurait entendu parler du « son de Kiménora ».

— Par contre, il y a fort à parier que Pèrdérèr ne veuille plus jamais que la Citerne soit associée à un événement métal, raisonna Isoeur.

— C'est bien dommage, répondit Kassepi. Si ce n'avait été de la chaleur excessive, la place avait un certain cachet qui donnait une dimension culte au spectacle.

— J'aimerais bien un jour que Takané y joue. C'était effectivement propice à un événement métal, je trouve, ajouta Énoeur.

— Nous verrons bien comment tout cela se traduira, mais pour l'instant, ça ne changera rien à notre groupe, et à nos projets. Je ne crois pas que la communauté se diluera de sitôt, et nous aurons encore un public lorsque nous aurons de nouveaux spectacles inscrits à notre agenda, conclut Juheur.

Ils tentèrent ensuite de joindre Barèr par téléphone, à son domicile, à son magasin fermé à cette heure-là et à son bar, mais sans succès. Ils ne savaient pas s'il était déjà parti pour la suite de la tournée ou bien s'il était encore retenu par les enquêteurs. Honnelli n'en savait pas beaucoup plus.

— Lorsque j'ai laissé Énovia, ce matin, elle ne savait pas encore ce qui allait se passer, et j'ai quitté l'hôtel avant que les groupes soient fixés sur leur sort.

— Nous irons voir demain au magasin. Sûrement que Mévior en saura davantage, répondit Juheur.

— Tout de même, nous avons eu une sacrée veine de pouvoir nous éclipser sans nous faire prendre et sans qu'aucune histoire ne remonte à nous ! souffla Kassepi qui avait peur d'affronter la justice.

Trop bouleversé par les événements, le groupe ne joua pas ce soir-là et chacun rentra chez lui après ce bilan provisoire.

Le lendemain en matinée, Juheur et Isoeur se rendirent au Kappèlla Mullior. Le magasin était maintenu ouvert par Mévior, le fidèle auxiliaire de Barèr. Près de trente ans, encore gracile, sans être grand, jadis arqué par la timidité et le manque de confiance en soi, ni bête ni particulièrement sagace ou perspicace, Mévior était de ce type de coéquipier efficace, qui recèle un fort potentiel, mais qui éclot seulement sous l'éclat d'un meneur diligent. À cet effet, il avait trouvé deux sources de lumière pour s'épanouir : d'abord Barèr, qui l'employait, puis Mallè, sa femme, également entrepreneure. On ne pouvait trouver un type plus fiable et loyal.

Il accueillit ses deux *métalleux* favoris avec son enthousiasme proverbial.

— Salut, les gars ! Comment allez-vous ?

— Bien, bien ! As-tu des nouvelles de Barèr ? demanda précipitamment Juheur, angoissé.

— Oui, ne vous inquiétez plus. Il est parti pour la tournée hier soir. Il a voyagé de nuit vers Bèlékal[44]. Tenez, vous lirez les détails dans cette lettre que j'ai trouvée sur la caisse enregistreuse à mon arrivée.

« Mes chers amis Mévior, Mallè et Takané,

Quelle soirée inouïe avons-nous tous vécue ce mercredi ! Et je puis vous dire que nous avons échappé de justesse à la catastrophe.

Par chance, les dizaines de personnes qui furent évacuées plus tôt en soirée firent diminuer le nombre de spectateurs en deçà de la capacité maximale légale de la salle. Je n'ose pas imaginer les troubles qu'aurait encourus Pèrdérèr si nous avions été encore quatre cents là-dedans, à l'arrivée de la police.

Devant les autorités, nous avons eu à expliquer les circonstances — hors de notre contrôle, comme vous le savez — qui ont mené au désordre. Nous n'avons pas été incarcérés pour avoir entravé la paix publique, mais nous avons été contraints de purger un lot considérable d'heures de travaux communautaires et à payer une part des réparations publiques. Moi qui comptais sur les bénéfices de cette première soirée pour financer les dépenses encourues pour les autres spectacles moins lucratifs, les prochaines soirées seront plus difficiles que je ne l'aurais souhaité.

D'autre part, je nous considère également chanceux de ne pas avoir eu à annuler la série de spectacles, en partie ou en entier, à cause de la santé de Sdouvre. Il s'est vite rétabli et heureusement, il a obtenu son congé de l'hôpital jeudi en après-midi.

---

[44] Bèlékal : mégapole de la côte ouest de la Kapie. Principal port de l'empire, deuxième centre économique derrière Kapousha. Capitale provinciale du Battlà sud.

Nous avons eu à annuler le spectacle de ce soir à Hédridzia[45] et nous nous dirigeons directement vers Bèlékal dans l'espoir d'y arriver vendredi en journée. Nous avons donc quitté Kapousha une fois les préparatifs terminés et tous les musiciens remis en forme.

Dans les circonstances exceptionnelles du moment, vous comprendrez que je n'ai pu prendre de vos nouvelles. J'espère de tout cœur qu'il ne vous est rien arrivé de grave durant ces événements tristes. Je tenterai de vous joindre au téléphone au Spectre à mon arrivée à Bèlékal.

Sur ce, j'ai bien hâte de vous retrouver d'ici trois semaines, au terme de la tournée avec, espérons-le, des souvenirs plus heureux que ceux vécus dernièrement.

À bientôt,

Barèr »

Le soir venu, Barèr téléphona à Mévior au Spectre, où tous s'étaient réunis dans l'attente de son appel interurbain. Barèr précisa que le trajet s'était bien déroulé et il louangea le climat marin et subtropical de cette cité souvent enviée. Les groupes kiménores venaient tout juste de terminer leur sonorisation et la troupe s'apprêtait à aller souper à proximité du bar, qui rivalisait en modestie avec la Citerne de Kadeu. C'était le lot qui les attendait à chaque étape de la tournée : des foules marginales de quelques centaines de personnes dans des salles de concert rarement dignes de cette appellation. Barèr prit des nouvelles de ses amis qui le rassurèrent sur leur heureuse fuite des tristes événements de mercredi. Après ces quelques échanges, il remit le combiné à Énovia. Honnelli et elle s'échangèrent quelques mots en kiménores, puis ils raccrochèrent.

Les membres de Takané auraient tout donné pour avoir eu la chance de participer à cette excursion, de vivre cette aventure sur l'ensemble du territoire kapien, de partager la scène avec Sahiké Nora, le géant kiménore. Ils en rêvèrent et en débattirent le reste de la soirée autour de quelques pichets de bière servis par Mévior.

***

---

[45] Hédridzia : capitale provinciale située à la pointe extrême nord de la côte ouest de la Kapie

Le mois de juillet s'acheva sans que les gars n'eussent d'autres nouvelles de leur bon ami Barèr, qui mena les groupes kiménores à travers la Kapie en tant que gérant de tournée, ni d'Énovia, qui participait en tant que gestionnaire des marchandises. Entre-temps, le groupe se réunissait deux fois par semaine pour répéter sans grand objectif, d'une part motivé par le spectacle de Sahiké Nora et d'autre part freiné par le rythme lent de l'été. Les cinq garçons passaient le plus souvent leurs temps de loisir, du crépuscule au petit matin, à flâner, une canette de bière à la main, quelque part entre la Yattal et le campus. Vagabondant de parcs en commerces, de stations de métro en places publiques, ils amusaient ou hantaient les quartiers de Kadeu et de Nameulédò, le long du boulevard Mavéor.

Un vendredi soir, alors qu'Énoeur venait de les quitter pour se coucher en prévision de sa journée de travail suivante, Juheur et Isoeur, une crème glacée à la main, laissèrent Kassepi et Honnelli les distancer progressivement. Sous la lueur des lampadaires, Isoeur offrit un visage des plus souriants à son ami.

— Comme ça, c'est devenu sérieux entre Lèbbé et toi ?

Le duo s'était volontairement et réciproquement écarté en aparté, mais ce ne fut vraisemblablement pas ce dont Juheur, l'air soucieux, eût voulu discuter avec Isoeur. Il répondit évasivement, un peu à contrecœur.

— Bah, nous nous côtoyons de temps à autre... Il n'y a rien d'officiel entre nous deux.

— Bon, c'est tout de même réjouissant, non ? insista Isoeur.

— Oui... Certainement, dit-il laconiquement. Juheur soupira. Dis-moi, Izi, as-tu réentendu parler de Killè ? J'aurais espéré qu'elle devienne la copine d'Énoeur après ce fulgurant début de vacances estivales.

Isoeur perçut que Juheur voulut rediriger la conversation ailleurs que sur lui, du moins de ce sujet précisément. Amis depuis des années, ce n'était pas dans leur habitude de se cacher leurs intrigues amoureuses. Il s'y conforma malgré sa déception de ne pas obtenir plus de détail sur sa situation personnelle.

— Oui et non. Je n'ai pu soutirer grand-chose d'Énoeur, mais je sais qu'ils se sont vus à une seconde occasion, puis plus rien. Il se fait plutôt avare de commentaires sur sa situation intime..., *lui aussi* ! lança-t-il en boutade.

— Hmm, oui, c'est bien dommage... Ç'aurait pu l'aider à se caser. Je ne comprends pas ce qui a pu rater ou déraper entre les deux.

Notre Énoeur est un sacré casse-tête, Juh. Peut-être ne le voyons-nous plus sous cet angle après tant d'années à le côtoyer.

— C'est bien possible... Juheur demeura pensif, mais il finit par chasser cette tristesse pour son ami. Bah, beau bonhomme comme lui, il n'aura pas de difficulté à attirer d'autres belles et formidables filles qui sauront faire son bonheur !

— Je le crois aussi... je l'espère.

En silence, Isoeur acheva sa boule fondante aux pêches.

Lorsqu'il reprit la parole, il bifurqua vers diverses frivolités, mais Juheur enregistrait peu ses bagatelles. L'enthousiasme d'Isoeur s'estompa lorsqu'il ne sentit plus de réceptivité et il fut vite à court de bêtises à dire. L'humeur du duo se refroidit durant un bon moment. Juheur médita à nouveau à l'idée d'Énoeur, puis il se fit inquiet en regardant son ami Isoeur chez qui il sentait la pointe d'une menace tranquille, encore qu'une appréhension vague en ces beaux jours d'été presque éternels. Il n'eut pas le courage de lui faire part de son inquiétude à son égard. Son problème lui parut trop grave pour ces douces nuits d'innocence. Pris dans son malaise muet, Juheur chercha la force de s'égayer. Isoeur mordilla son cornet de crème glacée et sa candeur revint en se léchant les babines.

— Ha ! Des pêches, j'en mangerais sans arrêt l'été. Je crois en avoir déjà englouti six aujourd'hui !

Juheur sourit, à moitié.

CHAPITRE DOUZE

Le déménagement d'Énoeur Yabèl

Énoeur finissait de vadrouiller une entrée secondaire où passaient les clients venus profiter du désagréable système d'air conditionné mal réglé de ce centre commercial pour faire leur magasinage. Dans son uniforme une-pièce, il était frigorifié malgré son travail physique. Une vague de chaleur rappelant le véritable été soufflait vers l'intérieur lorsqu'une femme et ses deux filles à la veille de l'adolescence passèrent les portes automatiques. L'air grave de la mère déplut à Énoeur, mais il observa les deux jolies fillettes et se dit que d'ici quelques courtes années, elles seraient bien prisées par les garçons, elles qui étaient déjà de précieuses vitrines de mode.

Pourquoi les gens s'obstinent-ils à courir les boutiques par une si belle journée d'été ? se demandait-il.

C'était cruel d'être prisonnier à l'intérieur, mais c'était le quotidien d'Énoeur. C'était ce qu'il avait choisi pour subvenir à ses besoins. Un emploi peu payant, mais tranquille et honnête qui le satisfaisait pour le moment. Il y trouvait la bonne dose de solitude qu'il recherchait, sans trop d'échanges avec les autres ni trop de pression indue. La musique aux oreilles en permanence pour se reclure, il pouvait laisser son esprit libre de valser au pas de ronde de sa vadrouille.

D'un parcours difficile, entre l'étourderie, le rejet, l'intimidation et les pugilats, l'école ne fut jamais pour Énoeur un lieu d'émancipation et d'accomplissement. Il s'évertua à passer au travers malgré des difficultés d'apprentissage, et il fut tout à son honneur d'obtenir enfin son diplôme sans retard. Mais une fois la lumière au bout du tunnel atteinte, il ne sut ce qui suivrait. Toujours, on évoquait cette lumière, sans savoir quel chemin elle cachait de son voile éblouissant, et Énoeur se retrouva au bout du secondaire sans but, à vagabonder.

On lui eût demandé ce qu'il voulait faire, il eût répondu jouer de la basse. On lui eût demandé dans quoi il excellait, il eût répondu plus qu'humblement qu'il n'excellait dans rien, mais qu'il n'était bon qu'à jouer de la basse. Fâcheuse demi-vérité ; victime d'une piètre opinion de lui-même, Énoeur était capable de bien plus. Il était indéniable qu'il était un grand mélodiste, mais il possédait également une compréhension profonde des méandres de l'âme et une fine aptitude esthétique que certains auraient qualifié d'intelligence. Peut-être eût-il trouvé un intérêt dans l'étude des arts de la scène, d'autres arts ou des sciences humaines, mais la simple notion d'étude le répugnait pour l'instant.

Ainsi, à dix-sept ans, il n'avait aucune idée du domaine dans lequel s'orienter et tout ce qui lui souriait était Takané et ses amis, les musiciens de ce groupe (bien qu'en fait, jamais il ne les considéra comme des musiciens, mais tout simplement comme des amis, probablement ses seuls). Par principe, il entreprit aussitôt de dénicher un emploi. C'était ce que la vaillante société attendait de lui : après les études, le travail.

Ayant décroché un poste modeste, Énoeur n'était pas très regardant sur sa situation à long terme, mais il passa ses dernières pauses à calculer s'il pouvait s'offrir un appartement ou du moins une chambre pour voler entièrement de ses propres ailes. Il feuilleta les petites annonces des journaux à la table de la cafétéria réservée aux employés de la gare Koh-Varfadèl[46], qui formait à l'étage un imposant centre commercial sous lequel transitaient quotidiennement des dizaines de milliers de Kapiens. Il ne faisait pas attention à ses collègues avec lesquels il préférait généralement ne pas s'aventurer dans des discussions trop longues. Ses écouteurs aux oreilles étaient très efficaces pour refréner leur désir de lui parler.

Énoeur gagnait 30 HDG[47] par jour (soit l'équitable salaire minimum de 3 HDG par heure) et autour de 780 HDG par mois en travaillant du lundi au samedi. Là-dessus, le vingtième allait directement dans son VMS[48] et le gouvernement en soutirait quinze pour cent à partir

---

[46] La gare du nord et de Varfadèl, le libérateur de Kapousha en l'an 1

[47] HDG (prononcé *HiDaGa*) pour *Himèth Dallènth Ganèn* (« Grandes couronnes unifiées ») : les HDG sont la monnaie au cours légal en Kapie

[48] VMS (prononcé *VéMèSa*) pour *Vovéllyà Miro Soud* (« Fonds central de prévoyance ») : le VMS est un fonds gouvernemental pour chaque Kapien qui y contribue par un montant prélevé sur le salaire

du trois cent et unième *dallèn*, soit 72 HDG calculés sur l'excédent. La mensualité de la stalle à l'université revenait à une somme considérable de 80 HDG chacun. Ça lui coûtait entre 5 et 7 HDG par jour pour manger et la carte mensuelle de transport en commun pour travailleur était d'un exorbitant 60 HDG. Elle était gratuite pour les étudiants, puis, en reconnaissant l'efficacité du réseau public, on se résolvait à les débourser lorsqu'on touchait un salaire. Il pouvait donc lui rester à peine plus de trois cents *dall* pour se loger et garder un maigre coussin pour s'habiller et pour diverses dépenses. Il en fit le résumé suivant sur un essuie-main, où il gribouilla les soustractions avec un crayon-feutre :

Revenu mensuel (Rm)	780,00
VMS (5 %)	-39,00
Impôts (15 % x [Rm − 300])	-72,00
Revenu disponible	669,00
TAKANÉ	-80,00
Bouffe (31 x 7,00)	-217,00
Métro	-60,00
Reste pour logement	**312,00**

En demeurant locataire, il n'avait pas à payer directement de taxes foncières, ce qui convenait bien à la classe pauvre, dont il faisait partie, qui pouvait ainsi utiliser leur paye pour les choses essentielles de la vie. Il ne nécessitait pas un bien gros appartement, un simple deux et demi lui conviendrait puisqu'il n'allait qu'y dormir et déjeuner la grande majorité du temps. Son doigt glissait d'annonce en annonce, évitant bien sûr les arrondissements trop dispendieux d'Avèlbièro, du vieux Kapousha comprenant Kostèno, Minonü et Oudéò-Onéò, de Pigale, du centre-ville d'Hagnimèh, et il se concentra plutôt sur les quartiers centraux populaires de Légüsso, Kotèléseu, Kadeu, Fabèleu et Nameulédò. Il fut surpris de constater que des appartements aussi petits que des trois et demi se louaient autour de 400 HDG par mois. Il ne trouva rien qui ne puisse satisfaire son budget et ses besoins. Il y avait bien un minable un et demi pour 175 HDG au fond de Kapafdzia, mais il n'était pas question pour lui de traverser le Sabbéor pour se retrouver presque en banlieue. Il referma le journal, déçu, et acheva son dîner avant de reprendre docilement sa vadrouille et son traîneau.

Durant sa quête de logement, Énoeur fit appel à Juheur qui habitait déjà depuis quelques années Nameulédò, le quartier universitaire, et recevait régulièrement le journal de quartier, qui présentait les meilleures aubaines autour du campus pour les étudiants sans le sou.

— En août, à la veille de la session d'automne, ta meilleure chance serait de tomber sur une pension d'étudiants à la recherche d'une personne pour compléter la rente. Ça te serait très avantageux! Je t'apporte le journal ce soir et nous y jetterons un coup d'œil ensemble. À ce soir, Yabèl!

Juheur raccrocha après qu'Énoeur l'ait remercié et salué.

Il déposa le combiné à son tour et ne put qu'espérer bientôt quitter le logement familial pour le quartier universitaire. Il ingurgita rapidement un souper et prit une douche avant de sortir sa bicyclette, saluer ses parents au vol et aller rejoindre Juheur et Isoeur pour se rendre à la répétition.

Il les retrouva, comme souvent, à l'intersection de Mavéor *onéguéò* et Bèyogaru *dün*, au pied de ces immeubles de six étages, devant le marché du large angle où abondaient les gens aux étalages de boucherie, boulangerie, épicerie, fruiterie et produits maraîchers. La chaleur humaine et les odeurs y étaient agréables et cette place publique devenait naturellement un sympathique point de rendez-vous.

Juheur discutait avec Isoeur, qui semblait plutôt en accord avec ses propos.

— D'ici encore quelques mois de répétition, nous serions probablement capables d'accélérer le processus d'enregistrement sans diminuer de façon trop importante la qualité du résultat.

— Effectivement, et une exécution bien maîtrisée nous éviterait de nous ruiner. Il faudrait nous trouver un studio très abordable, car je ne crois pas que notre local soit un bon endroit pour produire une maquette, argumenta Isoeur.

— Et encore faudrait-il que nous achetions du matériel plus crédible que notre enregistreur quatre pistes. Je suis bien d'accord, le mieux serait de ne pas enregistrer cette maquette nous-mêmes.

Énoeur s'avança et voulut s'insérer dans la conversation, mais n'avait rien à ajouter.

— Salut, Yabèl! s'exclamèrent ses deux amis.

— De quoi parliez-vous?

— Nous commençons à penser sérieusement à l'enregistrement d'une première maquette, répéta Isoeur pour mettre Énoeur au parfum.

— Oui! Pour bientôt?

— Nous ne savons pas encore, mais j'aimerais bien que ça soit avant la fin de l'année, répondit Juheur.

Énoeur partagea son opinion.

— Je crois que nous sommes prêts. Nous sommes tous de plus en plus solides à nos instruments. Je trouve que Kassepi est particulièrement impressionnant à la batterie et Honnelli s'intègre bien, n'est-ce pas?

— Oui, tout de même, dit Isoeur. Honnelli m'est apparu un peu rouillé aux claviers lors des premières semaines, mais il a fait de rapides progrès.

Indécis, Juheur fit la moue.

— Je ne sais pas encore tout à fait la place que nous devons donner aux claviers. Je ne sais pas ce qui ressortira pour un premier enregistrement, mais, à ce jour, le son que nous créons est plutôt satisfaisant.

— Disons que ça habille assez bien notre son, ça rajoute un élément tout de même subtil, mais significatif, analysa Isoeur.

— Bon, ça va faire, le philosophe... Nous la montons, cette côte? interrompit Énoeur.

En bas du plateau Avèlbièro, face à sa longue pente, ainsi s'amorçait une autre soirée de travail et de camaraderie.

***

Par un lundi soir monotone à l'épicerie, Juheur, sans le moindre client à servir, filtrait les journaux à la recherche d'un loyer pour son ami. Deux jeunes hommes à lunettes, visiblement des *nerds*, vinrent à sa caisse avec quelques denrées pour tenir la soirée. Le moins timide des deux s'aventura au-delà du *bonsoir* d'usage.

— Cherchez-vous un appartement? demanda-t-il en remarquant le journal resté ouvert aux petites annonces.

— Ah non, ce n'est pas pour moi... C'est pour un ami qui se cherche un loyer abordable dans le quartier, répondit Juheur, désintéressé et continuant de passer les sacs de croustilles à la caisse.

— Eh bien, nous cherchons un colocataire pour emménager dans une chambre récemment libérée. S'il souhaite venir la visiter, je vous laisse nos coordonnées.

— Oui, certainement... Ça fera 7 HDG.

Le second individu, resté silencieux, lui remit l'argent et s'occupa des sacs tandis que le premier donnait l'information à Juheur.

— Voilà, il peut nous appeler presque en tout temps : il y aura pratiquement toujours quelqu'un à l'appartement d'ici le début de la session.

— Merci, bonne soirée, messieurs, termina Juheur, qui avait subitement une grande envie de quitter le travail maintenant qu'il avait le pressentiment que le but de sa journée était atteint.

Le lendemain à la réunion de groupe, Juheur raconta l'anecdote.

— Sept *dall* de croustilles ! s'étonna Énoeur.

— Non, non, il y avait aussi de la bière dans l'addition... Mais, peu importe, voici leurs coordonnées, répondit-il en lui remettant un papier chiffonné tiré du fond de sa poche arrière de jeans.

— De quoi avaient-ils l'air ?

— Bah, rien de particulier. Des étudiants à l'université bien ordinaires.

— *Shôda*, Vossa! J'y jetterai un coup d'œil, mais pour l'instant, jouons ! répondit Énoeur en glissant son doigt des notes graves aux aiguës et en terminant sur quelques *bends*[49] en guise de petit solo saugrenu à la basse.

Derrière lui, Isoeur l'imita allant chercher la même note deux octaves plus haut.

***

Le lendemain, durant l'heure du dîner, Énoeur appela et arrangea un rendez-vous le soir même avec un certain Kémi. Le soir venu, Énoeur se rendit à Nameulédò, à l'adresse en question ; il rencontra

---

[49] *Bend* : technique d'instruments à cordes souples qui consiste à tirer vers le haut ou vers le bas une corde pour augmenter la hauteur (fréquence) d'une note.

trois colocataires qui lui firent visiter. Le grand appartement lui plut, et le prix également. On lui posa quelques questions d'usage afin d'analyser l'aspirant. Énoeur semblait être une personne tranquille sans histoire et avait un salaire fixe pour payer sa part. Une fois le test improvisé complété, les quatre jeunes s'entendirent sur les formalités et l'on invita Énoeur à emménager dès qu'il le pouvait.

Énoeur demanda si ce samedi était trop tôt.

Ce ne l'était pas.

Ce fut aussitôt réglé.

Le samedi fatidique, Énoeur revint du travail et amena ses affaires tassées dans quelques boîtes sur le bord de la porte, en attendant ses amis. Isoeur, qui habitait le plus près, arriva le premier et ne put s'empêcher de remarquer le peu de matériel qu'ils auraient à déménager.

— Nous aurions pu les apporter à la marche. Eh bien, tant mieux : ce sera vite réglé et nous aurons plus de temps pour festoyer, conclut-il en donnant une tape dans le dos à son grand ami.

— Exact, Kavèlli, j'ai bien fait les choses ! répondit Énoeur en riant ; il était quelque peu excité par l'événement.

Juheur et Kassepi passèrent la même remarque lorsqu'ils arrivèrent à tour de rôle.

— Une belle moyenne d'une seule boîte par personne. J'estime le temps du déménagement à moins de quelques minutes une fois là-bas, dit Kassepi.

— Il ne reste que mon lit déjà démonté et le matelas à descendre, résuma Énoeur en s'adressant à ses parents demeurés silencieux et fébriles dans le cadre du portique séparant le vestibule de la cuisine.

Ils étaient émus de voir leur fils partir si vite et souhaitaient que tout aille bien pour lui, après une enfance difficile. Que pouvaient-ils espérer d'autre que son bonheur ?

— Barèr m'a appelé un peu plus tôt, il ne devrait plus tarder, ajouta Énoeur.

Dehors, la journée pluvieuse laissait place à un début de soirée ensoleillée qui enflammait les distants nuages de pluie et faisait scintiller le sol encore mouillé. Le temps s'était quelque peu rafraîchi et il faisait bon comparativement aux dernières semaines, où la canicule fut tout simplement écrasante dans la cité. Chacun inspirait cet air à pleins poumons.

Énoeur un peu plus que les autres.

Un quart d'heure plus tard, les maigres possessions d'Énoeur tenaient timidement dans un recoin de la camionnette louée par Barèr, qui était récemment revenu de tournée. Seul le matelas justifiait cette location d'une heure. Barèr était arrivé peu après avoir fermé sa boutique pour la soirée ; il demanda à tous de se dépêcher pour qu'il puisse rapporter le véhicule rapidement et s'occuper d'ouvrir son bar. Tout était prêt pour le déplacement et Énoeur salua timidement ses parents, impuissants et endeuillés, qui le regardèrent partir avec ses amis pour un nouveau domicile. Ils avaient le pressentiment assez exact qu'ils n'allaient plus le revoir bien souvent.

Tous admirèrent un instant leur grand Énoeur, qui semblait se tenir droit cette fois. Peut-être commençait-il à s'affirmer.

Énoeur était particulièrement bel homme, et très bon, sans malice ni prétention. Durant toute son enfance, si ses qualités furent souvent gaspillées par une trop grande timidité et un manque flagrant d'estime de soi, il fut tout aussi facile d'abuser de sa bonté et de sa naïveté. Voilà en partie pourquoi Énoeur cherchait tant l'isolement et la réclusion. Pourtant, il avait aujourd'hui l'audace de délaisser son confort et d'affronter des étrangers qui deviendraient ses colocataires. Après une enfance à ramper dans la boue, il semblait cette fois se lever enfin. Là où Juheur et Isoeur furent le havre de tranquillité de l'accueil, de la tolérance et de la considération qui permit à Énoeur de persévérer, Killè fut plus récemment l'audacieuse première qui osa s'approcher de ce beau mystère et eût pu lui offrir une présence, une force, pour l'aider à s'élever. Or, à la glorieuse fin de juin, Énoeur s'ouvrit un instant, comme devant un *soleil*[50], puis il ne la rappela plus. Possiblement l'effet d'une divagation paranoïaque de son imagination fertile, causée par un subtil frisson de son esprit, la brèche fut éphémère. Néanmoins, il passa l'été sur cet élan motivé de la première fois. Cela l'amena à décrocher un emploi, puis à entreprendre cette démarche de vie en appartement.

À la crête de la vague, il eut le courage d'envisager de s'affranchir. À l'instant, son sourire magnifiait sa beauté.

---

[50] Le texte joue sur le nom féminin de Killè qui signifie « étoile »

Quelques kilomètres plus haut sur le plateau de Nameulédò, ils arrivèrent devant l'immeuble de cinq étages qui n'était pas une résidence d'étudiants à prix modique, mais l'appartement prenant tout l'étage du haut était partagé par quatre étudiants auxquels Énoeur se joignait pour amortir la mensualité de près de 900 HDG.

Ils débarquèrent tous de la camionnette et s'empressèrent de la vider avant que Barèr ne parte la reporter. Énoeur le remercia pour le dérangement, puis sonna à l'interphone. On le pria d'entrer. Un des trois étudiants encore en vacances vint l'accueillir dans la cage d'escalier, puis tous gravirent les étages avec une boîte. Une fois arrivé au cinquième étage, Énoeur fit plus ample connaissance avec ses nouveaux colocataires : Saffeur, une échalote portant une chemise à carreaux ; Kémi, un type générique et Mèhd, un sympathique petit gros, joufflu et boutonneux. Mannèl était le quatrième, mais il était parti à l'étranger durant le semestre d'été. Énoeur et ses camarades purent traverser le logement pour se rendre à la chambre libre. Deux chambres à gauche de l'entrée fermaient ce côté tandis qu'un petit salon et la cuisine ouvraient vers la droite. Au-delà de cette pièce, la cuisine donnait sur un plus grand salon transformé en bureau de travail et manifestement l'endroit où ces locataires dînaient également. Trois chambres circonscrivaient la forme du bureau.

— Juheur, as-tu remarqué ? Il y a un ordinateur dans le salon, s'étonna Kassepi.

— Et même deux autres ici, dans ce deuxième salon.

Isoeur n'en revenait pas, lui qui n'en avait même jamais possédé un seul.

— Kémi et moi sommes étudiants en informatique et Saffeur fait une maîtrise au département des mathématiques, précisa Mèhd pour présenter ce rare phénomène. Mannèl fait une majeure en gestion, mais il passe ses vacances en Lullamie[51]. Nous avons fondé une compagnie d'informatique tous ensemble et nous travaillons de cet appartement lorsque nous ne sommes pas à nos cours.

— Très intéressant, dit sincèrement Isoeur, qui n'avait toutefois pas la sagesse ou la distance de se rendre compte que ses amis et lui étaient autant des caricatures de *métalleux* que ces trois jeunes adultes en étaient de rats de bibliothèque ; de là une teinte de mépris dont il n'arrivait pas à identifier la provenance, lui qui valorisait

---

[51] Lullamie : pays qui borde le sud-est de la Kapie

pourtant grandement les études et l'entrepreneuriat, comme tout bon kapien le faisait.

Énoeur et Kassepi descendirent pour récupérer le matelas pendant que Juheur et Isoeur entretenaient la conversation.

— Nous sommes aussi entrepreneurs à notre façon : nous formons un groupe de musique. Du métal évidemment, précisa tout de même Juheur bien que son habillement vendît aisément la mèche.

Saffeur, pour qui les équations différentielles étaient plus simples à résoudre qu'une conversation entre humains, tenta de socialiser sans grande aisance.

— Ah oui, intéressant !... Nous en écoutons beaucoup... Quel est le nom de votre groupe ?

— Takané ! Nous n'avons pas encore de disque, mais nous avons un local de répétition à l'université. Vous nous connaîtriez peut-être de là.

Les trois colocataires furent très intimidés à répondre que non, mais Juheur ne voulut pas les rendre à ce point mal à l'aise. Généralement très avenant et volubile, il se trouva déplacé et aussitôt à court de mots.

— Soit, nous ne vivons pas de notre musique, mais ne vous inquiétez pas pour Énoeur : il saura garder une stabilité d'emploi, et c'est un garçon travaillant, honnête et tranquille ; il ne vous apportera pas de trouble quant au paiement ou au comportement, précisa Isoeur, qui tenait à ce que son ami soit bien accueilli.

Juheur ressentit aussi le besoin de leur donner plus de détails à propos de leur nouveau colocataire. D'une certaine façon, malgré tout, ces *nerds* inadaptés avaient quelque chose de sympathique et de réconfortant dans leur économie de conversation, comme une touche de naïveté sociale, et cela facilitait la confidence.

— Si Énoeur ne poursuit pas ses études, c'est surtout parce qu'il a subi des événements fâcheux et violents dans le passé, mais ne vous en faites pas : il n'a jamais cherché le trouble, il ne fut que poussé à se défendre. Il ne vous causera aucun ennui si vous êtes justes envers lui. Ça évitera des situations chaotiques.

Juheur n'en revenait pas d'avoir dévoilé ce détail intime du passé de son ami, détail qu'Énoeur aurait définitivement voulu garder pour lui. Juheur ne se sentit pas maître de la situation. Ça lui fut fortement désagréable.

— Oui, certainement. Il m'est apparu une personne réservée et calme quand il a visité l'appartement la semaine dernière, conclut Mèhd, qui ne semblait pas être affolé par grand-chose et qui, par chance, ne semblait pas archiver les paroles de ces deux *métalleux*.

— Et vos secrets informatiques d'entreprise seront saufs, car il ne pige rien aux ordinateurs! plaisanta enfin Isoeur pour détendre l'atmosphère.

Tous se mirent à rire. Il était temps de partir et de mettre fin à cet entretien bizarre.

Par chance, les deux autres arrivèrent alors avec le matelas et ils allèrent le déposer dans la chambre d'Énoeur, au fond. Juheur et Isoeur saluèrent les colocataires et quittèrent l'étage. Kassepi les rejoignit. Énoeur fit un tri sommaire de ses affaires, puis on lui remit un double des clés.

Une fois à l'extérieur, les gars partagèrent leurs impressions.

— Je ne savais pas que les *nerds* écoutaient du métal. C'est presque étrange... Mais c'est intéressant, remarqua Isoeur.

— Tant mieux si le public métal s'élargit. Je ne vois que du bon à ce que plus de gens se tournent vers notre style musical. Ça fera de plus grandes affluences à nos spectacles un jour! dit Juheur, qui fabulait.

— Je suis bien d'accord! C'est bien, ces petites entreprises en démarrage. L'informatique, c'est l'avenir. Et qui sait si l'on n'entendra pas dire dans quelques années que leur entreprise est entrée en bourse et qu'eux sont devenus millionnaires! ajouta Isoeur, sur le même élan imaginatif.

— Ne riez pas, c'est très probable. Le département d'informatique est en pleine effervescence. Qui sait, si j'avais poursuivi mes études en économie, j'en serais peut-être un jour venu à travailler pour eux, rétorqua Kassepi, qui semblait chercher à ramener ses amis au sérieux, bien que ceux-ci soient tous convaincus.

— Eh bien, à la place, tu créeras la musique qu'ils écoutent! Ha, ha! s'exclama Juheur, en prophète. *Onéò*, ce fut pénible comme rencontre, se confessa-t-il, encore sous le choc de leurs deux mondes étrangers.

Énoeur vint enfin les rejoindre, une fois ses affaires placées. Les quatre se débouchèrent une bière sur le portique de l'immeuble. Juheur porta sa main à l'épaule de son ami et dit :

— Énoeur, je te souhaite bien du plaisir dans ton nouveau domicile

Juheur retrouvait un terrain connu et la bière lui fit oublier la dernière demi-heure.

— Allons fêter ça au Spectre ! lança Isoeur.

Plutôt que de marcher, ils prirent le métro pour s'y rendre plus rapidement et éviter de perdre du temps précieux de beuverie. Pour être certains d'optimiser leur temps, ils entamèrent le trajet avec une canette à la main. Ils arrivèrent à une heure encore précoce de la soirée où le bar demeurait peu fréquenté. Ils prirent place à leur table habituelle et blaguèrent en commandant à la volée à Barèr. Celui-ci apporta un premier pichet et prit le temps de s'asseoir à leur table un instant.

— Dites, Honnelli ne viendra-t-il pas ce soir ? demanda Barèr.

— Eh bien, il s'avère que sa belle Énovia a prolongé de quelques jours son séjour en Kapie après la fin de votre tournée, l'informa Isoeur.

— Étrangement, elle a préféré retourner chez Honnelli plutôt que de profiter de bien meilleurs Kapiens ! plaisanta Juheur.

— Ce petit Sècca a eu la main heureuse, car cette Énovia est vraiment quelque chose ! laissa échapper Barèr, qui ne partageait pratiquement jamais ses préférences en matière de femmes.

— Oh oui ! Barèr, toi qui as eu le bonheur de la côtoyer durant près de trois semaines sur la route, il y a de quoi être jaloux, badina Isoeur.

— Vous jaloux de moi ou bien moi jaloux d'Honnelli ?

— Les deux, conclut Isoeur, pendant que Kassepi et Énoeur s'amusaient à partager des fantasmes absurdes au sujet de cette fille qui laissa une forte impression sur la communauté métal.

Puis, les verres remplis, tous portèrent un toast à la nouvelle vie d'Énoeur.

— Félicitations, Énoeur. Tu viens de franchir un pas vers la vie adulte ! dit Barèr, posant une main fière sur son épaule en guise d'encouragement. Les gars, je veux vous faire part d'un projet que je veux mener à bien dans les prochaines semaines.

— Nous sommes tout ouïe, comme toujours, répondit Juheur avec un plaisir combinant une légère moquerie et une certaine impatience à entendre la suite.

— Voilà donc... L'idée a germé dans mon esprit durant la tournée. Voyant ces groupes jouer sur scène, je me suis dit qu'il serait bien que nous ayons à Kadeu une place pour jouer.

— Évidemment. Il faudrait parler à Pèrdérèr. La Citerne serait l'endroit tout indiqué ! proposa Juheur.

— Mouais, je crois que Pèrdérèr a eu la chienne avec ce qui s'est passé à Sahiké Nora. Il voudra se tenir tranquille un bon moment. Je le comprends très bien. Je pensais plutôt que je pourrais donner une chance à nos groupes locaux de jouer ici, au Spectre.

Les quatre jeunots affichèrent de grands yeux ronds d'étonnement. Isoeur pointa le fond du bar où ils avaient donné leur premier spectacle à vie, dans des conditions médiocres.

— Tu veux dire comme le spectacle minable que nous avons donné dans ce coin-là l'an passé ?

— Ha, ha ! Oh que oui, nous étions minables ! se remémora Kassepi.

— Oui, mais je prendrais les dispositions nécessaires pour fournir une scène un peu plus respectable, dans la mesure du possible. Je sais que je ne peux pas offrir le KTN[52], mais, tout de même, je pense pouvoir construire une petite plateforme avec de l'équipement de base.

Énoeur frappa la table de ses grandes pattes, enthousiaste.

— J'adore l'idée ! Je suis tanné de jouer juste pour nous cinq, j'ai hâte de me brasser les cheveux pour un public. Et quoi de mieux que le *heudan*-Spectre pour avoir un auditoire plein de *métalleux* ! Oui !

— Oh oui ! Ça serait génial de rejouer ici ! J'ai hâte de renouveler l'expérience, avoua Isoeur.

— C'est vrai que ça ferait changement que de jouer au local, ajouta Kassepi. Nous nous sommes bien améliorés depuis quoi, un an ; c'était en septembre.

— Voici donc ce que je propose : dans les prochains jours, je peux faire installer une plateforme, dans le coin là-bas, sur laquelle les groupes joueraient. Je magasinerais une console de son et un peu d'équipement, rien de très compliqué. J'engagerais des groupes émergents quelques soirs par semaine pour réchauffer la place et

---

[52] KTN (prononcé *KaThüNa*) pour *Kapousha Thünèl Narouha* (« Aréna de la Banque de Kapousha ») : le KTN est un stade situé dans l'arrondissement d'Hagnimèh et pouvant accueillir jusqu'à trente mille personnes

attirer le monde. Avec les recettes que ça rapporte, je serais en mesure de payer un cachet décent. Qu'en pensez-vous ?

— Excellente idée ! C'est certain que nous acceptons ! conclut rapidement Juheur.

Autour de la table, tous étaient déjà d'accord pour retourner donner un spectacle au Spectre, mais Juheur y vit, en plus, l'occasion d'un engagement plus récurrent.

— Pourquoi ne pas jouer chaque semaine! Barèr, tu auras vite fait le tour des groupes du coin. Nous, ça nous permettrait de cumuler un peu d'expérience et...

— Et ça nous permettrait de piler un peu d'argent pour payer les coûts éventuels d'une maquette, compléta Kassepi.

— Exact ! s'écria Juheur en félicitant son batteur d'une tape franche dans le dos.

— Je jouerais tous les soirs si je pouvais échanger mon emploi à la gare, dit Énoeur, laconique.

Cependant, Isoeur ne céda pas aussi aisément à l'enthousiasme porté par cette nouvelle possibilité.

— Ça ne fait aucun doute, jouer régulièrement nous permettrait de nous habituer à la dynamique de scène.

Il jonglait toutefois avec sa propre situation, ne voulant pas non plus décevoir ses amis. Il reprit :

— Je serai probablement très occupé avec l'université, mais, ban, je pourrai sûrement me libérer un soir par semaine pour que nous jouions ici. Nous pourrions remplacer un soir de répétition pour un soir au Spectre. Si ce n'est que ça, j'embarque.

Juheur fronça les sourcils à ces derniers propos. Il s'abstint d'émettre un commentaire et occupa plutôt sa bouche à prendre une gorgée.

— Par contre, aurions-nous à transporter notre équipement ? demanda Kassepi, handicapé par le fardeau que constituait son instrument.

— Non, évidemment pas. Surtout si vous décidiez de venir jouer régulièrement. Je vais équiper le bar d'une batterie et d'amplificateurs et d'un système de sonorisation pour un bon groupe complet. Ce sera plus simple pour tout le monde. Il ne resterait qu'aux musiciens à trimbaler leur instrument et leurs accessoires personnels, répondit Barèr pour les rassurer.

— Ah, tant mieux! Hmm, mais qu'attends-tu de nous en tant que contenu musical? demanda Kassepi. Nous aurons rapidement fait le tour de nos propres chansons, en fait.

— Oui, évidemment, je ne vous empêcherais pas de jouer vos chansons, car je veux tout de même que la musique locale se fasse entendre, mais, effectivement, vous auriez à jouer un répertoire surtout métal et rock que le public reconnaîtrait.

— Nous allons avoir à étendre un peu notre répertoire, pensait déjà Juheur.

Cette fois, c'est Isoeur qui prit une lampée et se versa un autre verre pour éviter une confrontation. Tous savaient calculer que cet engagement demanderait davantage d'heures d'apprentissage et de répétitions.

Barèr se tourna vers le fêté qui pétillait de bonheur.

— Énoeur, qu'en dis-tu?

— Le jour où la scène sera prête, je serai là, et prêt à jouer!

Cette détermination lui valut une ronde d'applaudissement de ses amis. Un peu moins d'Isoeur.

— Bien, parfait. Glissez-en un mot à Honnelli et revenez-moi avec votre décision définitive dans les prochains jours. De mon bord, je vais commencer certaines démarches.

— D'accord, répondit Juheur. À ma connaissance, Honnelli était un fervent habitué de ce genre de formule à Kiménora; il aurait été le premier à se lancer s'il avait été avec nous ce soir.

— Takané de retour au Spectre, ça sonne *heudan* bien! conclut Kassepi.

CHAPITRE TREIZE

Kapousha Suvial, *la première maquette*

Le formidable Barèr s'affaira rapidement à exécuter son projet et fit appel à Juheur et Kassepi à titre de consultants en sonorisation. Il se procura une console de son, quelques microphones et bien du câblage. Pour ce qui est des haut-parleurs, son bar était déjà bien équipé. Kassepi l'aida à choisir une batterie tandis que Juheur s'occupa de trouver le nécessaire pour amplifier les guitares et les claviers.

Le tout fut fonctionnel avant la fin du mois et Takané inaugura la nouvelle scène le vendredi 25 août, devant la clientèle habituelle, qui devait approcher la centaine d'âmes.

En guise de mise en scène, les gars s'étaient réfugiés dans le local de débarras que Barèr avait réaménagé en minuscule loge. Une attente fébrile les consumait alors qu'ils tentaient, par leur absence, d'instiller un désir, du moins une attente, à la foule loquace qui semblait ne pas se soucier qu'on lui présente un spectacle.

Le groupe avait préalablement réglé ses appareils et amplificateurs pendant que le bar se remplissait joyeusement et que Barèr, Mévior et Mallè servaient cet attroupement assoiffé. Tête baissée ou dos à la foule qui s'agglutinait, les musiciens avaient accordé leur instrument d'une main moite et tremblotante, chacune de leurs interactions s'accompagnant d'une contorsion frémissante.

Depuis un bon moment reclus dans cette sorte de resserre, ils avaient l'impression de ressembler à ces accessoires qu'on y entrepose à tenir debout sottement comme des piquets dans l'exiguïté de cette pièce mal éclairée. Le bavardage continu et tonitruant de l'autre bord donnait la forte impression qu'on les avait oubliés ici. L'effet était visiblement raté.

— Les gars, ça fait combien de minutes que nous attendons ici ? s'impatienta Énoeur, apeuré.

— Eh merde, c'est toujours la cohue l'autre bord et ça ne semble pas diminuer du tout. Personne ne doit savoir que nous donnons un spectacle, remarqua Honnelli.

— Ah, tant pis, allons-y, les gars. Advienne que pourra, s'enhardit Juheur.

Au même moment, on cogna à la porte et Barèr se montra le nez dans l'entrebâillement.

— Que faites-vous au juste ? Il y a foule ! Venez jouer ! s'exclama Barèr.

— Euh... Pourrais-tu diminuer le volume de la musique et... bah, pourrais-tu aussi nous annoncer, pour qu'on nous porte un peu d'attention, demanda Isoeur, un peu intimidé.

— Oh ! D'accord, je n'y avais pas trop pensé. J'y vais !

Ils entendirent ensuite le son s'abaisser dans les haut-parleurs. Barèr tapota le microphone pour annoncer la tenue d'un spectacle et, à cet indice, la populace réunie au Spectre devint un auditoire. Avant d'ouvrir la porte et de se montrer, les gars tentèrent de former un cercle et de tendre leur main pour se motiver.

— Allez ! Takané ! proposa Juheur.

— Takané ! répondirent-ils tous, galvanisés.

On les applaudit amicalement lorsqu'on les vit sortir et qu'on les reconnut comme des habitués du Spectre. Quelques sifflements d'encouragement les portèrent sur la très courte distance les menant à la scène, alors qu'ils étaient inconfortablement dénudés de leur instrument. Puis, armés, sous les faibles projecteurs épars, tous étaient prêts. Juheur plaqua le plus lourd des accords et s'approcha du microphone d'une voix calme et grave.

— Bonsoir, nous sommes Takané, de Kadeu.

Kassepi entama un roulement de caisse claire suivie d'une descente de toms, puis il annonça l'entrée en scène de l'ensemble du groupe. Sans l'aide de pyrotechnie ou d'autres effets spéciaux, et malgré l'environnement aménagé à l'essentiel, on sentit sur le coup une déflagration émanant d'une pulsion depuis longtemps refrénée et enfin libérée, comme la détente violente d'un ressort comprimé. Avec un débridement total, c'était une disette à laquelle les gars remédiaient enfin après un an, et même plus pour Honnelli, qui n'était pas monté sur scène depuis ses années de guitariste à

Kiménora. Durant le riff d'introduction, avant que Juheur chante, les deux guitaristes et la bassiste s'entrechoquaient constamment par leur agitation démesurée, mais pertinente dans les circonstances de l'événement. Kassepi mettait plus d'énergie à faire tournoyer sa tignasse au travers de ses cymbales qu'à tenir le rythme. Honnelli fut déçu de ne pouvoir bouger davantage, pris derrière son synthétiseur pourtant fixé bas et en angle sur son support, pour se donner une pose plus dynamique et ouverte vers le public. L'ardeur et l'impression éclatante qu'ils voulurent communiquer, tout comme le besoin viscéral d'éjecter un quelconque fardeau, se faisaient un prix de la justesse. Au bout d'une chanson, ils comprirent tous individuellement que leur jeu inégal ne tenait pas qu'à l'intensité physique à laquelle ils s'adonnaient, mais également à leur difficulté à maîtriser fermement leurs mains trépidantes d'un stress qu'ils ne s'avouaient pas. Juheur se trompa maintes fois dans ses paroles, Isoeur rata tous ses solos, Énoeur se mêla les cheveux à maintes reprises entre ses clés, Kassepi oscilla constamment entre deux tempos aléatoires et impossibles à tenir ou à suivre, et Honnelli passa tout le spectacle à heurter les touches contiguës créant des dissonances sans goût et des sonorités manifestement fausses.

Après seulement trois morceaux, ils déduisirent qu'après un départ si véhément, ils n'auraient pas l'habitude ni l'endurance pour tenir ce degré de fougue jusqu'au bout de l'heure de leur programme. Ils devenaient amorphes le temps d'un morceau, puis ils se remettaient à se trémousser lorsqu'ils avaient un regain de vitalité. Nonobstant le sentiment qu'ils eurent d'offrir une performance inconsistante et de ne pas être en contrôle, le spectacle sembla plaire. La chaleur d'août, devenue plus intense par l'action, fit reluire de sueur les visages héroïques où se collait leur chevelure humide. Devant cette vision de jeunesse et d'exubérance, face à ces musiciens qui abusaient de leur instrument avec furie, on remarquait dans la salle une propension à l'admiration. On applaudissait chaleureusement au début et à la fin des chansons et encore plus lorsque c'était une des pièces connues que Takané avait judicieusement insérées au programme pour animer davantage la foule. Pour les jeunes *métalleux* qui se tenaient au Spectre, il faisait plus de sens de se déchaîner et *thrasher* devant un groupe que de simplement le faire sur une trame sonore qui, d'ordinaire, émanait des haut-parleurs du bar. Ceci joua en la faveur des musiciens.

Au terme de cette prestation isolée — et que le groupe ne savait quand il serait réinvité à jouer —, Takané fit perdurer la conclusion pour repousser le moment où ils regagneraient l'indistincte masse du commun des mortels. Dans la cacophonie des roulements de tambours et l'abus des cymbales, ainsi que dans l'enchevêtrement des solos, des accords et des glissades chromatiques des guitares et du piano, on applaudit plus fortement, les bras levés, en anticipant l'ultime coup qui finit par venir. Ils reposèrent leur instrument et saluèrent la foule d'un sourire exténué, mais émancipé.

En se précipitant au comptoir du bar pour aller se désaltérer, les cinq musiciens acceptèrent avec joie les nombreuses félicitations et les encouragements à ne pas lâcher. Ainsi, malgré leurs sentiments ambigus à l'égard de leur performance, entre la médiocrité de leur exécution et le bonheur de se défouler ainsi devant un public, les gars apprécièrent grandement ce baptême de Takané[53] qui fut perçu comme un succès par ceux qui y assistèrent. Influencés par les bons mots qu'on leur offrit et leur résolution à s'améliorer, ils se convainquirent de l'importance de réitérer l'expérience dès la semaine suivante, puis possiblement à fréquence régulière. Dans l'emballement du moment, de la chaleur torride et l'énergie qui flottaient encore au Spectre, cette activité libératrice et constructive supplanta aisément l'occupation de leur vendredi soir, habituellement perdu dans des activités ludiques et futiles. Le cachet que leur offrirait Barèr ne serait à ce moment qu'une agréable prime.

Après cette prestation d'exécutants novices tout en bouillonnement, les gars de Takané étaient néanmoins déjà experts à souligner l'expérience par la fête. Au terme de la soirée, ils avaient probablement ingurgité autant de consommations qu'on leur avait fait de compliments, et ils n'auraient su dire ce qui leur faisait le plus tourner la tête. Étant donné l'heure, Barèr dut pousser les gens à quitter son établissement, ses amis de Takané ne faisant pas exception en tant qu'ivrognes comme tous les autres. Barèr ferma sa caisse et retint Juheur un instant.

— Juh, voici pour vous, votre cachet pour la soirée, lui dit-il en lui remettant 50 HDG. Je ne sais pas si je pourrai vous en offrir autant à

---

[53] Bien que Takané jouât une première fois au Spectre en septembre 1027, ce spectacle avec l'alignement complet à cinq musiciens (incluant donc Honnelli) est souvent considéré comme le premier véritable concert du groupe.

chaque prestation, mais ce soir a été une très bonne soirée, presque exceptionnelle, à vrai dire.

— Merci, Barèr, c'est très apprécié, dit Juheur, qui semblait encore bien lucide après une fête si arrosée.

— Tâchez de ne pas toujours boire vos payes ainsi, s'il vous plaît. Aidez-vous un peu tout de même.

Cette fois, Juheur opina d'un geste démesuré d'ivrogne, puis il alla rejoindre ses amis qui l'attendaient dehors. Il arriva au beau milieu d'un discours d'Isoeur sur les bienfaits de son entrée à l'université le lundi prochain. Honnelli en était peu ému, mais Kassepi arrivait à partager sa joie, lui qui estimait importantes ses études avant de prendre la sérieuse décision d'y mettre fin, du moins pour un avenir rapproché. Juheur eût hésité à remettre l'argent soit à Isoeur ou à Kassepi, mais les propos du moment fit pencher sa confiance pour Kassepi.

— Hé, Mollieur, voici cinq billets que nous avons gagnés ce soir. Je compte sur toi pour tenir nos comptes et nos épargnes. Évitons d'y toucher pour nous rendre dans cet état, déclara-t-il en rassemblant dans ses bras Honnelli et Énoeur qui étaient dans un état d'ivresse avancé. Ils rirent bêtement, presque ridicules dans leur complicité.

— Bien sûr, sans problème, répondit Kassepi, en acceptant l'argent.

Au-delà de l'humeur passagère teintée de discorde, de contrariété et d'inquiétude que Juheur portait pour Isoeur, son ami d'enfance, Kassepi semblait la meilleure personne à qui déléguer cette responsabilité, car après Barèr, il était la personne la plus habile avec l'argent que Juheur ait connue.

Tous rentrèrent chez eux, les regards embrouillés et peinant à marcher droit, encore affectés par leurs libations et par la commotion que leur procura leur premier spectacle.

***

À la demande de Barèr, et d'une volonté commune des membres du groupe, Takané retourna jouer au Spectre le mardi suivant. Barèr chercha d'autres groupes pour meubler ses populaires vendredis soir et, souhaitant présenter un programme plus complet de deux ou trois groupes, il proposa à Takané de revenir y jouer. Ainsi, d'un commun accord, Takané s'établit une routine de deux spectacles par semaine au Spectre de l'ombre. Cette nouveauté amena une motivation intéressante aux projets du groupe et dès le mercredi, lors de leur réunion, Juheur, Énoeur, Kassepi et Honnelli arrivèrent avec une vigueur gonflée. Kassepi était particulièrement fébrile.

— J'ai annoncé à mes parents que je me suis présenté à l'université aujourd'hui pour retirer mon inscription à la session d'automne. Ils m'ont fait une de ces crises épouvantables ! Mais avec ces spectacles au Spectre, je crois enfin vraiment être au bon endroit, avoua-t-il avec un sentiment qu'il ne parvenait pas encore à considérer comme biaisé devant une telle nouveauté d'abord bien excitante. Je me suis ensuite présenté au bureau et je dois avouer que je suis doublement chanceux que la firme décide de me garder pour mon bon travail cet été ! D'une part, je garde un bon emploi et d'autre part, ça calme quelque peu mes parents devant cette tragédie, ajouta-t-il d'un sourire émancipé.

Il avait quelque chose de libéré en lui qui le rendait ouvert et encore plus attrayant. Cette vague atteignit profondément Honnelli, qui jura à son tour d'entreprendre les mêmes démarches et de confronter ses parents pas plus tard que le lendemain.

— Ce que j'appréhende le plus, c'est d'être obligé d'avoir une conversation avec mes parents alors que je ne saurais dire quelle était la dernière fois que nous avons échangé plus d'une phrase !

La discussion se poursuivit, soutenue par l'engouement des derniers événements et l'évocation de nouvelles anecdotes juteuses. Juheur afficha un sourire de grande satisfaction, mais ses commissures tombaient imperceptiblement sous une amertume qui prenait source dans une absence ; celle de celui dont il eût voulu entendre ces déclarations : Isoeur ne les avait pas encore rejoints.

Isoeur arriva le dernier, tardivement, pendant que les autres, déçus et démotivés par ce retard, l'attendaient avachis sur le sofa avant de vaquer à une quelconque activité productive. Cette semaine, Isoeur amorçait ses études universitaires en urbanisme et logistique. Il était très excité par la fraîcheur de sa situation, les discours d'introduction de ses professeurs et l'ambiance dynamique du campus. Depuis le temps qu'il se rendait à la stalle pour répéter avec Takané, il avait très hâte d'intégrer ce milieu universitaire en tant qu'étudiant. Le crépuscule passé, il courut la courte distance de son pavillon au local. Par la proximité de ces deux bâtiments, il aima que le centre de masse de son quotidien se déplaçât par ici, dans Nameulédò. Il se voyait déjà passer ses soirées libres à participer aux activités étudiantes et ne redescendre à Kadeu que pour jouer au Spectre et dormir à la maison. En entrant, il affichait un large sourire de béatitude.

— Désolé, les gars, je n'ai pas vu le temps passer. Il y avait cet absurde, mais ô combien amusant concours de machine à caler de la bière organisé par le département de génie. Ces gens sont... il chercha dans son esprit affecté, mais ne trouva rien de bien riche à ajouter. Ces gens sont *géniaux* !

On lui adressa un sourire bien senti pour cette anecdote pendant qu'il décrivait les inventions les plus originales, notamment une toilette dont il fallait tirer la chaîne pour déverser son réservoir d'alcool et d'autres vulgarités innommables. Isoeur s'excita davantage en introduisant la suite.

— Mais que dire des jolies étudiantes ! *O-né-ô-heudan-deeeeuuuurk !* Prenez la population féminine de l'école secondaire, remplacez son uniforme par de petites tenues saillantes, délivrez-la des règlements stricts et enfantins pour laisser exprimer toute sa liberté et sa maturité et enfin multipliez son nombre par mille ! C'est ahurissant !

Là, il avait réussi à exciter une corde sensible chez ses confrères, dont le sourire, et aussi une autre chose, doubla de taille.

Sur cette note plus légère, tous s'installèrent pour amorcer la répétition.

— Dis donc, Sècca, parlant de filles, le départ de ta belle Énovia dimanche ne fut-il pas trop pénible ? demanda Juheur qui s'armait de sa guitare désaccordée par l'intense jeu de la veille et le changement brusque d'environnement.

— Oh, *heud*, ne m'en parle pas ! Ouf, je suis encore sous son charme intense ! Je ne réalise pas encore la chance que j'ai eue de passer ce temps avec elle... Sachez que cette fille était LA fille de Kiménora. Le quartier sombre au grand complet fantasmait sur elle. Qu'elle se soit éprise de moi m'est encore très surréel, dit-il lentement, presque langoureusement, d'un regard brouillé par un voile invisible de subjugation.

— Trop plate, Sècca ! Nous voulons des détails croustillants. Alors, avez-vous fourré ?

— Bah, évidemment ! Ouf, il faut croire que nous étions tous deux affamés : j'ai la bite en feu !

— *Heud ya !* triompha Juheur en lui tapant haut la main.

Tous partagèrent un rire gras.

— Quand pensez-vous vous revoir ? demanda Kassepi qui redressait un de ses tambours.

— Oh, j'espère bien pouvoir épargner assez pour aller passer les Fêtes[54] à Kiménora... C'est ce que je lui ai promis... répondit Honnelli, plus profondément encore dans ses rêvasseries.

Isoeur, se réchauffant les doigts de montées chromatiques, lui demanda à son tour :

— Et pour la suite, avez-vous des projets plus concrets, à plus long terme ?

— Je ne sais pas trop. C'est encore vague pour l'instant... Elle veut assurément poursuivre ses études à Kiménora et elle est tout de même encore bien impliquée auprès de Sahiké Nora et Kimen Nessin.

— Holà ! Ne la laisse pas t'échapper : nous aurons besoin d'elle pour nous approcher d'eux ! s'exclama Juheur entre deux grondements de vocalises.

— Mais toi, tu pourrais l'y rejoindre, non ? proposa Énoeur, tête penchée sur sa pédale d'accordage.

— Oui, bah, c'est une option, mais nous ne l'avons pas évoquée. Je me plais bien ici finalement, et j'ai bien du plaisir avec vous. Elle a vaguement évoqué la possibilité d'émigrer un jour. Ce ne sera pas facile de faire durer notre couple, si couple il y a. Pour l'instant, nous allons continuer à nous écrire. Nous n'en sommes pas encore à élaborer un plan d'avenir.

— Bien sûr que non ! Vous étiez beaucoup trop occupés à essayer sous les couvertures toutes les positions énumérées dans vos lettres ! claironna Juheur, visiblement en forme et taquin.

De nouveau, tous rirent généreusement, si salaces qu'ils fussent. Honnelli rougit d'abord en niant que ce fut là leur contenu, mais il leur rendit la réplique avec un clin d'œil.

— Oh, pas juste sous les couvertures !

Cette fois, les cinq gaillards s'esclaffèrent.

Juheur continua à accorder sa guitare entre-temps. Honnelli finit par se réveiller à nouveau.

---

[54] Les Fêtes sont constituées d'abord de la fête du solstice d'hiver puis une semaine plus tard de la nouvelle année qui fut proclamée ainsi lors de la libération de Kapousha en l'an 1. Ce modèle, avec l'année de référence, s'imposa et fut adopté par la communauté internationale durant la forte ascension de la Kapie sur l'échiquier mondial.

— Hé, les gars, mes parents partent à Hédridzia pour la fin de semaine. Ça vous dirait de venir chez moi vendredi soir après notre prestation ? Nous pourrions louer des films et des jeux vidéo. Et pour ce qui est de bouffe et de bière, le réfrigérateur sera déjà bien pourvu.

— Excellent ! Je viens, c'est sûr, commença Juheur.

— Présent ! s'exclama Énoeur. Je travaille samedi toute la journée, mais ce ne sera qu'un dix heures de moins à fêter avec vous. Je pourrai être de retour samedi soir, si vous tenez encore le coup !

Kassepi poursuivit la ronde.

— Moi aussi ! Maintenant que j'ai annoncé à mes parents que je ne renouvelais pas mon inscription à l'université, je fais tout ce que je peux pour éviter leur désapprobation. Mon père m'a presque étranglé en apprenant ça... Une vision passa devant les yeux de Kassepi qui se gêna de l'avoir évoquée. Il se resaisit vite en revenant à la proposition plus joyeuse d'Honnelli. Samedi après-midi, nous pourrions encore aller à la plage nous dégourdir les jambes et prendre un peu d'air frais.

— Parfait ! Ce sera une belle fin de semaine ! conclut Honnelli, réjoui que son initiative soit honorée par ses amis.

Isoeur gâcha un peu l'excitation de ses amis en préférant participer à la grande fête qui devait conclure la semaine d'initiation des nouveaux étudiants.

— Je vais devoir me sauver tout de suite après le spectacle, mais je pourrais tout de même venir vous rejoindre le samedi, si ça tient toujours.

Malgré ce refus somme toute décevant, tous étaient enfin prêts à entamer un premier morceau en cette soirée de répétition.

Et la routine s'installa rapidement.

Le groupe répétait les mercredis, puis se produisait au Spectre les mardis et les vendredis soir. Les prestations devinrent rapidement un peu plus d'ordinaire qui s'ajoutait à leur emploi du temps. Juheur luttait toujours à l'épicerie pour obtenir un horaire qui s'harmonisait à ses activités musicales, au grand désarroi de son employeur. Isoeur passait le plus clair de son temps à étudier à l'université et déclinait de plus en plus souvent les invitations d'activités et de fêtes lancées par ses camarades. Énoeur travaillait six jours par semaine pour arriver à survivre au coût de la vie ; il avait par contre ses soirées libres qu'il arrosait aisément... avec les durs réveils qui allaient de pair. Kassepi avait la situation la plus enviable puisqu'il avait l'emploi le plus payant et un horaire stable de cinq jours..., mais il endurait encore, quoique difficilement, d'habiter chez ses parents. Honnelli, pour sa part, travaillait encore un maigre vingt heures par semaine à la firme d'avocats et se barricadait dans sa chambre lorsqu'il n'était pas avec Énoeur à boire allégrement.

Au travers de ces activités, Juheur et Kassepi unissaient leurs efforts en théorie une fois toutes les deux semaines, pour composer et écrire la musique originale du groupe. En pratique, il y avait souvent un contretemps et rien de neuf ou de concret n'arrivait à bourgeonner, pendant que dehors, les arbres se coloraient tranquillement.

C'est ainsi que le mois d'octobre arriva. L'idée récurrente d'un enregistrement animait la volonté des musiciens, qui était durement testée par leurs pénibles horaires. Ils en discutaient banalement depuis des semaines, que ce soit après leurs innombrables prestations au bar ou à leur local ; ils s'entendaient pour dire que le temps était venu pour Takané de poser sur cassette leurs compositions afin qu'ils puissent enfin les distribuer à la communauté métal. Un soir de répétition, ils s'assirent et discutèrent sérieusement du projet d'une maquette et de sa faisabilité.

— Nous avons quelque peu manqué notre coup lors du spectacle de Sahiké Nora. Si nous avions eu du matériel à portée de main, nous aurions pu le distribuer aux centaines de personnes rassemblées en cette unique soirée, critiqua Honnelli.

— Peut-être, mais faut-il se rappeler que ces gens constituent la petite communauté qui gravite également autour du bar de Barèr ? Il n'est jamais bien difficile de les atteindre, raisonna Isoeur dont la pensée était à moitié occupée par un rapport à terminer pour son cours du lendemain.

Kassepi acquiesça. Il espérait donner une plus grande vocation à leur projet d'enregistrement.

— Cette maquette devra nous donner une portée qui ira au-delà de la petite communauté que nous sommes habitués de côtoyer, le but étant de répandre notre musique bien au-delà de Kadeu.

— Exactement ! Je pense à Barèr et Honnelli, qui ont des contacts en Kiménie, par exemple. Cela pourrait nous aider à atteindre la sombre scène mère, compléta Juheur.

— Oui, bien sûr, j'ai beaucoup de proches connaissances qui gravitent encore près du quartier sombre. Je crois qu'ils seront bien heureux d'entendre à nouveau parler de moi. Et nous pourrons compter sur Énovia, évidemment, acquiesça Honnelli.

La discussion théorique et idéale, presque rêveuse, continua pendant une bonne heure avant d'aborder les questions pratiques essentielles. C'est qu'en fait, le groupe avait bien peu d'épargne pour mener à bien un tel projet. Une fois le local payé (un exorbitant loyer mensuel de 400 HDG!), il leur restait peu de marge de manœuvre. Juheur et Énoeur avaient chacun un appartement à payer, supporté par un emploi précaire. Ils se tenaient à peine à flot, monétairement. Isoeur recourrait à un prêt étudiant pour affranchir ses frais universitaires. Honnelli épargnait pour un billet d'avion pour les Fêtes une fois sa pension payée à ses parents. Bien qu'il y vécût richement, leur demander des fonds n'était nullement envisageable. Encore une fois, seul Kassepi avait une bonne santé financière. Le groupe devait donc s'en remettre aux maigres économies générées par la rémunération de leurs prestations au Spectre.

— Kassepi? demanda Juheur.

Kassepi ouvrit la petite caisse qu'il gardait jalousement, par fier orgueil de cette tâche qui lui était dévolue. Il tenait un registre des entrées et sorties, mais compta tout de même l'argent pour vérifier si le compte était bon.

De son air satisfait, on put conclure qu'il l'était.

— Voilà, nous avons 198 HDG.

— Pas plus? s'exclama Énoeur.

— Eh bien, il faut croire que nous fêtons plus que nous le croyons, déduisit Kassepi, lui-même déçu.

Leur silence renfermait une interrogation commune. Pouvaient-ils espérer produire un enregistrement décent avec un tel montant?

— Non, ce ne sera pas assez, vraisemblablement, reprit Kassepi, mais je peux personnellement contribuer au financement du groupe.

— Merci, Mollieur, ça serait très généreux de ta part. Si nous pouvions amasser trois cents à trois cent cinquante *dall*, nous pourrions trouver un studio amateur et y passer une fin de semaine complète, estima Juheur.

— Une fin de semaine, c'est excessivement court comme période d'enregistrement! s'exclama Honnelli, dont les rares expériences du genre lui permettaient tout de même d'évaluer la fragilité de l'entreprise.

— Dans ce cas, ce ne pourra être que trois ou quatre chansons, évalua Isoeur qui tentait d'imaginer les étapes nécessaires à l'aboutissement d'un tel projet.

— Peut-être même deux ou trois, sans plus, estima Kassepi, plus prudent.

— Eh bien, tout dépendra de notre niveau de préparation et du niveau de qualité que nous voulons atteindre, conclut Juheur.

Sans se figurer qu'un morceau de cinq minutes pouvait prendre des dizaines d'heures à enregistrer, Énoeur encouragea l'initiative.

— J'ai confiance en nos capacités !

— Oui, je crois également fortement en nous, mais en tant que première expérience d'enregistrement piste par piste, il serait préférable de viser moins haut et se concentrer sur un nombre limité de chansons, raisonna Juheur en jetant à la ronde ses grands yeux bruns attendrissants.

— Bon, alors, visons trois morceaux, confirma Kassepi déçu par les proportions limitées du projet.

Les gars firent une pause, le temps de partager leurs impressions, lire le pressentiment sur leur visage, qu'ils savaient déchiffrer après autant d'heures à se côtoyer. Tous arrivèrent à cette évidence :

— *Takané*, proposèrent-ils.

— Oui, évidemment, *Takané*, c'est notre pièce la plus achevée à ce jour et notre titre éponyme, participa Isoeur.

— *Guèl Mèlthèi* ? s'essaya Énoeur.

— Oui, ce pourrait être ça, répondit Juheur sans vouloir encore trancher.

Isoeur et Kassepi firent une moue d'approbation.

— Oui, *Guèl Mèlthèi* est l'une de vos meilleures, confirma Honnelli, dont l'utilisation de l'article possessif l'excluant surprit les autres : cela impliquait que la fusion n'était pas encore complétée.

Malgré déjà dix mois de côtoiement, d'innombrables anecdotes communes, de répétitions au local, de prestations au Spectre et quoi d'autre encore, le nouveau ne se sentait vraisemblablement pas encore complètement inclus et parfaitement solidaire. Bien que la composition de ce morceau précédât son addition au groupe, Juheur se permit de le corriger pour l'inclure.

— *Nos*, nos meilleures ! Tu fais partie du groupe à part entière comme nous tous et tu mets du tien en jouant au clavier, n'oublie pas ça, *p'tit Sècca* ! Il avait fait exprès de le taquiner en employant l'appellation coquine d'Énovia.

Honnelli sourit bêtement, baissa la tête et rougit, un peu gêné d'avoir commis cette faute et de se faire appeler par son petit nom.

— Soit, va pour *Guèl Mèlthèi* ! Quoi d'autre ? continua Juheur pour passer outre le dernier moment.

Honnelli voulut se reprendre en proposant le prochain morceau :

— *Oud Vélaga* ?

— Effectivement, à part *Oud Vélaga*, je ne vois pas ce que nous pourrions avoir d'achevé dans les prochaines semaines, fit valoir Kassepi, conscient que le répertoire final du groupe était somme toute limité.

— Nous aurions encore quelques ajustements à faire pour la rendre prête, ajouta Juheur.

— Mais c'est faisable, glissa Énoeur.

— Oui, dit Isoeur, pour mettre également du sien.

— Bon, nous avons donc nos trois chansons pour notre première maquette ! conclut Juheur, content.

Cette étape franchie, le groupe décréta qu'une bonne bière s'imposait.

— Donnons-nous un titre à la cassette ? demanda Énoeur.

— *Takané* ? proposa Kassepi.

Les yeux tournés vers l'image mentale qui se formait dans son esprit, Isoeur partagea son idée.

— Je verrais plutôt quelque chose qui annonce notre commencement, notre émergence.

— Hmm, *Takané Suvial*, proposa Juheur, inspiré par l'histoire kapienne.

Kassepi voulut préciser l'idée.

— C'est bien, j'aime ça. Ou bien, encore plus glorieux : *On Suvial sé Takané*.

— Oui, nous ne sommes pas loin, approuva Énoeur.

— Effectivement, soit *Takané Suvial* ou *On Suvial sé Takané*. Un titre en kapien ne sous-entend pas précisément que nous venons de

Kapie[55]. Ce serait intéressant de mettre l'accent sur le fait kapien de la musique de Takané, non ? proposa à son tour Honnelli.

— Comme dans le très connu *On Suvial Kapior*, donc, ajouta Isoeur qui trouvait l'idée bonne.

Honnelli approuva l'idée de son camarade. Juheur tenta à son tour, sur un ton assuré et plus énergique, qui laissait déjà croire au choix retenu.

— Que pensez-vous de *Kapousha Suvial*, alors !

— Oui ! C'est parfait ! s'écrièrent les autres à l'unisson, avec enthousiasme.

Ils burent tous la gorgée victorieuse : cul sec, exit la bière ! Leur sourire commun vibrait d'une promesse d'un grand exploit encore à venir, comme si la finalité gratifiante était déjà vécue à l'avance.

Ainsi prirent forme les bases d'une nouvelle entreprise pour Takané, dans laquelle iraient fondre toutes leurs économies pour concrétiser ce projet d'enregistrement d'une première maquette, *Kapousha Suvial*[56].

***

Dans les jours qui suivirent, Juheur parcourut le bottin téléphonique à la recherche d'un studio qui correspondait au bien maigre budget du groupe, et que chacun bonifiait de ses timides épargnes. Le groupe demanda à Barèr s'il pouvait les aider à ce sujet : malheureusement, il ne connaissait aucun studio d'enregistrement et se trouva fort occupé.

Juheur appela un minable studio d'enregistrement situé dans Kostèno[57], plus précisément dans le nord de l'arrondissement, communément appelé « le quartier des artistes », là où une forte communauté de créateurs de tous genres s'entassait dans les dédales

---

[55] Le kapien est la langue *de facto* autour du monde.

[56] *Kapousha Suvial* (« L'éveil de Kapousha ») : assez rare, l'expression plus fréquente est *On Suvial Kapior* (« L'éveil [des] Kapiens ») qui fait référence à la période de soixante-quinze ans précédant la libération de Kapousha, qui établit la nouvelle ère de référence. Plus de mille ans plus tard, Takané fait un parallèle entre cet éveil historique et le nouvel éveil à la musique métal dans la cité.

[57] Kostèno : arrondissement situé aux abords du fleuve Sabbéor, face à la pointe nord de l'île d'Onéò

de bâtiments millénaires. Le groupe s'entendit sur le fait qu'ils devraient consacrer une fin de semaine extraordinaire à travailler à cet enregistrement, puis Juheur confirma et arrangea la logistique avec le propriétaire. Tout se régla si vite que le groupe eut à précipiter le parachèvement de la chanson *Oud Vélaga* qui traînait depuis des années.

***

Le vendredi venu, les gars se rejoignirent dès qu'ils le purent à l'université, à la stalle, pour y rapatrier l'équipement nécessaire. Ils furent forcés d'apporter leurs instruments dans le métro et le tramway, avant d'atteindre la bâtisse dans un recoin quelconque du quartier des artistes. Heureusement qu'ils n'eurent pas à transporter l'arsenal complet de Kassepi ; le studio avait confirmé qu'il possédait une batterie décente. Le batteur en était donc quitte pour apporter quelques pièces supplémentaires que chacun aida d'une main libre. Cela dit, tous furent soulagés d'apercevoir enfin l'enseigne du studio Hèdi, sur la rue du même nom.

Ce studio situé dans un sous-sol d'un coin d'une rue trop étroite était un passage tout indiqué pour tous les groupes marginaux de la capitale. L'endroit était mal éclairé, mal isolé et empestait l'humidité. Bien des groupes alternatifs, de sous-genres, expérimentaux ou occultes étaient passés ici pour en faire l'insolite renommée. C'était presque cliché, mais ça avait l'avantage indéniable d'être abordable.

En fait, l'état des lieux aurait dû justifier à lui seul les bas tarifs du studio, mais le fait que celui-ci était, en plus, libre-service relativisait la « bonne affaire ». Le propriétaire ne fit que présenter superficiellement le fonctionnement de l'équipement mis à la disposition du client. Les gars l'écoutèrent, se demandant progressivement s'ils n'étaient pas en train de se faire escroquer. Au bout d'une heure d'explications, le propriétaire, de son air grave, miné par la tristesse des lieux, laissa Takané vaquer à leur travail, se contentant de les épier de temps en temps pour s'assurer qu'ils faisaient bon usage du matériel prêté.

Le studio avait tout de même l'avantage d'être ouvert vingt-quatre heures par jour ; la nuit venue, le changement de garde amenait une nouvelle sentinelle tout aussi austère que la précédente.

Kassepi améliora la batterie du studio en y ajoutant ses pièces personnelles pendant que le reste du groupe s'affairait à mettre l'équipement en marche. Au bout de deux heures, après les tests de son, muni des écouteurs de son lecteur portatif jouant un pré-enregistrement de fortune, Kassepi fut prêt à ce qu'on appuie sur le bouton rouge d'enregistrement. Juheur, à la console, ne le fit point attendre.

Kassepi hocha la tête à l'annonce du cliquetis du métronome dans ses oreilles puis se mit à se mouvoir avec force derrière la batterie, telle une pieuvre armée de baguettes. Ce premier moment illumina le visage de ses quatre camarades plantés derrière la petite baie vitrée. C'était inévitablement un plaisir de le regarder s'exécuter.

Il posait ainsi le squelette de *Guèl Mèlthèi*.

Après deux minutes, Kassepi fit une erreur. Il perdit sa concentration et interrompit son jeu. Il fut déçu de lui-même.

— Ce n'est pas grave, Mollieur. Reprenons ça! dit Juheur au microphone. Il rembobina les rubans. Tu peux y aller quand tu veux.

Kassepi s'y remit résolument et passa au travers d'un coup.

— C'était bien, mais prenons-en une deuxième pour garder la meilleure, critiqua-t-il sa propre performance.

Au bout d'une heure, on eut écouté attentivement, analysé, débattu et choisi la meilleure piste.

Sans prendre de répit, Kassepi retourna à la batterie et entama le deuxième morceau, *Takané*, qu'il martela en trois quarts d'heure. À nouveau, le groupe fit un conciliabule pour déterminer les prises à garder, puis il rangea le matériel pour revenir le lendemain matin puisqu'il se faisait déjà tard et que personne n'avait prévu y passer la nuit.

***

Le lendemain, Juheur, Kassepi et Honnelli furent de retour au studio à neuf heures, tandis qu'Isoeur étudiait et Énoeur travaillait. Kassepi enregistra *Oud Vélaga* en moins d'une demi-heure, ce qui présageait une journée efficace et productive. Or, comme toute chose ne fonctionne jamais du premier coup, lorsque Juheur régla l'amplificateur pour ensuite enregistrer la guitare électrique, Kassepi et Honnelli se plaignirent d'un bruit désagréable prenant source quelque part dans le système et ils l'avertirent que l'amplitude du signal était médiocre. Au bout de quelques minutes à tenter de résoudre le problème, en modifiant les réglages tant à la source de l'amplificateur bon marché qu'à la console et aux autres composantes intermédiaires, le propriétaire vint à leur rescousse non sans prendre un air condescendant sur ces jeunes qu'il jugeait incompétents.

Cela faisait bientôt une heure que les quatre amateurs s'affairaient à réduire ce fâcheux grésillement qui minait le signal de sortie. Quelques progrès furent atteints, mais ils ne parvinrent jamais à supprimer cet ennuyeux accroc. Juheur dut se résoudre à enregistrer la guitare à volume réduit, perdant ainsi la texture voulue que l'amplificateur, technologiquement d'une autre décennie, ne parvenait à donner qu'à plein volume. Juheur y alla tout de même d'un premier jet, visiblement dérangé par la situation désagréable. Il finit par se tromper dans un riff de *Guèl Mèlthèi*, mais en profita pour rejoindre ses camarades pour écouter le résultat.

Il n'y avait pas là objet à s'enthousiasmer.

La bobine enregistrée rendait aux haut-parleurs une guitare timide, sans agressivité, voire sans caractère. Juheur eut beau jouer avec force et passion, la piste de guitare demeura grise et terne. Le léger gain en substance se faisait au prix de la droiture de Juheur dont le jeu finissait par être élastique et osciller parfois avant, parfois après les temps. Juheur, fâché, résuma son impression de la chose dans un vibrant :

— *Onéò-heudan-deurk!*

— Bien dit, approuvèrent Kassepi et Honnelli, qui manifestèrent un désenchantement proportionnel à leur tempérament respectif.

Dans un mouvement de tête de déni, les trois musiciens se mirent à envisager la possibilité de devoir se contenter de ce piètre résultat. Ils passèrent par toutes les étapes psychologiques, qui s'incarnaient sur leur visage silencieux : la négation, la frustration, la peur. Ils eurent à se résoudre à accepter la situation.

— Que veux-tu que nous y fassions ? Nous sommes pris avec cet équipement exécrable et le compteur tourne pendant que nous grommelons sans fin, conclut Juheur.

Kassepi rembobina le ruban, Juheur retourna s'installer et Honnelli jura.

Isoeur arriva en milieu d'après-midi, au moment où Juheur travaillait encore à parfaire les pistes de *Guèl Mèlthèi*.

— Salut, les gars! Ah, Juheur a décidé de terminer avec celle-là ? remarqua-t-il sur une note tout à fait innocente, sans prétention aucune.

— Euh non... Ce n'est que la première chanson que nous nous apprêtons à terminer, répondit Kassepi qui vit les traits déjà fatigués d'Isoeur s'assombrir davantage.

— *Heud...* Comment ça ?

Honnelli intervint, optant pour une attitude honnête et patient envers son camarade qui apprenait la triste nouvelle.

— C'est effectivement plus ardu que nous le croyions au début.

— *Heudandeurk,* nous ne finirons jamais demain ! s'affola Isoeur dont l'éreintement affectait la patience.

Il soupira bien fort et se laissa choir sur un banc, attendant impatiemment que Juheur achève le morceau, lui qui ne l'avait pas encore vu arriver, plutôt rivé sur sa guitare, concentré à ne pas faillir.

Cette dernière prise ne s'avéra pas encore la bonne pour le dernier segment de la chanson. Juheur reprit, après de brèves instructions de Kassepi. Celui-ci pesa à nouveau sur le bouton *Mojrei*[58], puis se retourna vers Isoeur, qui branlait la jambe dans son énervement contagieux. Le duo s'était calmé depuis l'incident du matin, mais Isoeur faisait renaître en eux la mince probabilité de succès de leur entreprise.

— Nous avons eu des ennuis ce matin, Isoeur, dit Kassepi, qui cherchait à expliquer la situation. Après avoir terminé avec la batterie, nous avons eu un problème de son au moment d'enregistrer la guitare électrique... Ça l'a considérablement ralenti notre progression.

La réponse d'Isoeur démontrait que bien que l'explication de son ami excuse la situation présente, elle ne réglait rien et n'allégeait pas sa nervosité. Après quoi, les trois déçus attendirent silencieusement que Juheur aboutisse.

— Bon! s'écria Juheur après que le dernier accord plaqué se fut évaporé. Celle-là était la bonne !

Il se leva et franchit la porte menant à la salle de contrôle. Il semblait excédé et une pause s'imposait.

— Ah! Salut, Izi, ça va ?

---

[58] *Mojrei* : (« enregistrer »), dans le sens de *record*, évidemment

— Mouais, ça pourrait aller mieux. Disons que je me serais attendu à arriver ici et que ce soit près de mon tour à enregistrer. Quel retard nous avons !

— Oh oui ! Et quelle malchance nous avons eue aujourd'hui ! C'est vraiment *heuàan* chiant ! répondit Juheur sans tomber dans le défaitisme de son ami.

Les quatre musiciens écoutèrent le plus récent passage enregistré. Isoeur fit une grimace en découvrant la qualité médiocre de la piste de guitare, dont ses amis avaient dû se contenter.

— Le son est vraiment merdique, ce n'est pas croyable, grommela Isoeur, plus déçu que jamais.

— Crois-nous, Kavèlli, c'est vraiment le mieux que nous pouvions faire ici. Il aurait fallu que tu entendes ce que nous avions ce matin, tu aurais été moins déçu, parce que ça, c'était de la vraie *marde* ! répondit Honnelli.

— Combien d'heures a-t-il fallu pour *Guèl Mèlthèi* ? demanda Isoeur, afin de réévaluer le projet.

— Si nous oublions l'heure perdue pour les problèmes techniques et le temps à bricoler les rubans, les rythmiques ont pris quatre heures, répondit Kassepi qui avait aussi à cœur de structurer leur emploi du temps. Estimons trois autres heures pour les harmonies de guitares et les solos, une heure pour la basse (si nous ne percutons pas un autre obstacle technique), entre deux et trois heures supplémentaires pour les claviers. Ça nous fait, disons, un total de dix à douze heures d'enregistrement par morceau.

Le pronostic de Kassepi était crédible, mais...

— Tu oublies la voix, Mollieur. J'ai peine à croire que cela pourra prendre moins d'une heure à Juheur pour chanter tout ça, ajouta Honnelli, dont l'intention n'était pas d'écorcher Juheur.

— Encore huit heures pour cette chanson, puis encore vingt heures au minimum pour les deux autres... Nous n'arriverons pas à boucler le tout pour demain soir. Nous n'avons même pas le budget pour prolonger la location du studio, résuma Isoeur, dont le bilan était tout aussi crédible.

— Nous devons couper une *toune*, en conclut Juheur.

C'était effectivement la seule solution plausible et sensée. Kassepi approuva la solution amenée.

— Oui, même si nous nous acharnions toute la nuit, nous n'arriverions pas au bout. Nous devons garder quelques heures pour mixer tout ça.

— Eh bien, *Oud Vélaga* sera pour une prochaine fois ! lança Juheur en se repoussant précipitamment sur le dossier de sa chaise.

— Pas le choix, ajouta Honnelli.

— Deux chansons, oui, tant pis, conclut Isoeur, fortement affecté par le dérapage du projet.

Les quatre amis se mirent d'accord pour abandonner cette chanson, qui n'en était pas moins géniale, mais qui avait été prestement façonnée pour la rendre présentable pour cette maquette. Ils goûtèrent probablement pour la première fois l'amère différence entre la théorie et la pratique.

Énoeur arriva vers dix-huit heures alors qu'Isoeur achevait à son tour la première chanson, pour donner un peu de répit à Juheur. Il fut mis au courant de la tournure des événements et on lui fit écouter un extrait, pour qu'il constate par lui-même le résultat.

— Bah, ça pourrait être pire.

C'est tout ce dont il se contenta à exprimer, sans fournir le moindre indice sur ce qu'il aurait considéré comme pire.

Le groupe passa la soirée à enregistrer des pistes de guitare. Juheur puis Isoeur donnèrent forme et couleur — trop fade à leur goût — à la structure rythmique enregistrée par Kassepi.

Une fois ses pistes enregistrées, Isoeur quitta les lieux pour monter dans le tramway et attraper le dernier métro. Il était déjà passé minuit.

— *Heud...* cracha-t-il en sortant du studio sur une rue endormie à l'étroitesse peu invitante, voire intimidante.

Sur son trajet de retour, en transports en commun, il concentrait toutes ses pensées à maugréer sur ce projet de maquette ratée. Rendu à la station Pèskal, il manqua le dernier métro en direction de Fèttoyah.

— *Tabarnak !*

Il sortit de terre, sur Mavéor *onéguéò*, et attendit le prochain tramway, qui passait aux demi-heures durant la nuit. Par chance, le prochain était attendu dans une dizaine de minutes. Il n'aurait pas voulu devoir marcher les quelque quatre kilomètres qui le séparaient de chez lui, avec cette humeur massacrante.

***

Isoeur se leva au matin sans que ses pensées sombres se soient dégagées pour autant.

Cela valait-il la peine de continuer ainsi ? Un groupe de musique métal boudé de tous, n'était-ce pas là un projet voué à l'échec ? Leurs fabuleux rêves d'adolescence ne s'évaporaient-ils pas tous sous l'aveuglante clarté de la réalité ? Pourquoi ses amis et lui, issus d'un milieu aussi modeste, se verraient-ils donner cette occasion, cette tribune, cette voix, de s'exprimer et d'enregistrer de la musique ? La qualité lamentable de *Kapousha Suvial* n'allait-elle pas creuser leur propre tombe ? Dans quelle folie Juheur et Énoeur, ses deux grands amis de toujours, ainsi que Kassepi et Honnelli l'avaient-ils tous amené ? Ne voyaient-ils plus clair, obnubilés par la proximité de leur entreprise, cette farce pathétique ? N'avaient-ils pas de...

Il arriva enfin au studio, taisant toutes ses idées noires pour se concentrer sur ces engagements. Il rejoignit Juheur, qui était arrivé avec un métro d'avance sur lui : celui-ci avait mauvaise mine et des yeux horriblement pochés.

— *Deurk !* À quelle heure êtes-vous partis cette nuit ?

— Salut, Izi, répondit Juheur, mi-cadavérique. Il n'était pas loin de quatre heures du matin, après qu'Énoeur eut complété les pistes de basse. Je suis rentré chez moi à cinq heures. La nuit fut vraiment trop courte, dit-il avec une grimace verdâtre.

Ils s'installèrent tous les deux, Juheur à la console de contrôle et Isoeur dans la salle d'enregistrement. Juheur positionna le ruban, puis parla dans le microphone branché sur les écouteurs d'Isoeur.

— Es-tu prêt, Izi ? C'est reparti pour une autre journée d'enfer au studio Hèdi ! ironisa-t-il.

Juheur fit jouer la musique qui prenait forme et Isoeur s'appliqua à jouer son solo par-dessus. Il parvint à le boucler en quelques tentatives, ce qui encouragea le duo.

— C'est très bien, Izi ! Il ne nous reste que l'harmonie à la fin puis nous pourrons passer à la prochaine.

Une fois cette chanson achevée, Isoeur pratiqua ses parties pour la seconde, pendant que Juheur bricolait les rubans pour ne garder que les prises retenues. Ils se remirent à l'enregistrement sans prendre de pauses, voulant profiter de cette lancée.

Honnelli et Kassepi arrivèrent au moment où Isoeur mettait les touches finales sur le solo de *Takané*.

— Isoeur m'impressionne à la guitare ! concéda Honnelli, lui-même guitariste. Non pas en m'y comparant, mais je dirais plutôt qu'il me rappelle la virtuosité de Klove, ce genre de dextérité, de fluidité et d'habileté, oui.

Les deux autres acquiescèrent silencieusement, concentrés à percevoir les moindres détails de l'exécution.

Une fois sa tâche accomplie, Isoeur vint les rejoindre. Il arborait un air serein : il était enfin allégé d'un lourd poids.

— Attention, Sècca, tu es le prochain ! plaisanta-t-il même.

— Oui, allez, Sècca, il est proche de midi et il va falloir produire si nous voulons avoir assez de temps pour faire un mixage décent, dit Juheur qui tentait de garder le rythme sans semer la panique.

Ainsi, à son tour, Honnelli s'installa dans la salle d'enregistrement et attendit les instructions de Juheur aux commandes.

On sentait de la nervosité dans le jeu de Honnelli et il dut recommencer souvent pour obtenir le résultat escompté. Les autres regardaient les heures passer sans pouvoir faire mieux que de l'encourager à persévérer.

Énoeur les rejoignit enfin vers quatorze heures et fut accueilli par ses amis, abrutis par la monotonie de leur travail.

— Hé...

— Désolé, les gars, je ne me suis jamais réveillé ce matin, j'étais crevé cette nuit en arrivant chez moi.

— Il n'y a pas de problèmes, Yabèl ! Tu n'as pas manqué grand-chose excepté des heures ennuyeuses d'enregistrement, l'excusa Juheur qui montrait des signes de fatigue aiguë assis devant la console.

Énoeur eut l'excellente idée d'apporter des *brénèth*[59], qui firent le bonheur de tous. Même Honnelli vint prendre une petite pause

---

[59] *Bréna, brénèth* : mets originaire du Dalan (extrême sud de la Kapie); un roulé fait d'une pâte relativement épaisse rappelant le pain pita dans lequel sont introduits des légumes frais et une viande rôtie mélangés à une sauce particulièrement épicée.

pendant qu'on profita de ce dîner pour récapituler les tâches encore à compléter.

Honnelli retourna à son clavier, résolu à mettre un terme à l'enregistrement pour qu'on puisse enfin terminer cette maquette.

Ces locaux de travail ne donnaient sur aucune fenêtre; s'ils en avaient eu, les membres de Takané auraient vu que le soleil tirait sa révérence au moment où l'on annonça à Honnelli que tout était en boîte. Il vint rejoindre ses camarades en manifestant son grand soulagement.

— *Kimé!* Ce fut pénible.

— Je n'aime pas enregistrer, répondit bêtement Énoeur, qui résumait assez bien l'opinion de ses amis, qui enduraient la chose à différent niveau.

— Tant de peine, pour si peu de résultats, rajouta Isoeur.

Kassepi, qui rassemblait les rubans identifiés, les fit taire.

— Bon, bon, attendons d'abord d'entendre ce que ça donnera une fois mixé, s'il vous plaît... Il ne reste plus qu'à apposer les voix, ajouta-t-il en se tournant vers Juheur.

Juheur se rendit dans la salle, muni de son feuillet de paroles, prêt à chanter.

— Je vous boucle ça en dix minutes!

Il en prit une trentaine, mais tout de même!

Puis enfin, chacun aida à placer les rubans sur des canaux différents. Sept pistes de batterie, cinq pistes de guitares, une piste de basse, une piste de clavier et deux pistes de voix, c'était tout juste pour la console de mixage de seize canaux. Sans trop d'expérience, Juheur et Kassepi jouaient avec les réglages pour équilibrer au goût du groupe le niveau des différents instruments. Ils étaient très limités par le temps, l'équipement et leur manque d'expérience flagrant.

Non sans peine, au bout de plusieurs divergences d'opinions et quelques échauffourées, le groupe acheva le mixage en quelques heures. Leur contrat de location se terminait dans un peu plus d'une heure. Comme support final, ils avaient en main une cassette de plastique blanc sur laquelle Juheur avait inscrit au feutre bleu : Takané — *Kapousha Suvial (1029.10).*

Tous regardèrent bêtement, un peu abasourdis, avec un sentiment difficile à décrire, le petit artéfact qui gisait dans la paume de sa main. Tant d'effort et de peine pour une si petite chose, du moins dans sa forme physique. Cette chose qui leur rendit une fin de semaine désagréable; cette chose qui n'aura été que le pâle reflet de leur ambition; cette chose qui leur avait fait dilapider de toutes leurs économies; cette chose qui demandait encore d'être distribuée moyennant encore des coûts d'impression et de reproduction; cette chose pour laquelle ils s'étaient rendus fous à créer; cette chose qui représentait tout ce que le groupe est et qui définissait l'entière image que le groupe projetterait; cette chose au poids énorme qui devenait leur unique ambassadrice.

Ils la contemplèrent encore un long moment en silence, comme si leur regard tentait d'y déverser l'émotion éprouvée, incapables de formuler leur sentiment à son égard.

— Hé, les gars! Tant qu'à avoir tout cet attirail et un peu de temps, pourquoi ne pas jouer une chanson en direct du studio? proposa tout bonnement Honnelli pour clore cet épisode beaucoup moins glorieux qu'ils ne l'auraient tous imaginé préalablement.

— Oh oui! s'exclama Énoeur, qui préférait nettement jouer qu'enregistrer.

Tous trouvèrent l'idée excellente et étaient partants. Ils configurèrent la salle acoustique selon l'ensemble des besoins pour les enregistrer tous simultanément. Une demi-heure plus tard, Juheur pesa sur *Mojrei* et rejoignit le groupe.

La suite se retrouva imprimée sur la bande magnétique qui roulait:

Toussotements
Paroles imperceptibles en toile de fond
Juheur, dans son microphone :

— Alors, que jouons-nous?

Cliquetis de cymbales
Kassepi, lointain, pris par les microphones suspendus :

— Pourquoi pas *Kallien Nahavé*?

Rires communs
Juheur, pas tout à fait devant son microphone :

— Ha, ha ! Il nous reste à peine une demi-heure pour la mettre en boîte.

Énoeur, dont le microphone d'accompagnement saturait sa voix :

— Peu importe, il ne nous en faudra que cinq minutes de toute façon !

Petites fioritures à la basse rappelant la mélodie de Kallien Nahavé, *suivies d'une montée de guitare s'achevant sur des* bends *aigus*
Isoeur, lointain :

— Eh bien, allons-y, les gars !

Rot et rires
Silence et fort bruit blanc
Quatre coups de hi-hat[60]
Kallien Nahavé *déployée en direct dans toute sa force, son envergure et son impétuosité, jouée prodigieusement par Takané, à son meilleur, en guise de finale à toute l'adversité vécue durant cette pénible fin de semaine.*

---

[60] *Hi-hat* : deux cymbales montées sur un trépied et dont l'entrechoquement est commandé par une pédale. L'emprunt de l'anglais *hi-hat* est préféré au terme retenu *charleston* dont l'étymologie n'est aucunement pertinente pour définir l'objet en question.

CHAPITRE QUATORZE

On Résu...[61]

L'ambivalence le gagnait.

Isoeur se rendait ce matin à ses cours avec, évidemment, *Kapousha Suvial* dans les oreilles. Le groupe l'avait tiré à deux cent cinquante exemplaires dans la semaine suivant le terrible enregistrement. Il y avait là de quoi regagner la bonne humeur, comme un soupçon de fierté peut-être, à écouter le résultat de son propre travail. Malgré cela, il y avait aussi de quoi être gêné par la qualité médiocre du produit. Le son était terne et manquait atrocement de brillance ; certaines dissonances non voulues apparaissaient à quelques endroits ; le mixage avait été fait à la dernière minute, négligé par manque de fonds. Le studio avait beau être le plus abordable, il n'en demeurait pas moins que le projet avait grugé une large part des économies du groupe.

En fait, à chaque écoute, Isoeur devenait de plus en plus déçu que cette chose soit le fruit de tant d'années de travail gaspillées trop hâtivement ainsi. À chaque écoute, les erreurs devenaient plus grosses et prenaient toute la place, minimisant les bons coups et les efforts investis pour matérialiser cette entreprise.

Étant le premier à déchanter de cet ouvrage, selon lui raté, il était gêné de présenter sa cassette grotesque à quiconque s'intéresserait à son groupe.

Par chance, pour l'instant, il pouvait mettre sa déception de côté durant ses heures de cours et ses études, qui présentaient un avenir plus prometteur.

Après quelques jours à la faire jouer en boucle, il délaissa la cassette sur son étagère là où elle prendrait la poussière à merveille.

---

[61] *On Résu* : l'automne

Toutefois, ce n'était pas là une raison suffisante pour déshonorer ses engagements envers le groupe, et il se présenta aux répétitions et aux spectacles au Spectre en s'efforçant d'équilibrer le tout avec les travaux d'école. Par contre, il était d'une part incapable de s'abandonner totalement à Takané et d'autre part incapable de trouver assez de temps pour ses études.

En vérité, les deux occupations en souffraient grandement et les prochains événements combinés à la fin de session qui arrivait à grands pas allaient augmenter la pression à un point ingérable.

***

Ainsi, comme tous les mardis et les vendredis soir, Takané se donnait en spectacle au Spectre. Le spectacle de ce soir-là respecta les normes que le groupe s'imposait : énergique, spectaculaire et agressif. Après leur prestation, les musiciens s'affairaient à ranger leur équipement. C'est alors qu'Isoeur leva la tête brièvement pour scruter la salle rapidement et vit une chevelure féminine éclatante d'un blond contrastant avec l'obscurité de l'endroit. Il ne l'avait pas remarquée durant le spectacle. Pour l'observer, il se servit de Juheur comme écran, lui qui était au pied de la scène, plus bas d'une tête. Isoeur entretint vaguement la conversation avec Juheur, en tentant d'imprimer son esprit de cette apparition, qu'il jugea magnifique. Il la vit s'approcher, d'une démarche sans objectif précis et d'une attention errante. Leurs regards se croisèrent un bref mais intense instant. Puis elle fit demi-tour, comme si elle n'eût pas obtenu le moindre stimulus de son parcours vers la scène. Lorsqu'elle se tourna pour trouver le vestiaire et sortir, Isoeur put admirer les formes excitantes de cette jeune femme. Il en fallait maintenant bien peu pour qu'il en devienne obsédé, lui qui s'était sensiblement refermé depuis sa dernière relation amoureuse, qui finit dramatiquement pour un esprit adolescent.

— Ça va, Izi ? lui demanda Juheur, qui tourna la tête pour tenter de comprendre ce qui avait pu plonger son ami dans une telle torpeur.

— Non, ce n'est rien. J'étais dans la lune.

— Dis, Barèr nous propose de jouer à Dzin-Oudanth[62] durant les Fêtes. Il affirme que la ville connaît un engouement pour le métal.

— Ouais, ce sera parfait durant le congé des Fêtes, se contenta de répondre Isoeur, pas tout à fait présent.

— Lui et moi, nous organiserons bientôt le tout. J'ai bien hâte !

Juheur parlait tout seul. Il se retint de réprimander l'attitude distante de son ami par rapport à cette excitante éventualité de jouer en région.

— Hmm, fit Isoeur par réflexe, sans comprendre ce qu'il venait d'entendre.

***

Quelques jours plus tard, en sortant d'une salle de cours, Isoeur croisa la belle jeune femme qu'il avait aperçue lors de la dernière prestation de Takané. Isoeur fut aussitôt ahuri. Il n'y avait aucun doute sur la personne. Quelle coïncidence ! Quelle chance inouïe ! Cette fois, ils allaient faire connaissance. Elle s'approcha d'un air dubitatif et elle tapota doucement l'épaule d'Isoeur qui lui avait d'abord tourné le dos pour attendre un collègue de classe ; il en aurait fait autant si elle l'avait dépassé sans le remarquer.

— Dites, ne seriez-vous pas musicien dans un groupe rock ? lui demanda-t-elle.

Isoeur se retourna et s'étonna de la voir de si près, puis qu'elle lui adresse la parole, et plus encore, qu'elle le touche. Son cœur avait perdu l'habitude de telles situations et n'en cacha pas son enthousiasme et sa panique. Isoeur se ressaisit avant de lui sourire et répondre :

— Oui, en effet. Je suis guitariste pour le groupe Takané, mais vous n'êtes bien informée qu'à moitié. Vous avez raison sur le fait que je sois musicien, mais nous ne jouons pas du rock, mais bien du heavy métal.

Isoeur fit un sourire moqueur avant d'ajouter :

— Avez-vous déjà assisté à un de nos spectacles pour me connaître ainsi ?

---

[62] Dzin-Oudanth : Verts-Vallons, ville située à environ mille kilomètres à l'est de Kapousha

Il cachait évidemment qu'il l'avait croisée du regard auparavant et qu'il l'avait reconnue aussitôt. Il en avait profité pour la taquiner en douceur, pour éviter d'être désarmé par l'initiative de cette beauté qui se trouvait bien devant lui. Elle sourit des yeux et détourna légèrement la tête pour mieux le fixer d'un regard suspicieux et murmurant :

Oh! Mais tu me niaises? Nous nous sommes croisés vendredi au spectacle! Comment pourrais-tu ne pas avoir été marqué par notre contact éphémère?

Le jeu était lancé.

— Oui, j'étais au Spectre de l'ombre vendredi dernier. Mon frère est tout ce qu'il y a de plus *métalleux* et il m'a enfin convaincue de l'accompagner pour briser mes préjugés.

Isoeur luttait fortement pour enregistrer les informations qu'ils échangeaient rapidement, autant que pour formuler des répliques sensées, et aussi, pour ne pas être submergé par l'apparition féminine qu'il déifiait.

— Il s'est procuré votre cassette et elle a joué toute la fin de semaine. J'aime bien! continua-t-elle.

Isoeur se sentit obligé de s'excuser, même si elle n'avait rien dit de mal au sujet de l'enregistrement.

— Oh, merci. Bah, ce n'est pas l'enregistrement le plus professionnel, mais nous avons fait notre possible avec le peu de temps et d'argent que nous avions.

Isoeur fut rejoint par son camarade d'études et s'excusa auprès de la jeune femme de devoir la quitter.

— Bien sûr, pas de problème. Enchantée d'avoir fait ta connaissance, *Isoeur Kavèlli, guitariste-soliste*, articula-t-elle en mettant un accent taquin sur ces éléments qu'elle avait dénichés dans le feuillet de la maquette.

Ses yeux étaient experts tantôt à mystifier, par leur bleu gris vibrant, tantôt à séduire par leurs grandes pupilles noires dilatées. Elle le fit languir quelques cruciales secondes avant de lui donner cette information qui les mettrait à égalité.

— Anyériss, Anyériss Hibèl. Au revoir! ajoua-t-elle en passant son chemin.

Isoeur expira en gonflant les joues d'hébétement et d'incrédulité.

À la grande déception d'Isoeur, la semaine de cours s'acheva sans qu'il revoie cette Anyériss. Il soupa à la cafétéria du pavillon principal en bûchant sur un devoir. À vingt heures, il devait retrouver les autres au Spectre pour une autre de leurs prestations bihebdomadaires. Il n'espérait rien d'autre qu'elle y soit à nouveau présente.

***

La soirée se termina dans l'appartement de Juheur et Yotal ridiculement trop petit pour les cinq membres et les trois filles qui désirèrent les accompagner. Même Isoeur, allégé d'un rapport à remettre, était cette fois tout à fait volontaire pour participer à cette fête improvisée. L'alcool coula tant à flots que le lendemain, nul ne se rappelait ce qui s'était passé durant la nuit.

C'était un samedi matin — en fait, il était passé midi — : les âmes étaient rouillées, la journée, de grisaille, et l'on sentait le froid automnal entrer par les fenêtres mal isolées.

— *Deurk*, il n'y a aucune chance que j'arrive à étudier aujourd'hui, dit Isoeur, sur un ton plaignard, terrassé par le pire des maux de tête et de corps.

Énoeur avait un bras totalement engourdi sous le poids d'une fille qui s'était endormie avec une main dans son pantalon. C'eût été un agréable réveil, mais Énoeur avait mal à la vie et paniqua lorsqu'il ne sentit plus du tout son bras.

— *Heud!* Mon bras, mon bras! criait-il en le secouant et en suçotant ses doigts pour tenter d'y faire affluer du sang à nouveau.

Une fois que tous partagèrent leur détresse de lendemain de veille, la bande improvisa un déjeuner avec ce qui restait dans le réfrigérateur. Lèbbé fut rapidement revigorée par ce piètre déjeuner et proposa d'aller prendre des photos dans les vieilles industries avec son appareil, qu'elle traînait partout.

— Les gars, la photo sur votre maquette est trop moche! Vous auriez pu prendre autre chose qu'un cliché de groupe dans votre petit local, quand même!

Les filles se moquèrent généreusement de cette mesure improvisée de leurs musiciens amateurs préférés.

— Tu as bien raison, ma petite chérie, allons prendre de bien belles photos, ironisa Juheur en montrant fièrement le palmier capillaire qu'il arborait sur la tête.

La sortie fut agréable et les maux de tête finirent par se dissiper, tout comme le soleil timide qui semblait avoir bien hâte de se recoucher, battu aujourd'hui par la grisaille. La bande d'amis eut bien du plaisir à se promener parmi les grands bâtiments désaffectés et les vieux chemins de fer dans le sud de la cité. Ce quartier rappelait l'histoire d'un autre siècle où Kapousha était un centre d'industries lourdes. Il apparut que certaines d'entre elles fonctionnaient toujours puisqu'ils purent dénicher un bar ouvert lorsque la soirée tomba et que leur ventre criat. Cette taverne ne roulait pas très fort la fin de semaine et le tenancier s'apprêtait à fermer lorsqu'il vit arriver la troupe de jeunes enthousiastes. Firèr Yossé les accueillit et les servit.

Isoeur remarqua la scène munie d'une batterie et de quelques amplificateurs alors que les trois filles y montèrent pour divertir la bande d'une pièce de théâtre saugrenue, jouée à l'improviste.

— Dites, avez-vous souvent des groupes qui viennent jouer ici? La place semble moribonde.

— Vous seriez surpris de voir à quel point cette place vibre les jours de semaines, lorsque les travailleurs viennent boire leur paye! répondit Firèr, du tac au tac avec un rire gras.

Les yeux de Juheur s'éclaircirent.

— Nous sommes un groupe de musique qui cherche justement des occasions de jouer et de faire un peu d'argent. Combien vous nous offririez?

— Je vous donnerais 40 HDG pour deux heures. Peut-être un peu plus si la soirée est bonne. Mais il n'est pas question de jouer du métal trop violent ici! dit Firèr en remarquant leur accoutrement.

Ainsi, après quelques arrangements, Takané inscrivit deux soirs de plus à son horaire. Cela faisait quatre représentations par semaine, quelques revenus de plus et d'autant plus d'expérience de scène. Avec les photos prises par Lèbbé, la journée avait été très productive, finalement, conclurent-ils.

Isoeur était le seul à y voir un grand inconvénient personnel et il s'abstint de voter pour. Jouer dans les bars quatre soirs par semaine, en plus de séances pour élargir un répertoire plus léger et accessible, il ne savait pas comment il ferait pour arriver à terminer ses travaux scolaires alors que ses amis venaient de déclarer une autre fête ce soir-là pour ses propres dix-huit ans[63]. Comment pouvait-il la leur refuser ?

***

Jeudi 16 novembre, Takané devait donner une prestation au bar de Firèr. Isoeur ne se présenta jamais ce soir-là et le reste du groupe dut jouer sans lui. Le lendemain, Juheur l'appela pour savoir ce qu'il foutait la veille. Isoeur lui répondit qu'il avait un examen à l'université.

— De toute façon, avec le répertoire que nous jouons chez Firèr, nous n'avons pas vraiment besoin d'un deuxième guitariste, riposta Isoeur.

— Là n'est pas la question : l'important est de faire les choses ensemble ! s'exclama Juheur.

Ils s'engueulèrent au téléphone quelques minutes avant que Juheur raccroche.

— C'est beau, laisse donc tomber pour hier, conclut Juheur, sur un ton exaspéré.

Ce même soir, Takané était en spectacle au Spectre. Cette fois-ci, malgré le mauvais ton sur lequel les deux guitaristes s'étaient laissés, le groupe fut complet. Juheur et Isoeur s'évitèrent et se répondirent d'un ton neutre lorsqu'ils eurent absolument à se parler. Isoeur préféra s'éclipser après leur prestation, ce qui donna de bons arguments à Juheur de le maudire. Kassepi tenta de calmer Juheur en lui disant que c'était une mauvaise passe, qu'il était vrai que ces spectacles dans les bars étaient de moins en moins pertinents et intéressants et que la maquette n'était pas à la hauteur de leur attente à tous.

Cependant, ce soir-là, Isoeur devait sortir en compagnie de quelques camarades d'étude et il avait invité Anyériss, qu'il avait croisée plus tôt en semaine à son grand bonheur ; ils s'étaient quittés en échangeant leur numéro de téléphone. Le prétexte de sortie qu'utilisa Isoeur fut anodin, dans la mesure où ses camarades ne

---

[63] Dans la culture kapienne, avoir dix-huit ans ne signifie pas grand-chose puisque l'âge de la majorité est de seize ans. À cet âge, un individu obtient le statut légal pour participer au forum, acheter de l'alcool et des drogues ou entamer des cours de conduite.

fussent que des figurants, une diversion pour passer du temps près de l'objet de son désir.

Isoeur avait l'habitude de se vêtir de façon relativement sobre à l'université, mais ce soir-là, il se para d'un accoutrement légèrement excentrique, qui, néanmoins, ne provoqua pas de choc chez ses comparses. La confiance lui revenait peu à peu. Il y avait plusieurs années qu'il n'avait pas vécu l'occasion de telles tribulations et il se sentait désormais d'aplomb. La bande d'universitaires se rendit dans un bar populaire près du campus. La soirée permit à Isoeur de faire plus ample connaissance avec cette étudiante en biochimie. Même s'il éclipsait ses amis en prestance et réputation, Isoeur se sentit intimidé par Anyériss, qui ne présentait pourtant rien de malicieux. La soirée finit sans complication si ce n'est qu'Isoeur était désormais esclave de ses pensées pour elle.

Il passa la fin de semaine à rédiger des rapports et à tenter de récupérer un peu de sommeil de ces semaines trop intenses. Une autre semaine allait débuter et, au-delà du cauchemar que lui procurait sa double vie, il ne pensait qu'à sa nouvelle flamme qui l'obsédait.

***

Isoeur avait appelé Anyériss et ils s'étaient mis d'accord pour sortir ensemble le mardi soir suivant. Il s'évada rapidement du Spectre, se rendit chez lui prendre une douche et se changer, préférant cette fois de sombres morceaux à quelque extravagance. Son attitude était plus distante qu'à l'habitude et il se fit moins généreux. Peut-être par excès de fatigue et dépression, peut-être par simple jeu de séduction. Anyériss le remarqua et s'inquiéta pour lui. Ils se quittèrent d'une humeur morose et froide — tout comme l'était le climat automnal qui se refroidissait.

***

Malgré la distance d'Isoeur, l'atmosphère semblait s'adoucir au sein de Takané. Juneur désirait se faire plus compréhensif et les autres reconnaissaient qu'Isoeur se présentait tout de même aux réunions de groupe.

Une semaine et deux jours passèrent, puis Isoeur rappela Anyériss. S'il en fut un, son jeu avait fonctionné à merveille puisqu'il décela un sentiment troublé dans sa voix et elle finit par avouer qu'elle s'était inquiétée à son sujet. Certains croiront que durant ce répit, tandis qu'elle décupla son attention et son souci pour lui, Isoeur eut le temps de préparer ses prochaines tactiques tout en fantasmant sur cette superbe blonde aux yeux de chrome aux origines kiménores.

Or, cette semaine-là, Énoeur et Kassepi luttèrent contre une grippe et le groupe annula leurs prestations chez Firèr et au Spectre. Profitant d'une semaine moins chargée, Isoeur invita Anyériss à se joindre à ses amis pour aller danser le samedi soir.

Le soir venu, Juheur et Yotal, désireux de renouer avec leur ami, se motivèrent et acceptèrent de passer une nuit dans un de ces clubs dansants que toute communauté marginale tenait en aversion. Ce n'était vraiment pas dans les habitudes de ces *métalleux*, mais ce ne pouvait pas leur causer trop de tort, puis l'alcool leur fit rapidement oublier ce léger détail.

Isoeur était étincelant sur la piste de danse. Il rehaussa sa valeur de convoitise en dansant avec quelques belles inconnues, charmées par son élégance et ses mouvements. Il voulait instaurer en Anyériss un sentiment d'envie, mais il était en fait toujours profondément intimidé par elle. Il était tombé amoureux d'elle durant son absence, par ses souvenirs, puis à ce rendez-vous, où elle éclipsait toute autre femme. Elle dansait depuis l'âge de huit ans et elle bougeait magnifiquement. Pour une bonne partie de la soirée, Isoeur tenta de garder une distance entre eux deux en se parant d'une partenaire de danse ou en se chamaillant avec Juheur et Yotal. Puis vint le moment fatidique où il dut danser avec elle. Les rôles semblaient s'inverser, elle devenait le prédateur et lui, la victime de son charme irradiant la féminité. Pour Isoeur, cet acte de rapprochement le répugnait ; c'était pour lui un prélude au viol. Elle et lui ne s'étaient pas encore vraiment touchés et, d'un coup, il allait y avoir une orgie de contacts, de caresses et de souffles échangés. Cela le troubla et il ne put danser à ses côtés, feignant de se rendre aux toilettes. Il venait de retrouver les bancs des perdants, pensa-t-il, lui qui n'avait pas voulu que les choses se passent ainsi. Tournant en rond devant les urinoirs à s'en rendre ridicule, il rumina son échec : à quoi avait-il pensé de l'inviter à danser dans un club ? Il se faisait tard et la soirée prit fin sur un accord précipité.

Le lundi, les deux jeunes soupirants se croisèrent dans un corridor de l'université. Anyériss semblait plus froide, presque offusquée par le comportement d'Isoeur au club. Isoeur tenta de sauver leur amitié.

— Je ne voulais pas te manquer de respect et j'imagine que l'alcool commençait à me détraquer. Contrairement à ces inconnues, je te considère comme plus précieuse et plus importante qu'une simple partenaire de danse et je n'aurais pas voulu causer un désagrément plus grand par maladresse.

Elle lui répondit sur un ton très moqueur.

— Ah, vous, les hommes !... Même les plus rudement élevés parmi vous, qui vous débattez pour exposer votre virilité, dans le fond vous êtes tous si doux lorsque vous approchez une femme. Si je n'avais pas voulu être froissée ou effleurée par un homme, je ne serais pas allée danser, tout simplement !

Isoeur rit timidement à cette réponse et baissa la tête par gêne ; il trouvait ce caractère épanoui si séduisant chez les femmes. La fierté d'Anyériss était particulièrement intimidante à ce moment. Elle le poussa mollement et tira la langue avec raillerie, puis elle se rendit à sa salle de cours.

À la suite de cette conversation, un palier dans leur relation avait été franchi. Ils se lièrent d'amitié et se parlèrent désormais régulièrement et plus librement. Isoeur se garda d'être trop présent et elle se garda de passer pour la fanatique qui assiste à tous les concerts de Takané. Ils laissèrent une saine escalade émotionnelle s'installer entre eux. Ils se rencontrèrent seulement deux fois avant que la session universitaire prenne fin.

Anyériss vint une fois chez lui, un soir où sa famille était absente, comme c'était souvent le cas. Ils regardèrent un film puis allèrent faire une promenade nocturne dans un Kadeu endormi. Ils revinrent à la maison et Isoeur lui demanda si elle voulait boire quelque chose. Il lui suggéra de l'eau et elle accepta. Lorsqu'elle se mit à boire, Isoeur eut un petit rire tout en admirant sa façon de boire. Il développa le sujet en mentionnant à quel point ce geste millénaire était devenu insignifiant pour la civilisation, mais qu'ils ne seraient rien sans ce verre d'eau. Il développa sur le fait que l'humanité serait plus respectueuse et plus humble si elle prenait conscience qu'elle doit boire de l'eau. Isoeur se gêna d'élaborer si bêtement de telles balivernes; l'insignifiance du sujet fit d'abord bien rire Anyériss, mais elle fut rapidement conquise par l'ampleur de ce que cela impliquait. Certains croiront également que l'insinuation d'Isoeur venait intoxiquer le quotidien d'Anyériss, qui n'allait plus jamais boire un verre d'eau de la même façon, pensant à lui chaque fois. Plus fort même, avec le succès de cette soirée, elle associerait les bienfaits d'un verre d'eau à Isoeur et l'idée de boire de l'eau lui procurerait désormais des sentiments et des sensations agréables à son égard. Pourtant, Isoeur se trouva stupide de ne trouver rien de mieux à dire.

Ce soir-là, enfin, ils se laissèrent avec un baiser unique sur la joue. Chacun put ainsi goûter la douceur de leur peau respective. Isoeur dégageait par son visage et sa peau une légèreté qui attirait énigmatiquement les femmes. Les deux se délectèrent de ce tendre contact.

***

Avec le mois de décembre qui débutait, le temps se gâtait à en affecter les humeurs. Les jours raccourcissaient rapidement et les cœurs s'assombrissaient autant. Pour Isoeur, la fin de session était un marathon qui semblait n'avoir aucune fin. Ses pensées étaient écartelées entre Anyériss, qu'il souhaitait ardemment revoir, sa montagne de travaux et d'études, et Takané. Il sentait comme un couteau lui entailler le ventre chaque fois qu'il levait les yeux de ses bouquins pour apercevoir sa guitare qu'il négligeait.

Isoeur dut manquer un autre spectacle chez Firèr pour bûcher toute une nuit sur un rapport de laboratoire à remettre un vendredi matin.

Cette fois, le reste du groupe le retint après la prestation suivante. Kassepi se porta volontaire pour l'informer des préoccupations du groupe et de la situation à venir, évitant ainsi à Juheur de tomber trop à pic sur son ami qui le décevait grandement.

— Isoeur, avant que tu partes pour une autre fin de semaine d'études, nous aimerions te parler sérieusement, commença-t-il de son ton le plus diplomatique possible, mais qui sonnait un peu faux pour le groupe d'amis. Peut-être que nous ne t'en avons pas adéquatement parlé, mais depuis quelques semaines, nous travaillons avec Barèr pour inscrire à notre agenda une tournée à travers la Kapie pour le mois de mars prochain.

— Une tournée en mars? Combien de dates? demanda Isoeur, surpris.

— Nous envisageons près d'un mois, en fonction de ce que nous arriverons à inscrire à l'horaire.

— Un mois! Oubliez ça les gars, nous avons tous des obligations ici. J'ai mes études, Juheur et Énoeur ont des emplois précaires. Vous-même, Honnelli et toi, pouvez-vous manquer un mois de travail sans histoire?

— Les conséquences ne sont pas encore certaines pour nous tous, mais nous y travaillons. Évidemment, rien n'est encore coulé dans le béton, nous n'entamerons rien sans ton accord, car il est hors de question de partir sans toi. Peut-être que ça pourrait signifier devoir sauter une session pour toi, si ça devient impossible de conjuguer les deux...

— *Onéondeurk!* jura Isoeur, pris dans un étau qui le serrait de plus en plus.

Décembre pouvait-il devenir plus pénible?

***

Après un examen de fin de session, Isoeur se rendit directement au local de répétition en attendant les autres qui arrivèrent à différents intervalles. Juheur les rejoignit le dernier.

— J'ai vraiment faim. Qui n'a pas encore soupé? Isoeur, viens avec moi chercher de la bouffe pour la clique, s'il te plaît, le pressa Juheur.

Il accepta, pour prendre un peu d'air après s'être enfermé dans le local depuis déjà quelques heures à étudier. Il prit son manteau et rattrapa Juheur, qui l'attendait déjà dehors. À une semaine du solstice d'hiver, la nuit était déjà ancrée solidement et l'air était froid. On pouvait espérer quelques flocons avant les Fêtes. Isoeur était transporté par le moment.

— Ah! Quel bonheur que cet air nocturne vivifiant! Après cet examen final, ce sera enfin ma libération. Il ne m'en reste plus qu'un dans deux jours!

Son enthousiasme ne produisit aucun effet chez son ami qui ne tolérait plus ses agissements et son profil d'étudiant. Juheur était assurément préparé à déballer une scène avec le ton artificiellement énergique qui cloua Isoeur sur place.

— Écoute, Isoeur, c'est bien beau, tu as démontré au monde que tu pouvais réussir à l'université et mener des études brillamment. Est-il vraiment nécessaire que tu obtiennes le diplôme comme preuve et le brandir à qui voudra bien t'applaudir et te *crosser* avec ?

— *Heud !* De quoi tu parles, là ? Je poursuis mes études afin qu'un jour je puisse avoir un emploi respectable de qualité, c'est tout. Il ne faut pas rêver en couleurs, c'est tout un pari de s'en remettre uniquement à Takané pour survivre. Garde les deux pieds sur terre, Juh : pourquoi ça marcherait ? Tu le vois bien comme moi, la maquette est la pâle réalité de nos rêves aussi colorés qu'immatériels ! Il ne faut pas fabuler. *Heud*, et sérieusement, jouer quatre fois par semaine dans ces bars ne nous avance à rien. Nous gaspillons vraiment nos énergies pour une poignée d'ivrognes et de poudrés.

L'obstination d'Isoeur commençait réellement à énerver Juheur, qui haussa encore le ton.

— Ça fait des mois que tu nous fais marcher avec ton attitude envers le groupe ! Tu ne peux pas continuer indéfiniment à jouer ce rôle de touriste qui possède une carte de membre que tu agites lorsque ça te convient, quand ça te sert à rehausser ton statut social. Oui, tu es présent aux répétions et aux prestations, et encore, l'es-tu vraiment que physiquement ? Nous te voyons rapidement et absorbé par tes travaux, puis tu disparais dès que nous descendons de scène. Tu manques tout le reste ! Toute la planification, toutes les activités que nous faisons ensemble. Ce n'est même plus plaisant ! Et ce n'est pas seulement sur les planches du Spectre que nous devons bâtir notre chimie et faire progresser notre entreprise. Le groupe ne peut pas continuer avec un membre à temps partiel qui gravite autour dans l'éventualité providentielle où nous atteindrions un niveau acceptable de succès. Nous ne pouvons pas traîner un boulet pour réussir. Tout le monde doit pousser ensemble ! Les autres commencent à grogner, très sincèrement, et je partage entièrement leur désapprobation. Même que Kassepi s'est vraiment retenu l'autre fois en restant poli à ton égard !

Il prit une pause après avoir vomi sa pensée non pas des plus belles façons, puis il reprit.

— Ton détachement est un grave problème pour la suite des choses ! *Heud !* Tu es tellement obnubilé par tes *crisse* d'études que tu as oublié de rendre visite à la mère de Kmési. Quoi, n'est-il plus d'aucune importance, maintenant que tu fricotes avec les jolies filles cultivées et les universitaires !

Juheur devint incontrôlable et se mit à déverser une rafale de récriminations entrecoupées d'insultes peu justifiées.

Isoeur, abasourdi, était muet de colère, ne sachant comment se défendre, comment répliquer, comment contre-attaquer verbalement. Son corps accumulait de la vapeur qui ne parvenait pas à s'échapper de sa gorge. Ses membres se chargeaient d'énergie et de vigueur. Il finit par pousser idiotement Juheur qui fut un instant déséquilibré par le coup, mais qui parvint à retenir son ami en furie qui était physiquement moins imposant. Isoeur fut projeté contre le mur de brique des stalles et la douleur lui brisa les beaux traits de son visage juvénile. Son rictus laissa échapper un faible mais méprisant « *Heud do*[64] » qui n'eut pour effet que d'embraser Juheur davantage :

— *Heud dègül*[65] ! Réveille-toi, Isoeur ! Ne vois-tu pas que nous avons besoin de l'engagement sincère et dévoué de nos cinq personnes ici pour que ça se concrétise ? Nous sommes contraints à vivoter comme des amateurs dans le bar miteux de Firèr qui ne nous amènent aucun avancement réel comme tu le dis. Il y a tant à faire que ce n'est pas en continuant en simple loisir à temps partiel que nous allons gravir les échelons. Kassepi, Honnelli et même Énoeur ont démontré leur foi en notre potentiel et en l'avenir de Takané en décidant de se consacrer pleinement sur le groupe. Pour nous, c'est clair, nous voulons jouer de la musique ! Il serait temps que tu choisisses ton camp et prennes cette décision également. Soit tu te dévoues, soit tu quittes le groupe pour terminer tes études. Il est grand temps que tu te prononces ! Izi, le train quitte la gare, peu importe où ça nous mènera, mais tu dois embarquer.

Il fit une pause pour trouver la force surhumaine de laisser parler son cœur pendant qu'Isoeur brassait tous ces propos, qui l'assommaient plus que le coup physique qu'il venait d'essuyer.

— Et personnellement, Isoeur, après toutes ces années, Takané sans toi, ce ne serait pas la même chose. Nous avons fondé et bâti ce groupe ensemble, toi et moi. Ce n'est pas vrai que ton implication est moindre que celle de Kassepi ou des autres, en m'incluant. Je n'ai

---

[64] *Heud do* : « va te faire foutre », « *fuck you* »
[65] *Heud dègül* : « fourre-toi, toi-même », « *fuck yourself* »

crissement pas le goût d'avoir à trouver un autre guitariste pour notre première tournée.

Son visage devint bon et rêveur à ce dernier mot, il le regarda brièvement, mais directement pour la première fois. Sa voix devint mielleuse et touchante.

— Penses-y : notre première tournée, Izi! dit-il, accompagnant ses propos d'une tape d'encouragement pour adoucir ce dur moment.

Isoeur ne pouvait cacher que ce fantasme, même extravagant, lui était également très cher et ne le laissait aucunement indifférent. Il avait les yeux pleins d'eau au paroxysme de ces derniers mois épuisants durant lesquels il était à peine parvenu à rester en contrôle. Plus qu'il ne le laissait paraître, c'était pour lui un grand dilemme. Il n'avait tout simplement pas eu la même folie et les tripes de ses amis plus aventuriers que lui. Il sentait depuis déjà plusieurs mois la pression augmenter au point de ne pas en dormir la nuit. L'université était pour lui une sécurité qui continuait à satisfaire sa personne moins téméraire, et c'est également celle-ci qui lui amena Anyériss.

Juheur sembla pouvoir lire dans les pensées de son ami d'enfance.

— Penses-y sérieusement, mon petit Izi : est-ce vraiment l'université qui t'a fait découvrir Anyériss ou bien un spectacle de Takané? Et que trouve-t-elle de si particulier chez toi, être un bon étudiant parmi cent mille autres ou bien être le guitariste étincelant du futur plus grand groupe du monde!

Isoeur sourit enfin en séchant ses pleurs et ainsi se conclut l'épisode. Les deux amis se remirent en marche vers le casse-croûte le plus près. La faim eut peut-être à voir avec l'animosité de l'échange.

— Une fois ma session terminée, laisse-moi les Fêtes pour réfléchir et régler ma vie.

Il fit une pause.

— Tu sais, j'avais l'intention de demander à Anyériss de nous accompagner à Dzin-Oudanth pour s'occuper de notre kiosque de vente.

Juheur était soudainement excité pour son ami qui n'avait pas eu de copine depuis un bon moment, et agissait comme si la discussion précédente n'avait jamais eu lieu.

— Oh! ho! Je vois déjà le tableau : longue route dans le camion, spectacle déchaîné de Takané, et puis nuit torride à l'hôtel! Ça devient sérieux, c'est excellent.

Isoeur rougit.

— Invite-la chez nous après votre fin de session. Nous fêterons ça.

***

Takané prit congé des spectacles chez Firèr lorsque Honnelli partit pour Kiménora quelques jours avant les Fêtes. Tous avouèrent ne pas être déçus de cette pause.

Comme promis, Juheur et Yotal organisèrent une petite soirée pour fêter la fin de la session d'Isoeur et Anyériss. La rencontre avait débuté sur le campus avec une partie de ballon en fin d'après-midi sur un gazon givré. Anyériss démontra beaucoup de combativité et d'acharnement pour ce sport. Isoeur fut drôlement attiré par cette manifestation de pugnacité et il fut hypnotisé pour le reste de la journée. Il avait les yeux fixés sur elle et elle était parvenue aisément à attirer toute son attention. Or, le soir venu, Anyériss fut particulièrement portée vers Yotal, qui la draguait aussi. Évidemment, ceci ne plut guère à Isoeur, qui la voulait pour lui seul. Il ne fallait qu'une fille pour gâcher des années de sincère amitié entre garçons, semblait-il.

À la fin de la soirée, elle accompagna Isoeur vers sa maison, mais ne fit aucune allusion à son comportement avec Yotal. Elle se conduisit amicalement avec Isoeur, agissant tout simplement comme si rien ne s'était passé. Il n'y avait qu'eux deux maintenant, mais Isoeur, quelque peu frustré, ne voulut pas qu'il y ait de rapprochement et il la laissa à la bouche de métro sans l'embrasser, comme dégoûté par ce qui lui parut être une inconvenance choquante. Là, dans la nuit froide de décembre, ils se dirent des adieux glacés. Elle se rendait elle aussi à Kiménora durant les fêtes hivernales pour revoir de la famille, elle qui était de telles descendances nordiques. Isoeur ne fut pas d'humeur et eut encore moins l'énergie de lui réitérer son invitation d'accompagner le groupe pour un spectacle dans les verts vallons à son retour en janvier. Elle avait pourtant accepté avec joie lorsqu'il le lui avait demandé plus tôt en journée. Après s'être quittés, Isoeur espéra qu'elle ne revienne pas sur sa décision et se sentit stupide d'avoir gâché ce moment avec elle.

Isoeur rentra seul chez lui, maussade, gelé et exténué. Cette session d'automne était enfin terminée et il resta immobile, dans la noirceur, à contempler sa vie. Maintenant qu'il avait tout son temps pour dormir et se reposer, il ne parvenait pas à fermer l'œil. Les idées filaient dans son esprit à une vitesse vertigineuse. Le plafond semblait tourner et il n'avait pourtant rien bu ce soir-là. Un combat stratosphérique entre différentes idéologies faisait rage dans sa tête et il ne pouvait que les subir. Il était horriblement harassé et l'on arrivait à voir cette fatigue sur son visage naguère si beau.

C'était maintenant l'aube, un soleil de solstice ne devait se lever que dans une heure. Un intense mal de tête l'affligeait et, à bout d'énergie, il alla enfin s'étendre dans son lit, espérant finir par s'endormir et mettre en sourdine cette guerre psychologique.

Mais au moins, pour l'instant, l'automne était fini.

CHAPITRE QUINZE

1029, Nésuvé[66]

Honnelli passa deux agréables semaines dans la famille d'Énovia qui l'accueillit chaleureusement. Bien que les parents d'Énovia reprochassent à leur fille de fréquenter encore un *métalleux*, ils s'y étaient habitués et les acceptaient avec l'ouverture et la confiance qu'ils portaient pour leur fille. Honnelli eut l'occasion de démontrer sans s'efforcer son grand cœur et sa conduite respectueuse. Le couple participa aux fêtes du sombre quartier où Honnelli put renouer avec ses anciens camarades de la communauté métal de Kiménora. Les deux tourtereaux semblaient inséparables dans une complicité naturelle qui accompagnait chacune de leurs activités. Quelque chose les liait malgré la distance, et leurs retrouvailles furent celles d'une profonde amitié simplement mise sur pause. Que ce fussent des promenades hivernales le long de la Sessièn, des visites de musées, des pauses pour se réchauffer dans un bistrot, des fêtes d'amis, des soupers au restaurant ou les heures paisibles à la maison, Honnelli autant qu'Énovia ne se voyaient pas passer ces deux semaines complètes autrement qu'ensemble. Ils ne manquaient jamais de sujets de conversation et les seuls silences en étaient de contemplation mutuelle. Honnelli ne pouvait se rappeler une période plus joyeuse de sa jeune vie.

Énovia était son aînée d'un peu plus de trois ans et Honnelli se sentait mûrir et s'assagir en sa douce compagnie. Alors que Honnelli fut naguère un morveux notoire, Énovia reconnut qu'il était de moins en moins celui que le sombre quartier s'amusait à appeler avec affection le « petit cul de Sècca ». Elle confirmait son choix et, dans sa tête, elle multipliait les plans de rapprochement. Implicitement,

---

[66] *1029, Nésuvé* : hiver 1029

ils projetaient plus aisément un futur à Kapousha, mais, sans précipitation ; elle se jugeait encore jeune pour tout laisser tomber pour l'y retrouver. Pour Énovia, il lui était suffisant d'entretenir cette amitié pendant qu'elle vivait ses années universitaires qu'elle adorait et de profiter au maximum de ces courtes réunions pour renforcer leur amour. Honnelli s'armait de patience, plein d'espoir et de promesses bien fondés.

Par un après-midi froid et lourd que le couple faisait une promenade, ils décidèrent de s'arrêter au Sombre salon. Ils y burent un breuvage chaud, dans l'intimité de ce décor culte. La place était encore bien tranquille. Honnelli avait oublié que le Sombre salon possédait un vieux piano droit ; celui-ci prenait la poussière, davantage comme un meuble décoratif qu'un instrument. Sous l'insistance d'Énovia, Honnelli en joua pour elle. S'il avait toute son adolescence affectionné la guitare, un nouvel intérêt pour cet instrument enveloppant et ensorcelant germait en lui ; caressant les touches de ses doigts et produisant un doux son feutré, il semblait se réconcilier enfin. Énovia lui avoua qu'elle le trouva meilleur au piano, qu'il semblait s'y connecter plus naturellement.

Les deux semaines écoulées, tout juste avant de quitter la Kiménie, Honnelli se procura un bon nombre de livrets de partitions du registre classique et romantique qu'il analysa dans l'avion, les doigts pianotant dans le vide. Principalement, il commença la mémorisation de l'opus préféré d'Énovia qu'il lui promit d'interpréter à leurs prochaines retrouvailles.

Honnelli arriva à l'aéroport international de Kapousha[67] le 4 janvier et traversa le hall des arrivées sans s'importuner à retrouver un visage familier puisqu'il n'avait informé personne de la date exacte de son retour. Il se dirigea vers le pavillon ferroviaire de l'aéroport où transitait la grande majorité des voyageurs. Il déposa son sac de voyage à ses pieds en attendant le prochain train, dont le départ était annoncé dans quatre minutes. Il se rendait au centre-ville directement à la gare centrale d'où il pouvait prendre un métro sur la ligne Honnadèté en direction de Kapousha-Koh. Le transport en commun à Kapousha était efficace et bien déployé ; rentrer à la maison aisément n'était pas ce qui préoccupait Honnelli, en vérité.

---

[67] Aéroport international KXN (Kapousha-Dzanafeur *nikeulé*)

— *Ah Honnelli! Mon chéri! Comment fut ton séjour à Kiménora? Comment vont tes amis?*

— *Bien.* (agacé)

— *As-tu pu revoir cette jeune fille, Énovia? Elle est si délicieuse!*

— *Elle va bien.* (irrité)

— *Comment s'est déroulé ton vol du retour? As-tu eu le temps de manger? As-tu faim?*

— ... (exaspéré)

Honnelli extrapolait dans sa tête le désagréable contact avec sa mère qui devenait de plus en plus imminent à mesure que le train progressait. Les gratte-ciel devenaient rapidement immenses dans son champ de vision, et bientôt, le wagon décélérait, arrivant sous l'impressionnant dôme de verre de Kapousha Mirò[68]. Il descendit et se dirigea vers les escaliers menant au sous-sol et prit le prochain métro sans avoir eu à s'arrêter ni à attendre : la correspondance se faisait au quart de tour.

Chéri! Non, mais ce n'est pas croyable! Combien de fois m'a-t-elle manifesté sa déception et mentionné indirectement qu'elle me détestait, que j'étais son déshonneur. Heud do! poursuivit-il dans un débat intérieur contre sa propre imagination.

À son grand soulagement, la porte du logement était verrouillée et personne ne vint lui ouvrir pendant qu'il fouillait ses bagages pour retrouver sa clé. Une fois introduit dans le vestibule, il ressentit ce vide, l'absence inanimée d'une maison inoccupée : ses parents étaient sortis. Un bonheur le submergea alors.

Il s'installa au piano avec ses nouvelles partitions et ne le quitta plus que lorsque son estomac hurla. Nulle autre douleur ou fatigue ne put l'interrompre dans sa fixation obsédée.

Amorcer l'année en Énovia, retourner chez lui sans être cuisiné par ses parents, avoir tout le loisir de s'évertuer au piano, jusqu'au temps de partir pour un spectacle vendredi dans une ville qui lui était encore inconnue : 1029 partait vraisemblablement du bon pied, de l'avis de Honnelli.

***

---

[68] Kapousha Mirò : Gare Centrale

Les Fêtes passèrent et Isoeur reçut un appel téléphonique d'Anyériss à son retour de Kiménora. Elle était débordée pour le moment et n'avait guère le temps de discuter, mais elle confirmait qu'elle allait l'accompagner pour leur spectacle. Isoeur raccrocha sans être parvenu à soutirer quelques mots de plus de sa voix adorablement mielleuse. Bien que l'entretien fut bref, Isoeur était heureux d'entendre qu'elle venait avec lui et qu'ils allaient passer une fin de semaine ensemble.

Le vendredi venu, les gars s'étaient donné rendez-vous aux stalles à huit heures. Chacun avait passé les Fêtes dans leur famille proche et éloignée et ils furent tous très excités de se retrouver, surtout pour cette nouvelle aventure. Kassepi et Honnelli arrivèrent de Kapousha-Koh presque en même temps que Juheur, Énoeur ainsi qu'Yotal qui allait accompagner le groupe muni d'une caméra vidéo. Isoeur et Anyériss arrivèrent avec le métro suivant.

Anyériss, qu'Isoeur présenta, voulut faire bonne impression.

— Bonjour, les gars! J'ai apporté un grand thermos de thé pour vous tous. Il n'est plus très chaud depuis mon départ ce matin, mais c'est mieux que rien.

Ce matin-là, il faisait un froid vide qui glaçait les membres. Le ciel gris n'était d'aucun réconfort et l'invitation d'Anyériss fut bien accueillie.

— Viens, nous avons un four micro-ondes pour le réchauffer, proposa Kassepi, à qui elle remit plutôt le contenant en le remerciant.

Yotal la cadra dans son viseur.

— Bon matin, mademoiselle! Souriez pour la caméra, s'il vous plaît. Bien! Pourriez-vous vous présenter? En quoi consiste votre présence ici aujourd'hui? demanda Yotal qui prenait son rôle de documentariste très au sérieux.

Anyériss, flattée et gênée de cette entrevue, lui rendit le plus beau sourire, ses yeux roulèrent et ses joues rougirent subtilement avant qu'elle s'introduise à la caméra.

— Bonjour. Je suis Anyériss Hibèl, amie du groupe Takané. Je serai préposée aux ventes au spectacle de ce soir, dit-elle solennellement en penchant légèrement la tête en terminant sa phrase.

Juheur vint enrouler son bras sur ses épaules par camaraderie.

— Effectivement, ce soir 6 janvier 1029, Takané se produit à Dzin-Oudanth. Nous avons une maquette fraîchement sortie du four et cette jolie demoiselle aura la tâche facile d'en vendre en grande quantité.

— Pourquoi est-ce une tâche facile ? demanda la voix hors champ.

La voix d'Isoeur retentit également de derrière avant que la caméra n'arrive à le cadrer.

— Parce qu'avec une telle beauté et si charmante, le public courra vers son kiosque !

— Possible, mais également parce que nous jouons de la sacrée bonne musique ! s'exclama Juheur qui brillait.

Kassepi revint avec un thermos à nouveau fumant.

— Tout ça est bien beau, mais pour l'instant nous avons bien du matériel à charger. Nous devons arriver sur place avant dix-huit heures et nous en avons pour au moins huit heures de route. L'arrivée de Barèr avec le camion est prévue pour neuf heures.

La joyeuse bande de sept dégusta une tasse de thé chaud en entrant au local, puis tous s'affairèrent à déplacer l'équipement en vue de son stockage dans le camion. Par chance, Kassepi n'avait pas à démonter sa batterie puisque le groupe local leur laissait utiliser la leur.

Barèr arriva avec un léger retard pendant qu'une neige fine commençait à tomber d'un ciel ardoise. Il avait loué un grand camion de livraison muni de deux banquettes arrière et une longue section vide en guise de coffre pour les besoins de l'excursion. Tous s'unirent évidemment pour charger le véhicule et enfin pouvoir prendre la route.

La porte arrière claquée, Yotal s'installa au poste de copilote pour avoir une vue d'ensemble sur le groupe installé à l'arrière et sur la route devant. Barèr eut à monter le boulevard Mavéor sur une longue distance avant de pouvoir rejoindre l'autoroute KT10[69] qui passait derrière le mont Avèlbièro, dont on ne voyait pas le sommet noyé dans les nuages. La bande débattit pour déterminer si ce n'eût pas été plus rapide de descendre le boulevard et d'atteindre l'autoroute, qui menait au même pont. Bien que ceux défendant cette option eussent probablement raison, Barèr au volant ne voulut pas se résoudre à leur donner raison et les paysages magnifiques de la baie lui servirent d'excuse valable.

---

[69] KT10 pour *kapior tènéguéô 10* : Autoroute kapienne 10

Le camion contourna la montagne sur leur droite, puis dépassa le stade du second millénaire juché au modeste sommet de Ganò tandis que la grande baie de Kapousha s'offrait en panorama sur la gauche. Barèr garda le cap vers l'est et traversa le Sabbéor sur le grand pont suspendu Vidièr *nèss*[70]. Une fois sur la rive droite du fleuve, l'autoroute contournait par un long crochet le promontoire de Kapafdzia avant de rejoindre et longer le magnifique littoral, d'abord par Tyò et Annièl. Il y avait bien six cents kilomètres en tout en direction de Sèrra, toujours sur la KT10 en passant par Yodzèl et Oudzièh, avant d'avoir à bifurquer sur l'autoroute du nord-est, la KT60 qui aboutissait à Karmì, mais passait à Dzin-Oudanth. Une fois le voyage bien amorcé, les cinq musiciens étaient très excités de quitter l'orbite de la cité. C'était la première fois que le groupe donnait un spectacle à l'extérieur de Kapousha.

Ils ne s'arrêtèrent qu'une seule fois à une halte routière pour manger, se vider la vessie et se dégourdir un peu les jambes. Il ne leur restait qu'une trentaine de kilomètres avant d'atteindre la sortie pour la KT60. De cette halte, les hautes montagnes enneigées au nord-est derrière lesquelles l'Èspakie commençait étaient encore trop éloignées pour qu'on les aperçoive. Après six heures de route, les gars furent déçus que l'horizon soit toujours si plat.

Il fallut encore deux bonnes heures avant qu'apparaissent des vallons, que le terrain se plisse et que de longues côtes ralentissent la progression du camion fort chargé.

Takané arriva enfin au minuscule bar dans les temps prescrits et l'on s'activa enfin, puisqu'il fallait bien monter l'équipement sur la scène, malgré le froid et la neige de Dzin-Oudanth. Les musiciens firent la connaissance du groupe local qui amorçait la soirée. Takané y alla d'un test de son qui avait peu d'utilité dans un tel établissement. Après quoi c'était au tour de cet autre groupe dont ils oublièrent le nom. Ils faisaient dans un genre rock métal plutôt léger et pas très remarquable. Les membres de Takané qui y assistaient applaudirent poliment à la fin de leur chanson test, puis tous allèrent souper ensemble dans le casse-croûte le plus proche.

— C'est notre premier spectacle, alors nous avons pas mal d'amis qui viendront nous voir, promirent les membres de ce groupe.

---

[70] Vidièr *nèss* : pont suspendu nommé en l'honneur de l'empereur Vidièr (153-181), d'une longueur totale de 1500 m

— Il y a déjà beaucoup de neige ici, bien plus que Kapousha n'en reçoit durant tout un hiver ! remarqua Énoeur.

— Wow ! Vous avez même un de vos amis qui vous suit pour filmer vos spectacles ! s'exclama l'un d'eux, émerveillé.

— Combien d'habitants peut-il y avoir dans cette ville ? demanda Honnelli.

— Autour de cent soixante-quinze mille, lui répondit-on.

— Avez-vous vu Sahiké Nora l'été dernier ? Nous sommes allés les voir à Sèrra. C'était vraiment un bon spectacle, ajoutèrent-ils.

Les discussions demeurèrent très superficielles et agrémentèrent de façon correcte le souper graisseux et calorique qu'on trouvait dans ce restaurant. Puis il fut temps de retourner au bar, pour la raison même de toute cette journée.

La soirée fut effectivement une belle surprise. Le groupe invité parvint à remplir la petite salle d'une bonne soixantaine d'amis qui acclamèrent leur héros locaux. Les membres de Takané furent très inspirés et offrirent une prestation qui se fit d'autant plus remarquer. Yotal s'assura de capter cette solide performance sur vidéocassette. Décidément, la foule compacte réclamait une musique plus brutale que celle jouée par le groupe de première partie. Takané leur offrit la dose nécessaire et les mœurs se catalysèrent aussitôt. Foudroyé par la violence de la musique, l'auditoire se mit à se pousser et se repousser. Les premiers verres de bière se firent renverser sur le sol et l'on mit plus d'ardeur à se bousculer. Comme une réelle réaction exothermique, la chaleur grimpa rapidement. Un petit *thrash* éclata et ne prit fin qu'au terme de la prestation énergique. Il y avait continuellement un de ces dérangés, envoûtés par la musique, qui glissait sur une flaque de bière et qui s'enfargeait à tout coup contre la basse plateforme qui constituait la scène. Personne ne connaissait la musique de Takané, mais c'était secondaire, seule l'énergie dépensée comptait. On ramassait les corps tombés et l'on replaçait la perche du microphone de Juheur percutée à quelques reprises (chaque fois, la personne y gueulait son enthousiasme avant de la replacer pour Juheur, qui s'esclaffait de bonheur). Les musiciens de Takané ne purent espérer une meilleure réponse et ils intensifièrent le *headbanging* et les gestes spectaculaires sur la scène exiguë.

Puis, tout se termina dans un mélange gommeux de sueur et de bière.

« Ce groupe de Kapousha est vraiment quelque chose », disait-on déjà, et les plus téméraires allèrent jusqu'à se procurer leur maquette au kiosque tenu par Anyériss. Tout de même pas suffisamment pour compenser les dépenses reliées à l'événement, mais on n'en était pas à ce détail près pour mesurer le succès de la soirée.

Le groupe rangea leur équipement une fois la soirée terminée. Isoeur avait hâte de rejoindre Anyériss, qui avait passé une bonne partie de la soirée à flirter une fois de plus avec Yotal pendant que leurs amis brûlaient les planches de la petite scène. Il était tard lorsque le groupe eut fini de remballer tout l'équipement et, étant en plein hiver dans ces régions élevées et étant à plusieurs heures de route de Kapousha, il était plus sage de louer une chambre pour y passer la nuit et s'y reposer. La bande fit un bout de chemin sur la route menant à l'aéroport régional en périphérie de la ville et y trouva un chapelet de motels douteux et à bon marché.

Parvenu à un établissement des plus modestes, le groupe attitra une chambre pour entreposer l'équipement où il restait un lit pour Anyériss tandis que les sept garçons s'entassèrent sur les deux lits et le tapis de l'étroite chambre adjacente. Évidemment, les membres du groupe se précipitèrent sous la douche respective des deux chambres. Isoeur prit sa douche dans la chambre d'Anyériss pendant qu'elle lisait paisiblement sur son lit, faisant fi des autres, et surtout d'Isoeur. Alors qu'Isoeur se lavait, elle vint rejoindre les autres et passa tout de même une partie de la soirée avec le reste de la compagnie. Elle retourna à sa chambre alors que c'était au tour d'Yotal de se doucher. Après un bon moment, Yotal sortit déçu de l'autre chambre. Juheur fut le premier à se tordre de rire.

— Alors, Yotal, tu n'as pas eu la faveur de la jolie demoiselle. Triste est le sort qui attend les sous-fifres des vedettes !

— Ah non, je sors de la douche, tout simplement, se défendit-il.

Les autres plaisantèrent à son sujet avant qu'Isoeur ne se lève à son tour pour cogner à la porte d'Anyériss. Elle l'accueillit et, avant même qu'elle se retourne pour le regarder, il lui demanda si tout allait bien. Elle lui sourit.

— Crois-tu que je ne suis pas assez grande pour me défendre seule ? Puis, ajoutant la moquerie à son sourire : ... Ou que vous ne puissiez me faire le moindre mal ?

Ses répliques amusaient toujours Isoeur, qui sentait chaque fois son cœur amplifier son mouvement. Il répondit peu avant qu'un silence provoque un malaise.

— Si je vérifie, c'est que je tiens à ton bien-être, Anyériss, dit-il tout en s'assoyant au coin du lit. Je suis tout de même responsable de ta présence ici, je t'y ai amené.

Elle sauta sur ses genoux et vint enlacer Isoeur de ses bras chauds et menus, le laissant sentir la pression de sa poitrine dans son dos.

— Ne t'inquiète pas pour moi, Izi. J'ai accepté de venir, je suis capable d'assumer mes choix et, oui, je m'amuse bien avec vous ! Puis elle l'embrassa franchement sur la joue droite. J'avais si hâte de me retrouver seule avec toi, après ces deux semaines d'absence !

Isoeur se retourna pour la contempler et l'enlacer. Tous deux avaient le visage étincelant ; ils s'embrassèrent et ce fut par cette froide nuit d'hiver couronnée de succès qu'Isoeur et Anyériss s'unirent.

***

Le lendemain matin, tous avaient bien compris l'absence d'Isoeur, qui n'était pas revenu de la chambre d'Anyériss, et tous acclamèrent la nouvelle (et furent somme toute heureux de n'avoir été que six à dormir tassés comme des sardines). Même Yotal ne portait aucune rancune, lui qui flirtait surtout pour s'amuser. Anyériss fit un air gêné et mignon pour la forme, mais elle ne se laissa pas intimider par cette bande de mâles grossiers qui se tapaient haut les mains. Isoeur l'était probablement plus qu'elle.

Tous aidèrent à nouveau à charger le camion et ils purent reprendre la route pour Kapousha. Le retour fut silencieux et personne ne chercha à rompre cette quiétude. Sur la dernière banquette, Anyériss s'assoupit sur l'épaule de son nouveau copain. Lui, pendant ce temps, ses pensées se clarifiaient dans sa tête.

Assis à droite sur la banquette centrale, Juheur contemplait en biais le paysage défilant sur sa gauche. Son regard croisa celui d'Isoeur maintenant clair durant un instant où il y eut une subtile approbation commune. En se tournant davantage vers l'arrière, Juheur regarda ensuite Kassepi pour le lui confirmer, lui qui semblait un peu mal à l'aise de se retrouver coincé entre la tôle froide et le chaud fessier d'Anyériss. Juheur lui fit des sourcils pour signifier que leur ami avait fait une jolie « prise ». Kassepi pencha la tête vers l'avant pour approuver d'un air gêné. Juheur se replaça vers l'avant; à sa gauche sur la banquette centrale, Énoeur et Honnelli partageaient chacun un écouteur d'où émanait la rumeur d'un groupe métal quelconque. Juheur ne voulut pas satisfaire sa curiosité à savoir de qui il s'agissait pour ne pas briser la réconfortante économie de mots et le silence paisible. Devant lui, Yotal visionnait son enregistrement tandis que Barèr, au volant, les ramenait tous au bercail. Contemplant la sérénité de son groupe, il n'eut pour lui aucune autre possibilité envisagée que celle de Takané et il souhaita la vivre pleinement et jusqu'au bout. Il était satisfait de cette courte virée en région. Pour lui, c'était ce genre d'activités qu'il fallait pour souder le groupe et il était dorénavant convaincu d'aller pleinement de l'avant avec le projet de tournée.

Il ne restait qu'un point encore chaud à régler, mais cela pouvait attendre à leur réunion de lundi.

CHAPITRE SEIZE

Isoeur Kavèlli se lance

Isoeur se leva de son lit et alla à la cuisine pour avaler un déjeuner frugal, davantage par nécessité et habitude que par véritable faim. Il sentit une présence féminine le rejoindre.

— Bonjour, mon petit Izi !

Il sentit une poitrine se presser contre son dos à travers sa robe de chambre moelleuse, mais c'était sa sœur, Myisa. Elle se fit à son tour un déjeuner, bien plus copieux, tout en fredonnant quelques douces mélodies, lesquelles risquaient parfois de se retrouver dans les partitions de son frère, qu'il les intègre consciemment ou non. Elle semblait récupérer difficilement d'une veillée qui avait eu plus que son lot de danse, de jeux et de beuverie.

— Déjà une nouvelle session qui commence demain ! soupira-t-elle.

— Eh oui, mais estime-toi chanceuse puisque tu achèves enfin l'université.

Elle vint se poser lourdement malgré sa taille fine devant son frère avec un regard ébouriffé et une coupe en bataille qui dut être bien jolie la veille. Elle était le miroir d'Isoeur : les mêmes traits familiers, qui toutefois s'accordaient mieux à la jeune femme, fière et jolie, qu'au jeune homme, doux et enfantin. Quatre ans de génie électrique avaient fortement transformé son comportement quelque peu garçonnier, mais elle demeurait coquette grâce aux bons soins invisibles d'hormones qui ne faisaient que leur boulot. Elle était tantôt le grand frère, tantôt la grande sœur d'Isoeur qui aujourd'hui n'avait pas trop la tête à analyser ce qu'elle était pour lui.

— Eh oui, la session finale, enfin ! répondit-elle d'un ton enthousiaste qui n'arrivait toutefois pas à camoufler une nostalgie qu'elle aurait voulu partager avec son petit frère. La sonnerie de téléphone retentit avant qu'elle puisse marquer la nuance.

— Je le prends! se pressa Isoeur, mais sa sœur bondit sur le combiné d'un geste preste et précis qu'elle se croyait incapable d'accomplir dix minutes plus tôt. Elle riait encore aux éclats d'avoir battu son petit frère lorsqu'elle répondit.

— Allo, oui?

Une voix claire et féminine s'adressa avec politesse, achevant son trajet électronique effréné à l'oreille d'une sœur doublement curieuse.

— Oui, bonjour, pourrais-je parler à Isoeur Kavèlli, s'il vous plaît?

Myisa poussa sa ruse à l'aide d'un subterfuge protocolaire n'ayant pour but que d'assouvir sa curiosité.

— Bien sûr, un instant, s'il vous plaît. Qui dois-je annoncer?

— Anyériss Hibèl.

Elle bloqua l'émetteur et demanda à son frère qui était cette Anyériss. Il se précipita sur le combiné et dut lutter farouchement pour que sa sœur s'en défasse sans obtenir satisfaction. Il rougit de répondre devant sa sœur, qui ne quitterait pas la pièce sans embarrasser son frère davantage. Isoeur adopta une intonation neutre qu'on attribuerait à celle de vagues connaissances pour faire fuir Myisa, qui écoutait néanmoins attentivement.

— Bonjour, Anyériss... Oui, je vais bien, merci... Oui, certainement, il n'y a pas de problème... Oui, au revoir.

Puis il raccrocha en évitant le regard de sa sœur, qui le dévisageait avec suspicion.

— Non, mais quelle est cette histoire? D'abord, tu te précipites sur cet appel et te débats pour répondre sachant très bien que c'est cette fille qui appelle et puis tu converses froidement avec elle comme si c'était la poste qui t'annonçait l'arrivée d'un colis!

Elle était fâchée. Elle se fit ensuite espiègle.

— Ne serait-elle pas plutôt ta nouvelle copine, que tu cherches à me cacher?

Isoeur n'émit que des sons incohérents avant de fuir en se débattant contre Myisa, qui exigeait une réponse. Il retourna dans sa chambre pour pratiquer différentes techniques de guitare et éviter sa sœur. Lorsqu'il en claqua la porte, les murs de la maison répercutèrent en écho l'amusement triomphal de sa sœur.

— Izi est en amour!

Isoeur ne parvint pas à se concentrer tant et aussi longtemps qu'il entendit Myisa se préparer d'une pièce à l'autre avant de partir. Lorsqu'elle lui souhaita une belle journée et quitta le logement, il soupira en se disant qu'il allait enfin pouvoir pratiquer ses gammes. Or, là où une présence physique accaparait son attention, ce fut ensuite une pensée qui fit perdurer son égarement passager. Il ne pouvait désormais plus s'imaginer autre chose que l'après-midi qu'il allait passer avec Anyériss. Son cœur pulsait avec force et agitation dans son corps frêle, si bien que ses gestes se faisaient avec bien moins de précision. Son pouls à la tempe l'assourdissait et il espérait que ce temps d'attente, perdu, passe plus rapidement pour enfin la retrouver à leur lieu de rencontre.

Il revêtit son manteau après avoir regardé sa montre des dizaines de fois durant la dernière heure. Il se rendit à la station Kadeu-Fèttoyah qui se trouvait également à quelques centaines de mètres de son domicile à Gueudeu, au sud du boulevard Mavéor. Il descendit au quai sans avoir senti le moindre froid en ce dimanche pourtant bien frisquet.

Il changea de ligne de métro à la station Kapousha-Unlyabèka[71] pour faire quelques stations vers le sud-ouest sur la ligne périphérique Honnadèté avant de transférer à nouveau sur la ligne aboutissant au lac Mèllifèllor. Sans attendre plus de quarante-cinq secondes aux correspondances, il fut rendu à destination en moins de vingt minutes. Les wagons étaient aussi bondés en ce dimanche midi que tout autre jour de la semaine et les stations ressemblaient à une fourmilière grouillante de vie. Isoeur aimait ce bouillonnement citadin en sous-sol. On annonça le terminus Mèllifèllor alors que le train ralentissait à l'approche du quai de débarcadère. Isoeur suivit le peloton sans se presser, sans dépasser, ayant un peu de temps devant lui. Il reboutonna son manteau et sortit de terre, expédié dans un nouvel environnement qui n'était nullement dépaysant. La seule différence de ce quartier par rapport au sien était la couleur sombre de la brique des hauts bâtiments du quadrilatère du métro, typique aux quartiers ouest construits outre le mont Pigale. La rue commerciale assiégée par la population locale menait quelques pâtés plus loin au parc bordant le lac, un espace de verdure qui était assez

---

[71] Kapousha Unlyabèka (K.Un. prononcé *KaYoune*) : Université de Kapousha

étendu pour diluer son grand achalandage du dimanche en une faible densité apaisante. Isoeur traversa la dernière avenue du bord de l'eau et se retrouva enfin en pleine nature.

Une fine neige tombait de la voûte ardoisée et semblait absorber même les rumeurs de la ville. Du côté des bois dormants, les dragons[72] s'étaient retirés dans leur tanière pour l'hiver, supprimant l'environnement de leurs piaillements aigus rappelant le pygargue. Seule une bande conspiratrice de corvidés noirs perçait l'air froid de leur croassement nasillard, sans se préoccuper que quiconque déchiffre leurs tractations secrètes. Isoeur coupa le parc dans la verdure givrée et il s'imagina qu'au nombre de grandes corneilles réunies, elles pouvaient aussi bien l'avoir pris en embuscade. C'était soit lui ou ce morceau de pain durci qui gisait non loin.

Il atteignit la clôture forgée qui longeait la promenade du quai. Les légers clapotis contre le muret de roches créaient une douce et jolie musique. Plus loin, le lac ne présentait pas la moindre ridule, tranquille miroir d'argent qui aurait aussi bien pu servir à un gigantesque télescope.

Isoeur trouva un banc libre près d'une statue à la mémoire d'un certain personnage de la riche histoire de Kapousha. Le monument était couvert d'un mince drap blanc tombé du ciel; Isoeur l'observa, mais aujourd'hui, il n'eut pas la curiosité de se demander de qui il s'agissait. Il contemplait la paisible grisaille qui s'imprégnait en lui. Il y avait quelque chose de réconfortant dans le soleil voilé, un trait humain dans le fait que même l'astre suprême ne parvenait pas à triompher tous les jours par son arrogante suprématie du ciel. En ce dimanche de janvier, *Tcha*[73] n'était pas adoré, mais plutôt un ami sincère et empathique à qui se confier.

Toujours immobile sur son postérieur gelé, Isoeur eut bien le temps de prendre froid avant que sa copine ne finisse par le rejoindre, plusieurs frissons plus tard que prévu. Il entendit enfin les pas pressés d'une fille accourant dans la gravelle gelée du sentier. C'était

---

[72] Le dragon (*garmà*) est un petit reptile à fines écailles de la taille du lézard dont les membres antérieurs sont dotés d'ailes qui rappellent celles de la chauve-souris. Le dragon apparait sur l'emblème de la Kapie, entre les montagnes et le disque solaire. Et non, il ne parle pas, ne collecte pas de richesse et ne crache pas de feu. Désolé.

[73] *Tcha* : Soleil, divinité solaire, la divinité principale de la mythologie kapienne

Anyériss — adorée — ; le soleil dont cette journée souffrait jusqu'à cet instant. Elle arriva à la hâte par la droite.

— Désolée de t'avoir fait attendre si longtemps. Ça faisait près d'une année que je n'avais pas rendu visite à ma tante !

Désolée, elle le semblait sincèrement, mais Isoeur ne l'astreignit pas à présenter ses excuses, lui qui profitait d'une paisible solitude, en communion avec le Mèllifèllor. Elle ajouta :

— Tu sais, la famille, ça se dit au revoir et qu'il est temps de partir, puis ça placote encore une bonne heure dans le vestibule avant de se quitter réellement !

Elle vint s'asseoir à côté de lui, radieuse et invitante. Ils s'embrassèrent puis demeurèrent un moment silencieux en contemplant l'étendue d'eau qui les absorbait lentement. Il n'y avait nul besoin de plus.

— *Le miroir des Dieux*, résuma-t-elle.

— *La lune et le firmament, saupoudré d'étoiles par milliers,* ajouta-t-il en se collant à elle.

— *Et s'avançant pour mirer la voûte céleste de plus près, il vit sa réflexion parmi les constellations.*

Anyériss pouffa d'un rire lumineux en terminant la citation. L'immense réflecteur naturel se plissa d'une subtile ridule.

— Ainsi l'humain faisait partie de l'univers, de la solution. Ah, ce bon vieux Sagueudmèl. En quelle année apprenons-nous ce poème déjà ? demanda-t-il sur un ton maintenant des plus familiers, comme si le charme du poème s'était subitement évaporé.

Anyériss chercha un peu dans sa mémoire.

— Hmm, en troisième ou quatrième, je ne me souviens plus exactement. Elle inspira et poursuivit avec contemplation sans perdre le lac de vue. Dire que ce poète dut se promener non loin d'ici il y a plus de mille quatre cents ans pour écrire ces vers édifiant sa philosophie. J'essaie de m'imaginer à quoi pouvaient bien ressembler les environs à l'époque.

— Beaucoup plus d'arbres, assurément. Peut-être y avait-il une sorte de poste de chasse ou de traite pour la petite Kapousha en devenir, répondit rationnellement Isoeur.

— Crois-tu qu'il y avait déjà des couples à cette époque qui venaient se promener et étaler leur cœur aux abords du Mèllifèllor ?

— Je ne saurais répondre, mais je l'espère.

Ils contemplèrent leur propre amour.

Au pied des Abélines[74], ils firent offrande de leur silencieux respect à cette imposante nature tranquille. Il se remit à neiger doucement et les corneilles rappliquèrent près de la statue.

Isoeur soupira lourdement et s'adressa à Anyériss en se tournant le visage vers elle. Sa voix trépida d'une fragile émotivité.

— Demain, je me rends à l'université pour annuler mon inscription à la session d'hiver.

— Ah ! Tu t'es enfin décidé, alors ! s'exclama-t-elle en le tapant de ses adorables petites mitaines de laine en guise d'encouragement. Tu as donc enfin décidé de répondre au souhait de tes amis.

— Oui, il y a déjà un bon bout de temps que la pression est insoutenable et, après toutes ces années et activités avec Juheur et Énoeur, et maintenant Kassepi et Honnelli, je ne pouvais choisir autrement. Par obligation morale, il m'était impossible de me détourner de Takané, de briser cette communion pour satisfaire certaines de mes aspirations, alors que, parallèlement, je désire fortement porter ce groupe le plus loin possible.

Anyériss, compréhensive, approuvait silencieusement et tendrement, sachant que le cœur d'Isoeur désirait se livrer davantage. Il poursuivit, alors qu'elle tenait ses mains dans les siennes.

— Évidemment, il me serait impossible de mener à bien la prochaine session alors que nous prévoyons partir sur la route pour tout le mois de mars et il n'est aucunement question pour moi de payer les frais d'admission d'une telle session gâchée d'avance. Un mois sans revenu à sécher les cours, c'est d'une part une session de ratée et d'autre part un suicide financier.

L'argument était incontestable. Isoeur, qui enfin laissait échapper tout le stress qu'il accumula dans les derniers mois, semblait irréfrénable.

— Bien que nous ayons eu beaucoup de plaisir lors de cette virée à Dzin-Oudanth, et à plusieurs reprises dans le passé, je ne crois pas que de préférer poursuivre avec Takané est pour autant une défaite aux mains de la facilité. Nous avons connu et nous connaîtrons encore des moments difficiles, c'est certain. Or, je ne considère pas que j'abandonne mes études par capitulation, mais je choisis plutôt

---

[74] Les Abélines sont une chaîne de vieilles montagnes verdoyantes qui longent la mer scérienne, débutant à l'ouest à Hédridzia et terminant à l'est à Kapousha. Le mont Avèlbiéro en est considéré comme le dernier sommet important.

de concentrer mes efforts et mon dur labeur au profit du groupe, constitué de camarades de travail qui sont mes proches amis.

Anyériss adorait son discours constructif. Elle n'en attendait pas moins de lui. Isoeur semblait enfin se calmer et revenir sur terre, aux côtés d'elle.

— Et puis, bon, si au bout d'un certain temps nos efforts ne donnent rien, je pourrai toujours réintégrer l'université. Je n'en serai pas malheureux pour autant et, au contraire, j'aurai été au bout d'un choix de vie qu'une fois consommé, je serai serein de passer à autre chose.

Anyériss lui frappa les genoux.

— Izi, ne dis pas ça ! Vous êtes tous si fascinants et brillants. Vous devez vous appliquer en entier à la poursuite de votre rêve et vous êtes sur la bonne voie. Vous vous devez d'aller loin !

Elle afficha un sourire moqueur pour compléter.

— Je ne sors pas avec des perdants, alors tu feras mieux d'avoir du succès !

Isoeur voulut justement défier Anyériss alors que son rire léger flottait encore haut dans le parc.

— Justement, le jour où nous aurons des dizaines d'admiratrices, sauras-tu composer avec cette réalité ? Ne seras-tu pas jalouse ?

— Non, répondit-elle, déterminée.

— Non, quoi ?

— Je ne serai pas jalouse et, malgré la nouveauté ou l'exotisme que ces admiratrices présenteront, je sais que tu rechercheras une personne totale, que, fondamentalement, tu aspireras à construire une relation ayant de la substance, avec une âme meilleure. Or, *je* suis la meilleure ! conclut-elle en rigolant à nouveau.

Isoeur ne put s'empêcher de pousser un rire sincère. Il savait qu'elle avait probablement raison. Il ne saurait dire comment elle pouvait déceler tout cela alors qu'ils ne se connaissaient que depuis deux mois. Peut-être était-ce une réponse toute faite pour éviter un sujet sensible, il n'en savait rien, mais il se dit alors qu'ils avaient le temps de bâtir une relation sérieuse avant que ces fantasmes de célébrité ne deviennent réalité — si jamais.

— Pourquoi es-tu si merveilleuse ?

— Je le suis, tout simplement, répondit-elle en levant le nez d'un mouvement sec, à peine capable de garder son sérieux.

Ils contemplèrent à nouveau le Mèllifèllor. Peut-être était-ce ce lac qui poussait les gens à faire mieux, à être meilleurs et plus vertueux, à être courageux, à persévérer.

Le miroir des dieux.

De microscopiques fruits du cosmos.

La porte sur l'univers.

La clé de l'épanouissement humain.

Comment pouvait-il en être autrement ?

***

Le lendemain, Isoeur se leva de bonne heure et se rendit sans détour au pavillon administratif de l'université où il fit annuler son inscription en bonne et due forme. Propulsé par cette action audacieuse, il passa la journée au local pour s'acharner sur sa pratique de la guitare. Il était patient devant ses ratés, il ne soupirait pas et se concentrait avec détermination lorsqu'il n'arrivait pas à produire le jeu voulu. Il répétait des centaines de fois les mêmes motifs en accélérant de façon imperceptible le tempo. Il semblait enfin se réconcilier avec son instrument qu'il avait à son avis négligé les derniers mois. Cette séance intensive était pour lui une condition nécessaire à sa réhabilitation et il considérait comme juste l'effort pénible qu'il fournissait alors. Or, plutôt que de se fatiguer à jouer, ces heures de travail lui devenaient agréables. Libéré d'une culpabilité que lui procurait d'abord la répartition inégale de son temps, il pouvait s'abandonner à la guitare sans la moindre arrière-pensée, sans avoir l'impression de négliger un travail scolaire. Il portait momentanément un vif désir à occuper ses journées entières à la pratique de la guitare. Il allait bien évidemment devoir se trouver un gagne-pain incessamment, mais pour l'instant, il goûtait avec délice sa spécialisation.

Lorsque la nuit tomba, ses amis arrivèrent à tour de rôle au local. Isoeur avait surtout hâte que Juheur arrive. L'humeur écrasante de ce dernier, aussi fondée fût-elle, allait s'inverser formidablement à l'annonce de cette nouvelle.

— C'est fait ! lança Isoeur, qui fit exprès de forcer ses amis à demander des précisions. C'est fait, j'ai annulé mon inscription à l'université ce matin et je suis désormais membre de Takané à temps plein !

— Hourra ! s'écrièrent-ils tous.

Juheur, qui avait précisément passé une dure journée et avait le moral bien bas en ce froid lundi de janvier, le prit dans ses bras, puis sauta de joie en direction du réfrigérateur. Sitôt l'annonce d'Isoeur faite, tous eurent une bouteille de bière à la main pour célébrer bruyamment et franchement leur joie soudaine.

— C'est le début d'une grande époque ! affirma Juheur en enfilant sa guitare.

Le reste du groupe s'installa et dans le même élan de jubilation, ils entamèrent la chanson *Takané*.

***

Ainsi, une fois libéré de sa vie déchirée, Isoeur se concentra à plein régime sur le groupe, avec toute l'industrie et la persévérance qu'on lui connaissait. Il passa alors beaucoup de temps avec Barèr à mettre sur pied la tournée qui débutait aussi tôt que le 2 mars. Isoeur passait à nouveau ses soirées libres avec le groupe, poussant même ses camarades à choisir des activités constructives plutôt qu'à s'adonner à des activités ludiques beaucoup moins nécessaires à l'avancement de Takané, voire futiles. Au grand bonheur de Juheur qui voyait enfin la productivité de son bon ami ne pas se diluer dans trop de projets de vie différents, le comportement d'Isoeur était passé d'un certain extrême, désagréable et source de grognerie, à un autre, qui ne lui valait que des éloges au sein du groupe. Or, même Anyériss n'était pas laissée en reste : elle et lui se voyaient régulièrement, selon la charge de travail respective de chacun, et ils entretenaient un amour grandissant. Pour Isoeur, les jours d'hiver n'avaient jamais été aussi doux.

CHAPITRE DIX-SEPT

La rencontre d'Ènfine Pèllé

C'était un matin calme et particulièrement froid. Si froid que de la fumée de mer s'élevait de la Yattal et du Sabbéor, un rarissime spectacle d'une stupéfiante beauté, magnifiée par l'éblouissant soleil de cette journée claire. Le mois de janvier avait vu naître le projet de tournée kapienne pour Takané, mais elle tardait à prendre complètement forme, comme engourdie par l'ardeur de l'hiver. Barèr profitait d'un faible achalandage à la lutherie pour régler des détails pour la tournée, qui arrivait à grands pas, trop rapidement en fait pour qu'il puisse avoir l'esprit en paix. Il était parvenu à réserver des salles sur la côte ouest, un vendredi soir à Bèlékal et à Dzèl la veille, mais un trou de trois jours précédant ces dates persistait à l'horaire. Il avait priorisé les métropoles, les capitales provinciales et d'autres chefs-lieux, mais regardant la carte de l'empire, il se trouvait un peu à court dans le segment central, en chemin vers la côte ouest. Les distances s'allongeaient entre les agglomérations qui valaient le détour. À plus de deux mille kilomètres des Verts-Vallons, le Nalà était trop au sud et le groupe allait devoir se résoudre aux villes parsemant le territoire, qui grossirent en incorporant les services essentiels et quelques industries pour leur région, souvent sur un confluent du Sabbéor.

— Dommage, Dan-Nalan sera pour une prochaine fois. Regardons du côté de Thallò et Yanédakan dans le Haut-Dakan, fredonnait Barèr à mi-voix pour meubler sa solitude.

Il chercha dans ses dossiers les brochures de la province, qu'il ne connaissait absolument pas, comme bien d'autres régions intérieures du vaste territoire kapien. Il finit par trouver le numéro de téléphone de l'organisme touristique de la région. Les attractions de Yanédakan, cette capitale provinciale de près de deux cent cinquante mille habitants dans les grandes plaines au pied des Pics Blancs[75], le laissèrent indifférent. Il eut le pressentiment qu'il n'allait pas tomber sur une ligne téléphonique occupée.

Dernière gare kapienne avant Gnir-Nèppé[76]. Rien de plus intéressant ? se dit-il avec ironie.

Au moment où Barèr s'apprêtait à composer le numéro, la porte de son commerce s'ouvrit avec une bourrasque de vent piquant de froid et quelques flocons épars. L'homme ayant pénétré dans ce souffle salua Barèr et déposa son étui à guitare sur le rebord du comptoir.

— Heu... Oh, quel froid pour février ! dit-il en retirant sa tuque. Bonjour !

— Bonjour, monsieur. Que puis-je faire pour vous aider ?

Barèr rangea ses documents de tournée et accueillit cet homme.

Celui-ci était particulièrement grand et probablement plus gracile que ce que son manteau, qui lui procurait une certaine corpulence et une carrure, laissait paraître. Son allure désinvolte était celle d'une personne probablement habituée aux relations publiques, ou simplement bien à l'aise avec les autres ; il semblait n'avoir ni gêne ni arrière-pensées. Son regard n'était pas fuyant et il ne cherchait pas comment occuper ses mains dans l'attente et la discussion.

— J'ai ici ma guitare qui nécessite un bon entretien. Je vais habituellement chez une connaissance dans le sud de la ville, mais chaque fois, je ne suis pas entièrement satisfait. J'ai trouvé votre annonce dans le bottin commercial et j'ai tenté ma chance. Puis, je me suis souvenu de cette rue, c'est tout près d'ici que s'est tenu le spectacle de Sahiké Nora l'été dernier, n'est-ce pas ?

— Ah ! Vous y étiez aussi, à la Citerne ! C'est tout juste en biais.

— Oui, oui, c'est ça, la Citerne, j'avais oublié. Oh oui, quelle soirée ! se remémora l'homme. Mais attendez, je me souviens maintenant : ce n'était pas vous par hasard sur scène qui présentiez les groupes ?

— Oui, effectivement, j'étais l'organisateur, répondit Barèr, humblement.

---

[75] Les Pics Blancs sont la chaîne de hautes montagnes qui délimite en partie la frontière sud de l'empire kapien sur plus de mille kilomètres. Certains sommets atteignent les 3000 m

[76] Gnir-Nèppé : Forêt-Grise. Petit État souverain enclavé dans le sud de la Kapie et situé plus précisément sur un haut plateau au cœur des Pics blancs, là où le fleuve Sabbéor prend sa source.

— J'avais même l'intention de vous parler ce soir-là. Avant que tout dérape, évidemment. Quelle finale surréelle ! Bref, c'est très rare que j'aie à venir dans Kadeu, mais voilà, je me rappelle avoir remarqué cette lutherie et ce bar...

— Le Spectre de l'ombre.

— Exact !

— C'est tout juste l'adresse suivante. J'en suis également le propriétaire, ajouta Barèr en rougissant davantage.

L'homme l'observa avec respect. Barèr cachait de grands accomplissements, mais, aussi jeune et réservé, il n'avait pas l'habitude de recevoir des éloges. Il fut légèrement agacé par l'enthousiasme et les compliments de son client ; même s'il eut déjà à servir de bien pires individus, il voulut ramener le propos sur la nature de cette visite.

— Bien, je serais heureux de pouvoir réparer votre guitare et, en sept ans, je ne me souviens pas avoir eu un client mécontent. Peut-être est-ce parce que ceux-là ne reviennent pas ! Ha ! Mais la plupart reviennent.

Convaincu, l'homme qui devait à peine dépasser la mi-vingtaine ouvrit son étui et en sortit une guitare de plusieurs années déjà.

— Oh ! C'est une belle Zanidzo avec bien du vécu, le complimenta Barèr en saisissant l'instrument avec grandes précautions.

— Une Zanidzo Yakadèl 1020. Effectivement, je l'ai trimbalée à outrance et pas toujours dans les meilleures conditions, mais elle m'est encore fidèle et ne me déçoit pas.

— Je vois, je vois, répondit Barèr pour ne pas laisser son client sans réplique. Il tourna et retourna l'instrument et en observa de près les détails pendant que son propriétaire lui expliquait ses besoins.

— Aucun problème. Ce sera l'affaire d'une heure. À quel nom dois-je préparer la note ?

— Ènfine Pèllé.

Barèr rédigea une facture pour ouvrir le dossier pendant que le regard d'Ènfine vagabondait autour du commerce sympathique par son exiguïté et la quantité impressionnante de guitares couvrant les murs. Il termina sa ronde sur une affiche d'un groupe local, Takané.

— Sont-elles toutes des guitares de clients courants ?

— Non, non, ce sont des guitares que je rachète en aubaine et que je retape pour les revendre. Jetez-y un œil, il y a quelques perles rares dont je suis assez fier !

— Tiens donc, nous parlions de Sahiké Nora tantôt... C'est plutôt rare un groupe de métal par ici. Takané. Je n'ai jamais entendu parler d'eux.

— Ah non ? Ils sont pourtant bien connus par ici. De chics types. J'ai rencontré ces garçons peu de temps après avoir ouvert mon commerce en 1023. Ils étaient des préadolescents à l'époque. Puis, lorsque leur groupe devint plus sérieux, je leur offris de se produire de façon hebdomadaire dans mon bar, le Spectre. Y êtes-vous déjà entré ? demanda Barèr qui persistait avec les vouvoiements.

Ènfine répondit, de manière un peu décousue, en faisant le tour des présentoirs qui l'émerveillaient.

— Non, malheureusement. Je connais décidément bien peu ce quartier. Avant le spectacle, dont je fus étonné qu'il ait lieu à Kadeu... Je n'étais pas au courant qu'il y avait ici une communauté métal... Ho, ho ! Une Ikar 1010 à mille dix *dall*, un rare trophée... J'ai moi-même fait partie de quelques groupes de ce genre dans les dernières années, mais rien de très sérieux... Ça m'a tout de même permis de développer un bon réseau de contacts dans le sud de la ville et, étant plus intéressé par les affaires que de gérer des regroupements de personnes dysfonctionnelles, je me suis lancé dans la création d'une étiquette de disque... Oh ! une Bètholjyan ! Wow, vraiment !... Hmm, je suis toujours à la recherche de groupes qui peuvent se démarquer parmi les petits groupes comme ceux que j'ai connus...

— Bien, si ça vous intéresse, je conserve toujours quelques exemplaires de leur maquette. Je vous en donne un, compliment de la maison, et je les informerai de votre existence. Je suis convaincu que vous saurez apprécier leur musique et leur talent. Ils sont vraiment quelque chose et ils sont perçus comme le groupe principal de Kadeu.

Barèr lui montra de la main la pile de documents qu'il avait ramassée à la hâte, puis ajouta :

— En fait, tous ces papiers sont les documents de préparation pour une tournée kapienne que nous organisons pour le mois de mars. Je vous invite à assister à l'une de leurs prestations ; vous ne pourrez qu'être agréablement surpris.

— Prometteur. Je n'y manquerai pas. Merci, monsieur Kappèlla, pour la guitare et pour cette maquette. Hmm, *Kapousha Suvial*. Ce titre a quelque chose de bien inspirant.

— Une dernière chose ! Comment se nomme votre étiquette ?

— MMK, pour Mullior Métal Kapior[77]. Voici ma carte. Je vous souhaite une belle fin de journée, monsieur Kappèlla.

— Très intéressant. Bonne journée à vous aussi, monsieur Pèllé.

Ènfine Pèllé s'apprêta à braver le climat peu clément et quitta le commerce pendant que Barèr retournait à ses documents de travail. Au bout d'une heure et de nombreux appels interurbains, il parvint à inscrire à l'horaire un centre jeunesse à Yanédakan. Il prit une pause bien méritée pour dîner. Le téléphone retentit pendant qu'il dévorait son sandwich.

— Lutherie Kappèlla, comment puis-je vous être utile ?

— Oui, bonjour, Ènfine Pèllé à l'appareil !

Sa voix vibrait d'un enthousiasme sincère.

— J'ai écouté à quelques reprises la maquette de Takané qui est beaucoup trop courte à mon goût. En fait, ce que je veux dire, c'est que j'en voudrais beaucoup plus de ce genre de musique ! Quand est leur prochaine prestation que je puisse y assister ?

Barèr s'illumina au bout du fil.

— Quelle bonne nouvelle ! Ils sont en spectacle vendredi. Ce serait un très bon moment pour les rencontrer après leur prestation. Si cela vous va, je leur annoncerai votre présence dès ce soir.

— Oui, certainement, j'y serai sans faute. Je fais jouer leur cassette en boucle depuis ce matin. Dites-moi, quel âge ont-ils ?

— De dix-sept à dix-neuf ans, mais pourquoi donc ?

— Impressionnant ! J'ai bien hâte de les rencontrer.

Encouragé par cet épisode heureux, Barèr s'appliqua avec détermination à combler le trou entre Yanédakan et Dzèl, le 14 mars suivant. Il s'empêtra dans les recherches à Èstratohf, mais en milieu d'après-midi, il put plutôt inscrire à son cahier que Takané se produirait à Yunbèl, pas beaucoup moins populeuse, au pied des Pics Blancs. Comme convenu avec les musiciens du groupe, il ne restait plus qu'à eux de trouver un groupe local pour meubler le programme de la soirée.

En début de soirée, Barèr contacta Juheur au téléphone pour lui annoncer les nouvelles dates inscrites au calendrier.

---

[77] MMK (prononcé *MèMéKa*) pour *Mullior Métal Kapior* : Musique Métal Kapienne

— De plus, un individu s'est présenté au magasin aujourd'hui ; il prétend être d'une quelconque maison de disques. Je lui ai filé votre maquette et il adore votre musique. Il souhaite vous rencontrer vendredi soir à l'occasion de votre prestation.

— C'est une excellente nouvelle ! J'ai bien hâte de le rencontrer et les autres le seront tous autant que moi, j'en suis sûr. Bonne soirée, Barèr !

***

Ènfine se rendit à Kadeu-Fèttoyah le vendredi pour récupérer sa guitare à la lutherie Kappèlla que Barèr s'apprêtait à fermer pour la soirée. Ils firent quelques pas jusqu'à la porte voisine du Spectre de l'ombre et prirent une bière au comptoir.

— Ils ont désormais tous des emplois médiocres pour subvenir à leurs besoins. Ils ont tous préféré se concentrer sur le groupe plutôt que de poursuivre des études supérieures. Isoeur, le guitariste-soliste était encore inscrit à l'université il y a un mois et il a fini par se ranger aux côtés de ses camarades pour la tournée prochaine, qui aurait sérieusement miné sa capacité à mener à bien sa session.

— Courageux engagement. J'aime ça. J'ai remarqué l'utilisation singulière de piano. C'est tout de même rare dans ce genre.

— Oui, le groupe existait déjà, mais l'an dernier, Honnelli, un immigrant kiménore, s'y est joint en tant que pianiste. Il a lui-même fait partie de plusieurs groupes métal à Kiménora avant de déménager à Kapousha et poursuivre son œuvre ici. Il a trouvé en Juheur et Kassepi deux génies musicaux. Ce sont respectivement le guitariste-chanteur et le batteur.

— Leur style semble s'être relativement bien accompli en une seule année.

— Oui, mais en fait Juheur, Isoeur et Énoeur, le bassiste, ont fondé ce groupe et jouent ensemble depuis des années déjà. Kassepi s'est joint au groupe il y a bientôt deux ans et la chimie s'est vite installée entre eux. On peut très bien le ressentir sur scène et en conversant avec eux.

— Intéressant. À part leur maquette, ont-ils d'autres produits ?

— Pas encore, malheureusement. Leurs ressources sont assez limitées. *Kapousha Suvial* a gobé toute leur économie et ils épargnent ce qu'ils peuvent en prévision de cette tournée. Moi-même, je suis limité dans ce que je peux me permettre d'investir pour eux.

— Il leur faudrait des vêtements à leur effigie, des bannières, des écussons, des macarons et autres trucs du genre pour votre kiosque de vente en tournée.

— Ce serait vraiment bien, mais je crains que nous ne soyons un peu à court de temps pour le mois de mars, n'est-ce pas ?

— Je connais quelques personnes dans l'industrie qui peuvent faire des miracles en peu de temps ; je pourrais vous en donner des nouvelles après notre rencontre de ce soir.

— Ils seront très contents de vous rencontrer, je vous l'assure. Bien que leur maquette fût très bien reçue par la communauté, ils sont évidemment boudés par l'ensemble des maisons de disques. Ils sont un peu déçus.

Ènfine pouvait comprendre la frustration que le groupe ressentait et approuva de sa gestuelle plutôt qu'en formulant une réponse verbale. Barèr lui offrit une seconde bière et ils discutèrent ensuite de la réparation de sa guitare avant qu'Isoeur entre au bar. Barèr fit évidemment les présentations.

— Voici Isoeur Kavèlli, guitariste-soliste de Takané. Isoeur, voici Ènfine Pèllé, président de Mullior Métal Kapior, comme je vous en avais parlé.

D'ordinaire peu bavard et réservé, Isoeur était cette fois très avenant et il brûlait d'impatience de rencontrer un inconnu, attitude qui lui était généralement étrangère. L'importance de la personne et la bonne nouvelle potentielle qu'il portait y étaient pour quelque chose ; à cela se combinait sa jeune histoire d'amour avec Anyériss qui était également une force motrice de gaieté et une source d'épanouissement pour lui.

— Quel plaisir de vous rencontrer, Ènfine ! Et quelle bonne nouvelle que vous désiriez nous rencontrer ici pour nous voir jouer ! J'espère que nous ne vous décevrons pas.

— Ne t'inquiète pas, Isoeur. J'ai bien hâte de voir comment votre musique se transpose sur scène.

Ènfine était rapidement passé au tutoiement en voyant le visage si jeune de son interlocuteur, qui avait encore l'air d'un enfant. À ce point qu'Ènfine eut du mal à s'imaginer Isoeur exécuter les solos qu'il eut entendus sur la cassette.

Deux *métalleux* bruyants franchirent le portique du bar et laissèrent le gel s'engouffrer dans l'endroit qui frissonna. Ils se plaignirent avec amusement de la température extérieure et se secouèrent les membres pour se dégeler un peu.

C'était Juheur et Énoeur, qui faisaient une entrée remarquée.

— Hé, Barèr ! Sers-nous quelque chose de chaud, sinon nous ne jouons pas ce soir ! plaisanta Juheur.

— 'Néò qu'on se les gèle dehors ! s'exclama Énoeur qui était encore plus exposé par sa grandeur.

Le duo s'avança vers la table où se tenait Isoeur, Barèr et un jeune homme qui leur était inconnu.

— Juheur, Énoeur, je vous présente Ènfine Pèllé.

Tous furent enchantés de se serrer la main et de partager leur impression sur le climat hivernal.

Kassepi et Honnelli arrivèrent dans les minutes qui suivirent, faisant une entrée moins flamboyante, mais tout aussi glaciale.

— Alors voici donc le groupe enfin au grand complet, dit Ènfine en souriant.

Il les observa bien : il aimait leur style, qu'il trouvait cohérent. Il reprit :

— Comme je le mentionnais plus tôt, j'adore votre maquette, bien qu'elle soit trop courte. J'ai bien hâte de vous voir jouer sur scène, car votre interprétation de *Kallien Nahavé* me laisse sincèrement sans voix ! avoua-t-il.

— Eh bien, si nous voulons être à la hauteur ce soir, nous devrions aller nous réchauffer un peu dans la loge, proposa Kassepi.

— Oui, oui, certainement, les jeunes. Je vous laisse vous préparer, répondit Ènfine, qui continua à s'entretenir avec Barèr, qui lui détailla un peu plus leur projet de tournée.

Les cinq membres de Takané se dirigèrent vers « l'arrière-scène » en saluant quelques habitués qui attendaient passivement le spectacle. Une fois en lieu clos, ils partagèrent leur impression sur ce nouveau venu.

— Pourquoi nous prend-il pour des enfants ? critiqua Honnelli.

Juheur voulut l'apaiser.

— Bah, il n'est pas non plus condescendant. Il nous traitera en égal une fois que nous lui aurons démontré nos prouesses.

— Peut-être qu'il ne savait pas trop comment nous aborder, par manque d'expérience, ajouta Isoeur. Barèr m'a dit que MMK était un projet encore embryonnaire. Il ne doit pas avoir passé bien des groupes en auditions encore.

— Peu importe, tout ce que nous pouvons faire, c'est de nous concentrer sur ce que nous contrôlons et sur ce que nous faisons de mieux, soit donner un sacré bon spectacle ! conclut Kassepi.

Énoeur, qui se réchauffait le cou était bien d'accord et se soucia peu de l'impression laissée par ce type. Il releva la tête rapidement pour lancer sa longue chevelure dans son dos.

— Pour ma part, ça m'est bien égal, ce pourrait être *heudan* KPG[78] qui serait dans la salle que ça ne changerait rien. Nous allons nous donner comme toujours et nous maîtrisons bien notre répertoire, lança-t-il.

— Bien dit, l'encouragea Juheur.

Les gars continuèrent à se changer dans la pièce minuscule et allaient et venaient régulièrement pour échapper à cette trop grande proximité. Isoeur revenait des toilettes.

— Dites, c'est franchement vide ce soir…

Il rapporta cette information sur un ton dont l'indifférence face à ce phénomène récurrent l'emportait sur sa déception.

— Peu importe ! Nous donnerons toujours le même niveau de qualité de spectacle, que nous soyons devant trente ou trente mille personnes, s'exclama Juheur.

Ce genre de discours faisant miroiter un avenir meilleur, et tenu pour ainsi dire de façon systématique avant les prestations, galvanisait suffisamment les troupes.

— Allez, les gars, on entend siffler depuis quelques minutes : il est passé vingt et une heures. C'est à nous de jouer, dit Kassepi en se levant de son tabouret, coincé entre le mur du fond et le court comptoir d'artiste.

Les cinq musiciens se réunirent en rond et tendirent la main au centre du cercle serré.

— Takané ! crièrent-ils tous pour s'encourager à affronter une salle vide.

---

[78] KPG (prononcé *KaPag*) pour *Kapior Pannyéth Ganèn* : (« Médias Kapiens Unifiés »), l'une des plus importantes maisons de disques du monde

La place était effectivement moribonde. Très peu de gens bravèrent le froid pour se rassembler au Spectre. Nonobstant cette triste réalité, Takané entama le spectacle avec énergie et professionnalisme. Après une courte introduction où chacun y allait de son solo, le groupe plaqua un lourd accord et Juheur hurla comme toujours au microphone :

— *Yèth èill Takané*[79] !

Puis ils garrochèrent un riff des plus *thrash* tout en se remuant de façon excessive. La température de la pièce augmentait, mais trop peu de corps l'occupait pour engendrer une réaction, pour créer un événement. Il n'y avait tout simplement pas de foule à faire lever. C'était presque une prestation intime pour une personne et Ènfine, accoudé au bar, se félicita à ce moment-là d'être cette personne. Ses oreilles étaient submergées par une violente vague sonore saturée et distordue. Le son était relativement mauvais, mais ce semblait être droit. Ce qui était surprenant pour un groupe qui ne demeurait aucunement immobile sur la scène. Il avait trop souvent vu des musiciens qui se bornaient à livrer leurs chansons en spectacle sans bouger pour se concentrer sur leur jeu : « un spectacle sans spectacle », comme le qualifiait Ènfine. Or, il était agréablement surpris que ces jeunes puissent livrer leurs chansons avec une justesse adéquate tout en grouillant si librement et avec passion. Ces jeunes aimaient assurément leur musique, tout comme ils aimaient se retrouver sur scène et ils l'exprimaient bien à l'auditoire, aussi restreint pût être ce dernier.

Ènfine sourit à l'idée qui lui vint alors à l'esprit :

Dire qu'à ce moment bien précis, il y a plus de quatre milliards de personnes qui manquent cette manifestation prodigieuse.

Il se sentit privilégié et sourit davantage. Il tourna un instant son regard sur Barèr qui approuva son bon sentiment, puis il se concentra à nouveau sur Takané qui ressemblait à cinq singes en cage sur la petite scène et qu'on regardait faire des pirouettes pour le bonheur des passants. On aurait pu croire regarder de sinistres automates affligés d'un sort pathétique si ce n'était qu'ils étaient profondément animés d'un éloquent souffle brut, vigoureux et enivrant.

Au bout d'une heure à se donner sans relâche, le groupe fit une pause un peu plus longue avant le morceau suivant.

---

[79] Nous sommes Takané

— En voulez-vous encore ? demanda Juheur.

Il tenta d'encourager l'« auditoire », sachant bien que la réponse ne viendrait que de deux ou trois voix courageuses de briser le silence.

Le malaise le fit rire, puis on entendit une voix du fond de la salle :

— Jouez-nous *Guèl Mèlthèi* !

C'était Ènfine, tout conquis qu'il était, qui les encouragea à tenir sur scène encore un peu.

— Hé, ça tombe bien puisque c'est notre prochaine et dernière chanson pour ce soir ! répondit Juheur toujours dans le microphone trop amplifié pour la place désertée.

Les quelques *métalleux* gravement affectés par l'alcool qui tenaient encore ici se mirent à scander le titre soit dans une tentative d'encouragement ou bien pour ridiculiser le groupe, tout dépendait du point de vue.

Kassepi y alla d'une brève *passe* de batterie pour signifier à Juheur d'embrayer.

— Alors, merci à vous d'avoir bravé le froid ce soir pour venir nous applaudir si chaleureusement ! Voici donc *Guèl Mèlthèi* ! conclut Juheur avec une belle touche d'ironie qui fit sourire.

Kassepi, probablement pressé de mettre un terme à cette autre triste soirée de spectacle, lui qui voyait toujours l'auditoire de son banc, battit la mesure plus rapidement qu'il n'aurait dû et le groupe joua la chanson à une vitesse vertigineuse, à la limite de leur capacité. Ils avaient tous un grand sourire à travers leur visage luisant de sueur, complice de cet incident comique dont eux seuls pouvaient en rire vraiment. Ils eurent quelques ratées, mais tout ça était drôle à leurs yeux et ils compensaient avec des pirouettes qui redoublaient leur humeur festive sur scène. Énoeur s'aventura dans la salle vide pour y faire pivoter sa basse autour de lui. Juheur, tordu de rire, s'esclaffa en entamant le prochain couplet qui fut agrémenté d'un solo impromptu d'Isoeur et ainsi de suite.

Qui pouvait bien les blâmer d'agir ainsi ?

Qui était là pour s'en plaindre de toute façon !

Même Ènfine en avait déjà vu assez pour arrêter son choix. Il vit en cette dernière manifestation que du bon, voyant que ces jeunes avaient un bon sens de l'humour, une autodérision notable, et qu'ils s'amusaient malgré l'adversité. Lui-même musicien, il savait à quel point c'était triste et pénible de jouer devant une salle entièrement vide. Il n'y avait pas plus douloureux pour le musicien sur scène que l'écho sec de sa propre réverbération.

Takané acheva la chanson dans un *blastbeat* quasi improvisé qui n'avait comme but que de retarder le moment où ils allaient se retrouver dénudés de leur instrument, lequel leur procurait un certain confort accru de force et de puissance.

Puis le spectacle finit sur les applaudissements pauvres de quelques paires de mains isolées. Les gars ne se replièrent pas dans la loge comme ils le faisaient habituellement lors des soirées achalandées, mais rangèrent leurs instruments et se rendirent directement au comptoir pour retrouver Barèr, qui leur servit une bière bien méritée.

Ènfine les félicita.

— Sincèrement, bravo, les gars! Vous m'avez vraiment impressionné. D'autant plus que vous avez donné un tel spectacle pour ces quelques ivrognes.

— Nous avons pour philosophie de donner notre maximum qu'il y ait une poignée ou bien des milliers de spectateurs, déclara Juheur.

— Oui, oui! Certainement, c'est la bonne attitude à prendre, répondit rapidement Ènfine animé par cette heureuse découverte.

— Par contre, il nous arrive la plupart du temps de jouer devant très peu de gens, alors bon, nous ne savons pas vraiment comment nous jouerions devant de grandes salles combles! plaisanta Isoeur qui en était non moins convaincu.

Ènfine rit de bon cœur et leur offrit la première consommation. Il leur présenta aussitôt MMK, sa compagnie récemment fondée avec sa femme Dèlsha, qu'il encensa pour ses nombreuses qualités entrepreneuriales. Le groupe ne se soucia pas du départ des quelques individus qui parsemaient le bar enveloppé dans une musique métal mise un peu en sourdine par Barèr. Bien qu'il écoutât la discussion avec intérêt, il s'assurait simultanément que ses clients ne manquent de rien. Lorsque le dernier fut parti, Barèr verrouilla la porte et éteignit l'enseigne pour fermer son établissement. Il revint rejoindre le cercle attentif et, stimulé par ces nouvelles possibilités, le groupe débordait de suggestions et de propositions hardies.

— Évidemment, il sera impossible de distribuer *Kapousha Suvial*, mais je suis très intéressé par votre prochain produit. Je voudrais me monter un petit alignement de groupes de la cité et vous seriez un groupe tout indiqué pour mon étiquette!

— C'est très bien tout ce que tu présentes, mais as-tu des compétences dans le domaine ? demanda Isoeur.

— Bonne question. L'idée de cette étiquette m'est venue alors que je terminais l'université ; j'ai donc ensuite continué en suivant des cours dans une école de l'industrie du spectacle pour approfondir mes connaissances théoriques du milieu. Or, ce qu'on nous apprend est d'abord de se constituer un bassin de ressources, un réseau de contacts et, à ce titre, ça fait bientôt dix ans que je gravite dans le milieu. J'ai donc rencontré beaucoup de gens qui travaillent de près ou de loin dans l'industrie de la musique. Que ce soit pour enregistrer, pour publier, pour de la marchandise, j'ai des personnes qui peuvent m'aider à progresser... du moment que je trouve un produit que j'estime avoir le potentiel, évidemment, termina-t-il, insinuant que Takané était en mesure de lui en fournir un.

Les cinq musiciens se sondèrent mutuellement. Au bout d'un instant, Juheur résuma leur impression commune.

— Bien que ce soit encore assez vague comme collaboration, c'est certain que ça nous intéresse. Il faudrait voir ce que nous pourrions travailler ensemble.

— Certainement, prenez le temps d'y penser. Vous allez de toute façon passer le prochain mois sur la route, vous aurez le temps de faire mûrir l'idée et nous pourrons nous revoir à votre retour. Je demeurerai en contact avec vous et Barèr, peu importe ce qui arrive. Je crois sincèrement en votre groupe ; cette soirée m'a convaincu.

— C'est très louable de ta part, mais tu ne dois pas être sans savoir que notre groupe est loin d'être une activité lucrative, actuellement, rigola Kassepi.

— Oui, certainement, Kassepi, mais nous y travaillerons, répondit Ènfine en souriant, lui qui connaissait déjà le nom des cinq musiciens. Alors, qu'en dites-vous ?

À nouveau, les gars se consultèrent silencieusement, ne voyant pas vraiment de raison valable de repousser une telle offre.

— Justement, comme première mission, nous arrivons bientôt à court de cassettes et nous en aurions besoin d'une nouvelle caisse pour la tournée. Serais-tu en mesure de nous les fournir à bon prix ? demanda Isoeur, encore méfiant.

— Si le prix est le même que pour les premières, nous aurions probablement assez d'argent pour une autre série de deux cent cinquante exemplaires, ajouta Kassepi.

Cherchant tout de même à les convaincre de s'associer à lui, Ènfine les rassura avec confiance.

— Oui, bien sûr, aucun problème : je peux vous les produire à temps pour la fin du mois. Je fournirai votre bande maîtresse à une bonne connaissance et il vous fera ça en moins de deux semaines.

Ils firent une pause, considérant avoir fait le tour d'une première rencontre constructive.

— Alors, nous sommes d'accord ?

Ènfine, dont le sourire en était plutôt un d'émerveillement que de profit ou de malice, leur tendit la main. Les cinq membres de Takané et Barèr la lui serrèrent.

Ènfine salua tout le monde et Barèr alla lui ouvrir la porte. Dehors, la température avait grimpé, amenant avec elle une adorable chute de neige, qui avait le pouvoir divin de ramener Barèr dans l'esprit de l'enfance un bref instant. Il revint avec un air lumineux, plein de candeur, combinant sa joie de ce temps hivernal et le succès de l'avancement de la situation de Takané auquel il participait avec un plaisir paternel.

— Quel est le pire qui puisse nous arriver dans cette histoire ? demanda Juheur à Barèr.

Barèr prit le temps de réfléchir à cette question pertinente. Quelles pourraient être les conséquences d'une telle entente pour ces jeunes qui n'avaient jamais eu à prendre des décisions au si grand impact sur le cours de leur vie ?

— Eh bien... il est évident que de signer avec une maison de disques permet généralement de multiplier les forces et les ressources utiles à l'essor d'un groupe de musique, mais cela se fait nécessairement au prix d'une certaine liberté et du partage de votre emprise souveraine. L'éventail des scénarios est très large et je ne saurais prétendre les connaître tous, mais probablement que le pire pour vous serait de déléguer des pouvoirs que vous avez jusqu'à maintenant jalousement gardés, avec les conséquences peut-être malheureuses qui peuvent se rattacher à cette perte de contrôle. Vos décisions et vos choix dépendent de ce que vous souhaitez pour le groupe.

Il évoqua des exemples pour soutenir ses hypothèses et les propos clairs de Barèr furent bien compris par les cinq adolescents fébriles, placés devant ces enjeux de nature adulte, où tout choix se fait au profit ou au détriment d'un aspect, loin du domaine de la certitude absolue, où toute question possède sa réponse triviale et indéniable. Ici, ils jouaient sur un nouveau terrain de jeu où l'équilibre, les nuances, les conflits et les compromis en étaient les paramètres enivrants. Ils se sentaient importants, prenant leur rôle et la situation très au sérieux, mais ils ne pouvaient s'empêcher de demeurer effrayés et hésitants face à l'inconnu, comme si un animal nocturne n'ayant connu que la nuit ne sait comment réagir la première fois qu'il est confronté au lever du soleil. Fallait-il le saluer ou bien fallait-il s'enfuir?

— Comment pouvons-nous faire autrement que de nous jeter aveuglément si nous décidons de nous lancer vers MMK? philosopha Juheur, vaporeusement en sourdine.

— J'ai des doutes..., commenta Isoeur.

— Nous pourrions perdre le contrôle, ajouta Kassepi.

Honnelli réagit alors fortement à leur motif.

— Les gars! Je ne vous comprends plus. Pourquoi avez-vous peur de cet inconnu, ou plutôt de l'inconnu qu'il représente? Nous avons pourtant tous pris le risque improvisé de miser sur Takané sans en connaître les conséquences. En quoi est-ce différent? En quoi MMK serait une menace? Moi, je dis : *heud*, allons de l'avant! Le gars veut publier notre musique!

Isoeur s'apprêtait à répondre.

— Mais...

— Moi, je veux simplement jouer de la musique avec vous, s'exclama Énoeur pour couper l'élan de discorde.

Barèr reprit alors son discours d'éclaireur.

— Certainement, il n'est jamais possible de prédire l'avenir, mais ce Pèllé semble tout de même un homme droit. Le mieux pour vous est d'abord de travailler à bâtir une relation de confiance avec lui. Juh, Izi, vous avez eu le même cheminement avec moi. Vous avez commencé par me remettre votre guitare pour une réparation mineure et notre lien s'est affermi par la suite. Donc, je vous suggère de débuter par des activités qui ne vous engagent que très peu, vous et lui. L'impression de nouvelles maquettes est un bon exemple. Vous pourrez ainsi apprendre à le connaître, observer comment il mène ses affaires, voir s'il est fiable, s'il remplit ses devoirs, et bâtir au fil du temps une relation plus solide, où il sera moins pénible de mettre en jeu des aspects plus délicats comme l'image du groupe, la rémunération, les licences de publication, les droits d'auteurs, et ainsi de suite.

Barèr les perdit en abordant ces aspects musicaux qui avaient des airs de métaphysique des plus abstraites à leurs oreilles, mais il réussit à les ramener à la décision commune de mettre Ènfine au défi.

— Personnellement, je ne comprends absolument rien aux redevances et autres trucs de l'industrie, se découragea Kassepi, qui pourtant n'était pas un simple d'esprit.

— Effectivement, ces choses sont si compliquées! On pourrait croire que les maisons de disques s'ingénient à trouver des stratégies pour conserver leur monopole et pour que le simple mortel ne puisse en prendre le contrôle, s'essaya Isoeur.

— Pourquoi faut-il publier notre musique? Quand faut-il faire ça? chercha à savoir Énoeur.

Là, pas même Barèr ne se sentit assez connaisseur pour répondre honnêtement et éclairer ses amis. Honnelli, qui avait pataugé dans les milieux musicaux de Kiménora ne voulut pas s'y risquer non plus, même si personne autour de la table n'avait les connaissances pour contester sa réponse peut-être erronée. Or, il ramena la conversation sur le sujet initial : s'il était valable de faire affaire avec MMK.

— Eh bien, s'il y a déjà une chose de bien à déléguer la production de cassettes à Ènfine, c'est que ça nous épargnera du temps, lequel nous pourrons utiliser à chercher à comprendre les rouages de l'industrie musicale.

Les cinq autres sourirent à cette pensée constructive. Juheur leva son verre vide à la santé de Honnelli.

— Oui, et s'il ne nous satisfait pas à cette simple tâche, nous n'aurons pas perdu grand-chose, affirmait Juheur, maintenant bien décidé à aller de l'avant.

Comme médiateur et mentor, Barèr voulut mettre en évidence l'une des motivations importantes d'un groupe de musique ambitieux de progresser.

— Honnelli a raison. Un groupe de musique a beau être composé des meilleurs musiciens du monde et jouer la meilleure musique, celle-ci ne sera jamais entendue s'il ne s'entoure pas de gens capables de le produire. Le succès des groupes passe assurément par leur équipe de travail, que ce soit pour la promotion, pour la réservation d'événements, pour la distribution, pour la gestion, et même pour l'image du groupe. Vous le voyez déjà avec ces quelques jeunes admirateurs qui sont devenus vos aides!

Juheur eut un rire aérien à la pensée des frères Yéreu qui partageaient la stalle depuis quelques semaines. Ils venaient y jouer après l'école, mais c'était surtout un prétexte pour graviter autour de leurs héros pour qui ils acceptaient volontiers d'accomplir des tâches multiples. Ils affichaient ce bel orgueil, commun aux personnes pubères, d'être leurs auxiliaires.

— C'est vrai. La semaine dernière, j'ai présenté à Moèn (le plus jeune, tout juste entré au secondaire) dix cassettes que je lui ai remises pour quinze *dall*, et je lui ai dit qu'il pouvait les revendre au prix qu'il le voulait. Il est revenu le lendemain tout étincelant et fier de me montrer les vingt *dall* qu'il avait perçues, raconta Kassepi en repensant à la délicieuse candeur de ce garçon.

— Vous riez, mais ils ont déjà commencé à peinturer des pancartes à amener pour nos spectacles de tournée. Ils étaient quatre au local cette semaine et ils m'ont même assuré qu'ils en feraient davantage pour notre retour à Kapousha, expliqua Isoeur, enthousiaste.

— Tout comme Yotal, qui est venu filmer notre spectacle à Dzin-Oudanth. Il ne sera pas de notre tournée, mais c'est bien seulement parce que nous ne l'avons pas sollicité. C'est un autre sur qui nous pouvons compter pour nous épauler, ajouta Juheur.

— Les gars, les gars ! Vous oubliez le plus important de nos partisans — que dis-je ? —, un véritable militant : Barèr ! insista Énoeur, et vous parliez de déléguer des décisions, je crois que nous le faisons déjà avec les personnes en qui nous avons vraiment confiance. C'est la raison même pour laquelle nous avons confié à Barèr l'organisation de la tournée, non ?

— Tout à fait, Énoeur, résuma Juheur. Il s'agit de trouver les personnes en qui nous aurons confiance. Cependant, nous avons encore bien du boulot pour les deux prochaines semaines et l'apport d'Ènfine, s'il se concrétise, ne sera qu'un bonus !

Ces dires concluaient la soirée de bonne façon. Les six camarades quittèrent le bar avec ce sentiment commun de bon augure, mais sans perdre de vue que des travaux demeuraient inachevés et qu'il faudrait leur accorder encore une attention particulière au cours des derniers jours d'hiver à venir.

***

Les deux dernières semaines de février passèrent si vite pour le groupe que tous se surprirent que l'hiver prenne déjà fin. La mince accumulation de neige avait fondu pendant que les gars couraient dans tous les sens pour régler chaque détail, qui semblait émaner du précédent aussitôt réglé. Juheur et Isoeur, aidés par Énoeur et Honnelli venus à la rescousse, peinaient à trouver des groupes sérieux qui pouvaient jouer avec eux aux endroits réservés par Barèr. Kassepi et Barèr scrutaient les petites annonces à la recherche d'un camion capable de transporter à la fois tout leur matériel ainsi qu'eux tous. Juheur, Kassepi et Barèr estimaient les frais de la tournée qui s'annonçait bien précaire tout en dressant l'itinéraire prévu de cette virée de près de sept mille kilomètres. Chaque jour, à chaque obstacle, à chaque imprévu, tous se demandaient dans quelle folie ils s'étaient jetés.

Nonobstant les grimaces et les contorsions qu'ils eurent à faire pour conclure leurs affaires, la date du départ arrivait inexorablement et son approche amenait également son lot de détente, résultat d'un effort prolongé qui prenait fin.

***

La veille du départ, Kassepi quitta son bureau timidement sans vouloir faire de vague. Pour lui, ç'aurait été plus facile à gérer de s'éclipser que d'avoir à saluer ses collègues. Il était d'abord parvenu sans grande peine au couloir menant aux ascenseurs. Les salutations obligées furent concises et ne tombèrent pas dans l'hypocrisie. Il se crut enfin libre en poussant le bouton activant l'ascenseur, mais une jeune collègue, la secrétaire préférée de bien des employés, apparut à l'autre bout du couloir.

— Kassi, tu pars déjà ? Nous ne nous sommes pas même dit au revoir, lança-t-elle en accourant vers lui.

À sa grande surprise, elle lui sauta au cou. Il eut le réflexe perplexe de lui donner une tape amicale alors qu'elle le serrait de son petit corps frêle et chaud. Kassepi sentit ses petits seins fermes se presser contre son torse. Il trouva ce contact très agréable, mais le moment fut de courte durée ; elle se défit aussitôt de lui et elle l'embrassa ensuite froidement sur les joues comme le font des connaissances.

Ils discutèrent un moment et Kassepi manqua l'ascenseur qui se referma sans que personne y entre. Cela l'agaça et il devint impatient de partir alors que leur propos ne faisait plus aucun sens pour lui.

— J'ai hâte que tu me racontes toutes tes histoires de tournée! ajouta-t-elle avant de retourner vaquer à la tâche dont elle s'acquittait avant de le croiser.

Kassepi pesa à nouveau sur le bouton de l'ascenseur, puisqu'il avait manqué le dernier. Il quitta le bureau avec son cœur qui battait d'une douce nostalgie. Il se procura un repas rapide à un kiosque ambulant du centre-ville et le mangea dans un square entouré de gratte-ciel, devant une sculpture qui devenait une fontaine au printemps. Il y avait bien peu de téméraires prêts à manger à l'extérieur en ce premier jour de mars. Kassepi ne pouvait qu'en être enchanté.

Une fois rassasié, il se dirigea chez Firèr à la marche, en passant par l'extrémité du centre-ville et le début de ce quartier industriel où le flamboyant cœur d'Hagnimèh, séparé par seulement quelques terrains vagues et quelques pâtés de maisons de l'ère ouvrière, fondait subitement vers Fènkadò. Il erra dans les rues dont l'architecture industrielle inhospitalière, imposante et sinistre avait quelque chose de charmant après tout. Son esprit était encore empreint du contact chaleureux qu'il avait eu avec sa collègue un peu plus tôt. Il eut envie, même le désir soudain, non pas de la *baiser*, mais de lui faire l'amour tendrement, délicatement, tout en douceur et en chuchotement.

Il arriva chez Firèr pour une dernière prestation avant le grand départ. Porté par l'exultation circonstancielle, Kassepi estima qu'aujourd'hui était une bonne journée et il s'évertua à marteler avec encore plus d'enthousiasme ses peaux et ses cymbales.

CHAPITRE DIX-HUIT

Sème la foudre sur l'empire

Une nouvelle aventure se dessinait en ce premier vendredi maussade de mars. Takané ne s'était produit qu'une seule fois à l'extérieur de Kapousha et jamais le groupe n'avait fait de spectacles plusieurs jours de suite. Or, aujourd'hui, les cinq musiciens accompagnés de leur fidèle aide, Barèr, entamaient une série de dix-neuf concerts en vingt jours à travers la Kapie, et cela, dans le but de visiter le plus de villes possible tout en s'assurant de maximiser leur maigre budget pour semer à la volée le plus de graines possible.

Cela allait être une véritable tournée éclair.

Les gars s'étaient donné rendez-vous à l'ancienne stalle vers midi pour démonter l'équipement. L'air était froid en cette fin d'hiver. Il avait plu toute la matinée, les rues étaient glissantes et luisantes d'eau, encore parsemées de petites mottes persistantes de neige devenues piteuses. L'averse cessa au dîner, avant que Takané s'active réellement. Tous brillaient à l'idée de ce départ pour cette première tournée, particulièrement Isoeur, qui n'avait que très récemment pris la décision de ne pas renouveler son admission à l'université. Pour les autres, les dernières semaines avaient été entre autres un long débat avec leurs employeurs respectifs pour tenter de quitter leur emploi pour près d'un mois et sauvegarder leur poste à leur retour.

Chacun arriva au local avec son sac à dos rempli d'effets personnels et de vêtements de rechange. Juheur tenait une boîte supplémentaire de maquettes qu'il avait récupérée la veille chez Ènfine. Le groupe reconnut que ce dernier avait accompli sa tâche très efficacement et que la communication était bonne avec lui.

— Nous n'en manquerons pas. Ènfine nous en a fait produire beaucoup plus qu'espéré, et à très bon prix! commença-t-il.

— Ce serait génial de revenir avec les boîtes vides, non ? s'exclama Kassepi, dont le plaisir d'additionner des revenus potentiels s'ajoutait à l'excitation du départ.

Isoeur, calculateur, dit :

— Cinq cents maquettes en vingt soirs, ce n'est pas impossible.

— Dix-neuf prestations en vingt soirs et un retour glorieux à Kapousha ! Bien sûr, il faudra en imprimer davantage, renchérit Honnelli.

Énoeur sautait de joie et faisait déjà tournoyer sa longue chevelure. Son visage resplendissait.

— Hé, Yabèl ! Garde-toi de l'énergie pour le mois, ce ne sera pas de tout repos, le prévint Kassepi en tapotant l'épaule de son acolyte plus grand que lui.

— Vossa ! Que traînes-tu donc également dans ton sac ? trompeta Isoeur.

— Des romans, admit Juheur, sereinement et sans embarras.

Les autres le regardèrent quelque peu incrédules.

Bien que Kassepi, apprenti, était en voie d'obtenir son permis de conduire, Barèr était le seul à posséder le sien et il se trouva indispensable pour les voyager tous. Il arriva donc au volant d'un vieux camion acheté pour l'occasion, assez grand pour les asseoir tous et contenir tout l'équipement. Le groupe espérait l'utiliser à plusieurs reprises par la suite et il fut conclu de faire une acquisition plutôt que d'en louer un pour le mois. L'achat pilla leurs épargnes (provenant de la vente de maquettes, de leurs prestations au Spectre et chez Firèr), auxquelles il fallut ajouter quelques contributions individuelles. Cette longue camionnette allait être leur dortoir mobile pour les vingt prochains jours pour économiser le plus possible sur les dépenses et tenter de rentabiliser l'exercice.

Barèr salua le groupe et sortit des portes arrière le nécessaire pour peinturer l'effigie de Takané sur les flans du camion rouillé plus tout à fait blanc. Ce camion avait du vécu et ce n'était pas tout à fait une aubaine pour les quelque 500 HDG que le groupe déboursa pour se le procurer. Néanmoins, il constituait la fierté de ces jeunes musiciens qui le considéraient comme la concrétisation du statut de groupe professionnel auquel ils aspiraient.

Pendant que Kassepi et Barèr chapeautaient le chargement avec Énoeur et Honnelli, Juheur et Isoeur s'affairèrent à bricoler un pochoir surdimensionné. À cet instant, Juheur aperçut une silhouette féminine, dans un manteau gris trois quarts, courir dans leur direction. Il l'identifia rapidement et tapota l'épaule de son ami qui était dos à l'action.

— Hé, Isoeur, voilà ta copine qui accourt !

Isoeur fut évidemment conquis et accueillit Anyériss tendrement, un peu intimidé par les regards envieux de ses camarades.

— Je suis venu en vitesse entre deux cours pour vous souhaiter bon voyage ! leur annonça-t-elle après avoir embrassé son amoureux.

— Merci, Anyériss. As-tu vu ce que ton copain nous a concocté ? demanda Juheur en présentant le logo du groupe en grandes lettres sur le côté du camion.

— Oui ! C'est magnifique ! Allez, dit-elle en embrassant Isoeur une dernière fois. Je vous laisse à vos préparatifs. Nous nous reverrons au printemps ! se moqua-t-elle du climat maussade.

Elle disparut aussi rapidement qu'elle était apparue. Cette courte pause rafraîchissante fut comme un fugace rayon de soleil dans cette grisaille et elle réchauffa le cœur de chacun, insufflant un coup de courage nécessaire pour charger les derniers morceaux et partir enfin.

— Bon ! Ça y est, nous sommes fin prêts, s'entendirent-ils en se regroupant derrière le camion. Chacun prit place dans le véhicule et Barèr s'installa au volant.

Il démarra le moteur.

Les pneus s'agrippant bruyamment au gravier, le camion se mit en mouvement lentement.

Juheur, en tant que copilote, inséra une cassette dans la chaîne stéréo et la musique fut.

C'était un grand départ.

Les sujets de conversations glissaient tel le vent sur le camion roulant sur l'autoroute. Le tout et le rien y passaient en long et en large, soutenus par une compilation de leur musique préférée. Ils évoquaient déjà des spectacles couronnés d'un hypothétique succès et ils extrapolaient sur leurs suites glorieuses. Un sujet s'épuisait, une courte pause à regarder le paysage défilant, puis quelqu'un relançait un nouveau sujet.

— Hé, Énoeur, comment est-ce que ça s'est conclu avec la belle Lallé ? demanda Isoeur.

Énoeur fit la moue en fixant toujours l'extérieur. Isoeur renchérit.

— Allez, ne me dis pas que ça n'a pas abouti. Tu nous en as tant parlé dernièrement, et la dernière fois que nous l'avons vue, elle était totalement amoureuse de toi.

Énoeur finit par répondre, agacé que ses amis le tiraillent à leur donner des détails.

— Je ne sais pas, les gars... je n'ai pas voulu la revoir après cette dernière fois. Son regard amoureux... ces yeux soudainement piteux... m'ont laissé froid. Autant je la désirais auparavant, du moment qu'elle s'est montrée éprise de moi, je ne sais pas pourquoi, j'ai perdu tout désir pour elle... *Heud*, chaque fois que je désire intensément une fille, du moment que je ressens cet abandon... cette chute... mon intérêt s'évanouit instantanément... Comme si j'étais dégoûté par une fille qui venait de tomber éperdument amoureuse de moi... C'est étrange.

Honnelli se mit à rire.

— Tu aurais au moins pu endurer ton pressentiment désagréable le temps de coucher avec elle, non ?

— Je ne voulais pas que ça se complique et puis ça coïncidait avec notre départ. C'est tout.

Énoeur était visiblement affligé par cette histoire et se referma pendant que les autres bifurquèrent sur un autre sujet qui eut moins de probabilités de finir dans le mélodramatique.

— Flûte ! J'ai hâte de rencontrer ce groupe de filles à Hédridzia, lança Juheur.

— Elles ne sont que trois. Izi, Sècca, Barèr, vous devrez vous abstenir, ajouta Kassepi en tapant la main à Juheur.

Barèr rouspéta légèrement et Juheur lui fit un clin d'œil.

— Priorité aux musiciens !

— J'espère que nous aurons droit à de bons *thrashes* comme à Dzin-Oudanth, dit Honnelli.

— Et de la bière gratuite, s'exclama Énoeur, en se ranimant enfin.

Ainsi, le moral demeura haut et fort malgré le temps triste qui défilait sous leurs yeux.

Filant vers le sud, le camion dépassa le long parc faunique longeant le Sabbéor, où des milliers d'oiseaux établissent leur nid et ils arrivèrent à Klisteur en milieu d'après-midi. Le ciel se dégageait tranquillement pour découvrir un soleil tiède de fin d'hiver. Barèr signala son intention de tourner à droite dans la cour d'une école secondaire, puis gara le camion près de la porte de garage menant au gymnase. Le groupe sortit tout excité pour se dégourdir les jambes. Pendant qu'Énoeur se chamaillait avec Isoeur et Kassepi, Juheur et Honnelli accompagnèrent Barèr pour rencontrer le responsable de l'école. Il y avait encore classe à cette heure et les jeunes musiciens étaient un peu trop bruyants pour la quiétude des corridors désertés, ce qui attira l'attention du concierge, agacé qui, une fois renseigné sur les motifs de la présence de ces étrangers, put les orienter dans la bonne direction. Barèr s'occupa des détails avec le directeur de l'école pendant que les deux jeunes attendaient dans le vestibule. Une période de classe prit fin au son de la cloche et les corridors s'emplirent d'élèves. À leur grand bonheur, ça débordait de jeunes adolescentes en uniforme.

— Vossa ! As-tu vu celle-là ? murmura Honnelli avec un sourire de vainqueur. Son chemisier débordait, il n'arrivait même pas à contenir sa poitrine bétonnée !

Juheur s'esclaffa tout en accrochant le regard sur une autre petite brunette aux grands yeux. Leurs regards se croisèrent un bref instant, trop court pour qu'elle puisse avoir vu le clin d'œil qu'il lui fit. Barèr sortit alors que ses deux protégés ne savaient plus où donner du regard.

— Bon, les gars, tentez de ne pas glisser sur vos flaques de bave tout de même.

— S'il y a bien une chose pour laquelle je regrette d'avoir quitté l'école, ce sont les filles et leur uniforme, partagea Juheur. Quittons cet endroit avant que je déchire mon pantalon ! Ha, ha !

Le trio retourna au stationnement accompagné d'un préposé qui les dirigea vers la scène actuellement montée dans une section du gymnase. Dehors, le deuxième trio s'amusait au ballon avec des élèves qu'ils avaient convaincus de venir assister au spectacle. Entre-temps, ces malheureux devaient se rendre à leur dernier cours. Le groupe se mit à charrier l'équipement et à le monter sur la scène. Le tout fut installé en moins d'une heure et Takané fit quelques tests de sons avant de rencontrer le groupe d'ouverture formé d'élèves de l'école secondaire. Les membres de Takané les laissèrent s'installer pendant qu'ils allèrent se promener sur le terrain du collège pour profiter une dernière fois de la vue des jeunes filles quittant l'école pour la fin de semaine et tenter encore de rameuter un auditoire. Les gars eurent peu de succès et préférèrent retourner au camion pour manger et boire les provisions qu'ils s'étaient apportées pour les premiers jours. Barèr les rejoignit et s'ouvrit également une bière en leur résumant le déroulement de la soirée.

— Le premier groupe devrait commencer à jouer vers vingt heures : leur performance dure quarante minutes et elle est suivie d'un rappel. Ensuite, nous faisons les modifications techniques. Ce sera votre tour à vingt et une heures. Une heure de musique, pas plus. Ensuite, le concierge vous donnera accès aux douches. J'ai convaincu le directeur de vous permettre de dormir dans le gymnase à condition que vous n'y fassiez pas de grabuge, compris ?

Il fit une ronde du regard pour s'assurer que chacun l'entende. Il reprit.

— Nous démonterons l'équipement après le spectacle et le rangerons dans un coin du gymnase pour le transporter plus rapidement demain matin.

— Excellent ! Merci, Barèr, lança Juheur à travers une bouchée de sandwich avec un formidable ciel crépusculaire en arrière-plan.

La nuit tombée, Takané assista à la prestation du premier groupe qui les laissa indifférents. Au bout de quelques morceaux, les gars allèrent se préparer derrière un grand rideau qui créait une sorte d'arrière-scène. Ils sortirent de leurs sacs personnels les vêtements et accessoires de spectacle. Hors de leur berceau familier de Kadeu, ils se livrèrent à de nouvelles extravagances pour agrémenter leur costume de scène. Énoeur multiplia les chaînes métalliques pendues à ses pantalons ; Honnelli se peignit les ongles en noir pour contraster avec les touches de son clavier, ce qui plut à Juheur et Isoeur, qui l'imitèrent ; Kassepi se mit un bandeau au front ; Juheur ajouta des bagues étincelantes à ses doigts et ainsi de suite. Isoeur chaussa de nouvelles espadrilles de course blanches aux lacets du même rouge que sa guitare préférée.

Ils se contemplèrent une fois leur transformation terminée.

Des pompes de course, des pantalons saillants noir-gris maintes fois déchirés, des ceintures de métal et de cuir, des camisoles saillantes à l'effigie de groupes métal, des colliers et des bracelets métalliques par dizaine et leur longue chevelure libérée.

Ils se rendirent un sourire fier et satisfait.
Ils avaient une sale allure *thrash*!

Le gymnase était une énorme salle divisible en plus petites aires par de lourds rideaux dodelinant paresseusement sous leur grande inertie. Même confinée à une simple division pour l'occasion, la salle semblait complètement vide avec les quelque soixante spectateurs qu'un Énoeur déçu contemplait de l'arrière-scène.

— Soixante-cinq exactement, confirma Isoeur en portant sa main à l'épaule du grand bassiste, c'est plus que ce que peut contenir la taverne à Firèr Yossé, conclut-il avec un sourire d'encouragement.

Barèr passa les voir pour les motiver puis les laissa pour se poster à la console d'éclairage et de son, attendant le signal de ses protégés. Les gars se réunirent en cercle et se lancèrent un cri d'encouragement à l'unisson avant de s'armer de leur instrument et de prendre la scène d'assaut.

Takané s'introduit avec un style libre légèrement improvisé avant de battre quatre temps qui annonçait le début de la chanson *Oud Vélaga* qu'évidemment nul dans l'auditoire ne connaissait encore.

Les quelques dizaines de curieux et originaux de l'école secondaire découvrirent les enchaînements *thrash* et mélodieux de ce groupe qui avait du mal à soulever la foule éparpillée malgré une bonne énergie sur scène. Le public se tenait à distance, comme si une proximité eût créé un malaise. Après deux de leurs chansons originales, Takané avait bien choisi d'interpréter un succès de Ribar que les jeunes reconnurent rapidement. Les cinq musiciens réussirent tant bien que mal à retenir la foule jusqu'au bout. Malgré le déchaînement de ces *métalleux* grouillant sur scène avec vitalité, l'exhortation de Juheur à se rapprocher et ce batteur martelant ses pièces de tout son corps avec tant de passion, il n'y eut aucune euphorie, seulement des applaudissements gentils entre les chansons. Ce gymnase était décidément trop grand pour eux, conclurent-ils. Leur travail de scène prit fin dans un point d'orgue final. Des applaudissements un peu plus nourris confirmèrent la fin du spectacle.

En sueur, les gars descendirent de scène pour s'affairer à leur deuxième partie du travail. Ils rencontrèrent les gens formant le maigre auditoire pour tisser des liens et tenter de vendre quelques exemplaires de *Kapousha Suvial*. Le groupe prenait plaisir à cet exercice de relation publique. Reconnaissants, ils jugeaient important et essentiel de saluer ceux et celles qui les encourageaient de leur présence. Juheur tenta d'attirer une des rares filles entre deux maquettes vendues. La foule se dispersa rapidement, sans que la soirée donnât de suite intéressante. Au bout d'un moment, c'était comme s'il ne s'était rien passé ici et les gars se retrouvèrent seuls avec leur exploit oublié : ils se sentirent bien nus. Ils allèrent prendre une douche aux vestiaires du gymnase en partageant des blagues et des anecdotes à propos de leur performance. Du moins, entre eux, il y avait de la valeur et du contenu à cette soirée.

— Ma cymbale est tombée de sa fixation et a failli défoncer ma caisse claire durant *Loter*[80] ! confessa Kassepi.

— C'est donc ça qui est arrivé ! Je n'arrivais plus à suivre le rythme à ce moment-là, répondit Énoeur.

— Ouais, ça nous a tous *fourrés* ! dit Honnelli avec un grand sourire franc et moqueur, sans malice ni rancune.

— Malgré toutes les performances données dans les tavernes et les répétitions, c'est la première fois que ça m'arrive. Je n'ai pas compris ce qui s'est passé ! raisonna Kassepi, redevenu perplexe.

À leur retour des douches, Barèr les rejoignit avec les maigres recettes de la soirée.

— C'est tout de même quatre albums de vendu, quatre graines de semées ici à Klisteur. Demain, nous irons porter quelques exemplaires à un magasin spécialisé.

Les six aventuriers déroulèrent leur sac de couchage sur le plancher dur du gymnase et discutèrent de tout et de rien jusque tard dans la nuit, une fois leur caisse de vingt-quatre bouteilles achevée.

***

Isoeur fut le premier levé, maudissant le sol inconfortable. Son cou était figé et ses muscles endoloris. Le groupe déjeuna frugalement et s'affaira à charger le camion. Une fois cette tâche terminée, Barèr consulta la carte routière avec Isoeur. Son doigt remontait le Sabbéor vers le sud par l'autoroute, jusqu'à Sabbéine. Rien de compliqué, tout droit sur l'autoroute puis la sortie 105. Ils en avaient que pour une heure.

---

[80] *Loter* : une chanson du groupe Ribar

Une fois une dizaine de cassettes laissée en consigne à un magasin situé au centre-ville avec des cartes de visite et quelques affiches, le groupe reprit l'autoroute.

Sabbéine, moins importante que Klisteur, faisait partie de cette zone urbaine quasi ininterrompue d'une population relativement dense qui longeait la rive gauche du Sabbéor sur une distance d'environ deux cent quarante kilomètres, de Kapousha jusqu'à Sabbélora. Des appartements cordés en rangées variant entre trois et cinq étages parsemaient la pente appréciable vers le fleuve. L'autoroute divisait la rive fortement urbanisée et la plaine aménagée en zone agricole vers l'ouest. Les jeunes citadins qu'étaient les gars de Takané absorbaient ces nouveaux paysages avec curiosité, eux qui s'étaient rarement aventurés au-delà de la capitale. Les six confrères découvraient la Kapie en même temps. L'équipe arriva à destination peu après le dîner.

Il s'installa alors un cycle d'activités quotidiennes aux simples différences qu'elles se déroulaient dans des villes différentes, des lieux et établissement différents et où chaque trajet et soirée étaient des variations tantôt amusantes, tantôt déprimantes, tantôt laides, tantôt fameuses sur un même thème. La bande se réveillait fortement éméchée de la veille et trop souvent tôt pour parcourir les centaines de kilomètres les séparant de la prochaine destination. Barèr, lui-même parfois encore saoul, les conduisait d'abord silencieusement pendant qu'ils récupéraient tous lentement, tassés sur les deux banquettes arrière du camion qui s'imprégnait progressivement d'une puanteur de charogne par leur hygiène forcément négligée. Ils dînaient sur la route, à une halte routière, puisant dans leurs maigres provisions achetées dans une épicerie avant de prendre l'autoroute. Ils arrivaient en fin d'après-midi ou en début de soirée pour trouver l'endroit où ils allaient jouer, monter leur équipement et rencontrer les groupes d'ouverture quand il y en avait. Ils s'ouvraient la première d'une longue série de bières pendant les tests de son, puis ils attendaient l'heure du spectacle en tentant, souvent en vain, de convaincre les passants d'entrer venir les voir jouer. Peu importe leur état venu l'heure de jouer, ils s'acharnaient dans l'espace exigu qui constituait la « scène » qui était tantôt dans un bar, une taverne, une école ou une maison des jeunes. Les conditions de voyagement, de spectacle et de sommeil étaient généralement médiocres et testaient franchement la patience, la santé et l'humeur des cinq, tout comme celle de Barèr qui s'évadait réellement pour la première fois de sa vie. Cette évasion amplifiait considérablement leur comportement déjà survolté et leur propension à l'abus, à l'exubérance et la démesure. Il fallait que jeunesse se fasse, et autant pour Barèr, qui hypothéqua longtemps la sienne.

Cette aventure s'avéra être de la folie et c'en était une que ces six camarades feraient perdurer encore des années durant, car ce n'était là que le premier acte grossier de bien des années d'insanité.

Sabbéine, le samedi 3 mars. À peine trente personnes dans cette ville anonyme sans intérêts. Rien à consigner à part la pire sonorisation, ce qui affecta grandement la cohésion du groupe.

Sabbélora, le dimanche 4 mars. Quarante-cinq téméraires. Les six voyageurs se retrouvèrent dans l'appartement de deux jeunes professionnelles et colocataires plus âgées que Barèr. Ils se demandèrent tous comment elles aboutirent à leur spectacle des plus obscurs, mais ne perdirent pas de temps à profiter de cette veine inespérée. La soirée fut fortement arrosée et la nuit froide appelait à venir réchauffer ces demoiselles dans leur grand lit à moitié vide. Juheur et Barèr, les seuls encore capables de tenir debout, gagnèrent le concours.

Lundi de congé pour le groupe qui ne parvint pas à inscrire un spectacle à l'horaire. Ils le passèrent à dessaouler et à se chamailler dans les rues du centre-ville de cette charmante ville riveraine à la recherche d'un concert marginal auquel prendre part. Ils trouvèrent une taverne où se tenait un combat des groupes. La place était bondée, remplie par une jeunesse en quête de forts divertissements dans cette ville endormie. Lorsque Takané entra, il y avait un groupe rock incapable de soulever les passions. Leur musique était l'écho faible d'une époque musicale révolue qui ne résonnait pas avec cette nouvelle génération. On les hua généreusement, puis un groupe punk sauta sur scène avec leur musique simple, mais hautement explosive. Leur style, né au début des années vingt, s'essoufflait maintenant par la maigreur de leur musique. Il arriva tout de même à stimuler physiquement la jeunesse présente qui en demandait néanmoins plus. Les six libertins en visite s'amusèrent à engendrer un *thrash*, mais ces nouvelles mœurs issues d'une autre sous-culture ne collaient pas à ce style musical, malgré la vitesse jouée et la hargne chantée. La danse devint plutôt un véritable pugilat pour expulser ces *métalleux* harcelants. Le groupe suivant proposa plus de caractère avec de la distorsion et de l'amplification moderne, mais au rythme lent du rock et selon des thèmes banals. Il n'y avait décidément ici aucune relève et l'événement sembla être le pastiche décevant d'une décennie qui s'achevait. Devant ces désuétudes, les gars de Takané sentirent plus que jamais détenir la clé avec leur musique hybride qui combinait l'agressivité et la célérité du punk et la puissance et la lourdeur du hard rock et du métal d'outre-mer nouvellement importée. Leur plus grande déception fut de ne pas décrocher la chance de démontrer là leur supériorité, malgré leur insistance impromptue auprès de l'organisateur de se greffer au programme.

— Merde, fait chier de ne pas avoir déniché ce combat avant de partir, fulmina Isoeur.

— Nous aurions démoli la place avec notre métal! dit Kassepi, persuadé de leur position gagnante dans l'évolution des genres.

Honnelli en était moins sûr.

— Je ne sais pas, nous les avons pas mal tous effrayés avec notre *thrash*.

— Des *heudan* plottes molles! cracha Énoeur en vidant d'un trait une canette de bière et en l'écrasant avec vigueur dans sa grande paume.

— Ha, ha! Mets-en! Tu as vu l'autre avec son regard effaré quand je l'ai accroché du coude. Il s'est presque mis à pleurer. De toute évidence, le métal de Kapousha peine à remonter le fort courant du Sabbéor, ajouta Juheur, usant de métaphores qu'il adorait inventer.

— Bah, nous ne sommes qu'un lundi soir, quand même. Il ne fallait pas s'attendre à la révélation du siècle, raisonna Isoeur.

Barèr se fit pragmatique en remettant des maquettes à tous ces adolescents qui partaient avec un besoin à moitié assouvi.

— Profitons-en quand même pour nous faire connaître.

Dzéor, le mardi 6 mars. Le camion traversa le Sabbéor sur l'élégant pont en arche et se dirigea vers l'est dans des contrées beaucoup moins populeuses que la vallée du grand fleuve. L'endroit était le pire des bouges. Takané joua devant les cinq membres du groupe invité en première partie. Après la prestation pathétique, les gars quittèrent le bar sans encourager le tenancier de la moindre consommation, mais coururent plutôt les rues à boire et à se quereller, avec le besoin viscéral d'oublier cette soirée ridicule. Sans plus être certains où ils étaient rendus ni où se trouvait leur camion, ils débouchèrent les six dans le « coin des putes ». L'une d'elles les accosta avec la voix d'une gorge rauque et brisée par la cigarette et la lucidité d'un âne, enlaidie par la vie, qui lui était littéralement passée dessus. Avec l'accent du nord-est, qu'on distinguait déjà dès Dzéor, elle s'adressa à Juheur, qui menait sa bande fortement abrutie par l'alcool, à peine plus fonctionnelle qu'elle.

— Hé, mon beau p'tit, moé, c'est Èllé. T'es mignon, toé. T'es tout jeune, t'es-tu majeur, mon beau ? Eille, j'te fais un spécial, deux *dall* pour ta première pipe fumée. Qu'est-ce qu't'en dis ?

Elle tentait de pousser des ronds de fumée. Juheur la repoussa, alors qu'elle venait de perdre l'équilibre sur lui. Il était fort amusé.

— Ha, ha ! *Heud*, dégage ! Pas question que tu me touches !

Elle tentait de lui défaire son pantalon et de le convaincre qu'elle était la meilleure.

— Eille, tu dois avoir un beau *batte*, toé ! Laisse-moi voir, laisse-moi donc voir, mon beau.

Énoeur intervint en la repoussant contre ses collègues de rue.

— *Décâlisse!* Ne lui donne pas tes maladies !

— Eille, *heud do!* J'fais juste ma *job, moé, tabarnak* !

Les deux groupes se rameutèrent pour s'échanger d'autres insultes et se lancer des crachats. Takané prenait un malin plaisir à se moquer d'elles. Au paroxysme de l'insulte, ils tentèrent de troquer des bières pour des faveurs.

— J'te donne deux bières, proposa Juheur, méprisant.

— Eille, *crisse*, j'vaux plus que deux bières ! s'écria-t-elle, indignée, pendant que Juheur lançait les bouteilles qui allèrent se fracasser contre le mur de cette bâtisse qui tenait de bordel.

Tandis que Honnelli, la bave aux lèvres, alla gerber le long du mur, une patrouille de policiers arriva, alertée par ce tapage nocturne.

— Hé ! Les jeunes ! Laissez ces dames tranquilles ! Payez ou déguerpissez, sinon nous vous prenons pour grossière indécence.

En guise de protestation, Juheur baissa pour une fraction de seconde ses pantalons devant les policiers et les prostituées, puis la bande prit peur et partit à toute vitesse vers un autre quartier à hanter.

— Ne laissez pas Sècca derrière! s'écria Barèr, déjà haletant et dont le cliquetis caractéristique de bouteilles de verre trahissait le contenu de son sac à dos.

Yodzèl, le mercredi 7 mars. « Quinze, c'est trois fois plus qu'hier », ironisa Isoeur. Les gars se payèrent la tête de trois défoncés qui tentaient de danser sur leur musique, mais qui perdaient constamment l'équilibre.

— *Onéò!* Pourquci n'attirons-nous que les idiots et les drogués? se plaignit Kassepi, attristé. Où est la jeunesse furieuse?

— À Kadeu, plaisanta Juheur.

— Il y en a sûrement partout, mais on ne nous connaît pas, nota Isoeur, pensif. Il faudrait trouver moyen de rejoindre les poches de rébellion.

Les six *métalleux* ne pouvaient qu'être en total accord, car après cinq spectacles, la tendance était peu encourageante.

Hidanè, le jeudi 8 mars. Cette ville coquette et pittoresque sur le littoral fut une belle escale. L'auditoire ne fut que d'un maigre vingt-cinq personnes nonchalantes, mais la journée fut sauvée par cette indécente histoire de drague entre Juheur et cette serveuse locale, affamée, du double de son âge. Coït consommé dans la toilette des femmes.

— C'est vraiment plus propre que nos toilettes! claironna Juheur en guise de compte rendu.

Sèrra, le vendredi 9 mars, tout au nord-est au pied des montagnes èspakiennes. Ce fut probablement l'escale la plus agréable de cette tournée. Quatre-vingt-dix jeunes, pour la plupart des étudiants du collège professionnel, fêtant l'arrivée de la fin de semaine. Le bar était bien rempli, les filles étaient chaudes et avenantes et les ventes furent satisfaisantes. L'auditoire se déchaîna et s'adonna plusieurs fois à de larges *thrashes* tumultueux. Les poings revolaient haut, et il y eut un nombre record de plongeons de la scène, dont la hauteur était idéale pour cela. Il y eut quelques nez cassés qui saignèrent jusqu'à gicler quelques fois sur Juheur et Isoeur, qui se trouvaient les plus près de la foule. Tout cela fit le bonheur du groupe qui souhaitat déjà y revenir jouer au plus tôt. Pour un second soir d'affilée, Juheur sortit des toilettes avec les pommettes rouges, gêné cette fois par la jolie adolescente qu'on vit sortir et replacer sa chevelure derrière lui.

— Juh, cette fille n'est pas légale! chuchota Énoeur en tressaillant.

— *Heud!* Peu importe, je viens de me faire solidement exploser les gourdes! s'écria Juheur, sur une lancée.

Dzin-Oudanth, le samedi 10 mars. Les paysages y sont habituellement magnifiques, mais cette fois-là, ils furent gâchés par un mélange de brume épaisse et de forte pluie. C'était la deuxième fois que le groupe venait dans cette ville. Cinquante personnes, cela fit du bien, encore une fois. Isoeur cassa les cordes de ses deux guitares à l'avant-avant-dernière chanson et, à court de jeux de rechange, Isoeur se joignit à la foule tandis que le reste du groupe termina la prestation sans lui. Takané promit de revenir pour donner un spectacle complet et meilleur même. Les gars en profitèrent pour tisser des liens et tenter de promouvoir leur musique par le bouche-à-oreille. Ils offrirent des deux pour un à ceux qui voulurent bien se procurer leur maquette et répandre leur bruit. La fête qui suivit fut grandiose dans ce bar chaleureux où il était trop facile de se ruiner. La veillée eut raison de Barèr, qu'on traîna comiquement jusqu'au camion au petit matin.

Tonèl, le dimanche 11 mars. Barèr fut trop malade pour conduire et Kassepi prit la relève au volant, en relative illégalité. Comme instructeur obligé, Barèr fut le pire des copilotes ce jour-là et les autres se moquèrent grassement de lui. Sur place, quelque chose dans le pouvoir électrique de la salle générait des bruits agressants dans les haut-parleurs, mais la foule de quarante-cinq personnes ne sembla pas s'en faire et s'amusa malgré tout. L'ambiance fut particulièrement bonne pour les circonstances. Cette fois, c'est Isoeur, dans un coma éthylique, que le reste de la bande eut à traîner; on s'amusa à lui dessiner des grossièretés sur le visage avec un feutre noir.

Katò-Yib-Sabbéor, le lundi 12 mars. De retour sur le Sabbéor, Isoeur alla se purger dès l'arrivée au bar.

— *Heud*, les gars! Vous m'avez laissé toute la journée avec ce pénis sur la joue!

— Ha, ha! Izi, par contre, ça te va bien la moustache! s'esclaffèrent-ils tous.

Isoeur, Énoeur et Honnelli étaient encore malades de la veille au moment de monter sur scène. Écumant sur son clavier, Honnelli manqua la moitié d'une chanson pour aller gerber. Il revint avec des vomissures plein les cheveux et un nouveau pichet, pendant que Barèr tentait de faire lever la foule de vingt personnes en amorçant un *thrash*. Il n'eut aucun succès et, rejeté, seul au centre du plancher de danse, il fut encore ce soir-là le défoncé qui caractérisa trop souvent les spectacles de cette tournée.

Yanédakan, le mardi 13 mars.
— *Onéò!* Est-ce bien encore le Sabbéor? Ce n'est qu'un torrent ici! s'écria Énoeur, étonné en débarquant du camion, devant la salle située sur la promenade riveraine.

Barèr leur indiqua qu'ils voyaient au sud les contreforts de Forêt-Grise et des Pics Blancs. Juheur se plaignit de couvrir une grippe et maugréa en devant aider le groupe à transporter l'équipement à l'intérieur. Takané se produisait ce soir dans la maison des jeunes d'un quartier central. Normalement réservée aux adolescents de dix à quinze ans, on fit une exception pour ce spectacle, qui attira jusqu'à des « vieux » de dix-huit à vingt ans. La rareté de ce type d'événement attira d'abord bien des adolescents qui promettaient de se déchaîner, mais lorsque Takané se mit à jouer, plusieurs parents vinrent sur les lieux, ayant eu vent de ce qui s'y déroulait, et ils s'empressèrent de reprendre leurs enfants exposés à cette musique qu'ils jugeaient indécente. À peine y eut-il le temps que se déploie un admirable *thrash* durant la maniaque *Métal Dihne* avec laquelle le spectacle s'ouvrit, qu'il ne restait qu'une quinzaine de personnes à la moitié du programme. À voir sur quel ton on admonesta le responsable au passage, il était plausible de croire qu'il perdit son emploi par la suite.

Toutes les audaces ne sont pas nécessairement récompensées, et l'allocation de cette fortune ne suit pas toujours les justes raisons, pensa Barèr de ce brave organisateur et de la réputation négative de leur musique. Il lui offrit une vingtaine de maquettes en guise de consolation, mais en vérité dans le but réel de promotion.

— *Deurk*, pour une fois que nous avions des jeunes prêts à se rouer de coups! grommela Juheur.

Yunbèl, le mercredi 14 mars. Au beau milieu de nulle part, dans les vallons des Pics Blancs, la ville était adossée aux impressionnantes montagnes qui semblaient chuter au pied de cette agglomération reculée. Le spectacle fut étrangement amusant. La salle était si petite qu'elle sembla comble avec les vingt irréductibles qui bravèrent une neige tardive sur ces hauts plateaux. Le groupe joua parmi eux puisqu'il n'y avait pas de scène, seulement une délimitation ridicule tracée au feutre sur les tuiles du plancher. Juheur, Isoeur et Énoeur se retrouvèrent à maintes reprises à *thrasher* avec la foule quand ils ne se faisaient pas foncer dessus. C'était drôle les premières fois, mais au bout d'un moment, quelques effrontés vinrent à user leur patience et il y avait ensuite de la haine dans leurs impulsions à les repousser hors de leur cercle. Barèr tenta du mieux qu'il put de servir d'écran entre la foule et Takané, mais Honnelli se fit solidement rentrer dedans et son clavier tomba sur son pied, ce qui le fit boiter quelques jours. Les gars passèrent le reste de la soirée à panser leurs blessures. Kassepi se moqua d'eux, lui qui fut barricadé derrière sa batterie.

Dzèl, le jeudi 15 mars. Le paradis des surfeurs, bordé de palmiers. Le contraste avec le climat de la veille les subjugua tous. Le printemps était ici solidement ancré et la vue était des plus rafraîchissantes. « Ma première mini-jupe de l'année ! » cria victorieusement un Juheur euphorique, qui fut instantanément guéri de sa grippe. Les gars firent un détour par la plage pour changer d'air. Ils s'amusèrent à tremper leurs pieds dans l'eau encore glaciale de l'océan. Dans l'énervement, Énoeur glissa et se fit surprendre par une vague puissante. Il fut aussitôt détrempé et transi, et il hurla son désagrément. Les autres le ramenèrent au camion en se bidonnant de sa maladresse. Il voulut changer ses vêtements imbibés et couverts de sable, mais il ne lui restait que les morceaux encore humides de la prestation de la veille.

— *Heud*, les gars, il faut que je me trouve des nouveaux vêtements secs.

C'est en grelottant qu'il se précipita dans le premier magasin d'aubaines que le groupe dénicha. Une fois Énoeur changé, le groupe se rendit au bar attenant une boutique de surf. Cela n'était aucunement une coïncidence, car ils remarquèrent que toutes les couches de la société dzèloise s'associaient à la culture du surf. Ici, autant les fonctionnaires et banquiers que les étudiants et les marginaux s'adonnaient à ce sport. Conséquemment, ce fut trente-cinq hybrides *métalleux* et surfeurs qui assistèrent à la prestation de Takané.

Bèlèkal, le vendredi 16 mars. La mythique métropole sur l'océan. Pris dans un bouchon de circulation intense, le groupe n'eut pas l'occasion de vagabonder le moindrement sur la promenade côtière à l'ombre des palmiers. La salle de spectacle située dans un quartier pauvre en marge du centre-ville était plus que minable et n'avait rien à voir avec les cercles de célébrité qui ont rendu la ville fameuse.

Honnelli endurait une tenace envie de déféquer depuis le début de la congestion autoroutière de la mégapole. Il se précipita aux toilettes de ce taudis miteux dès que Barèr éteignit le moteur, en accourant avec fracas. La salle de bain — c'était un abus de la définir comme telle — semblait avoir récemment servi dans un film se passant au moyen-âge. Immonde, ses murs étaient rongés par l'humidité fétide et le bois des séparations était plus que vermoulu, si un tel état existait ; les deux robinets manquaient au lavabo corrodé, probablement sans émail depuis des décennies ; la première cuvette, bien évidemment bouchée, était souillée à outrance et des traces désormais noires suintaient de larges cassures éventrant son rebord ; la puanteur surpassait assurément le miasme. Honnelli eut un haut-le-cœur dégoûtant, mais ne put se retenir davantage. Par chance, la seconde cuvette fonctionnait et il lui répugna moins de s'y asseoir. Il se boucha le nez et ferma les yeux pour savourer sa délivrance. Au bout d'un moment, il rouvrit les yeux et remarqua un numéro de téléphone sur le seul îlot de plâtre jauni qui tenait encore au mur. Les chiffres étaient couronnés d'un prénom, Dialyè, immanquablement féminin.

— *Onéò-heudan-deurk*, Bèlèkal, folle à *marde* ! Il faut que nous appelions là ! s'écria-t-il, amusé par la promesse d'une aventure absurde dans cette capitale des mythes et des excès.

Il rejoignit ses camarades en sifflant le numéro pour ne pas l'oublier et convainquit aisément Juheur de le composer à un poste public. La sonnerie retentit et les six amis étaient suspendus au combiné dans l'expectative fébrile d'une imminente découverte insolite.

— Oui, allo ? répondit-on d'une voix grave et masculine tandis que la bande se retenait de pouffer de rire et célébrait en silence qu'on lui réponde.

— Oui, bonjour... euh... Dialyè ?

— Oui, c'est moi.

Les six farceurs firent des singeries en ronde en s'échangeant de silencieux « *Heud*, c'est un homme ! », tandis que Juheur tentait de garder un soupçon de sérieux.

— Hmm, oui, euh... mes amis et moi sommes de passage à Bèlékal ce soir pour donner un spectacle...

Dialyè sembla enchantée et le coupa pour lui demander combien ils étaient et où ils se trouvaient. Juheur lui donna ces informations naïvement. À partir de là, il ne contrôla plus vraiment la conversation.

— OK, à tantôt, mes choux, et Dialyè raccrocha.

— *Heuuuuuud !* Juh, tu viens d'inviter un transsexuel à notre spectacle !

Juheur se mit à rire en saccades.

— Pire que ça ! Il m'a dit que normalement elle ne se tenait plus à ce bar, mais qu'elle ferait une exception pour nous six.

— *Deurkonéò !* Vossa ! Tu es fou !

Ils évoquèrent les pires scénarios de suite terrifiante et ils allèrent jusqu'à jongler avec l'idée de fuir la ville sans jouer.

Une grande femme de forte carrure et peu vêtue se présenta au bar peu avant que Takané monte sur scène. C'était Dialyè, qui exhibait avec le même orgueil sa large poitrine sous une camisole serrée et son large paquet sous une sorte de mini-jupe minimaliste qui s'approchait d'un simple pagne. À leur grand soulagement, Dialyè s'avéra une sympathique personne et n'en voulut pas à Takané de refuser ses services. Elle fut plutôt reconnaissante d'avoir eu l'occasion de découvrir leur musique et trouva même de vieilles connaissances dans ce trou. Takané découvrit même en elle un véritable boute-en-train qui divertit la place toute la nuit. En guise d'excuses, Juheur lui offrit gratuitement leur maquette, mais elle insista pour la payer :

— Deux *dall* ? Tiens, voilà un billet de cinq, dit-elle en refusant qu'il lui remette la différence.

— *Au fond des cercles abyssaux du sous-monde, les damnés se donnent la main.*

C'était de sa propre poésie. Puis elle alla faire quelques appels pour réunir d'autres amis. La veillée fut submergée dans un cocktail puissant d'un tiers de vulgarités sans nom, d'un tiers d'anecdotes lubriques, d'un tiers d'alcool et d'un dé de poudre. Ce n'était pas ce que Takané avait envisagé, mais Bèlékal stupéfiait toujours.

Avec un peu plus de mille kilomètres à parcourir, il fallut partir au petit matin pour atteindre Hédridzia en après-midi. Tout le groupe insista pour prendre des photos en compagnie de Dialyè et sa bande de bêtes de foire. Barèr, un peu moins affecté que ses protégés, prit le volant malgré sa fatigue avancée. Peu avant l'aube, ils passèrent Èstyè, puis peu après l'aurore, ils contournèrent l'importante Dèsta, où le groupe n'était pas parvenu à trouver un endroit à ajouter à l'horaire.

Hédridzia, le samedi 17 mars, située à la pointe nord-ouest du continent, entre les récifs et la pointe de la chaîne des Abélines. Le spectacle se déroula dans un sous-sol de la vieille ville magnifiquement bien préservée, assurément l'une des plus belles villes de Kapie. Les gars de Takané étaient parvenus à trouver un groupe local pour faire leur première partie. C'était un groupe de trois filles qui faisaient dans un punk rock primaire et viscéral. Il ne faisait nul doute que c'était trois révoltées, trois marginales jusqu'à la moelle. Elles étaient enlaidies par les haillons les plus sales, les pires maquillages et les chevelures hirsutes les plus crasseuses. C'était leur forme d'expression et leur liberté féminine. Celles-ci résonnaient tout de même auprès de la soixantaine de rebelles (garçons et filles) qui remplissaient l'endroit. Takané observa leur prestation avec une certaine ambivalence. Il y avait quelque chose de beau dans cette communion ordurière, mais la voix criarde et stridente de la chanteuse était une douloureuse expérience.

— Cette fille me fait saigner des oreilles, se plaignit Kassepi.

— *Heud*, ces filles sont plus *thrash* que nous, s'étonna Isoeur, un peu répugné.

— Avait-elle vraiment besoin de finir la chanson en déchirant ses pantalons et de se frotter dans notre face ? critiqua Honnelli, un peu confus.

— Bah, je ne sais pas, c'est leur façon de s'exprimer, argumenta Barèr. La société s'attend à ce que les filles soient belles et gentilles et c'est comme ça qu'elles refusent ce stéréotype et hurlent « Aller tous chier ! » Bon, allez faire vos singeries masculines maintenant : c'est à votre tour, les gars.

Takané s'exécuta également avec véhémence devant la même foule furieuse qui se propulsait violemment corps par-dessus corps dans une sorte de concours de celui ou celle qui ressortirait de la soirée avec le plus de contusions.

— *Kranth*[81] ! conclurent-ils des sous-sols d'Hédridzia.

Ralò, le dimanche 18 mars. Un premier village de pêcheurs dans une anse abritée par les escarpements des Abélines qu'une forteresse datant du troisième siècle couronnait en ruines lugubres. Un corps de marine en garnison habitait la ville et des bunkers étaient dissimulés dans les fortifications d'antan. Un lieu encore endormi en cette mi-mars, Takané s'efforça de brasser un peu les douze carcasses d'homme qui se trouvaient là malgré eux.

Hodzèl, le lundi 19 mars. C'était la principale municipalité d'un chapelet de garnisons sur la côte des Abélines, le chef-lieu de cette côte sauvage où les contingents militaires venaient fêter la fin de semaine. Le lundi, la ville devenait minable. Takané eût pu ne pas jouer dans ce bar oublié des habitants de cette triste localité et ce n'eût fait aucune différence. Les gars jouèrent parce qu'il y avait une scène et qu'ils avaient leur instrument, raisons nécessaires et suffisantes.

— Prenons ça comme une répétition à notre local, philosopha Juheur.

Ténédzia, le mardi 20 mars. Un autre village de pêche et de garnison le long de la côte escarpée du nord. Quelque six cents kilomètres au nord, au-delà de la mer se trouvait Scério et ses quelques millions d'habitants. Encore une fois, le bar où aboutissait Takané semblait être le lieu où s'échouaient les ivrognes et les drogués de la ville. Pathétiques dans leur misère et plus souvent drôles dans leur tentative de suivre les rythmes effrénés de Takané, cette fois-ci, parmi la dizaine d'intoxiqués qui peuplait l'endroit, les gars se heurtèrent à un couple détestable qui ne voulut rien savoir de la musique jouée. Ils huèrent et levèrent le majeur après une chanson ; ils crachèrent sur les musiciens durant la seconde ; ils tentèrent de les empêcher de jouer en lançant ce qu'ils trouvaient à leur jeter dessus ou en venant interférer sur leur instrument durant la troisième.

— *Heud gèth*[82] ! gueula Juheur en les bottant hors de leur bulle. Foutez votre camp !

---

[81] *Kranth* : fous, *freaks*

[82] *Gèth* est le pronom personnel de la deuxième personne du pluriel « vous », mais sans la nuance de politesse. C'est l'équivalent du pronom familier *ihr*

Puis la femme vint vomir sur les espadrilles et les pantalons d'Isoeur, au beau milieu d'*Oud Vélaga*. Hautement irrité, il se défit de sa guitare plutôt que d'exécuter son solo et il sauta sur elle pour la repousser énergiquement. Il la botta au sol et l'injuria vertement puis retourna jouer. Son homme, qui tenait à peine debout voulut la venger, mais Énoeur intervint en lui assenant un coup de manche de sa basse dans les côtes, sans même manquer une note. L'homme rampa retrouver sa femme et ils quittèrent blessés. Takané n'arrêta jamais de jouer.

Le dernier segment le long de la côte sauvage de la mer de Scérie fut des plus pénibles pour le groupe. N'eût été les paysages à couper le souffle que leur procuraient ces montagnes plongeant abruptement dans la mer, il n'y eut aucun agrément à passer par ces villages déserts et insignifiants. Et encore, les musiciens fortement éclopés n'avaient que faire de ces panoramas de cartes postales. Takané débarquait avec insolence devant des ivrognes subissant la décharge du groupe qui envahissait leur taverne et dérangeait leur quiétude amorphe. Ces trois arrêts pittoresques sans aucun intérêt pour ces jeunes citadins que seule l'effervescence de la cité excitait furent conséquemment une erreur. Barèr se désola de s'être si aisément trompé dans la finition de son itinéraire et se demanda alors pourquoi il n'avait pas plutôt mis Addyò, au sud des Abélines et Anyékò-Dané, plus en amont sur la Yattal, sur l'itinéraire. Il se jura ne pas reproduire cette bévue.

Le moral était à son plus bas dans le camion. Personne ne parlait. Chacun supportait son mal. Barèr pressait sur l'accélérateur pour rejoindre la capitale le plus rapidement possible. Cela faisait maintenant quinze soirs de suite sans interruption que le groupe se donnait dans différentes villes devant de maigres auditoires trop souvent indifférents. Personne n'avait pris une véritable douche depuis Sabbélora ; ils avaient été plus souvent contraints de se débarbouiller dans le lavabo des toilettes. Personne n'était sorti physiquement indemne de cette virée. Plongés dans un mutisme, les gars fixaient le paysage puisqu'il n'avait rien d'autre à faire et plus rien à se dire. À l'occasion, une plainte brisait le silence de mort. Cette fois, c'était Énoeur.

---

allemand, plutôt que le *Sie*.

— Non, mais vous avez vu cette vieille conne droguée et dégénérée avant-hier ! Jamais elle ne m'aurait fait une pipe même si elle m'avait payé, la folle !

— Nous le savons, Énoeur, ça fait trois fois que tu la racontes celle-là, répliqua Isoeur avec un haut-le-cœur, imaginant cette vieille laide lui sucer le membre.

Le groupe retourna à son silence.

La route suivait maintenant une longue courbe pointant vers le nord. Plein d'espoir, Barèr savait qu'au-delà de ce cap se trouvait enfin le golfe du Sabbéor, et donc le premier arrondissement de la cité. Il arrêta le camion à la halte de la pointe aiguë, glissant dans la mer qui claquait contre cette échine verdoyante. Les gars sortirent nonchalamment la glacière et allèrent s'installer aux tables à pique-nique. Il faisait un de ces froids en cette troisième semaine de mars. Le fort vent marin les fouettait et n'ajoutait aucun agrément à leur mine des plus maussades. Contournant le promontoire pour atteindre les tables, ils virent de l'autre bord de la montagne le mont Avèlbièro et les denses arrondissements qui s'étendaient à son pied.

— Oh ! les gars ! Venez voir ! Kapousha, enfin ! s'époumona Honnelli.

Depuis qu'il était déménagé là, c'était la première fois qu'Honnelli s'enthousiasmait de revoir Kapousha, qu'il avait longtemps maudite. Énoeur faillit se pisser dessus, en partie à cause du vent, mais aussi parce qu'il s'était retourné brusquement, en apprenant la bonne nouvelle. Les autres lancèrent des cris de joie. Leur cœur se réchauffa et c'est tout ce qu'il fallait pour faire leur entrée à Kapousha-Koh ce soir dans l'ultime prestation de cette tournée éclair.

Le groupe mangea en vitesse. Barèr ne se fit pas prier pour repartir, exténué de ce mois d'organisation, de camionnage et de ses propres excès. Ils traversèrent l'arrondissement Kohèl[83] avant d'arriver au minuscule bar laitier situé à l'extrémité ouest de la longue plage de Kapousha-Koh. Le groupe avait eu la place gratuitement comme c'était hors-saison.

Malgré la proximité de Kapousha, ce secteur n'était pratiquement jamais fréquenté par la population des autres arrondissements en dehors de la période estivale. Les Kapiens des quartiers populaires

---

[83] Kohèl : le « Nord-Ouest » est un arrondissement de Kapousha, au nord d'Avèlbièro et à l'ouest de Kapousha-Koh

ne s'aventuraient pas ici au mois de mars et les quelque trente-cinq personnes qui assistèrent au spectacle ce soir-là étaient des locaux vivant aux environs du commerce. Le cœur de la communauté métal de Kapousha pourrait revoir Takané dans quelques jours à Kadeu.

Malgré leurs blessures et leur santé précaire, Takané exécuta leur prestation sans failles et avec la même fougue que les gars développaient lentement, parallèlement à leur assurance sur scène. Cette vingtaine de spectacles sur la route les avait aguerris plus que les innombrables prestations de taverne.

Seule Anyériss se déplaça en cette soirée de semaine universitaire pour voir son amoureux une fois de plus sur scène. En la voyant, Isoeur esquissa un sourire sincère au travers de son visage exténué et battu.

— *Onéò*, quelle mine déprimante tu as ! s'exclama-t-elle, navrée.

Elle lui prit le visage dans ses mains et l'embrassa sur les lèvres. Il sembla déjà se revigorer. Il ne lui dévoila que très peu de détails. Cela l'importait peu, elle ne se mêlait jamais des affaires du groupe et elle fut surtout heureuse de le retrouver enfin.

La salle se vida d'un trait pendant que le groupe défaisait son équipement. Anyériss accueillit les autres membres en les aidant à transporter le matériel. Son ton jovial et sa beauté firent du bien à tous, et chacun envia Isoeur secrètement. Honnelli souhaita retrouver Énovia. Énoeur eut envie de retrouver Lallé. Kassepi observa longuement Anyériss du coin de l'œil, comme un doux remède illicite, et s'en voulut de ne pas avoir invité Sapré, qu'il n'eut jamais le courage de rappeler ou même d'évoquer à ses amis. Barèr se dit qu'il devait peut-être s'y mettre sérieusement aussi. Juheur eut une érection en pensant au petit corps brûlant de Lèbbé.

Le groupe fatigué se laissa conduire une dernière fois par Barèr jusqu'à l'ancienne stalle où l'équipement retrouva enfin son nid moelleux après vingt jours de durs traitements. Les au revoir furent brefs et chacun prit le métro pour rentrer chez lui.

En cette fin de mercredi 21 mars 1029, l'heure était au repos. Retourner au travail, pour chacun, allait être un luxe bienfaisant après ce blitz de spectacles absurdes. Absurde, tout comme le serait de plus en plus leur quotidien qu'ils retrouveraient au réveil.

Mais pour l'instant, leurs lits les attendaient avec toute la chaleureuse invite que seule la maison put procurer.

CHAPITRE DIX-NEUF

Des projets pour l'année à venir

Saturés par les dernières semaines d'une étroite et perpétuelle cohabitation, les gars s'accordèrent une pause les uns des autres avant de se réunir le samedi soir pour le spectacle au Spectre de l'ombre. De retour à Kapousha, Barèr retrouva ses commerces ; Juheur perdit son emploi ; Énoeur retrouva le sien par miracle ; Kassepi et Honnelli profitèrent d'un rare congé avant de recommencer le travail le lundi suivant ; et Isoeur commença à feuilleter sérieusement les offres d'emploi.

Ils arrivèrent tôt dans le but de dresser un bilan de leur dernière aventure. La conversation débuta légèrement : on mentionna d'abord le plaisir d'avoir vu du pays. Puis on enchaîna évidemment les anecdotes les plus farfelues : on se remémora avec beaucoup d'hilarité les prostituées de Dzéor, les révoltées d'Hédridzia, les rares filles que le groupe parvint à séduire, les beuveries et les folies d'après-spectacle, leurs multiples blessures et les quelques heureuses rencontres.

— *Heud !* Dialyè était incroyable ! Ha, ha ! s'esclaffèrent-ils tous à l'unisson.

Puis ils rirent aussi des bars pathétiquement déserts. Arrivés au bout de leurs souvenirs positifs, ce dernier aspect, moins agréable, les refroidit.

— Oui, bon, c'est bien beau tout ça, mais sérieusement, ça n'a pas fait vraiment avancer le groupe, déchanta Kassepi. À quoi bon rouler des milliers de kilomètres pour jouer devant vingt personnes à Yunbèl ?

— *Nééé...*[84]

On eût dit que cet argument leva le voile sur ce qui minait tout le monde véritablement. Ils s'observèrent, pâles dans la pénombre du bar. Ils avaient aussi maigri, ce qu'ils crurent préalablement impossible. Certains récupéraient d'un vilain rhume. Ils étaient encore exténués et littéralement battus. Ils portaient tous leur lot d'ecchymoses.

— Nous sommes sortis trop tôt de la ville. Il n'y a pratiquement pas d'endroits où notre musique était comprise comme nous le sentons ici à Kadeu, analysa Isoeur.

— *Deurk*, ces trois villes de la côte nord. Quelle perte de temps ! Nous aurions pu revenir directement ici, ajouta Honnelli.

— Oui, moi j'aurais pu retourner travailler dès lundi, sans ces spectacles ridicules, compléta Énoeur. *Heud !* et éviter cette foutue droguée...

Isoeur l'arrêta.

— Yabèl, ne repars pas avec cette histoire, s'il te plaît !

Juheur riait jaune, incapable de dissimuler son dépit.

— Et moi, je me suis fait congédier hier. Quelle merde !

C'était un fait : à part quelques exceptions inespérées, la majorité des concerts attira peu de spectateurs et laissa un souvenir amer. La tournée s'avéra dispendieuse, compte tenu des maigres moyens, et ils eurent souvent à offrir gratuitement leurs maquettes pour se promouvoir le moindrement. Sans oublier que leurs excès testèrent durement leur invulnérabilité.

Une dispute sur l'idée saugrenue qu'ils avaient eue de traverser la Kapie s'accentuait sournoisement à chaque argument toujours plus venimeux que le précédent. Il leur était soudainement si frappant qu'ils avaient été naïfs de prétendre être des étoiles qu'on se serait précipité d'aller voir en concert et qu'on aurait adulées; ils n'en étaient pas. Barèr, derrière le comptoir du bar encore peu fréquenté à cette heure de l'après-midi, n'arrivait pas à les contenir et cherchait en vain à faire taire leurs dissensions. Les bons coups de la tournée ne parvenaient plus à les convaincre et ils commençaient à douter même de la pertinence de leur entreprise. Isoeur alla jusqu'à émettre

---

[84] La particule *né* est ici celle de la négation, mais on l'emploie de façon phatique pour obtenir l'accord de l'interlocuteur, dans le sens de « n'est-ce pas? », « vous êtes d'accord, hein? ». Étrangement similaire au 字 (*né*) japonais.

l'idée qu'il eût pu autrement poursuivre sa session universitaire, ce qui mit les autres en colère. L'altercation qui en résulta était à une maladresse de l'empoignade. C'en était réellement rendu à ce point.

Heureusement, Énoeur les fit tous taire, non pas en criant pour dominer le jacassement, mais au contraire, avachi sur sa chaise, en présentant apathiquement un fait d'une vérité absolue.

— Eh puis merde ! Ce fut toujours mieux que de jouer devant les mêmes dix ivrognes chez Firèr.

Un silence suivit. Il n'y avait plus rien à ajouter. La tournée était la meilleure chose qu'ils avaient vécue à ce jour, le concentré le plus épique d'expériences et une poignée de graines saupoudrées aux quatre vents. Point final.

Cette conclusion d'Énoeur coïncida de peu avec l'arrivée des membres de Guèl Mèlthè[85], un groupe prometteur constitué depuis seulement trois mois. Nommé d'après la chanson parue sur *Kapousha Suvial*, ce groupe était formé de jeunes défavorisés de Fabèleu devenus des habitués du Spectre et des amis de Takané à force de les y côtoyer et de faire la fête ensemble. Ils étaient impatients d'entendre l'intégral des anecdotes salaces et autres situations cocasses de la tournée de Takané. Énoeur avait raison, ce n'est pas chez Firèr qu'ils auraient pu accumuler autant d'histoires à faire rêver leurs camarades musiciens. Barèr déposa quatre nouveaux pichets sur la table et les gars se firent un plaisir de tout raconter. La soirée s'annonçait bonne, de retour au cœur de la communauté.

Le soir venu, une foule compacte de près de deux cents personnes en délire se massa au Spectre, du jamais vu. Il faisait bon de vivre au sein de ce cercle encore intime et bouillonnant. Guèl Mèlthè amorça le programme double de la soirée. Ces jeunes musiciens manquaient d'expérience, mais leur intuition sur scène était la bonne et s'harmonisait tout à fait à la soif de l'auditoire venu se déchaîner. Salleur, le chanteur, carburait aux accrochages virils et aux contacts francs avec les *métalleux* parmi lesquels il ne se gênait pas de *thrasher*. C'était pour ce groupe un avantage que d'avoir un chanteur libre de tout instrument. Toutefois, pour Takané, Juheur avait le charisme et la présence pour deux et parvenait à stimuler la

---

[85] Guèl Mèlthè : Ange de mort. La chanson de Takané est au pluriel, *Guèl Mèlthèi*.

foule sans problème. Du moment que la musique déferlait, les corps se percutaient et s'éjectaient.

En effet, le plafond bas du bar était criblé de brèches causées par des coups de pied de ceux faisant du *bodysurfing*. L'intensité grandissante des prestations amena même Barèr à aménager une petite infirmerie qui se trouva presque aussi populaire que le comptoir à bière ou les toilettes. Les groupes exhortant ces adolescents à éclater, à se rosser et à se projeter les uns contre les autres étaient mis en cause, mais, ici, tout le monde jugeait cela bon.

Pendant un solo de batterie de Kassepi qui fondait vers *Oud Vélaga*, Juheur commanda la foule à se diviser en deux colonnes, de part et d'autre de la scène et, à son signal lorsque Takané plaquerait le plus lourd des accords, à se ruer à pleine vitesse l'une contre l'autre. Les musiciens sur scène jubilaient, tout comme les dangereux passionnés qui en ressortaient contusionnés ou même ensanglantés.

C'était laid ; et beau à voir.

Par leurs qualités, ces deux groupes formaient une formidable attraction qui nourrissait une allégeance occulte. C'était indéniable, il y avait ici à Kapousha une terrible force qui se mettait tout juste en mouvement. Chaque semaine, de nouveaux visages s'ajoutaient aux cohortes de Kadeu. Juheur était très inspiré par cet élan et réfléchissait déjà à des textes évoquant cette réalité dans l'ombre et cette jeunesse rebelle, complètement folle et mue d'un besoin impérieux d'éruption.

Ènfine Pèllé assista à l'événement et tint à rencontrer les groupes dont les performances l'impressionnèrent beaucoup, lui qui ne parvenait toujours pas à mettre sur pied un groupe métal sérieux. Muni de son sac à dos bourré de cassettes, il était tout fier de distribuer sa première compilation de MMK pour une *dall*. Les groupes les plus obscurs du sud de la ville et de Kadeu s'y trouvaient représentés avec leur enregistrement tous aussi médiocres les uns que les autres, mais l'énergie brute y était.

Après chacune des prestations, il fit un saut rapide dans l'étroit local de rangement qui servait de loge pour partager son appréciation marquée pour ces deux groupes avec qui il désirait grandement « bâtir la vague métal kapienne », comme il le disait. Il paya à chaque musicien un pichet de bière. Ènfine n'était pas le plus grand noceur, au contraire, il était parmi les quelques *métalleux* sages, mais il avait à l'époque ce goût traître d'exciter ses camarades à se débaucher. Ça avait tout de même l'avantage de produire des veillées extraordinaires et d'y tisser des liens forts.

***

Le lundi suivant, le groupe était de retour au local pour se remettre à la répétition en attendant la venue de leur plus fidèle et compétant coéquipier, Barèr. Il était très rare que Barèr se présentait aux anciennes stalles, mais lorsque cela se produisait, il faisait chaque fois le grand bonheur de ses amis. Les gars finirent leur segment de chansons à exécuter avec l'excitation double de leur glorieuse fin de semaine et de la présence de Barèr. Ils firent une pause pour accueillir convenablement leur mentor qui attendait en les écoutant avec bonheur.

— Kappèlla! s'écria Isoeur. Il l'invita à prendre place sur le divan pendant que Juheur déplaçait la petite table de travail autour de laquelle tous vinrent s'asseoir.

Barèr avait ce don, par son comportement sérieux et son esprit cartésien et calculateur, de créer une ambiance qui incitait à se mettre au boulot. Il donnait l'impression tacite d'être non pas leur chef d'orchestre, mais plutôt leur chef d'équipe qui les convoque pour d'importantes décisions et orientations. Intuitivement, ils le considéraient comme un sixième membre de Takané.

Ils avaient tous eu l'occasion de traiter et de clore le dossier de la dernière tournée le samedi précédent et ils purent directement orienter leur discussion vers l'avenir. Juheur amorça l'opération.

— Je ne crois pas vous surprendre en n'espérant pas d'autres tournées, du moins à court terme.

Cette évidence provoqua une ronde de rires.

— C'est à *heudan* Kadeu que ça se passe, les gars! s'exclama Énoeur, sautillant et encore plein d'énergie. *Heud* les régions!

— Bah, ça a quand même levé fort à Sèrra et Dzin-Oudanth, fit remarquer Honnelli.

— Et à Hédridzia… Rien ne nous empêche d'y retourner sans faire la Kapie au grand complet, proposa Kassepi.

— Mouais, de façon ponctuelle. J'aimerais m'éviter d'avoir à trouver un nouvel emploi chaque fois que nous partons un mois, ha, ha! grimaça Juheur avec sa légèreté habituelle.

— Oui, bien sûr, je vous comprends, conclut Barèr avant d'introduire l'objet principal de sa visite. En fait, Ènfine veut publier son premier album et je passais pour savoir si vous étiez intéressés ! dit-il avec une frivolité qui amusa ses amis.

— Ha, ha ! *Heud né*[86] que ça nous intéresse !

— Bonne nouvelle ! Il souhaiterait faire un lancement avant la fin de l'année, mais pas avec une de ces cassettes de rue. Il veut frapper fort avec un groupe et un produit professionnel digne des grands. Son but est de positionner MMK comme le phare de la scène métal naissante.

— Il n'y a aucune autre maison de disques, de toute façon ! plaisanta Juheur.

Barèr se montra un peu démuni.

— Eh, c'est un peu ça, oui. Bref, nous sommes tous deux conscients que Takané est un de ces quelques groupes qui ont actuellement le potentiel de livrer la marchandise.

Il regarda à tour de rôle ses acolytes pour sonder leur impression sur cette éventualité. Sur chaque visage, il voyait surtout de la détermination et une confiance en leur propre capacité. Il était réconforté et fier de voir ces jeunes qui ne s'excusaient pas et ne fuyaient pas devant l'adversité. C'était peut-être Ènfine et lui qui y attribuaient une trop grande importance, ou peut-être Takané qui le sous-estimait.

— Oui, certainement, nous sommes le groupe kapien par excellence, et nous nous devons de le démontrer avec plus de tripes que *Kapousha Suvial*, affirma Juheur avec conviction.

Les cinq membres de Takané se tapèrent dans la main dans les airs, avec une pointe d'arrogance, convaincus de leur supériorité.

— Bien, Ènfine avançait vaguement les mois d'octobre ou novembre comme date de sortie. Cela vous donnerait les mois d'avril à juillet et peut-être août pour la préparation de l'enregistrement de l'album, qui pourrait avoir lieu d'août à la mi-octobre. Quelque chose comme ça.

L'assemblée fit de concert une moue peu impressionnée par l'échéance à première vue souple. Barèr poursuivit.

---

[86] On croirait entendre « Crisse non ! », mais la traduction juste serait plutôt « Crisse oui ! » en considérant la particule à fonction phatique *né* vue plus tôt. Dans la langue populaire, le « oui » a sauté par contraction pratique. « Crisse oui, hein ! » est devenu simplement « Crisse, hein ! »

— L'objectif d'Ènfine est de préparer conjointement un spectacle d'envergure pour appuyer le lancement. Par conséquent, ce ne serait pas au Spectre ou dans un autre bar minable. Il voudrait rameuter les différentes poches marginales de la cité dans une salle assez grande et d'une certaine notoriété.

— Bah, le Spectre, ce n'est pas si pitoyable, défendit Juheur. Au contraire, moi, je trouve que c'est devenu culte.

— Pourquoi pas à la Citerne ? proposa Énoeur. C'est au cœur de la communauté métal et c'était parfait pour Sahiké Nora.

— Il n'y a rien de concret pour l'instant, mais il regarde déjà du côté de Kostèno pour une salle pouvant contenir entre cinq cents et mille spectateurs, annonça Barèr.

— Oh ! *Heud !* Mille personnes ! s'écria Isoeur, tout excité. Quel impact formidable cela aurait de remplir une telle salle ! Comment hurler plus fort que ça l'existence du métal à Kapousha ?

— *Heud né !* Nous allons *thrasher* Kostèno ! dit Énoeur, qui s'y projetait déjà.

Isoeur et Énoeur rayonnèrent à cette annonce, s'imaginant déjà sur une grande scène face à une salle comble. Les deux musiciens s'évadèrent dans leur imagination, comme si la chose était déjà acquise.

— Ce serait une belle occasion de rehausser la présentation sur une grande scène, reprit Énoeur. Il faudrait l'agrémenter de décors si nous voulons vraiment nous démarquer.

— Excellente idée, Énoeur ! Quelque chose comme des décors sur le thème de *Takané* ou *Métal Dihne*. Sans oublier une plateforme pour la batterie de Kassepi ! lança Isoeur, qui rêvait de grimper sur un podium où la batterie dominerait la scène. Le plafond des bars est toujours trop bas et les scènes sont toujours trop petites. J'ai hâte de jouer dans une salle qui nous donnera un peu plus d'espace pour nous défouler.

Énoeur gigota comme un enfant qui s'impatientait d'obtenir ce qu'on lui avait promis.

— Oui, oui, pour pouvoir courir et sauter d'un bout à l'autre de la scène !

Pendant qu'Isoeur et Énoeur partageaient leurs fantasmes de spectacle grandiose, Kassepi et Honnelli eurent un regard complice témoignant d'un souci probablement commun.

— Je ne sais pas si tu t'inquiètes pour la même raison que moi, Mollieur. Tout ça semble très beau en soi et je suis bien partant pour ce lancement d'album, mais je ne suis pas tout à fait convaincu que Takané peut remplir une telle salle. C'est vrai que nous attirons une bonne et fidèle foule au Spectre, mais en dehors de cela, nous demeurons plus ou moins un groupe obscur ou même totalement inconnu, non ?

— C'est ce que j'appréhende aussi, Sècca. Nous devons vraiment augmenter notre promotion et notre visibilité. Il faut que nous répandions davantage notre musique. Sinon, nous allons aboutir avec une de ces salles désertes, réalisa Kassepi.

— Bah, c'est ce que nous disions plus tôt. Nous devons nous concentrer sur Kapousha et nous faire connaître d'abord ici, résuma Juheur.

— Mais la popularité du Spectre, excuse-moi, Barèr, mais elle a ses limites.

Barèr ne lui en voulut pas, même s'il travaillait fort pour élargir son bassin de visiteurs.

— Alors comment ? demanda Énoeur découragé, si vous croyez que jouer au Spectre n'est pas suffisant.

Assis mollement dans le creux du divan, Kassepi se redressa vers l'avant et appuya ses coudes sur ses genoux pour amplifier l'importance de la prochaine proposition, dont il semblait déjà avoir glissé un mot à Honnelli.

— Je crois que nous sommes tous plutôt d'accord pour affirmer que *Kapousha Suvial* n'est pas tout à fait à la hauteur de nos attentes. Il serait un peu dommage de pousser pour un produit qui nous fait de moins en moins honneur. Sans vouloir ôter le mérite de cette première étape qui a été importante, confia Kassepi.

— Évidemment ! Vous savez que je n'en suis pas le plus fervent défenseur, mais d'accord, c'était au mieux un bon premier jet, voilà six mois de cela... Même *Guèl Mèlthèi* a considérablement évolué depuis octobre dernier ! résuma Isoeur.

— Eh bien, voilà, nous pourrions enregistrer une nouvelle maquette, s'aventura Honnelli, dont l'audace surprit même Juheur, qui eut un soupir de grand défi en se rejetant vers l'arrière où le dossier du divan l'accueillit moelleusement :

— Oh, Sècca... *Heud*, tu es sérieux ?

— Ce n'est pas si fou. Ça nous donnerait quelque chose de frais à présenter et pour attirer les gens au Spectre, raisonna Kassepi.

Isoeur se remémora la pénible fin de semaine d'enregistrement.

— Je ne sais pas si c'est essentiel de s'embourber dans une autre entreprise aussi risquée et coûteuse... mais c'est vrai que nous serions moins gênés de présenter une meilleure cassette que *Kapousha Suvial*.

— Mouais... dit Énoeur, dubitatif. Je ne trouve pas *Kapousha Suvial* si pire. Nos prestations parlent plus fort. Ce serait probablement plus simple de chercher à inscrire des spectacles aux quatre coins de la ville. Je ne sais pas trop.

— Moi, j'opterais pour une nouvelle maquette, déclara Kassepi.

Isoeur et Honnelli l'appuyèrent. Tous se tournèrent vers Barèr, mais, à ce stade exploratoire, il s'abstint d'influencer leur jugement. Juheur répliqua.

— Oh, les gars ! Un album et maintenant une nouvelle maquette ! Je suis loin d'être un fainéant, mais une chose à la fois, quand même ! Croyez-vous que nous sommes prêts à enregistrer quoi que ce soit ? Nous n'avons même pas assez de nouvelles chansons !

Juheur tenait un bon point. Le répertoire original du groupe était limité et les quelques chansons qu'ils jouaient en spectacles étaient pour la plupart encore inachevées. Juheur regarda Kassepi, son fidèle coéquipier de composition. Kassepi se dressa rapidement une liste mentalement.

— À froid comme ça, nous aurions *Oud Vélaga* et *Métal Dihne* que nous avons complétées assez rapidement, et elles semblent plutôt finales. Si nous optons pour une nouvelle maquette, *Guèl Mèlthèi* pourrait justement servir à démontrer notre progression pour ceux qui nous connaissent déjà. Sinon, *Takané* est notre seule chanson réglée. Ce serait une valeur sûre pour notre premier album, mais probablement pas valable pour une deuxième maquette.

— Hmm... et nous avons peut-être cinq ou six autres esquisses qui nécessitent un travail considérable, mais dont nous aurons besoin pour l'album, compléta Juheur.

— Nous aurions *Dhass Guèlla ba Nésuvé*[87], bien qu'elle nécessite encore un peu de travail de finition avant d'être présentable, indiqua Honnelli en direction de Juheur et Kassepi.

---

[87] *Dhass guèlla ba nésuvé* : « (Le) cœur meurt en hiver ». Cette chanson aux dimensions épiques s'inspire du fameux récit historique *Nésuvé Sé Yinth Dhassèi*, « L'hiver de nos cœurs ».

— Oui, c'est certainement la plus avancée. Ce serait possible de la finaliser à court terme en y mettant la priorité, dit Juheur, penseur et encore refroidi par l'idée de maquette.

— Hé, je nous fais confiance là-dessus, les gars! Disons un bon mois et demi pour clore ces quatre dossiers, conclut Kassepi, positif.

— Oui bon, l'écriture peut tenir la route, mais, à bien y penser, je ne crois pas que la composition soit notre goulot d'étranglement actuellement. J'ai moins confiance en nos moyens de financer un tel projet, appréhenda Juheur.

— Avons-nous d'autres options? réfléchit Isoeur.

— Nous aurions beau nous concentrer sur la production et le lancement d'un album, on nous portera probablement peu de crédibilité dans l'état actuel, critiqua Honnelli.

— Je ne vois aucune autre solution pour le moment, dit Kassepi. Ça serait le meilleur levier sur lequel appuyer nos spectacles. Pour ce qui est de l'argent, nous trouverons bien.

— Pour ma part, je préférerais éviter un autre enregistrement accaparant. Nous pourrions nous concentrer à donner des spectacles dans la ville, question de se faire connaître. Comme samedi soir, c'était *malade*! proposa Énoeur.

— Mouais, mais c'était presque une exception, remarqua Isoeur.

— Yabèl n'a pas tort par contre. Il ne faut pas arrêter de jouer dans les bars. C'est là que nous excellons et c'est la meilleure façon de nous faire remarquer, argumenta Juheur.

Honnelli était d'accord sur ce point également, mais il ajouta un bémol.

— Pas chez Firèr. C'est toujours la même clique du voisinage.

— C'est vrai. Il n'y a aucune raison de continuer à nous produire là, consentit Juheur.

— Et honnêtement, j'en ai marre de jouer ces *tounes* rock diluées, intervint Kassepi.

— Ouais, autant à la batterie qu'à la guitare, c'est *heudan* plate à jouer, appuya Isoeur.

Juheur se sentit visé par ces arguments.

— Oui, oui, je sais, mais ça nous rapporte un peu d'argent... dont nous avons grandement besoin.

— *Heud*, j'ai l'impression d'être cette prostituée de... c'était où déjà? demanda Énoeur.

— À Dzéor. Ha, ha! *Onéondeurk!* se remémora Isoeur.

— Èllé! *Heud!* se rappela Barèr qui écoutait attentivement cette ronde de discussion.

Cela amusa grandement Honnelli.

— *Deurk*, vous en parlez encore et je n'ai aucun souvenir de ce bout-là!

— Hé, tu étais *heudan* saoul, mon gars! Il a fallu que je te traîne sur mes épaules pour échapper à la police! se souvint Énoeur avec un sourire enjoué.

— Bon, bon, bon! Revenons à nos moutons. Donc, nous sommes tous d'accord pour ne pas finir comme cette Èllé, proposa Juheur en faisant un clin d'œil, et nous voulons tous continuer à jouer en public.

Tous acquiescèrent. Juheur reprit.

— Alors, endurons encore un peu chez Firèr le temps de se faire quelques *dall*, et concentrons-nous sur le reste ensuite.

— Tout en continuant à jouer au Spectre, compléta Kassepi.

Il eut une pause, le temps que chacun absorbe l'information et mettre au point sur l'horizon.

— Euh, donc, une nouvelle maquette ou pas? demanda Honnelli, un peu confus.

— Même si nous nous concentrions sur la finition des quelques chansons d'une nouvelle maquette, nous ne pourrions probablement pas arriver à les enregistrer avant le début de l'été et il serait déjà temps d'attaquer la production de l'album, douta Juheur, qui appréhendait que les ambitions du groupe ne dérapent sur trop de défis simultanés. Moi, je ne crois pas que c'est nécessaire, du moins pas incontournable, mais c'est impératif que nous ayons les compositions prêtes.

— OK, peu importe notre décision sur les enregistrements, notre priorité doit être d'achever nos chansons, nota Kassepi.

Isoeur amena la prochaine problématique corollaire.

— Bon, en gardant comme objectif l'album et son lancement, cela veut dire beaucoup d'heures de compositions, beaucoup d'heures de répétition, beaucoup d'heures de préparation de spectacle et beaucoup d'heures d'enregistrement. Ce sera difficile d'accomplir toutes ces tâches en continuant à jouer trois ou quatre soirs par semaine chez Firèr et au Spectre, et nous avons grandement besoin de ces revenus.

— Je suis d'accord. Nous ne sommes qu'en mars, mais avril débute la semaine prochaine et tout arrivera très vite. Ce serait préférable de nous concentrer sur la préparation et les répétitions ici plutôt que de perdre nos soirées à jouer au bar, les avertit Honnelli.

Il y eut à nouveau une courte pause où chacun jongla dans sa tête avec toutes les variables pour satisfaire l'équation.

— 'Néò, l'année sera chargée! souffla Juheur, déjà en train de retrousser ses manches comme symbole de sa détermination.

Un instant passa, donnant le temps à chacun de digérer l'ampleur de leur entreprise.

Isoeur se fit proactif et se rapprocha de la table de travail.

— Bon, Juh, tantôt tu parlais de la question d'argent. Continuons à jouer chez Firèr pour encaisser le plus possible d'épargne le temps de compléter la composition des chansons prioritaires. Ça nous donnera aussi le temps de nous décider par rapport à la maquette et de voir si c'est faisable.

Il fit un peu d'arithmétique sur la pile de feuilles volantes, puis il ajouta :

— Voilà, à 40 HDG de la soirée, durant tout le mois d'avril et de mai, cela peut nous donner près de sept cents *dall*.

Énoeur, qui demeurait plus silencieux, mais non moins intéressé, ajouta son grain de sel.

— À condition que nous ne buvions pas toutes nos payes.

Barèr voulut encourager cette dernière initiative.

— De ce côté, je pourrais vous augmenter à soixante-quinze *dall* pour jouer le vendredi soir seulement. Ça vous libérerait une soirée pour travailler sur vos chansons.

Isoeur ajouta ces données à sa feuille de calcul.

— Ce qui donne un bon montant de six cent cinquante *dall* de plus, pour un total prudent de mille trois cents *dall* pour le début de juin.

— Après la tournée qui nous a coûté assez cher, il ne nous reste pas plus de deux cent cinquante *dall* dans notre caisse, les informa Kassepi.

— Flûte... Nous n'irons pas loin avec ça, résuma Juheur, amusé par son interjection vieillotte.

— Ouf, les gars, là, j'ai vraiment soif! lança enfin Honnelli en se dirigeant au petit réfrigérateur.

Le bruit des canettes décapsulées qu'ils ouvrirent fut à ce moment la plus douce des musiques à leurs oreilles.

Après que tous se soient rafraîchis, et du même fait ressourcés, avec une bonne gorgée, Kassepi entama la deuxième partie et le cœur de la discussion : l'album.

— Bon, maquette ou pas, nous n'aurons pas des milliers de *dall* en main pour financer un album. Combien ça peut nous coûter ?

Ses camarades approuvèrent cette remarque. Isoeur se remit à ses calculs pendant que Juheur y alla de ses estimations.

— Pour l'enregistrement d'un album complet, en se basant sur *Kapousha Suvial*, et si nous visons entre huit et dix morceaux, on parle ici d'au moins trois cents heures, peut-être quatre cents, si nous voulons rehausser la qualité... Et un studio respectable peut facilement nous coûter dans les 15 HDG par heure...

Isoeur paniqua.

— Jusqu'à six mille *dall* !

Kassepi se passa les mains au visage, se frottant les yeux.

— Eh merde, nous n'avons vraiment pas les moyens pour ça.

— C'est peut-être prématuré de faire un album, réalisa Énoeur.

Isoeur médita l'idée.

— Si nous sommes forcés de négliger autant nos compositions que nos moyens d'enregistrer pour arriver à temps, nous risquons de nous retrouver avec un autre beau *Kapousha Suvial 2*. Après tout, c'est Ènfine qui pousse pour sortir un album, mais rien ne nous empêche d'en sortir un lorsque nous aurons tout fignolé correctement. MMK sera probablement encore là dans un an.

Juheur voyait le projet leur glisser des mains.

— *Heud*... Ah non... *Heud*, les gars, et si nous manquons le bateau !

Il soupira longuement et prit ensuite une grande respiration. Il poursuivit.

— Si nous ne pouvons compter sur plus de revenus de nos spectacles, nous allons devoir chacun nous serrer la ceinture, annonça Juheur qui savait bien que tous ses amis et lui vivotaient de salaires bien humbles.

Isoeur s'apeura.

— Sans compter que Kassepi et moi envisagions de partir en appartement d'ici quelques mois.

— *Deurk*, ça sort d'où ça ? réagit Juheur, qui l'apprenait.

— Peu importe, Juh... Qu'on le fasse ou non, ce n'est pas ça qui va aider Takané à joindre les deux bouts, intervint Kassepi, qui cherchait à garder la discussion constructive.

Énoeur, le cœur au ventre, s'engagea le premier malgré sa modeste situation.

— J'arrive à épargner autour de vingt-cinq *dall* par mois, peut-être cinquante si je fais un peu plus attention. Ça pourrait servir au groupe !

— Pour ma part, dit Isoeur, les derniers mois ont été assez chargés, mais c'est maintenant ma priorité de trouver un emploi à temps plein et j'accoterai Yabèl dès que je le peux.

Kassepi vint serrer l'épaule d'Énoeur.

— Moi aussi, et plus s'il le faut ! Vous le savez, la firme m'a gardé et avec près de neuf cents *dall* par mois, j'ai assez d'épargnes pour partir en appartement et aider Takané.

— Même chose pour moi, s'inclut Honnelli, je ne gagne assurément pas autant que Kassepi, mais au moins j'ai un revenu stable dans cette firme d'avocats où je parasite toujours, ajouta-t-il d'un rire fort. Et maintenant que je me suis remis intensément au piano depuis mon retour de Kiménie, disons que la cohabitation avec mes parents s'améliore. Ils préfèrent entendre du Chochi[88] que du Sahiké Nora. C'est tolérable, mais sans plus... Donc, je ne crois pas partir de sitôt et ce sera plus d'argent pour Takané, oui.

Juheur compléta cette ronde de coopération.

— Eh bien ! Tout comme Énoeur, en appartement, il ne me reste pratiquement rien à la fin du mois et comme Isoeur, je dois me trouver un nouvel emploi, mais je vous suis à cent pour cent ! Je n'ai jamais eu la meilleure éthique en matière d'épargne, mais dans les pires moments, j'ai toujours priorisé la musique avant mon garde-manger !

Barèr, qui était demeuré silencieux jusque-là, se permit de les encourager et de les rassurer :

— Si vous signez avec MMK, Ènfine déboursera la production de sa poche. Je doute qu'il ait les moyens de vous financer en totalité, mais il pourra vous aider à payer une bonne partie des frais d'enregistrement en plus de prendre à sa charge l'impression et la distribution. Tâchez tout de même de piler le plus d'épargne que

---

[88] Kiyopine Chochi : l'un des plus éminents compositeurs de la période romantique du huitième siècle

vous le pourrez, car le plus sera assurément le mieux, conseilla-t-il pour finir.

Et après tout ce sérieux, c'est lui-même qui sentit le besoin de détendre l'atmosphère.

— Votre situation pourrait être bien pire. Vous pourriez être tous des idiots sans solutions préférant se vautrer dans la drogue ! Là, nous aurions eu bien de sérieux problèmes et je ne serais probablement pas ici pour vous aider.

— Ha ! Comme ce couple de débiles à Hodzèl, se souvint Énoeur.

— Non, c'était à Ténédzia. Mais oui, quelle bande d'abrutis !

Cela donna le signal pour relâcher leur fou un bon moment. La discussion divergea sans que personne s'en fasse vraiment : c'était comme une pause bien méritée dans une longue réunion d'affaires.

Le calme revint de lui-même après une bonne quinzaine de minutes et c'est Juheur qui revint à la charge avec ce qu'il jugeait crucial avant même de planifier un budget et un échéancier d'enregistrement.

— Kassepi, même après avoir terminé les premières chansons les plus avancées, nous aurons à bûcher sur celles qui demandent encore plus d'effort.

— *Nééé*, nous allons devoir *heudan* suer cet été, mais comme tu disais tantôt, une chose à la fois. Nous en avons déjà beaucoup à digérer.

— Ouais... Donc, pour les autres détails. Où ? Quand ? Comment ? J'imagine qu'il est un peu tôt pour en discuter, suggéra Honnelli.

— Oh ! Ça va arriver plus vite que nous le pensons, mais pas ce soir, sourit Juheur.

Barèr, un peu timide de ce qu'il allait leur présenter, se confia.

— À propos de l'enregistrement : il est encore tôt pour en parler en profondeur, mais selon ce que nous arriverions à dénicher comme studio, je regarde également la possibilité d'en bâtir un. J'en ai déjà vaguement discuté à quelques reprises avec Yoà...

— Yoà ? Le gars du Rock Ohlvou[89] ? demanda Isoeur. Ça fait un bail que je ne l'ai pas vu, lui !

---

[89] Rock Ohlvou : Le « Paradis du rock », un magasin d'importation et d'échange de cassettes dans Kadeu, situé sur le boulevard Mavéor, à mi-chemin entre la station de métro principale de Kadeu et celle de Fèttoyah. À quelques minutes de marche de l'école secondaire de Kadeu, il s'agit du magasin que Honnelli mentionne dans sa lettre à Énovia (c.7).

— Oui, oui, lui. En fait, il était parti étudier à Bèlèkal. Il revient de son dernier stage en mai. Nous nous disions qu'avec ma lutherie et après le Spectre, comme lieu de rassemblement à Kadeu, le prochain objectif serait de fournir un lieu d'enregistrement pour les groupes émergents d'ici. Si Yoà et moi arrivons à monter un studio convenable cet été, vous pourriez être les premiers à le tester et évidemment vous bénéficieriez d'un tarif très réduit en tant que cobayes ! Ha, ha !

Les gars sourirent et admirèrent l'inépuisable énergie entrepreneuriale que Barèr démontrait encore une fois.

— Sacré Kappèlla ! Un projet n'attend pas l'autre. Ce sera quoi le prochain ? Tu aurais bien parti une maison de disque si Ènfine ne t'avait pas damé le pion sur ce coup-là ! le taquina Juheur.

— Tu as les moyens de te payer un bâtiment à Kapousha ? demanda Kassepi.

— Ha ! Tu ne sais pas à quel point le bar peut être lucratif ! fit-il d'un clin d'œil à la bonne affaire. Mais, trêve de plaisanterie, il existe dans le sud de Kapousha des bâtiments qu'on offre au rabais dans l'espoir de revitaliser ces vieux quartiers industriels. Ce serait un bon point de départ.

— Oui, ça fait assez pitié dans le coin de Firèr, fit Honnelli.

— Et il y a même des coins pires encore ! Mais bon, c'est très embryonnaire comme projet. Je suis simplement en période de repérage en attendant le retour d'Yoà et je n'ai que rapidement discuté avec Ènfine d'une possible collaboration avec les groupes sous sa bannière. Bref... Bon, je crois que nous avons fait le tour pour le moment.

Il se leva et revêtit sa veste couverte de pièces de logo et d'écussons de groupe, avant d'ajouter :

— Tenez-moi au courant de vos avancements et si vous changez d'avis pour cette maquette. Ça m'intéresse !

— Hé, si tu parles à Ènfine avant nous, tu peux lui annoncer que nous serons prêts à endisquer avec lui pour la fin de l'année, conclut Juheur.

Barèr opina de la tête et tous le saluèrent chaleureusement. Il partit seul, laissant les membres de Takané délibérer entre eux.

— Sacré Barèr ! Il m'impressionnera toujours ! s'exclama Isoeur. Il n'a pas encore vingt-deux ans et il dirige de front ses deux commerces tout en restant à l'affût de la prochaine occasion pour élargir son empire. Les importations de cassettes métal au Rock Ohlvou, c'était grâce à Yoà et lui. La tournée de Sahiké Nora, c'était lui ; notre tournée, c'était lui, et quoi d'autre encore !

— C'est vrai, nous sommes vraiment chanceux de le connaître. Je n'ai jamais croisé un gars plus déterminé que lui. C'est un véritable fonceur !... Probablement pour ne pas avoir à regarder en arrière, dit Juheur qui psychologisait les faits.

— Euh... de quoi tu parles ? questionna Honnelli qui ne connaissait aucunement le passé de Barèr.

Juheur devint pensif.

— Hmm, c'est compliqué... Nous n'avons jamais connu sa mère. Il paraît qu'elle a foutu le camp quelques années avant que nous rencontrions Barèr. Nous n'avons jamais connu son père non plus. Il est mort accidentellement lorsque Barèr avait quatorze ou quinze ans.

— *Heud*, quelle merde ! s'attrista Honnelli.

— Bah, c'était en fait ce qu'il aurait souhaité le plus de toute façon. De ce que j'ai pu comprendre, disons qu'il avait une relation trouble avec lui, se résolut à dire Juheur sans vouloir s'empêtrer dans les détails de sa vie privée qu'il ne connaissait somme toute assez peu.

— Qu'est-ce qui est arrivé après ? Il n'était pas encore majeur.

— Il avait une sœur plus vieille, mais elle a fini par lever les feutres avec sa part de l'héritage. Je ne sais pas si sa mère l'a réclamé, mais il me semble que Barèr a eu ses seize ans avant que son statut d'orphelin soit réglé.

— Moi, ce que j'ai entendu, c'est que sa sœur s'était occupée de lui jusqu'à sa majorité. Avant ça, c'était l'enfer chez lui. Il paraît que le cinglé battait sa femme ou quelque chose du genre. Des histoires horribles avec sa sœur aussi. Je ne sais pas si c'est vrai, évoqua Énoeur.

— Tu nous niaises ? s'écria Kassepi qui l'apprenait du même coup.

— Hmm, j'ai le vague souvenir d'une soirée trop arrosée où il m'a dit qu'il pensait sérieusement en finir avec lui avant qu'il décède soudainement, se rappela Juheur.

— *Heud do*, Vossa ! Notre Barèr ? Mais voyons donc ! s'indigna Honnelli.

— Je crois bien que toutes ces saloperies ont forgé son caractère de battant. Il dit parfois que tout le mauvais a été éliminé et qu'il lui reste juste le bon. Il a fallu qu'il se débrouille pas mal tout seul par la suite et ça donne l'infatigable Barèr que nous connaissons aujourd'hui.

— *Onéò-heudan-deurk*, c'est de la sérieuse merde ça! dit Honnelli, abasourdi.

— Ouais, puis ils ont vendu la maison, qu'ils auraient tout aussi bien pu brûler et sa sœur est partie étudier à l'étranger avec sa part. C'est comme ça que Barèr s'est retrouvé à Kadeu dans le petit local de sa lutherie, ajouta Isoeur.

Après ce lourd aveu, les cinq musiciens prirent une minute de silence en l'honneur de leur ami et mentor. La minute en devint plutôt trois. Les gars ne surent plus qu'ajouter à cela. Tout semblait avoir été dit et sur cette note dramatique, les blagues eussent été inopportunes.

— Hmm, c'est donc une chance inouïe que de l'avoir dans notre entourage immédiat, brisa le silence Kassepi, qui voulait toutefois régler le sommaire de la présente assemblée. Pouvons-nous résumer un peu avant de partir? Premièrement, nous nous donnons environ deux mois à jouer chez Firèr pendant que nous prenons le temps de compléter en priorité nos quatre chansons les plus avancées. À l'arrivée de l'été, nous nous concentrons sur l'album, soit les compositions restantes, les démarches d'enregistrement et le spectacle de lancement.

Juheur poursuivit.

— Et nous verrons en temps et lieu si nous arrivons à combiner les spectacles au Spectre avec tout ça.

— Il ne faudra pas relâcher d'ardeur l'été venu, avertit Isoeur.

— C'est bien faisable, conclut Honnelli.

Énoeur acquiesça d'un geste de la tête, n'ayant rien à ajouter.

Tous se croisèrent du regard, partageant la gloire de cette soirée de planification réussie et de projets stimulants. Comme exténués de parler, ils avaient beau chercher un sujet de plaisanterie, ils n'avaient plus rien à se dire. Juheur mit un terme à l'assemblée, lui qui n'était pas mécontent d'enfin pouvoir retourner chez lui après cette rencontre laborieuse qui dura des heures.

— Bon, nous nous voyons mercredi soir chez Firèr.

Il était tard. Dehors, au milieu des ronflements de la ville endormie, les cinq amis inspirèrent profondément le frais air nocturne, exaltés par un horizon prometteur et stimulant qu'eux seuls percevaient. Juheur et Énoeur rentrèrent à pied, Kassepi et Honnelli prirent le métro vers Ka-Koh et Isoeur prit celui pour Kadeu. Les cinq garçons s'évanouirent dans les dédales de la cité, ignorante et insensible aux picotements d'une aube aux lueurs encore timides.

CHAPITRE VINGT

Le déménagement d'Isoeur Kavèlli et Kassepi Mollieur

La chaleur des cuisines était à peine supportable en ce début de mois de mai ; Isoeur n'osait pas même imaginer ce qu'elle serait au cœur de l'été. Il avait déniché un poste d'aide-cuisinier. Le commerce, à mi-chemin entre une cantine et un bistrot, desservait principalement une faune universitaire dès l'heure du dîner et jusqu'en fin de soirée. Il consulta l'horloge installée en haut du cadre de porte menant à la salle à manger du restaurant. Une affectation aux cuisines, c'était minable et de dernier recours, mais il avait l'avantage extraordinaire et inespéré de combler l'horaire de jour qui lui permettait de ne pas négliger les activités de soirée du groupe. Normalement, il eût poinçonné plus tard et eût directement traversé le centre-ville à pied pour retrouver ses amis chez Firèr, mais cette fois, il était temps pour lui de partir rejoindre Kassepi à Kadeu. Après quelques démarches demeurées jusque-là infructueuses, ils avaient ciblé un dernier appartement et désiraient le visiter.

Du restaurant situé près du campus urbain de l'UVK[90], entre le centre-ville d'Hagnimèh et le quartier gouvernemental d'Oudéè, Isoeur put se rendre à pied à la gare Kapousha Mirò pour retourner à son patelin en ligne directe de métro.

À peine cinq minutes de marche, sept minutes de métro et encore un dix minutes à pied pour trouver l'adresse de l'appartement en question, puis Isoeur aperçut Kassepi qui se tenait bêtement en solitaire devant l'immeuble. Kassepi représentait alors le portrait type de l'introverti. Il tenait sous le bras son éternelle boîte à pédale

---

[90] UVK (*Unlyabèka Volluré ba Kapousha*) : Université de province à Kapousha

double qu'il devait traîner au bar qui n'était pas équipé de deux grosses caisses. Isoeur sourit devant cette vue charmante.

— Tu n'as jamais pensé te trouver une valise plus rigide ?

— Bah, j'aime ma boîte. Tant qu'elle garde sa forme et ne déchire pas, je m'en satisfais.

La simplicité de Kassepi provoqua le rire compatissant d'Isoeur qui semblait voir en lui une personne qui se souciait peu de ces détails triviaux et vivait simplement.

Ils discutèrent quelques minutes avant que le propriétaire s'occupe d'eux et les dirige au troisième étage de cette vieille construction qui en comptait six. C'était un grand quatre et demi à 500 HDG par mois. C'était le moins cher et le plus convenable qu'ils eurent trouvé, étonnamment très joli et propre pour le prix. Les électroménagers inclus étaient un avantage indéniable pour ces jeunes qui en étaient dépourvus. Après une visite sommaire des lieux et un entretien superficiel avec le propriétaire, ils signèrent le bail. L'appartement était libre depuis le début du mois de mai et l'on pouvait y emménager incessamment.

Cela fait, ils quittèrent l'endroit avec l'enthousiasme du présage d'une liberté et le sentiment léger d'un fardeau libéré. De cette entente, les deux camarades se délivraient de l'emprise familiale ; c'était davantage le cas pour Kassepi que pour Isoeur, qui ne croisait ses parents séparés que très rarement depuis son enfance, eux qui menaient des carrières très accaparantes et négligeaient leurs deux enfants.

Il ne leur restait plus beaucoup de temps pour rejoindre le reste du groupe chez Firèr pour la prestation de la soirée et ils prirent donc le tramway pour arriver plus rapidement à la station de métro Kadeu-Fèttoyah d'où la ligne de métro se rendait sud-est dans le quartier industriel de Trômyèl, pas tout à fait près de leur destination.

Ils manquèrent tout juste le métro, qui quittait déjà le quai à leur arrivée, et durent attendre le prochain, qui quitta la station trois minutes plus tard.

— Dix-neuf heures vingt-cinq, c'est bon, nous serons chez Firèr avant vingt heures, souffla Isoeur, qui ne voulait pas arriver en retard. Si cela ne te dérange pas, il se pourrait très bien qu'Anyériss crèche à l'appartement à l'occasion. Cela la rapprocherait de l'université, elle qui habite Sabbèn[91].

— Oui, certainement, il n'y a pas de problème, répondit Kassepi, d'une moue désintéressée peu convaincante, ne laissant pas échapper le moindre sentiment.

— Sois sincère, Mollieur : si tu y vois un inconvénient ou si tu n'es pas à l'aise, dis-le-moi.

— Non, non, ça va. J'aurais demandé la même chose si j'avais été dans la même situation que toi. C'est normal...

Il chercha une issue.

— ... De toute façon, avec le groupe, les spectacles et la composition, et le travail, je ne suis que rarement à la maison. Ce ne sera probablement pas très différent à l'appartement.

— Oui, c'est avant tout un toit pour dormir.

— Oui, exact.

Kassepi s'en sauva sans trop de peine et ne sembla soudainement pas très bavard malgré la bonne nouvelle d'emménager enfin dans son propre chez-soi. Isoeur chercha un sujet pour briser le silence qui s'était réinstallé :

— Tu es chanceux d'avoir trouvé cet emploi dans cette firme d'investissements. J'aurais bien aimé dénicher quelque chose du genre. Le restaurant est tellement abrutissant !

— Oui, c'est vrai. Je te plains, mais il faut bien travailler dans la vie... Je sais que ce fut impossible pour toi de combiner les deux ce printemps, mais envisages-tu de retourner à l'université à l'automne ?

— Oh, j'aimerais bien, mais avec les dépenses pour l'enregistrement et l'appartement, je ne crois pas que je pourrai financer mes études. Je rembourse encore le prêt étudiant que j'ai contracté pour ma première session. Je ne serais pas en mesure de gérer de front un emploi pour subvenir à mes dépenses, les études et puis le groupe.

— Effectivement, ça en fait beaucoup. Surtout avec les intenses projets de Takané d'ici la fin de l'année, conclut Kassepi.

— Je verrai où peut nous mener notre premier album et déciderai si j'y retourne ou pas par la suite. Peut-être à l'hiver ou l'automne 1030, mais pour l'instant, je n'y pense plus. Il y a longtemps que je désire aussi ardemment mener ce groupe de musique là où il pourra se

---

[91] Sabbèn : grand arrondissement de Kapousha sur la rive est du Sabbéor

rendre. Si ça flanche, tant pis, je ne serai pas malheureux non plus de reprendre mes études.

— Oui, pareil pour moi.

Kassepi pouvait bien comprendre le sentiment d'Isoeur, lui qui avait un profil très semblable à ce point de vue.

— Et ce ne serait pas avouer un secret que se débattre pour une poignée d'ivrognes chez Firèr ne joue pas vraiment en la faveur d'une carrière musicale.

Kassepi partit à rire, évidemment en total accord avec son ami.

— Ah, pour ça, tu as bien raison. Quel trou! J'espère que nous n'aurons plus à remettre les pieds dans cet endroit après l'enregistrement de l'album. J'aime bien Firèr, mais malheureusement, sa taverne n'est pas à l'image de sa personne.

— Oui, il y a trop de saleté autour de lui qui nuit à ses bonnes aspirations. C'est bien dommage, c'est un gentilhomme.

De la première ligne de métro, ils prirent une correspondance à Kapousha Mirò et descendirent dans le quartier ouvrier acculé à l'étincelant centre-ville. Une fois sortis de terre, ils traversèrent quelques rues malfamées pour déboucher dans le quartier industriel aussi peu invitant. Isoeur et Kassepi se retrouvèrent une fois de plus dans cette zone industrielle en décrépitude qui connut son heure de gloire il y a plus d'un siècle. Derrière eux s'élevaient les gratte-ciel embrasés par le soleil couchant. Ce quartier se trouvait à moins d'un kilomètre du centre économique le plus dynamique et le plus riche du monde et il était comme endormi à ses pieds, attendant sa résurrection. Pour l'instant, quelques petites manufactures et industries légères persistaient timidement à l'intérieur de ces grands murs d'une ère ouvrière révolue. Ce sont des employés appauvris de ces entreprises rabougries qui venaient peupler le bar de Firèr et subir la musique de Takané, avant de rentrer à la maison dans les rues avoisinantes, durement affectés par l'alcool.

Isoeur tira la porte vitrée du bar et les deux rejoignirent le reste du groupe qui sirotait une bière à une table près de la petite scène.

— Ah, Mollieur! Izi! héla Juheur. J'étais justement en train de parler de nos derniers travaux de finition sur la composition de nos chansons. Ce sont surtout des corrections très mineures, nous ne serons pas dépaysés, loin de là.

Kassepi s'assit à la table, se versa un verre du pichet de bière en fût et compléta l'annonce de Juheur pendant qu'Isoeur se servit à son tour.

— Oui, nous sommes sur une bonne lancée. Nous devrions achever la composition des premières chansons la fin de semaine prochaine. Ce qui nous rapproche tranquillement d'un album complet!

— Et d'une maquette entre-temps? s'essaya Isoeur.

— Oui, je crois que c'est maintenant devenu essentiel, le surprit Juheur.

— Ah bien! Oh! Quelle fille t'a fait changer d'avis? le taquina Isoeur.

— Ha, ha! Va chier, Kavèlli! dit-il en riant, sans justifier sa volte-face.

Honnelli vint le sauver en abondant dans le même sens.

— C'est vrai, nous nous en sommes tous rendu compte. Depuis que nous sommes revenus de tournée, il y a tout plein de gens qui nous demandent une nouvelle cassette!

— Ouais, c'est pour ça que nous mettons les bouchées doubles pour boucler ces chansons, indiqua Kassepi.

— Excellent! se réjouit Isoeur. Lesquelles?

— Eh bien, comme entendu, et si ça convient toujours à tout le monde, nous opterions pour *Oud Vélaga, Métal Dihne,* deux chansons qu'on nous harcèle d'enregistrer, *Dhass Guèlla Ba Nésuvé* et nous reprendrions *Guèl Mèlthèi,* répondit Juheur.

Tous trouvèrent ce choix acceptable et ils discutèrent désormais de la faisabilité de cette nouvelle entreprise, qui nécessitait toutefois une préparation rapide.

— OK, nous sommes encore pas mal dans le néant à propos de la production de l'album avec Ènfine, mais quand aurons-nous le temps d'enregistrer une nouvelle maquette? appréhenda cette fois Isoeur

— Le plus tôt possible, trancha Juheur. Les *tounes* sont pratiquement prêtes et je ferai des recherches dès cette semaine pour trouver un studio.

— Nous allons être à court de temps. Il serait bon que nous nous concentrions bientôt sur cette maquette et ensuite l'album, proposa Honnelli, qui suggérait subtilement de mettre un terme aux prestations chez Firèr.

— Oui, du moment que nous avons un lieu et une date d'enregistrement, nous pourrons penser quitter cette place.

Le groupe acclama cette nouvelle et la discussion s'orienta vers le fin détail.

— Cette fois-ci, il faudra une qualité d'enregistrement bien supérieure pour être convaincant. Nous ne voulons pas terminer avec une deuxième maquette de merde, avança Isoeur.

— Ha, ha! Exact, opina Juheur à cette proposition. Il n'en coûtait que sept *dall* par heure pour le studio minable où nous avons enregistré *Kapousha Suvial*, mais il faudra compter près de quinze *dall* par heure pour un studio digne de ce nom. Disons quoi? Autour de trois heures chacun par chanson, cela monte facilement à...

— Neuf cents *dall*, calcula Kassepi.

— Bon, estimons mille *dall* en comptant un mixage sommaire, conclut donc Juheur.

— Il faut ajouter à cela la présentation et la production, s'inquiéta Honnelli.

Juheur voulut le rassurer.

— J'en ai glissé un mot à Barèr et il va tenter de convaincre Ènfine de s'occuper de l'impression et de la distribution. Je sais qu'il n'était pas chaud à l'idée de publier des maquettes, mais il aura besoin de commencer quelque part pour monter son catalogue et gagner un peu de crédibilité dans l'industrie. Je crois aussi, sans être trop prétentieux, que nous arriverons à vendre assez bien ce nouveau produit et ce sera bien une bonne entrée d'argent pour lui aussi.

— Ça m'apparaît faisable! s'exclama Honnelli, qui adorait ces discussions constructives, chose qui faisait gravement défaut dans ses tentatives vaines à Kiménora.

— Si tout va bien, nous serions en mesure de dégager quelques profits et nous pourrions nous en servir directement pour financer l'album, indiqua Juheur.

Les cinq musiciens voyaient avec délice se concrétiser une nouvelle étape qui obtenait désormais l'aval de tout le groupe, déterminé à rehausser son son. Ils voulurent discuter encore longuement d'autres aspects corollaires, mais ils durent interrompre leur élan.

— Allez, les gars, il est passé vingt heures. Allons donner notre spectacle et nous finirons cette discussion après, les invita Kassepi.

Chacun amena son verre inachevé sur la scène et se prépara. Firèr les introduisit comme à l'habitude et Takané entama un succès populaire rock pour animer la faune éparse qui ponctuait ce sous-sol mal éclairé en guise d'atmosphère sympathique. Enchaînant des succès rock à trois accords, le groupe avait le sentiment persistant de se prostituer ici. Ses membres devaient tous se convaincre entre eux que c'était un mal nécessaire.

— Ce que je peux haïr cet endroit à la fin ! se plaignit Honnelli au terme de la prestation.

— Patience, Sècca, nous devrions en avoir encore que pour quelques semaines avant de le quitter définitivement, l'encouragea Énoeur qui l'espérait tout autant et tout comme lui se mourrait de se saouler immédiatement pour s'épurer de cet avilissement.

Isoeur le tira par le bras.

— Viens, Énoeur, rentrons. Il doit bien rester un de nos réfrigérateurs encore pleins de promesses. Cela coûtera moins cher que dans n'importe quelle taverne.

***

Une semaine passa, puis, le dimanche de la fin de semaine suivante, les parents de Kassepi l'aidèrent, avec une ambivalence et une irrésolution maladroite, à charrier son matériel personnel vers la camionnette louée pour l'occasion par les Mollieur. Kassepi possédait peu de chose si ce n'était de sa batterie, installée au local de répétition. Le camion du groupe aurait pu les accommoder, mais Barèr n'était pas libre pour l'accompagner ce jour-là. Une fois les quelques boîtes et le matelas fourrés dans le coffre, Kassepi conduisit de Kapousha-Koh à Kadeu, accompagné de son père en guise de moniteur de conduite.

C'était une belle journée annonçant déjà l'été chaud. Cela ajoutait au bonheur de Kassepi de quitter le nid familial où il se sentait le centre d'attention maladif de ses parents et le sujet récurrent de leur déception. Son grand frère étant son aîné de cinq ans, il avait depuis longtemps déménagé et Kassepi s'était dès lors retrouvé l'unique divertissement de ses parents, d'une part de sa mère poule et castratrice et d'autre part de son père sévèrement critique de chacun de ses faits et gestes.

À une large intersection, son père venait de le réprimander sur sa conduite inadéquate. Kassepi absorba docilement l'avertissement. Une boule lui serra la gorge.

***

— Ton clignot..., réagit son père au moment même où Kassepi l'actionnait.

Il se passa le doigt sous le nez, comme si ce qu'il s'apprêtait à dire lui piquait.

— D'abord, tu lâches l'université pour jouer dans ces bars d'abrutis et maintenant tu t'en vas vivre parmi ces sauvages. Tu t'es vraiment égaré... Je ne sais pas ce que ta mère et moi avons raté. Nous t'avons élevé dans un quartier décent et t'avons donné la meilleure éducation, et toi, tu lances tout ça en l'air pour des bêtises d'adolescents attardés... Je t'ai prévenu que tu ne réussiras pas sans un diplôme, je t'ai prévenu de ne pas te lancer là-dedans, dans cette musique de... eh merde, Kassi, fait attention à cette voiture !

Kassepi endurait silencieusement le discours de son père. Il ne comptait plus le nombre de fois qu'il l'avait entendu et qu'il s'était réfugié dans son mutisme.

— Si ça se trouve, ta bande de freluquets est déjà en train de s'imbiber de bière à t'attendre. Quel gaspillage que votre génération d'hurluberlus !

Son père avait possiblement raison au sujet de leur consommation, mais il enragea Kassepi de son mépris si cru. Jamais Kassepi n'accepta qu'on traite ses amis de frivoles, de prétentieux, et encore moins d'écervelés. Il ne dit pas un mot. Sa mâchoire se crispa, et ses mains sur le volant aussi. Son père renifla d'un tic qui avait quelque chose de hautain. Le dégoût de Kassepi pour son père ne fit que s'amplifier.

***

Cet épisode eut lieu à quelques coins de rue plus haut et, dans le silence sépulcral qui enveloppa ensuite la voiture, un goût de venin vint picoter la langue de Kassepi et lui souder la mâchoire. Une promesse longtemps macérée dans ce fiel germait à nouveau dans l'esprit de Kassepi. Cette promenade automobile en ville allait être la dernière d'un long et pénible covoiturage avec son père, mais surtout d'une haïssable cohabitation. Jusqu'au dernier instant, sous le feu de ses remarques désobligeantes, même blessantes, il n'aura pas fait les choses correctement à ses yeux et il ne voyait aucune autre façon que de le renier pour faire fondre sa rancœur et vivre enfin, se disait-il.

Arrivé dans Fèttoyah, devant l'immeuble de son nouvel appartement, Kassepi fut accueilli par ses quatre amis. La belle température était propice à la consommation de bière sur le trottoir, à l'ombre de grands feuillus au vert vif. Son père, d'un savoureux sourire satisfait et condescendant, avait vu juste sur ce point. Dans un certain désabusement lâche, il se garda néanmoins de les dénigrer.

— Ah ! Enfin te voilà, Mollieur ! s'exclama Juheur levant sa canette, et en lui en présentant une aussitôt.

— Salut, les gars ! Non merci, Vossa : après le déménagement seulement, s'excusa-t-il, sentant son père le foudroyer du regard.

Kassepi fit les présentations gênantes à son père. Malgré les forces intellectuelles et pratiques de ces jeunes que son père négligeait de percevoir, il les traita d'un air hautain, vivement déçu par leur accoutrement ridicule et bâtard qu'il détestait tant de son propre fils.

— Dis, Isoeur, n'avais-tu pas besoin d'un coup de main pour transporter tes affaires ici ?

Isoeur était encore sous le charme répulsif que communiquait cet adulte qui le critiquait du regard. Il prit quelques secondes pour le chasser et répondre par la négative.

— Bah, à bien y penser, je n'ai pas grand-chose à apporter. Nous n'aurons aucune difficulté à les transporter avec nos cinq paires de bras, répondit-il pour éviter à tout coup d'avoir à subir l'attitude méprisante qui leur pesait à l'instant.

— Même ton lit et ton matelas ? insista Kassepi.

Même Juheur tenait à mettre un terme à cette rencontre et vint entourer Isoeur.

— Ce n'est qu'à quelques rues d'ici ; ce n'est vraiment pas un problème pour nous. Allez, Izi, allons les chercher tout de suite.

Cela fit l'affaire de tout le monde. Le père de Kassepi était déjà retourné s'asseoir dans le siège du conducteur. Il fit ses adieux à son fils désemparé. Les jeunes regardèrent la camionnette disparaître au tournant de la rue et se relâchèrent aussitôt.

— Pauvre Kassepi, ce qu'il peut être grave ton père !

Kassepi ne répondit pas. Il s'affairait déjà à grimper ses boîtes au troisième étage. Énoeur et Juheur s'occupèrent du matelas tandis qu'Isoeur et Honnelli prirent en charge la structure du lit démontée, laissant sur le trottoir quelques boîtes de déménagement qui tenaient compagnie à la caisse de bière déjà entamée.

Une fois les biens de Kassepi montés, les gars s'assirent le long du trottoir pour déguster une bière. Ils discutèrent de l'enregistrement qu'ils espéraient attaquer d'ici quelques semaines.

— À propos, tout ce que j'ai pu trouver de relativement abordable en juin est le studio Domeur à' Thômi[92] dans Fabèleu. Il demande dix-huit *dall* par heure, informa Juheur.

— *Heudandeurk*, Domeur à' Thômi, tu parles d'un nom de pédéraste ! lança Isoeur en ricanant.

— Ouais, c'est soit ça ou bien des studios à cinquante *dall* par heure qui font affaire avec KPG. Tout est pris pour juin et nous ne pouvons pas retarder l'enregistrement si nous voulons ensuite nous concentrer sur l'album, conclut Juheur.

Kassepi se fit à l'idée.

— Hmm, nous n'avons pas beaucoup de marge de manœuvre !

Ils discutèrent longuement des divers aspects de cet enregistrement, qui demandait une action rapide. C'était néanmoins un sujet qui les stimulait et les captivait, bien plus que le caractère outrecuidant du triste personnage rencontré plus tôt. Ils avaient beau se faire traiter comme déchets de la société, on avait beau les confondre avec les ordures environnantes, ils étaient particulièrement des esprits constructifs. Le père de Kassepi avait omis de remarquer leur regard étincelant et c'était tant pis pour lui.

Une fois la bière terminée, les cinq compagnons se dirigèrent chez Isoeur, à quelques rues de là, de l'autre bord du boulevard Mavéor. Son domicile à Gueudeu était tout de même assez loin pour qu'il soit très pénible de transporter un matelas sur cette distance. Ils furent accueillis par Myisa, qui resplendissait d'une carrière d'ingénieure toute fraîche. Elle obtint son diplôme universitaire le mois précédent et se plaça rapidement chez un employeur où elle eut fait un stage l'été précédent. Chaque fois que ses amis la voyaient, ils ne pouvaient s'empêcher de souligner la ressemblance génétique. Vue de profil, elle n'était qu'un Isoeur avec une petite paire de seins. Pas laide, elle était sommairement attirante, mais pour eux, la similitude et l'accointance les repoussaient adéquatement. Elle avait aussi la taquinerie facile et revendiquait souvent le style moqueur des hommes dont elle salivait à partager avec cette bande de lurons vulgaires.

---

[92] *Domeur à' Thômi* : Domeur et (ses) amis

— C'est que mon petit frère pourra enfin inviter sa belle mademoiselle Hibèl à mon insu! lança-t-elle cette flèche à son frère adoré. Izi, tu pourras enfin te donner un peu plus au lit, sans peur de me réveiller!

Elle enchaîna quelques blagues qui les firent tous rire gaiement. Grâce à cinq années à évoluer dans un monde majoritairement masculin, elle savait s'abaisser à leur niveau sans aucune difficulté, comme un réel bilingue change de langue sans accent pour s'adapter à une conversation.

— Bon, allons-y, les gars, ma sœur se plaît beaucoup trop à se moquer de moi.

— Attendez! Mon copain et moi allons vous donner un coup de main.

Énoeur, qui allait inévitablement hériter du matelas avec un coéquipier, espérait fortement que celui-ci possède une voiture.

— Nous pouvons traîner quelques boîtes avec vous! leur proposa-t-elle.

Son copain sortit de sa cachette et aida les *métalleux* à apporter les boîtes jusqu'à Fèttoyah. Ainsi, les boîtes regroupées dans le vestibule trouvèrent preneur tandis qu'Énoeur charria avec Kassepi le lourd matelas. Le kilomètre les séparant de leur destination leur parut une éternité et ils se sentirent particulièrement idiots en traversant de nouveau Mavéor *onéguéò*. Faisant une petite pause le long du parc de leur école secondaire, Énoeur et Kassepi suaient déjà amplement.

— Qu'elle sera bonne la bière à notre arrivée! s'écria Énoeur.

— Oh que oui!

C'était Myisa qui lui avait répondu. Elle pouffa de rire.

Une grande respiration pour le courage, puis ils se remirent tous en marche. Au grand bonheur d'Énoeur et Kassepi, ils virent enfin l'immeuble et faillirent échapper à nouveau le matelas en voulant accélérer le pas. Il leur restait pourtant une dernière étape presque aussi pénible que leur traversée du quartier. Ils devaient encore grimper au troisième étage avec le matelas dans la cage d'escalier. Par chance que les architectes du huitième siècle avaient dessiné ces vestibules et ces escaliers assez larges.

— Quel bel appartement, Izi! commenta Myisa, émerveillée. Tu n'auras pas de misère à obtenir les faveurs de mademoiselle Hibèl ici! se moquait-elle encore.

C'était effectivement un bel appartement avec beaucoup de cachet et de luminosité.

Tous prêtèrent main-forte pour monter les boîtes de déménagement et placer les meubles dans le logement. Pendant que deux allèrent commander de la nourriture, deux autres s'offrirent de leur rapporter un peu d'épicerie pour égayer le triste réfrigérateur vide. Ainsi passa cette belle journée d'entraide et de nouveau départ.

Les gars fêtaient rarement le dimanche en prévision de leur semaine chargée de travail et ils ne firent pas d'exception ce jour-là. Ils célébrèrent modestement l'emménagement d'Isoeur et Kassepi jusqu'au souper, puis chacun rentra chez soi pour vaquer à ses corvées personnelles.

Isoeur et Kassepi se débrouillèrent avec ce qu'ils purent trouver pour se faire une première bouffe à l'appartement. Ce fut difficile, mais cette situation précaire était temporaire et, d'ici quelques jours ou semaines, ils allaient se sentir véritablement chez eux.

Or ce soir, mieux que tous les maux, les importunités et leur repas médiocre, ils goûtaient une douce liberté.

***

Le samedi suivant, Juheur et Kassepi se réunirent à l'ancienne stalle dans le but d'enregistrer les pistes fantômes[93] pour l'enregistrement de la maquette, qui venait d'être décidé. Juheur avait en effet contracté le studio de ce Domeur, où la réservation commençait aussi tôt qu'en début juin. Le duo eut à forcer la finition des quatre chansons sélectionnées, puis planifier et exécuter rapidement la préproduction avant la fin du mois de mai.

Kassepi s'était rendu à bicyclette peu après midi, après avoir bien dîné. Le campus regorgeait d'étudiants en session d'été qui déambulaient d'un pavillon à l'autre. Kassepi ralentit son allure pour admirer le tableau qui le rendait heureux, et plus particulièrement les filles rafraîchissantes. *Comment pouvait-il en être autrement?* se dit-il, se dégageant de ses pensées morales pour s'adonner à son plaisir de reluquer ces beautés estivales. Il appuya sa bicyclette sur le mur de

---

[93] Les pistes fantômes sont des pré-enregistrements sommaires servant à orienter et donner des repères principalement au batteur lors de l'enregistrement officiel; elles sont utilisées conjointement avec la piste de métronome.

brique de son local et une fois à l'intérieur dans cet endroit suffocant, il profita du fait que Juheur travaillait jusqu'à dix-huit heures pour faire ses exercices draconiens de batterie.

Juheur arriva peu après dix-huit heures également à bicyclette. *Comment pouvait-il en être autrement en une si belle journée?* se demandait-il comme s'il devait justifier d'avoir pris son vélo. Il arborait encore l'uniforme de la nouvelle épicerie où il se fit engager et entra en dégustant quelques denrées qu'il s'était procurées à la fin de son quart de travail.

— Mollieur! Délaisse tout de suite tes caisses et tambours, il y a là dehors près du lac deux équipes féminines de volleyball amateur qui ont besoin de deux mâles (il pointait en alternance Kassepi et lui de son index avec un immense sourire collé au visage) pour compléter leur tournoi amical!

— Mais...

— Pas de *mais*! Kassi, nous jouerons jusqu'à la brunante puis nous viendrons enregistrer nos fameuses pistes, le coupa Juheur.

Kassepi se montra lâche.

— Il n'y a que des filles, en es-tu sûr?

— Ah, il y avait peut-être un gars ou deux, mais peu importe! Allez, dépêche-toi! le pressa Juheur dont chaque minute était une course contre le soleil déclinant.

Les deux amis atteignirent le terrain sablonneux qui était étrangement près du lac. Kassepi se demanda combien de fois par jour le ballon pouvait se retrouver à l'eau tandis que Juheur analysait déjà les dragues potentielles. À chacun son intérêt. Juheur utilisa sa voix puissante pour détourner l'attention du jeu.

— Nous voilà, comme promis, deux athlètes pour compléter vos équipes!

Il fut accueilli en héros, par ce genre d'attention surjouée que les filles s'amusent sans prétention à donner.

— Celle-là est pour toi, Kassi, lui chuchota-t-il en le poussant vers l'autre bord du filet, en direction d'une petite fille qui ne pouvait pas physiquement se rendre au haut du filet.

Ils s'amusèrent ainsi pendant une bonne heure et demie, jusqu'à ce que le soleil plonge à l'horizon. La noirceur rendait le jeu difficile et les deux *métalleux* durent s'excuser de devoir partir alors qu'ils s'amusaient à outrance, même Kassepi était parvenu à s'abandonner à la partie.

Dans ce genre de circonstance allant de petits groupes à de grandes foules, Juheur était une machine de relation publique au charisme sincère et efficace. Au terme de l'activité, dix nouvelles personnes s'initiaient au métal et Juheur avait lancé des invitations pour le vendredi prochain au Spectre. En retrait de la bande, il avait même pu mettre la main sur deux numéros de téléphone.

Ce que Kassepi aimait tant chez Juheur était justement l'honnêteté de cette propension à animer un public, détestant tout autant les faux amis qui usaient d'un charisme malicieux ou superficiel. Affable et généreux, Juheur se souciait véritablement de ses interlocuteurs et ne connaissait pas le mépris et la mascarade. Ce n'était pas un besoin viscéral de monopoliser l'attention, c'était simplement un garçon avenant et il utilisait ce trait naturellement, avec gaieté, avec modestie, et sans réel appétit. Il se révélait d'une efficacité relationnelle prodigieuse, qui échappait totalement à Kassepi.

Enfin, ils rentrèrent au local après une belle scène déchirante à devoir quitter toutes ces nouvelles connaissances. Or, cela ne faisait pas deux minutes qu'ils étaient rentrés qu'on cogna à la porte. Juheur alla voir et Kassepi ne parvint pas à déceler la moindre voix. Juheur réapparut en refermant la porte et afficha toute sa gloire :

— Et de trois ! lâcha-t-il en brandissant un petit morceau de papier qu'il fourra ensuite dans sa poche de shorts déchirés avec les deux premiers numéros.

Une autre chose que Kassepi aimait de Juheur était qu'il savait se mettre à l'ouvrage lorsqu'il le fallait et non moins rapidement après un épisode aussi distrayant.

Pendant que Kassepi se remettait à peine de sa fascination pour son ami en tentant d'accorder ses tambours, Juheur branchait déjà les câbles et s'affairait à régler les consoles et appareils d'enregistrement, proactif et entièrement dévoué à leur objectif. Il plaça le clic du métronome dans la première piste de l'enregistreur, puis la ligne de sortie de son amplificateur dans l'entrée 2. De là, il mixa sommairement les pistes à leur goût et il utilisa une sortie pour y brancher le jack des écouteurs de Kassepi. Ils firent quelques tests jusqu'au moment où Kassepi confirma les bons niveaux dans ses écouteurs. Ils employèrent des configurations simples pour éviter des obstacles techniques auxquels il aurait été ennuyeux et inutile de s'attarder à l'étape à laquelle ils étaient rendus. Ce n'était que des pistes fantômes pour guider le véritable enregistrement après tout. Seul le synchronisme comptait ici et en ce sens, dépourvus d'équipement plus avancé de mixage, Juheur et Kassepi furent condamnés à enregistrer une chanson en un seul jet, et ils durent alors s'appliquer avec un grand sérieux pour assurer une cadence parfaite. *Dhass Guèlla Ba Nésuvé*, faisant dans les sept minutes, allait être un défi particulièrement épuisant.

C'est dans ces moments qu'ils se demandaient, comme un faible réflexe de dérobade, pour quelle raison ils s'évertuaient à façonner des chansons si complexes et laborieuses. C'était pour eux un sujet récurrent de plaisanterie.

— Hé, Mollieur, dorénavant, nous ne composerons plus que des *tounes* à trois accords ! rigola Juheur, appuyé par une grimace, méprisant ces compositions futiles.

— Bien d'accord ! Et que du *poum-tac, poum-tac* linéaire ! rajouta Kassepi.

— Notre musique tournerait à la radio et nous serions riches !

— Riches, mais malheureux à jouer cette merde chaque soir.

Juheur le félicita.

— Touché ! OK, reprenons *Dhass...* et cette fois, nous la clouons au ruban ! dit Juheur pour l'encourager, alors qu'il activait une énième fois le métronome et le magnétophone.

Ils enchaînèrent les chansons sans relâche ni autres complaintes, répétant les morceaux manquant de fermeté, allant jusqu'à une douzaine d'essais avant d'être satisfaits ou d'arriver au bout d'une composition. Ils enregistrèrent d'abord *Oud Vélaga*, depuis longtemps maîtrisée, qui était un morceau *thrash* impétueux et mélodieux relatant les mœurs critiquées de la jeunesse kapienne, mais qui en faisaient leur fierté par réaction opposée. Ils attaquèrent ensuite *Dhass Guèlla Ba Nésuvé*, un morceau plus élaboré et plus long, qui traduisait en musique et en paroles l'horreur vécue par les populations subissant la guerre, étroitement inspirée de celle décrite dans *Nésuvé Sé Yinth Dhassèi*, un roman culte de la littérature romantique. Pour la complexité de ce morceau, ils préférèrent le clore tout de suite plutôt que plus tard en fin de soirée lorsque la fatigue s'installerait. Ils enchaînèrent avec *Métal Dihne*, aussi *thrash* qu'*Oud Vélaga*, mais plus brutal encore, plus direct et primaire, appuyé par un débit rapide de paroles évoquant les ruines fumantes de villes bombardées de musique métal. On était là dans le plus strict orgueil de l'identité de ce mouvement de *métalleux* ; les paroles un peu caricaturales pouvaient faire rire ceux qui n'en étaient pas horrifiés. Enfin, ils se gardèrent *Guèl Mèlthèi* pour le dessert, une sorte de fresque musicale étoffée dépeignant des anges, marionnettes de la Mort, se jouant d'eux, les pauvres mortels hantés par leurs démons et le temps glouton.

Il était passé une heure du matin lorsqu'ils finirent et les deux amis enfourchèrent leur vélo une fois le local rangé et verrouillé. Ils étaient fiers de leur labeur et ils exultaient de cette soirée estivale réussie. Juheur et Kassepi firent un bout de chemin ensemble dans Nameulédò avant que Juheur ne bifurque pour rentrer chez lui. Kassepi continua à descendre le boulevard Mavéor.

Il parcourut le trajet jusqu'à Kadeu en un temps record, enivré par la douce température et l'éclairage nocturne défilant à toute vitesse autour de lui. Il arriva chez lui en sueur et laissa sa bicyclette dans la cour de l'immeuble, se défaisant de son chandail collant en montant les marches deux par deux. Mû par ses battements pleins et vifs, il aimait particulièrement se démontrer que son corps eut triomphé d'une faiblesse d'enfance en se poussant ainsi à bout. Il entra chez lui et vit le dos de la tête d'Isoeur caché derrière le divan, face à la télévision qu'ils avaient dénichée récemment dans la grande braderie du quartier. Isoeur tourna la tête.

— Salut, Kassepi! dit une voix féminine également derrière le divan qu'il reconnut aussitôt qu'Anyériss releva la tête et lui tendit un de ses sourires ravissants.

— Ah! Salut, Anyériss, répondit-il, gêné de se présenter torse nu, dont le rougissement de l'effort physique camouflait celui de sa timidité.

Anyériss se railla de son amoureux.

— Mais dis donc, c'est qu'il est un sacré morceau d'homme ce Kassi! Aurais-je dû le préférer plutôt que toi?

Son enthousiasme séduisant faisait mal à voir et Kassepi s'excusa en désirant fortement prendre une douche après la course qu'il venait d'effectuer. Une fois séché dans la salle de bain, il se cloîtra dans sa chambre avec ses écouteurs sur les oreilles pour lire un livre. Il n'arriva pas à se concentrer sur sa lecture, ses yeux avaient beau suivre les lignes et les mots, ses pensées allaient toutes dans une seule direction, et sur une courte distance de lui ce soir-là.

CHAPITRE VINGT-ET-UN

Oud Vélaga, *la seconde maquette*

Le mois de mai prenait fin et Takané en était à sa dernière prestation au Spectre ce vendredi soir. Cet arrêt précipité résulta de la décision tardive du groupe à produire une nouvelle maquette. La disponibilité au studio Domeur, le seul abordable et libre à l'époque, était restreinte et Jtheur eut à réserver une banque d'heures serrée dans le temps. Cette contrainte poussa le groupe à interrompre les autres activités pour se concentrer sur l'enregistrement.

Les musiciens du quintette firent leurs adieux à Firèr la veille après une prestation qui ne les émut aucunement. Le sympathique tenancier leur paya une tournée en guise de cadeau d'adieu et il leur souhaita une belle suite dans leurs projets musicaux. Le groupe versa une larme houblonnée de nostalgie en quittant ce gentilhomme qui leur avait tout de même fourni une source de revenus appréciable durant plusieurs mois. Néanmoins, une fois à l'extérieur, aucun d'eux ne regretta de passer à autre chose et tous espérèrent ne plus jamais rejouer dans ce trou.

Ainsi, le vendredi soir fut également une finale, mais qui cette fois les toucha bien davantage, car il va sans dire que le bar de Barèr était un endroit qu'ils affectionnaient particulièrement. C'était comme leur deuxième maison, un lieu autour duquel leurs amis et la communauté marginale orbitaient. Ils jouèrent avec émotion et une vive énergie. On vint les féliciter de cette belle et inspirante intensité une fois qu'ils furent de retour au plancher, au même niveau que le public. On leur offrit des consommations au fur et à mesure que l'entourage apprenait que Takané prenait congé du Spectre pour se concentrer sur l'enregistrement d'une maquette, un produit aux résultats à des années-lumière de *Kapousha Suvial*, promettaient-ils. Au bout de quelques verres dans le nez, la joyeuse compagnie du

Spectre parvint à leur soutirer le titre de leur nouveau projet jusqu'ici tenu secret. *Oud Vélaga* fut accueilli avec son lot d'acclamations démontrant incontestablement que Takané était parvenu à toucher la fibre identitaire kapienne.

On leur servit encore plus à boire. Les gars ne se firent pas prier, ingurgitant avec plaisir autant le flux de compliments que le contenu des verres qu'on leur présentait. La fête se poursuivit jusqu'à la fermeture du bar, au petit matin. C'était de ces soirées qu'on qualifiait sans lendemain.

Comme à l'habitude, les membres de Takané furent les derniers à partir et à saluer Barèr, comme une sorte de privilège qu'on s'accorde naturellement entre proches amis qui se retrouvent toujours les derniers encore debout à ces heures. Barèr verrouilla la porte derrière eux et leur souhaita le bonsoir.

— Les gars, ce soir a encore été une sale fête ! On ne s'ennuie jamais avec vous ! Hmm, à propos... j'aimerais discuter un peu plus sérieusement avec vous, demain si possible. Ça ne presse pas. Passez au bar lorsque ça vous adonnera.

— Bien... sûr, Barèr ! rota Juheur, qui vacillait.

Dehors, les oiseaux chantaient déjà dans la nuit qui ferait bien vite place au jour.

***

Le lendemain, les cinq macchabées se retrouvèrent à nouveau au Spectre pour y passer leur samedi soir, mais d'abord pour honorer la demande de Barèr. Même s'ils avaient l'habitude des réveils rouillés et qu'ils récupéraient promptement la santé grâce à leur jeunesse, cette fois-là, la veillée les avait particulièrement ravagés. Juheur, Isoeur et Énoeur étaient encore malades de la veille après une journée de travail pénible dans leur piètre état. Kassepi et Honnelli, eux, venaient à peine de se réveiller.

Barèr leur servit cette fois un grand pichet d'eau glacée en guise de bienvenue pendant que les gars partageaient des anecdotes triviales sur leur état d'ébriété au lever. Juheur trempa ses doigts dans le pichet et s'humecta le visage de chiquenaudes d'eau froide.

— 'Néô, ça fait du bien... Les gars, j'ai reparlé à ce Domeur à propos des détails pour la semaine prochaine. Hé ! Ça a l'air d'un vrai bouffon! J'ai eu du mal à placer deux phrases sérieuses sans qu'il raconte une blague.

— Ha, ha! Alors, quel est le plan? demanda Kassepi.

— Bien, le studio est à nous dès dix-sept heures, vendredi prochain. Il suggère fortement que tu amènes ton surplus de pièces, car sa batterie est plutôt minimaliste, paraît-il. Sinon, comme nous en avons déjà discuté, il va falloir que nous condensions le plus d'heures possible, quitte à enregistrer de jour si nos horaires le permettent.

— Bon, nous verrons. Ça nous laisse la semaine pour répéter intensément et être prêts, planifia Isoeur. C'est drôle, maintenant que nous avons décidé d'arrêter de jouer dans les bars, j'ai hâte d'enregistrer!

— Oui, et j'ai bon espoir que cette fois sera meilleure. Alors, Barèr, de quoi voulais-tu nous parler de si important aujourd'hui? demanda Juheur en se fouillant dans le nez.

Barèr sembla gêné. Il se passa la main dans les cheveux, puis sur son visage.

— Hmm... par où commencer?

Les cinq garçons, craignant une mauvaise nouvelle, affichaient une mine ahurie.

— Non, non, ne vous inquiétez pas, au contraire. En fait... eh bien, je voulais vous dire que je me suis vraiment bien amusé avec vous en tournée. Oui, bon, peu importe les résultats... Mais non, je ne viens pas vous parler de repartir pour une autre virée, ne vous inquiétez pas, ha!

Il sembla les rassurer, mais ils demeuraient silencieux à opiner de la tête, tenus en haleine.

— Mais éventuellement, j'aimerais bien répéter l'expérience et hmm... en fait, avec les projets qui se multiplient et les affaires qui se complexifient, Takané aura bien besoin d'être épaulé pour que le groupe tire son épingle du jeu. Vous avez fait un travail remarquable jusqu'ici...

— Bah, c'est déjà en bonne partie grâce à toi, Barèr! intervint Isoeur. Que se passe-t-il?

— Avec cette maquette qui s'en vient, puis les projets d'album et de spectacles, les choses iront en s'accélérant...

— Oui, si ça peut nous sauver de retourner chez Firèr, ha, ha! le coupa Honnelli.

— Je ne dis pas que vous n'y arriveriez pas, mais peut-être que vous ne seriez pas toujours en mesure de mener de front tous les aspects du groupe. Par exemple, la collaboration avec MMK permettra de déléguer certaines activités, mais amènera aussi son lot de complexité... Enfin, je crois que vous pourriez avoir besoin d'un gérant à qui confier certaines tâches complémentaires qui pourraient vous échapper. Pour éviter de réduire le potentiel du groupe et ne pas vous égarer. Je me disais que pour ce poste, il vous faudrait une personne de confiance et compétente et... bon, très humblement, je me proposerais d'être cette personne pour vous. Nous avons beaucoup de plaisir...

Les cinq jeunes demeurèrent abasourdis devant l'analyse et cette proposition qui leur tombait à première vue du ciel puisqu'ils ne se furent jamais encore attardés à combler ce besoin néanmoins grandissant.

— Hé, Barèr! Tu nous aides déjà amplement! s'exclama Juheur. Comment voudrais-tu en faire plus comme gérant?

— Bah, être responsable de la paperasse, être présent en coulisse, vous conseiller, pendant que Takané pèse sur l'accélérateur... Ha, et pour être franc, c'est aussi un peu un prétexte pour vous suivre dans vos folies! Mais bon, je m'y connais assez bien en administration avec tout ce que j'ai vu passer avec ma lutherie et le Spectre.

— Justement, auras-tu vraiment le temps de *gérer* Takané tout en restant à la barre de tes commerces? Tu parlais de compléter ton diplôme secondaire. Ça en fait beaucoup, non? demanda Isoeur.

Barèr répondit qu'il ne considérait plus ce désir comme une priorité immédiate, mais qu'il pourrait s'inscrire à des cours condensés lorsqu'il le souhaiterait. En réponse au doute d'Isoeur, il ajouta :

— Et puis, j'avais l'intention de donner plus de place à Mévior et Mallè. J'ai eu à m'absenter à quelques reprises, pour des périodes plus ou moins prolongées, et ils ont su me prouver être un couple capable et fiable. Ils s'occupent déjà très bien du bar. J'ai une très grande confiance en leur intégrité et leurs qualités de gestion. Depuis le temps que nous travaillons ensemble, je sais qu'ils sont bien appréciés des clients. Je n'aurais pas peur de leur confier entièrement la gérance du Spectre.

— Et ta lutherie? demanda Juheur.

— Bah, pour l'instant, je suis encore assez présent pour continuer à m'en occuper, mais si nous venions à nous absenter plus longtemps qu'en mars dernier, oui, sûrement que je m'arrangerais pour dénicher un bon luthier sous la supervision de Mallè. En fait, j'avais bien l'intention de faire d'eux des associés dans mes affaires, surtout Mallè qui est une gestionnaire formidable : rien ne lui échappe !

Pour les cinq garçons, cela avait beaucoup de sens, eux qui connaissaient également très bien le couple, qu'ils côtoyaient depuis quelques années déjà. Barèr continua.

— Je voyais ça comme si le Spectre était une première étape pour la fondation, la croissance et la reconnaissance d'une communauté métal à Kapousha. Maintenant que cet établissement est plutôt bien implanté, il est temps pour nous de partir en croisade et de répandre votre musique aux quatre coins du pays, et aux quatre coins du monde !

Les jeunes musiciens commencèrent à s'exciter devant le discours de leur ami ayant pour eux une vocation quasi paternelle. Mais Isoeur chercha à mettre de l'ordre dans les desseins de Barèr.

— Euh, mais tu nous avais parlé que tu voulais plutôt te monter un studio, pas vrai ?

— Oui, ça aussi, ça avance. Yoà et moi préparons déjà l'achat d'équipement. Il nous reste surtout à trouver des locaux, mais ça demeure somme toute le bébé d'Yoà. Je suis là surtout pour le soutenir.

Énoeur était bien admiratif.

— *Heud*, Barèr ! Quand est-ce que tu dors dans tout ça ?

— Pendant que nous buvons comme des trous ! répondit Honnelli, blaguant à moitié. Ha, ha !

— Ha ! ha ! Oui. Donc, si vous le voulez bien, je m'engage à partir de ce jour à être officiellement et principalement votre gérant. Vous savez, vous serez très occupés à compléter la composition de chansons et l'enregistrement subséquent et vous pourrez vous y concentrer pendant qu'Ènfine et moi nous occuperons des affaires de Takané.

Comment auraient-ils pu refuser une telle offre d'aide professionnelle de leur plus grand ami ? Ils étaient très conscients de la veine qu'ils avaient. La débrouillardise et les succès commerciaux de Barèr témoignaient de ses grandes capacités à faire face à l'adversité et de son flair pour saisir les occasions. Takané ne pouvait espérer mieux. Refuser cette offre n'occupait pas même la plus minime parcelle de leur pensée. C'était pour eux que la continuation naturelle de leur collaboration implicite.

— Évidemment que nous acceptons, Barèr! Dans nos cœurs et esprits, tu occupes déjà cette fonction. Tu as déjà tant fait pour le groupe, conclut Juheur soutenu par ses quatre camarades qui en auraient répondu autant.

Ils se levèrent et serrèrent tous la main de leur gérant pour officialiser l'initiative et manifester leur respect pour leur profonde amitié qui s'enrichissait d'une nouvelle dimension. Même s'ils ne surent pas encore tout à fait quelle forme prendrait l'implication de Barèr, ils accueillirent la chose comme une victoire importante dans le cheminement du groupe. Un bref retour sur ce qu'il avait accompli pour eux les convainquit que c'était une bonne affaire, une très bonne affaire.

— Alors, comment ça fonctionne? demanda Énoeur qui dut clarifier sa question. Oui, de quoi vas-tu vivre dans ce cas si tu délaisses tes commerces? Tu sais bien que nous ne faisons pas une *dall*!

— Oh, ne t'inquiète pas pour moi, Yabèl. Je vais demeurer propriétaire et je vais continuer à en tirer suffisamment pour survivre. Eh bien, je ne veux pas vous faire peur, mais nous devrions nous entendre sur les détails tous ensemble et signer un contrat légal... pour éviter les malentendus si jamais ça tourne mal entre nos deux parties, suggéra Barèr.

— Pourquoi deux parties? demanda Isoeur qui traitait Barèr comme part entière au groupe.

— Oui, je sais, c'est plate à entendre, mais ce serait « vous, le groupe », puis « moi, le gérant ». Ça fait deux parties d'une association.

Les gars firent une grimace, déçus de ces mesures discriminatoires imposant une scission au sein de leur entreprise et de leur amitié.

— *Deurk*, c'est nul ça, détesta Énoeur.

Barèr les rassura.

— Ne vous inquiétez pas, les gars. Depuis le temps que nous nous connaissons, je ne suis pas ici pour vous escroquer! Ça ne veut pas dire que nous ne pouvons pas rester en bon terme. Ce n'est que pour officialiser et structurer les choses d'un ordre légal. Et bon, vous aurez aussi à signer une entente similaire avec Ènfine et MMK très bientôt. Je pourrai être là pour vous aider le plus possible.

— Bien sûr, Barèr, nous le savons très bien! Nous ne sommes tout simplement pas habitués à ce jargon officiel. Bon alors, quel salaire demandes-tu au juste? sympathisa Juheur avec une teinte de raillerie.

— Non, non, pas de panique, rien pour l'instant! répondit-il en riant. Je ne suis pas à plaindre. Commencez par utiliser vos revenus de musique pour payer les dépenses du groupe et pour vous faire vivre un peu si vous le pouvez. Vous pourrez m'accorder une part de vos profits lorsque le groupe en fera.

— Oui, c'est sensé. Quand nous en ferons, ha, ha! Reste à définir cette quote-part s'il faut absolument inscrire ces termes, approuva Juheur après avoir lu le bref signe d'assentiment de ses amis sur leur visage.

— Eh bien, comment vous rémunérez-vous vous-même actuellement? demanda-t-il, même s'il connaissait déjà les faits.

— Tu le sais bien, Barèr : nous n'avons pas assez de revenus pour en vivre. Tout notre argent est absorbé par un nouveau projet. Nous ne nous sommes jamais figurés comment nous pourrions couper la tarte... si un jour il y a une tarte à couper, avoua Juheur, avec ironie.

— Jusqu'à ce jour, nous mettions tous nos maigres revenus dans la caisse commune et pigions dedans lorsque nous avions des dépenses de groupe. Et encore, tous les cachets de spectacles, toutes les ventes de cassettes, même nos propres salaires, tout passera dans le prochain enregistrement. Il n'y a aucune chance que nous arrivions à nous payer, clarifia Kassepi, le trésorier.

— Bah, alors, comme le disait Barèr tout à l'heure, si nous retournons un jour en grosse tournée, nous ne pourrons plus compter sur des emplois pour survivre. Ce serait bien que nous sachions comment nous allons gérer les revenus de groupe, annonça Isoeur.

Certains d'entre eux s'interrogèrent de la pertinence d'en débattre si tôt, comme d'un fantasme exprimé en avant de faits encore conditionnels à bien des défis à relever. La discussion sur l'importance de définir des bases tenait probablement de leur vive ambition et de leur folle conviction. Ainsi, Honnelli, rassuré par le sérieux et le potentiel du groupe, y alla d'une proposition.

— À ma connaissance, beaucoup de groupes émergents que j'ai connus utilisaient une formule de caisse commune pour les frais fixes. Ils payaient d'abord, si possible, leur nourriture, leur transport, leur logement, leurs vêtements et ils se partageaient ensuite les profits, s'il y a lieu... Mais ne vous faites pas trop d'illusions, je n'en ai connu aucun qui arrivait à vivre que de leur musique.

— Bah, sûrement Sahiké Nora! réagit Énoeur, dont Honnelli lui froissa ses croyances.

— Hmm, pas sûr... Certains d'entre eux travaillaient encore dans le magasin de musique du sombre quartier quand je suis parti de Kiménora.

— À part peut-être Ribar avec leur saut dans la musique commerciale, présuma Kassepi.

— Mouais... Et ce n'est pas parce que nous en parlons que nous ferons de l'argent automatiquement.

Le groupe sembla se réveiller à la réalité implacable du milieu artistique dans lequel il évoluait. Juheur dut les électriser un peu pour chasser la morosité passagère.

— Bon, peu importe! Nous nous acharnerons et nous avons Barèr avec nous! Et cette structure me plaît! Payons d'abord nos dépenses, puis partageons les surplus entre nous six. Comme ça, boum! pas de chicane!

Barèr nota sur son bloc-notes six parts de quinze pour cent et le reste de dix pour cent pour l'épargne générale du groupe. Il y inscrit aussi d'autres réflexions pendant que le groupe discutait des tâches qu'il accomplirait désormais plus officiellement. Ils ne purent que conclure que cela se résumerait beaucoup à leurs expériences déjà vécues et que son rôle se formerait et se raffinerait organiquement selon les besoins qui se présenteraient bien assez vite. Tous semblaient en être satisfaits.

Entre-temps, le bar s'animait de la cohue qui se présentait pour le spectacle du samedi soir. Isoeur avait promis à Anyériss de passer la soirée avec elle et il s'éclipsa en s'excusant. Mévior et Mallè arrivaient au comptoir pour servir les *métalleux* venus pour leur fête hebdomadaire. On augmenta le volume de la musique dans les haut-parleurs. Barèr s'occupa de compléter la sonorisation sur la scène. On se lubrifia de bière dans l'attente du groupe local. On applaudit l'arrivée des musiciens et l'on *thrasha* sur leur musique invitante. On leva les poings et les verres pour saluer ce bouillon concentré et vibrant. Ce rituel simple rassemblait et réchauffait les cœurs.

***

La semaine suivante, Barèr présenta le contrat mis au propre pour que les six le signent. Ils le relurent tous sérieusement avec précaution et en furent dès lors satisfaits. Cette étape leur donna tous un sentiment d'importance et, en quelque sorte, de la concrétisation de leur vocation. En ce mois de juin 1029, Takané accueillait un nouveau membre très important et cet événement clé coïncida avec le début de l'enregistrement de leur seconde maquette. Cette nouvelle entreprise, un peu précipitée, renforçait probablement encore plus l'affirmation de ce que ces jeunes étaient : les musiciens d'un groupe métal. C'était désormais ce que chacun d'eux répondait sans hésitation à quiconque le leur demandait.

***

Domeur, Yatémèr de son nom de famille, était un gros bonhomme, un bon vivant tout en rondeur et en sucre. C'était difficile de ne pas l'affectionner. Grisonnant, il devait avoir près de la cinquantaine et portait une barbiche poivre et sel qu'il s'obstinait à conserver par coquetterie. Cela cadrait tout à fait dans son personnage sympathique. *Domeur à' Thômi*, oui, il ne pouvait avoir que des amis et Takané lui en procura instantanément six nouveaux.

— Ah, mes amis ! s'exclama Domeur en les accueillant. Ah ! du métal, comme c'est original ! Je n'en ai encore jamais enregistré, dit-il en multipliant les « mes amis, mes amis ».

Nul besoin de mentionner que le groupe, fort amusé, affichât un grand sourire.

— Takané, Takané. Ah oui, c'est très bien pour des jeunes comme vous, plein de force foudroyante, plein de vitalité, une musique que j'imagine du tonnerre, frappante et éclatante, *Takà, né* ! Ha, ha ! Ah, mes amis, j'ai bien hâte d'entendre vos compositions ! poursuivit-il. Ici, chez *Domeur et ses amis*, vous ne vous gênez pas pour quoi que ce soit. Si vous avez besoin de quelque chose, faites-m'en part.

— Merci, monsieur, vous êtes très aimable, se prononça Juheur avec respect.

— Non, non, non, il n'y a pas de *monsieur* qui tienne ici, ni le moindre vouvoiement. Appelez-moi Domeur.

Ils passèrent tous du vestibule à la salle de sonorisation.

— Alors voici donc vos pistes fantômes que je place ici pour jouer en toile de fond, pour notre ami...

— Mollieur, Kassepi Mollieur. Oui c'est moi le batteur.

— Bravo, mon ami! Quel courage que d'avoir à amorcer l'enregistrement! Je dois vous confier que moi-même, je n'ai jamais voulu jouer de batterie de peur d'avoir à passer le premier, ho, ho, ho! révéla-t-il à voix basse comme s'il n'avait pas fait cette confidence des dizaines de fois auparavant.

Les six sourires ne se détendaient plus depuis leur arrivée ici.

— Écoutons, écoutons votre musique! dit-il, enthousiaste et toujours de plus en plus impatient de peser sur le bouton *Yaèt*[94].

Douze coups de *hi-hat*, puis le piètre enregistrement maison de la chanson *Oud Vélaga* se mit à cracher dans les haut-parleurs de qualité. Kassepi eut peur pour l'intégrité de leurs membranes. Le riff *thrash* presque en *blastbeat* parvint à faire lever les paupières de Domeur, toujours mi-fermées, par bonhomie.

— Oh! Ho, ho! Comme c'est *coloré*!...

C'était l'expression qu'il utilisait lorsqu'une musique arrivait à le surprendre, non pas nécessairement par aversion.

— ... Mes amis, je sens que nous aurons beaucoup de plaisir durant les prochaines semaines.

Au terme de cette première écoute, Kassepi alla s'installer à la batterie dans la salle d'enregistrement. Domeur et lui installèrent les pièces supplémentaires qu'il avait apportées pour compléter la batterie conventionnelle. Au bout d'une bonne demi-heure, tout était enfin prêt pour débuter. De la console, Domeur mit le microphone en marche.

— Oh! Ho, ho! C'est une véritable forteresse que tu as là! Es-tu prêt, ami Kassepi?

— Oui, fin prêt, répondit-il, capté par la multitude de microphones pointant sur l'ensemble.

— C'est parti!

Kassepi entendit les douze coups annonçant le début de la chanson et se déchaîna ensuite. L'activité physique nécessaire pour accomplir les morceaux était toujours impressionnante pour son public; Domeur en était désormais de ce nombre.

— Oh! Ho, ho! Ce qu'il roule, notre ami!

---

[94] *Yaèt* : « jouer » (*play*)

La soirée se poursuivit avec Kassepi martelant ses pièces jusqu'à ce qu'il soit assez tard pour juger qu'il valait mieux reprendre au matin. Déjà, après cette première séance, la qualité de l'équipement de Domeur et ses compétences permettaient d'espérer des résultats bien au-delà de leur première expérience de studio.

***

Le lendemain, samedi avant-midi, Juheur, Isoeur et Honnelli supervisaient Kassepi soit par curiosité soit par implication, alors qu'Énoeur travaillait jusqu'en fin d'après-midi. Kassepi venait de terminer un premier jet de *Métal Dihne*, une chanson crue qui rappelait à Juheur les compositions brutes de son adolescence. Kassepi déposa ses baguettes pour se concentrer sur l'écoute attentive du ruban rembobiné. Tous tendirent l'oreille jusqu'à ce que Juheur stoppe la bande sonore et lance aux autres :

— Cette *passe*-là, juste avant le changement de riff menant au second verset, elle ne colle pas. Ce n'est pas ce sur quoi nous nous étions entendus.

Tandis que Kassepi le regardait impuissant, cherchant un éclaircissement, Juheur dessina sur un bout de papier une esquisse de partition de batterie qu'il alla lui porter pour s'expliquer. Kassepi déchiffra rapidement l'intention de Juheur, mais protesta après un essai.

— Nous ne nous étions arrêtés sur aucune séquence de batterie précise pour ce segment, s'opposa d'abord Kassepi avant d'interpréter le gribouillage de Juheur. Ce n'est pas très naturel comme enchaînement. Ça ne glisse pas très bien sur la musique, débattit-il ensuite.

Isoeur et Honnelli se regardèrent, interloqués, témoins d'un premier nœud dans ce projet d'enregistrement. Ils appréhendèrent que les résultats dégénèrent comme lors de la première maquette. Ils devaient pourtant s'y attendre, car ils tenaient tous la conviction que leur objectif passait par l'effort et la minutie et ils étaient tous déterminés à améliorer leur produit jusque dans les détails. Ils assistaient maintenant aux conséquences de la recherche de cette qualité : défendre les idées bonnes pour le groupe, départager le pour et le contre, s'entendre sur la direction musicale des morceaux, accepter d'avoir tort, faire des compromis, prendre des décisions. Tôt ou tard, ils auraient eu à vivre ces obstacles fondamentaux, et ils devaient même s'efforcer de devenir diplomates, par exemple après cette remarque déplacée de Juheur :

— C'était une technique typique de Kmési. Lui l'aurait joué tel quel pour ce type de chanson frénétique.

Isoeur sursauta en anticipant le terrain dangereux sur lequel Juheur amena Kassepi qui bondit également.

— *Heud... do*, Vossa ! C'est quoi cette idée de me comparer à un mort ? Il faudra que tu te fasses à l'idée : la batterie de Takané, c'est moi qui la joue et c'est ce que je développe comme technique, se défendit Kassepi sur un ton irrité qu'on lui connaissait très peu.

Juheur fulmina en entendant le mot *mort*, sur lequel Kassepi appuya maladroitement, un terme un peu fort dans le contexte précaire, malgré sa justesse indéniable. Isoeur accourut pour retenir Juheur, devant une imminente bagarre verbale ou peut-être pire.

— Écoutez, les gars, il ne sert à rien de se détruire sur ce sujet. Juh, rien ne pourra ramener Kmési... et Kassepi est le meilleur batteur que je connaisse. Passons à un autre morceau et entre-temps, Kassepi (il se tourna maintenant vers le batteur qui était également furieusement rouge), tu peux assimiler des techniques de Kmési et les intégrer à ton répertoire. Ce serait tout de même de la mauvaise foi que de renier son originalité.

Cette fois-ci, Juheur dut reconnaître son tort et être raisonnable. Son deuil de son ami cher ne pouvait pas entacher le travail qu'il accomplissait dorénavant. Isoeur venait de garder le groupe d'une querelle inutile et coûteuse.

— OK, Kavèlli, tu as raison, faisons ça, se contenta de conclure Juheur, l'orgueil brisé.

Kassepi leur accorda avec peine.

— Oui, c'est bon, Juh. Je vais étudier ta proposition. Allons, mettons en place *Dhass...*, celle-là est réglée au seizième de tour.

À ce moment, Domeur surgit dans la pièce avec son thé sucré, ses biscuits fraîchement sortis du four et son éternelle gaieté.

— Oh ! Ho, ho ! Quelle mine grave vous avez, mes amis ! Tenez, goûtez-moi plutôt ces petits bijoux !

Il raviva aussitôt l'entrain du groupe qui en avait bien besoin pour chasser la dissension. Après cet incident dilué par l'aménité de Domeur, la journée reprit son cours normal et lorsque le groupe quitta l'endroit, il ne resta plus qu'une piste de batterie à enregistrer.

Le niveau de qualité qu'ils recherchaient demandait une rigueur beaucoup plus grande qu'à leur première expérience de studio et cela nécessitait plus de temps à Kassepi pour parvenir à jouer le degré de perfection qu'ils s'imposaient.

***

L'enregistrement alla bon train et le groupe ne rencontra aucun incident majeur. Domeur s'avéra un technicien aussi compétent qu'amusant lorsque des problèmes d'équipement survinrent. Kassepi acheva dans les temps ses pistes au terme de la première fin de semaine. Énoeur suivit avec efficacité le lundi soir, après le travail. Il termina sa partie assez tôt le lendemain soir et Juheur put entamer les pistes de guitares. Le duo de guitaristes prit les deux semaines suivantes pour compléter leurs pistes, partageant le temps de studio en fonction de leurs horaires de travail. Honnelli ne se gêna pas pour prendre congé du travail deux jours, pour enregistrer sa part durant les heures libres où ses camarades travaillaient.

Si bien qu'une fois les solos de guitare et les voix enregistrés, à la mi-juin, le groupe put passer au mixage qui s'avéra cette fois être une tâche aussi longue que sa contrepartie. Le groupe s'inquiéta que le processus s'étire tant, car le budget ne pourrait soutenir bien davantage de retard. Domeur, de son éternelle bonne humeur, sut les apaiser à ce sujet.

— Ne vous inquiétez pas pour le prix final, mes amis. J'affiche le coût horaire à dix-huit *dall* pour décourager les petits groupes qui manquent de sérieux, mais vous, je vous aime bien (comme s'il n'aimait pas déjà l'humanité entière). Nous pouvons nous en tenir à notre estimation de mille cinq cents *dallènth*, il n'y a pas de problème pour compléter votre disque, je ne compterai plus vraiment les heures par la suite. Nous ferons quelque chose de bien beau pour finaliser le tout, vous verrez. Ne vous inquiétez plus, mes amis.

Une fois ce stress passé, les gars s'adonnèrent plus facilement à leurs plaisanteries auxquelles ils se reconnaissaient davantage, sans toutefois relâcher leurs efforts pour clore cette maquette qui semblait cette fois répondre à leurs espérances.

***

Par une journée monotone de mixage qui prenait fin, Juheur, Kassepi et Honnelli étaient rassemblés autour de la console où ils prenaient une pause bien méritée. Ils s'ouvrirent une première bière, puis une seconde pour étirer un peu ce moment de répit de leur tâche répétitive. En fait, ils eurent clos leur travail pour la journée de façon tacite en attendant l'arrivée de toute la compagnie, car ce soir, Barèr et Ènfine venaient écouter les progrès du groupe. Dans l'attente, on demanda à Kassepi si Isoeur venait les rejoindre plus tard.

— Oui, Isoeur passait sa journée de congé avec Anyériss avant de se pointer ici pour la soirée. Il ne devrait plus tarder. Ils auront eu l'appartement à eux seuls pour faire leurs affaires ! finit-il avec un clin d'œil qui fit sourire les autres.

— Entends-tu souvent leurs ébats ? demanda Juheur, curieux, rapidement échauffé par la boisson tirant avantage d'une fatigante journée intense de labeur.

— Ha, ha ! Non pas vraiment : soit ils sont discrets, soit Isoeur ne parvient pas à la faire crier !

Les trois amis se mirent à rire et la conversation dégénéra dans une vulgarité qu'ils affectionnaient particulièrement. Les médiocres prouesses sexuelles hypothétiques d'Isoeur comblèrent une bonne dizaine de minutes d'attente avant l'arrivée du loup.

— Salut, les gars ! Isoeur arriva enfin ; une certaine lueur émanait de lui, comme une aura bienfaisante dont on pouvait deviner la source.

Énoeur arriva peu après et, une fois le groupe réuni, tous se mirent à l'écoute de la maquette, qui nécessitait encore quelques retouches. Leur sourire complice manifestait une belle fierté. Ils étaient dans la dernière ligne droite de cette entreprise qui avait été une réussite à la hauteur de leurs attentes élevées.

Barèr se pointa, ainsi qu'Yoà, récemment revenu à Kapousha avec une généreuse barbe, qui l'accompagna, également très intéressé par ce projet. Il partagea ses démarches de studio et énuméra l'équipement qu'il accumulait déjà dans l'attente optimiste de repérer un local adéquat. Puis Ènfine arriva dans l'heure suivante, amenant avec lui une belle ambiance festive dans le local de sonorisation devenu très petit pour toute cette joyeuse bande. Domeur ne pouvait qu'être pleinement enchanté d'accueillir autant d'amis en même temps, allant jusqu'à servir son fameux thé sucré à tous (ce qu'il faisait régulièrement, peu lui importait : il avait toujours une bonne raison pour célébrer et son thé était toujours prêt).

Une petite tasse à la main, tous se massèrent dans le petit local de mixage pour écouter le matériel nouvellement enregistré. Ènfine fut accueilli par les membres excités d'une part par l'assemblée improvisée de cette soirée, mais également par le grand bond en avant par rapport à *Kapousha Suvial*.

— Hé, Ènfine ! Où est ta copine ? Tu ne nous l'as toujours pas présentée ! Vous ne serez pas déçu de ce produit. Cette fois, nous avons quelque chose de très présentable, l'accueillit Juheur.

— Ah, elle avait un spectacle à voir ce soir, toujours en repérage ! Bon, excellent, faites-moi écouter tout ça ! dit-il, réjoui, lui qui était devenu rapidement adepte de leur musique et solidaire de leur avancement.

— Allez, remettez-le ruban au début qu'on le réécoute au complet ! héla Énoeur, resplendissant. Au début, au début ! Je ne me tanne pas d'écouter cet enregistrement !

On remit le ruban à zéro et à nouveau la musique fraîche jaillit des haut-parleurs comme l'eau d'une grande fontaine, avec puissance et majesté.

Ènfine découvrit à son tour des morceaux des plus *thrash*, mélangés à de subtils motifs de la musique classique bien dissimulée et parsemés de grands moments tragiques, mélancoliques, dramatiques et théâtraux rappelant les Sahiké Nora de ce monde métal. C'était plus rapide, c'était plus agressif, émotionnellement plus complet et achevé que leur première maquette. Chaque minute, Ènfine dodelinait un peu plus de la tête ; il était en symbiose avec la musique. Il devint convaincu que ce produit avait du potentiel. Avec le consentement du groupe, qui restait à régler, il se savait ici en possession d'une bonne arme pour investir les distributeurs et les marchands indépendants. Barèr avait gagné son pari : le produit avait convaincu Ènfine de distribuer une maquette.

— *Heudandeurk, thômi !* On s'arrachera cette cassette, je vous l'assure ! jubila Ènfine.

Yoà partit après deux écoutes répétées non sans les féliciter chaleureusement de leur produit et ayant déjà hâte de travailler à un album complet avec eux, d'ici quelques mois.

Les sept autres, demeurés dans le confort du local à Domeur, discutèrent ensuite du potentiel de promotion et des stratégies qui s'avéreraient les plus efficaces. Ils élaborèrent un plan et un partage des recettes qui convint à tous. Ènfine s'engagea à s'occuper des volets de reproduction, de recherche de partenaire, de la promotion et de la vente de ce court album de quatre chansons. Ènfine assura avoir les contacts nécessaires pour monter quelque chose de bien pour Takané. Avec Barèr qui entamait officiellement la gérance et verrait rapidement à inscrire des concerts à l'horaire du groupe, les gars se sentirent suffisamment bien entourés pour se concentrer sur leur musique et la préparation de spectacles.

Avant de terminer cette belle soirée, Ènfine leur annonça qu'il quittait définitivement son groupe de musique qui n'avait pas la trempe pour percer.

— Ouais, nous venons de perdre notre batteur. Il est parti étudier en région. C'est le deuxième cette année à nous quitter et je n'ai vraiment plus la patience d'entretenir ce groupe sans vocation. De toute façon, je passe le plus clair de mes temps libres à trimer dur avec Dèlsha sur notre maison de disque. Je dépose ma guitare pour un bout. Je crois que c'est pour le mieux. Pour l'instant, j'aime mieux travailler pour de bons groupes comme vous que de me fatiguer à devoir constamment réanimer le mien, se justifia-t-il.

Les membres de Takané eurent pour le moment un léger doute qu'Ènfine soit un lâcheur et qu'il finirait aussi par abandonner son entreprise à la première difficulté. Néanmoins, c'était la seule option pour le groupe qui était naturellement boudé par les maisons d'importance.

***

Le mois de juin se poursuivit avec la fin du mixage. Les gars, réunis pour une ultime séance de mixage, remercièrent abondamment Domeur, un être éminemment agréable à côtoyer et avec lequel ce fut un réel plaisir de travailler. Juheur fit ajouter à l'intérieur de la jaquette de la maquette un remerciement à son égard : « *Shôda*, Domeur, pour le thé, les biscuits et ta bonne humeur ». Ènfine s'empara de la matrice et s'occupa à faire en sorte que cette maquette soit aussi remarquée qu'elle était remarquable à leurs oreilles.

CHAPITRE VINGT-DEUX

1029, Oré

Sans relâcher leur rythme de travail, les gars passèrent de la production de la maquette à la finalisation et l'apprentissage de nouveaux morceaux qui prenaient forme simultanément. Ils se réunissaient trois soirs par semaine au local pour consolider les révisions faites par Juheur et Kassepi durant leurs séances d'écriture de la fin de semaine et ils jouaient en public, de retour au Spectre les vendredis soir, pour tapisser le fond de leur caisse d'épargne de quelques billets. Aux répétitions, le groupe occupait les pauses entre deux blocs de chansons pour développer les éléments complémentaires de l'album en devenir comme la direction artistique et les éléments de scène pour les spectacles à venir. Inévitablement, leur discussion bifurquait sur les paramètres fondamentaux de la capacité à mener cette entreprise. Gardant en tête l'objectif vague de MMK d'un lancement à l'automne, le besoin de réserver un lieu et une période d'enregistrement devenait criant pour le groupe. Le mois de juillet s'apprêtait à déployer ses grandes chaleurs écrasantes et les gars ne savaient toujours pas où et quand ils iraient enregistrer leur album.

— Pourquoi ne pas retourner chez Domeur ? proposa Honnelli.

— C'était mon premier réflexe, mais il affiche complet jusqu'en octobre, répondit Juheur.

— Ouais, nous avons épluché l'annuaire : rien de libre, confirma Isoeur.

— Je ne peux pas croire que la ville est réservée au grand complet s'exclama Énoeur, désespéré.

— Et si nous regardions dans la région ? À Byeuh, à Klisteur ? Je ne sais pas moi, Sabbélora ? S'il le faut, j'irai enregistrer à Hédridzia brava Kassepi.

— Écoutez, donnons-nous encore deux semaines. Barèr nous dit que c'est sa priorité de trouver un studio.

— Et, *heud*, Ènfine, lui ? s'impatienta Honnelli. Il attend les bras croisés ou quoi ? Pensez-y, les gars, il n'a même pas annoncé de date précise. Nous sommes dans le néant total !

— Tu as raison. Mais n'empêche, nous devons être prêts, conclut Isoeur.

Entre-temps, Barèr et Yoà s'occupaient sans répit à trouver un lieu pour démarrer ce fameux studio d'enregistrement. Leurs recherches dans les zones industrielles de Sabbésièl, Guèffé, Kapousha-Düh et Trômyèl les déçurent et ils se tournèrent alors vers d'autres quartiers industriels de la région. Un peu par préjugé, en tant que résidents de la rive ouest, le duo s'était d'abord limité à demeurer dans le cœur de Kapousha, s'aliénant la rive est alors que Sabbèn, Yodèl ou même le sud de Kapafdzia étaient des arrondissements qui purent offrir une large gamme de choix relativement abordables. Là encore, ils ne trouvèrent rien qui fasse l'affaire. Pourtant, c'est en se promenant dans son propre quartier que Barèr trouva une solution de rechange qui n'était aucunement ce à quoi il s'était d'abord fait comme idée du futur studio : un immeuble résidentiel commun avec un commerce abandonné au rez-de-chaussée. L'occasion était belle et il contacta le vendeur pour discuter de la faisabilité de la transaction. Après une première inspection, il fut enchanté de la tournure des événements. Lors de sa visite désormais hebdomadaire aux stalles de l'université, Barèr garda le suspens en ne dévoilant que peu de détails au groupe.

— Je crois avoir trouvé le lieu parfait qui pourrait devenir non pas seulement un studio, mais également notre quartier général. Nous pourrions y combiner un lieu d'enregistrement, de répétition et aussi de prise de décision pour le groupe ! Et à Kadeu même ! s'exclama-t-il.

Juheur tenta de deviner.

— Une sorte de centre de la musique métal kapienne donc ?

— Exact ! *Kapior Métal Mirò*, ça sonne bigrement bien comme nom de compagnie sous laquelle regrouper nos activités ! répondit Barèr, tout lumineux et soucieux de donner un sigle à sa raison sociale comme étape obligée vers la concrétisation de son rêve.

— KMM, c'est le miroir de MMK, observa Kassepi.

— Belle coïncidence ! s'exclama Isoeur, plein d'espoir. C'est peut-être alors le début d'une grande collaboration.

Précisément, alors que Takané devenait le catalyseur de la fondation d'une entreprise d'activités musicales, Ènfine, de son côté, multipliait ses démarches pour assurer la vente des mille cassettes d'*Oud Vélaga*, qui sortaient de l'impression sous peu. Il s'occupa de l'enregistrement des titres de publication et fit imprimer des affiches de publicité qu'il remettrait aux magasins voulant bien placer quelques-unes de ces maquettes sur leurs présentoirs.

Il arriva le soir de réunion au local du groupe vêtu d'un veston, chemise et pantalon propres avec une caisse de cassettes pour leurs ventes personnelles.

— Voici donc comme convenu vos cent exemplaires, moins un, puisque j'arrive du Registrariat phonographique de Kapie. Votre musique est officiellement conservée dans le registre de la musique kapienne !

Cette nouvelle fut accueillie avec délire au sein du groupe. Les gars déballèrent la caisse comme si le cadeau le plus précieux s'y trouvait. Chacun garda un exemplaire pour soi comme souvenir. Ènfine continua en tentant d'attirer l'attention à nouveau.

— Dèlsha et moi avons passé la journée à préparer des colis pour les commerces de musique et votre maquette se trouvera dans quelques magasins de la ville au courant de la semaine. Bien sûr, vous pouvez écouler vos quantités dès maintenant et espérons que ça se vende bien ! ajouta-t-il en remettant à Barèr les exemplaires des formulaires légaux et en reboutonnant son veston visiblement satisfait d'avoir à porter ce genre de costume pour ses activités de relation publique. Je dois vous laisser. Je vous tiens au courant pour le spectacle de démarrage de MMK. Oh ! en passant, considérez-vous chanceux, car ma femme adore votre musique et *Tcha* sait qu'elle est capricieuse là-dessus, finit-il en repartant en coup de vent.

***

Barèr installa un point de vente au comptoir de son bar qui fut un tel succès qu'au moment où Takané revint jouer au Spectre le vendredi soir, il en restait moins de la moitié à vendre, et il n'en resta plus un seul après leur prestation. Les exemplaires mis en consigne au Rock Ohlvou s'envolèrent tout aussi rapidement. En rupture de stock, Barèr eut donc dès le lendemain à acheter à Ènfine un autre lot pour répondre à la demande.

Ce dénouement heureux donna des ailes au groupe qui redoubla d'efforts en ce début d'été souvent propice au relâchement. La réponse si positive au Spectre confirma l'intuition de Juheur d'honorer la clientèle fidèle du bar dans une composition qu'il baptisa *Rakkè Huynur*[95], là où ces gens plus ou moins anonymes grossissaient les rangs de cette armée de l'ombre.

— Cela fera une belle continuité à *Lyunni Sah'n Buhn*[96], expliquait-il aux autres.

— Superbe! Avec la pièce finale, *Feunèl An Lohm Sah Dzièh*[97], nous avons un album complet, s'enchanta Énoeur.

Juheur, à qui la tâche de parolier incombait de façon naturelle, voulut préciser.

— Il reste encore à clore les paroles pour celle-là... Je peine un peu à la parachever.

— Bah, je peux t'aider à boucler tout ça. Je crois bien saisir l'essence de la chanson, suggéra Kassepi.

— Oui, certainement. Un peu d'aide ne serait pas de refus ici... Rien n'oblige à ce que ce soit moi qui écrive toutes nos paroles... Je ne détiens aucun monopole sur les aspects créatifs du groupe, heureusement! dit Juheur, invitant avec un brin d'embarras ses collègues à supporter ses derniers efforts.

Justement, Isoeur esquissait sur une feuille des croquis sur le thème de *Takà*, qui constituerait la jaquette de la cassette. Il y inscrivit les neuf titres dans l'ordre dont le groupe avait convenu plus tôt le même soir.

— *On Suvial, Oud Vélaga, Takané, Guèl Mèlthèi, Dhass Guèlla Ba Nésuvé, Lyunni Sah'n Buhn, Rakkè Huynur, Métal Dihne*, et finalement, *Feunèl An Lohm Sah Dzièh*. Ça nous fait un produit crédible qui dure environ cinquante minutes.

Juheur jubilait.

— Ouf! Quelle bombe ce sera!

— Ce serait parfait, même pour un spectacle d'une heure ou plus, ajouta Kassepi. Nous pourrons jouer l'intégralité de notre répertoire et y ajouter quelques interprétations pour attirer l'attention du public. Les gens ne connaîtront probablement pas nos propres morceaux.

---

[95] *Rakkè Huynur* : « Armée de l'ombre »

[96] *Lyunni Sah'n Buhn* : « Enfants de la nuit »

[97] *Feunèl An Lohm Sah Dzièh* : « Provoque la fin de tout »

— Alors, jouons l'album sans interruption pour nous tester ! proposa Énoeur, amusé et surexcité par cette possibilité.

— Allons-y ! Tout ce qu'il manquera sera un hymne d'introduction à faire jouer dans les haut-parleurs avant notre montée sur scène. Quelque chose de grandiose et vibrant, termina Juheur en s'adressant plus particulièrement à Honnelli, dont le synthétiseur leur permettrait de simuler les différentes sections d'un orchestre.

Sur ce, Kassepi battit la mesure et Takané s'exécuta fougueusement.

***

Barèr et Yoà visitèrent le bâtiment convoité une seconde fois afin d'analyser sa capacité à satisfaire les besoins de leur future entreprise. Ils vagabondèrent dans les vestiges éventrés et les décombres de ce garage négligé.

— Il faudra allouer un bon montant à la métamorphose de ce garage en studio d'enregistrement, sans oublier d'insonoriser convenablement pour les résidents des étages supérieurs et environnants, avertit Yoà en tant que professionnel en devenir de l'acoustique musicale.

— Oui, évidemment : l'insonorisation doit se faire avec l'étage et l'extérieur, mais également entre les pièces du rez-de-chaussée.

— C'est faisable. Cela dépend principalement des fonds dont nous disposons.

— Tentons d'utiliser nos épargnes comme levier pour obtenir la mise de fonds maximale. Vu l'ampleur de l'hypothèque et les travaux de rénovation, nous devrons être financés. Aurais-tu le temps demain pour que nous allions à la banque ?... Oui ? Donc, pour ce qui est de l'emprunt, nous pouvons le baser sur mes actifs et la valeur du matériel de studio que tu as déjà. C'est surtout l'obstacle à franchir, car ensuite, les revenus des loyers devraient pouvoir couvrir les mensualités à rembourser.

— Mouais... Personnellement, j'aurai à piger largement dans mon VMS pour contribuer... Et disons que je n'ai pas une grande somme à y dilapider. Espérons que ce ne soit pas trop risqué à mon âge et dans ma situation, l'informa Yoà.

— Effectivement, je te souhaite de ne pas tomber gravement malade.

— Eh bien, la voiture de luxe devra attendre, alors ! plaisanta Yoà en pointant une affiche d'une telle voiture qui tenait encore au mur.

Les deux entrepreneurs se mirent à rire à outrance devant cette possibilité absurde et irréfléchie. Ils traversèrent la rue pour admirer le bâtiment de cinq étages.

— Oui, ça me plaît, Barèr. Nous avons une bonne transformation à faire, mais je nous y vois très bien.

— Parfait, prenons-le.

***

À la répétition suivante à la stalle de l'université, Barèr présenta à Takané le plan détaillé de la prise de possession et l'aménagement de l'immeuble.

— Voilà : Yoà et moi avons trouvé un ancien garage d'entretien automobile à Fèttoyah...

— Oh ! Où exactement ? s'exclama Énoeur.

— Hmm, à peu près à l'angle de Teullu et Yunfèttoh.

— Oui, oui ! Je me souviens de ce garage ! s'exclama Juheur. C'est tout proche du ruisseau. Ha, ha, ma mère détestait que je joue dans ce bout quand j'étais petit ! *Heud*, j'en ai fait des mauvais coups dans ce coin-là avec mon frère. Avec le dépanneur et la droguerie[98], toute la racaille de Fèttoyah orbitait autour. *Onéò !*

L'endroit ne résonnait pas autant à Isoeur et Énoeur qui avaient grandi dans d'autres parties de Kadeu. Lorsque les trois devinrent amis, au secondaire, ils se tinrent davantage autour de l'école et le long de Mavéor. De leur quartier respectif, les enfants jouaient dans les petites rues intérieures, les adolescents sur le grand boulevard.

Barèr poursuivit.

— Alors, c'est un immeuble de cinq étages. Le bâtiment est composé de quatre grands appartements et du garage abandonné au rez-de-chaussée que nous convertirions rapidement en studio, mais aussi en local de répétition. Vous pourriez donc libérer cette stalle et répéter directement à Kadeu. Le premier est libre et je m'imaginais que vous pourriez tous y emménager. Un peu comme des artistes en résidence, finalement, ha, ha ! Vous n'auriez pas besoin d'investir

---

[98] À ne pas confondre avec les pharmacies, les drogueries sont des commerces privés régis scrupuleusement par la Commission des drogues récréatives de Kapie

dans le montant de départ, mais votre loyer à l'étage servirait en partie à payer l'hypothèque. À vous cinq, ça reviendra moins cher que ce que vous déboursez actuellement pour vos loyers respectifs.

— Sans compter que nous économiserons le loyer de la stalle en plus ! remarqua Isoeur. Ce n'est pas négligeable.

— Oh, oui ! Excellent, j'embarque ! s'écria Honnelli.

— Nous pourrons, chaque soir, y finir la fête et ramener tout plein de filles ! ajouta Juheur qui exultait.

— Et répéter en bobettes le matin ! Ha, ha ! plaisanta Énoeur.

Kassepi regarda Isoeur.

— L'idée est géniale, mais à part Honnelli, nous devrons tous trouver des locataires pour prendre nos places.

— C'est bien vrai... nous venons tout juste de signer un bail et il ne prend fin qu'en décembre 1030. De même pour Juheur, avec Yotal, et pour Énoeur dans sa fraternité de *nerds*.

— Bof, je ne suis pas inquiet. Je crois que je n'aurai pas de problème à évacuer les lieux. Ils sont déjà quatre à soutenir le bail et je dirais que leurs bourses de recherche sont suffisantes pour subvenir au loyer. Juheur aura probablement plus de mal à devoir délaisser Yotal qui a toujours été un complice fiable et agréable.

Juheur ne fut pas impressionné non plus.

— Moi aussi, à Nameulédò, je n'ai qu'à placer une annonce sur les babillards de l'université et ce sera réglé avant le début de la session. La pression repose surtout sur vous, Izi et Kassepi.

— Ça m'intéresse vraiment... mais, je dois tout de même en discuter avec Anyériss avant de vous répondre oui définitivement.

Isoeur sonda le regard songeur de Kassepi qui s'efforçait de construire mentalement une solution.

— Nous trouverons. Nous ne freinerons pas nos plans avec KMM pour un léger détail, conclut Kassepi. Puis, si nous nous entendons tous sur ce choix, il reviendra qu'à nous deux de soutenir les deux loyers tant et aussi longtemps que nous ne trouverons pas de nouveaux locataires. Espérons que ce soit avant le terme du contrat, dit-il, blaguant en partie.

Ainsi, tous approuvèrent à leur tour le projet audacieux proposé par Barèr. Inconsciemment, ils étaient tous convaincus que le succès de cette entreprise était sauf grâce à la volonté et les qualités de Barèr, qui prenait presque la forme d'un ange à leurs yeux.

— Parfait ! Vos réponses me satisfont amplement. Allons régler ça tout de suite ! s'exclama Barèr, enthousiaste.

Le local de répétition n'étant pas pourvu de ligne téléphonique, la bande se rendit donc à l'un des nombreux téléphones publics dispersés sur le campus. Personne n'aurait voulu manquer ce moment important. Barèr prit le téléphone de la cabine mal éclairée et composa le numéro du propriétaire.

— *Chah'!* Ici Barèr Kappèlla. Nous nous sommes parlé plus tôt cette semaine... Je vous appelle pour conclure la cession finale de votre immeuble rue Yunfèttoh.

La conversation fut courte et efficace. Quelques autres paroles furent échangées, ils prirent rendez-vous et ils raccrochèrent.

— Bien, il ne reste plus qu'à se rendre à la banque et à l'Autorité du marché immobilier pour ratifier le contrat, conclut Barèr visiblement satisfait et grisé par ce grand événement. Ce n'était pas une banale transaction.

***

Une fois les arrangements fixés et le processus de vente immobilière terminés la semaine suivante, le groupe complet de jeunes entrepreneurs, réunis au Spectre, fit une petite promenade de quelques minutes avant d'aboutir rue Yunfèttoh.

— Voici donc le bâtiment dont nous sommes désormais propriétaires ! annonça très fièrement Barèr. Et il y avait de quoi l'être.

La façade orientée vers l'ouest baignait encore dans la lumière orangée déclinante se faufilant entre les bâtiments d'en face. Au-dessus du rez-de-chaussée éventré par le défunt garage de l'ancien propriétaire, trois étages de façade finissaient sur un quatrième à lucarne dans le toit en angle. Une belle construction typique de la grande rénovation du huitième siècle qui se couronnait d'un jardin suspendu typique qui donnait cet aspect de verdure chevelue à la ville.

Barèr se fit un plaisir de guider la visite.

— Le rapport atteste que les fondations sont encore solides. Dès lundi de la semaine prochaine, une équipe commencera la réfection du rez-de-chaussée, ce qui demandera beaucoup d'ajustements. D'ici là, les autres menus travaux pourront débuter. Nous garderons cette première porte de garage à droite, elle pourra servir à décharger plus facilement l'équipement.

Barèr pointait maintenant un espace vague au sol gâché par les huiles d'automobiles dont les vapeurs odorantes étaient comme des fantômes évanescents. Barèr reprit.

— Ici à l'avant, ce sera votre local de répétition et d'entreposage, alors qu'au fond, on retrouvera à gauche le local d'acoustique et à droite le local de commande.

— Là où il y aura la console de son si vous préférez, clarifia Yoà.

— Exact... Et par là, il restera même de la place derrière l'escalier pour un coin repos, de travail ou une cuisinette, continua Barèr, muni des plans de réfection qu'il brandissait avec joie. Avec la rénovation de ma lutherie et du bar, je me suis créé quelques liens enviables avec l'ingénieur et l'architecte qui ont traité ma nouvelle demande rapidement la semaine dernière. C'est un projet fort simple en vérité et le seul contretemps est de faire approuver la façade du rez-de-chaussée à l'instance municipale.

Ce type de situations entrepreneuriales excitait vivement Barèr, qui devenait dès lors très volubile et enjoué.

Juheur se pencha sur une trouvaille et l'exhiba aux autres avec enchantement.

— Ceci fera un excellent élément de décor !

C'était l'enseigne éteinte du garage qui gisait parmi d'autres reliques éparses de mécanique automobile.

Les sept acquéreurs se promenèrent dans les décombres de ce qui fut il n'y pas si longtemps un garage bien populaire dans le quartier avant le décès du propriétaire. On se souvenait de lui comme un type honnête qui desservait fidèlement et promptement ses clients. Son unique fils n'avait aucun intérêt ni aucune aptitude à la mécanique et préféra se tourner vers les tours de verre du centre-ville. Les musiciens tentaient de s'imaginer de quoi leur futur quartier général pourrait avoir l'air. Barèr semblait en avoir une idée très claire, ses plans à l'appui, et personne ne s'en plaignit.

— Il y aura même une toilette ici ! dit-il, amusé, en complétant la ronde.

Le groupe traversa le portique arrière pour en apprécier les proportions cachées. Une cour, large et profonde, servait encore de débarras d'une multitude de pièces automobiles inutilisables et de ferrailles rouillées. Le voisinage était parti avec le peu de pièces récupérables qui s'y cachaient. Au fond, une clôture éventrée et chancelante donnait sur une ruelle sans nom. Comme une asymptote au degré de confort, il y avait dans ces quartiers une limite à la qualité de refuge que pouvaient donner les « derrières » de Kadeu, mais la superficie de cette cour offrait un potentiel à ceux qui avaient la motivation et la persévérance de la rénover pour en faire un jardin discret. Or, à ce moment, sa vue était répugnante et l'on ne s'y attarda pas longuement.

— Qu'y a-t-il exactement aux étages supérieurs ? demanda Kassepi.

— Alors, là est la grande merveille de cet immeuble. Les deux étages supérieurs sont toujours loués, mais les deux autres étages sont actuellement libres. Comme je vous l'ai mentionné, l'homme qui tenait ce garage habitait à l'étage. Bon, vous savez qu'il est décédé... et son fils qui occupait à lui seul le deuxième a récemment déménagé et il vend l'immeuble. Donc, comme nous en avons convenu, vous pourrez emménager à l'étage, qui est assez grand pour vous cinq. Pour ce qui est du deuxième, après tant d'années à endurer mon appartement minuscule, je vais le prendre. Je pourrai y gérer mes affaires beaucoup plus confortablement. Allons, montons voir !

Aucun d'eux n'avait aperçu l'appartement exigu de Barèr, mais tous savaient qu'il s'agissait d'une minable mansarde et d'une salle de bain de fortune au fond de son atelier, à l'étage de sa lutherie. Ils se l'imaginaient même assaillie par de la sciure, de la poussière de sablage et d'émanation de vernis. Ils se réjouirent pour lui de ce progrès. Ils le suivirent, fascinés par le personnage et ses aboutissements. Ils ne purent, par contre, pas se retenir de taquiner leur mentor qui se réservait un étage complet. La gravité des insinuations sottes et vulgaires sur son nouveau palais prêt à y accueillir son harem augmentait à chaque marche gravie.

L'escalier étroit atteignait un palier à l'étage avant de continuer plus haut. Barèr déverrouilla la porte et tous entrèrent dans l'appartement. Une grande pièce centrale était délimitée par plusieurs pièces fermées. Il y faisait sombre, car aucune fenêtre ne donnait du côté du soleil couchant. À droite se trouvait d'abord une chambre. La cuisine se trouvait tout juste après, suivie d'une autre chambre, au fond à droite. La salle de bain se trouvait au fond complètement, doublée d'une petite pièce pour une seconde toilette munie également d'une douche d'appoint. Puis complétant la boucle par la gauche, se trouvaient trois autres chambres. Celle du milieu avançait davantage sur le salon central que ses deux voisines. Barèr ouvrit les portes de ces trois chambres pour laisser entrer un peu des derniers rayons de soleil qui parvenait à cet étage.

— C'est très bien comme appartement. Je ne serai pas malheureux d'un peu de renouveau après ces quelques années à Nameulédò, affirma Juheur.

Énoeur se précipita vers l'une des pièces.

— Je choisis cette chambre au fond à gauche !

— Bon choix, Yabèl, à côté de la toilette lorsque tu seras malade, dit Isoeur pour le taquiner.

— Eh bien, si nous sommes déjà à choisir notre chambre, je prends volontiers celle au fond à droite, profita Kassepi.

— Bon, bon, bon, choisissez chacun votre coin, ça ne me dérange aucunement de prendre celle en sandwich, régla Juheur.

Ils avaient tous une excitation joyeuse à découvrir ce nouveau lieu et à se projeter dans cet environnement vide et encore étranger. Barèr et Yoà gloussaient à chaque idée saugrenue — et, bien entendu, souvent à caractère sexuel — que l'un ou l'autre de ces bouffons imaginait au sujet des lieux. Au plus bas de leur imagination fertile, Honnelli eut une pensée pour Énovia et se tourna vers Isoeur.

— Dis, Izi, comment Anyériss a-t-elle réagi ?

Isoeur se montra embarrassé.

— Hmm, je ne lui en ai pas encore parlé... Ça n'a pas vraiment adonné... mais elle n'avait pas de problème à ce que j'emménage avec Kassepi. Ça devrait être correct avec vous tous aussi.

— Ha ! Attention, je ne suis pas furieux comme Juheur, moi ! railla Kassepi.

— *Heud do*, Mollieur ! Ha, ha, ha ! se défendit Juheur, en acceptant toutefois cette affirmation.

Isoeur chercha à détourner le sujet pour chasser son embarras.

— Yoà, tu n'emménages pas ici, toi ?

— Non, quand je suis revenu à Kapousha, je suis retourné directement chez ma copine. Ça va assez bien avec elle, et ça ne m'intéresse pas vraiment d'habiter sur mon lieu de travail. Mais je serai ici pour les contrats d'enregistrement que nous trouverons bien. Sinon, pour l'instant, je suis retourné travailler au Rock Ohlvou.

La visite guidée se termina pendant que les cinq noceurs s'imaginaient encore faire la fête dans ce salon central. Barèr leur accorda ce moment de fantaisie comme bien d'autres avant et ô combien d'autres allaient suivre de leur association et leur rapprochement, espérait-il finalement. Juheur fit un dernier clin d'œil à son batteur, avec un certain manque de délicatesse.

— Nous saurons enfin qui Mollieur ramène dans sa chambre !

Kassepi était mal à l'aise. Pourtant, Honnelli osa pousser la blague plus loin.

— Et la fille en question aura l'embarras du choix si jamais elle n'est pas satisfaite !

Pour ménager la pudeur de leur batteur, il changea vite de sujet.

— J'apporte ma console de jeu vidéo. Nous pourrons faire des marathons pour passer une cassette lors de nos congés.

— Rares congés, précisa Isoeur.

***

Anyériss arriva à l'appartement d'Isoeur avec un peu d'épicerie pour préparer le souper. Isoeur l'aida à se défaire des sacs et l'embrassa tendrement. Ils ne perdirent pas de temps à s'affairer au souper, prétexte facile pour multiplier des caresses et les doux attouchements. Isoeur profita d'Anyériss qui coupait les légumes pour baiser sa nuque et faufiler sa main contre son entrejambe.

— Izi ! Arrête, ça chatouille ! se plaignit-elle, grandement amusée.

Ils patientèrent tout de même jusqu'au dessert pour poursuivre leurs ébats dans la chambre, mais durant le souper, Isoeur se devait de l'informer des derniers événements au sein de Takané. Généralement, il ne l'importunait pas avec les détails intimes du groupe, mais cette fois, ça la concernait indirectement.

— Anyé, hmm, je voulais te parler de... En fait, Barèr et Yoà cherchent depuis quelques mois un bâtiment où démarrer un studio. Ils cherchaient d'abord dans les quartiers industriels du sud de la ville pour des locaux à bas prix, mais ils ont récemment trouvé le bâtiment idéal à Kadeu même !

Anyériss ne savait pas encore tout à fait quel sentiment afficher. Elle était surtout intriguée d'entendre la suite, car Isoeur n'avait après tout émis aucune idée complète. Or, son enthousiasme naturel prit le dessus dans sa réaction qui fut enjouée et sans appréhension.

— Oh ! Vraiment ! C'est merveilleux !

— Eh bien, nous sommes tous allés le visiter hier soir et nous sommes très contents de cette trouvaille! C'est un ancien garage abandonné. Ce sera parfait pour que Takané y enregistre un premier album, enfin!

Il cherchait à alimenter ce propos de sentiments heureux avec de multiples finales exclamatives.

— Où donc exactement?

— Sur Yunfèttoh *dün*, directement dans Fèttoyah! C'est à quelques minutes de marche du Spectre. Incroyable, non?

— Ah oui! Quelle chance inouïe!

— Oui! Barèr et Ẏoà en ont fait l'acquisition il y a quelques jours et ils sont déjà affairés à planifier la conversion... Mais, en fait, hmm... c'est que le bâtiment possède quelques étages, dont un des appartements est libre et nous avions pensé que Takané pourrait y emménager pour réduire nos coûts.

— Oh!

— L'occasion est survenue après que Kassepi et moi avons emménagé ici et au départ, Barèr ne projetait pas de devenir propriétaire d'un immeuble à logements pour nous héberger.

— Alors, si je comprends bien, tu envisages de quitter si tôt ton appartement?

— Oui, si tu es d'accord, Anyé, que je loge avec les gars. Je ne sais pas encore quand nous pourrons emménager dans l'immeuble, mais ça ne saurait bien tarder. Évidemment, il me sera impossible de contribuer à deux loyers simultanément. Disons que la pression est forte pour emménager avec le reste du groupe et ça m'oblige à délaisser cet endroit

— Je comprends. Je ne me serais pas attendu à une telle nouvelle ce soir, commenta-t-elle, laissant voir une pointe de déception, mais, Izi, ce qui est important, c'est ce que tu souhaites vivre, acheva-t-elle avec sollicitude.

La confiance et l'aise avec laquelle il estimait leur relation le poussaient à se confier honnêtement.

— Oui, c'est vraiment ce que je veux, pour le moment... Bien sûr, nous n'aurons pas la même intimité qu'ici, mais tu connais bien les gars, il n'y a pas d'animosité entre vous. Ce sera probablement plus une commune qu'un appartement, mais tu seras la bienvenue.

— J'ai une meilleure idée! s'exclama-t-elle subitement en s'illuminant, rejetant instantanément la déception à laquelle elle aurait pu s'abandonner. Puisque tu as le devoir d'emménager avec le reste de Takané par solidarité et, j'imagine, pour la chimie de groupe, ou simplement pour le plaisir de vivre entre amis grossiers (elle lui fit un clin d'œil moqueur et poussa un rire aérien), je serais prête à prendre ta place ici. Laisse-moi simplement le temps de me trouver un colocataire.

— Un colocataire ? fit-il, un peu agacé.

— Bah, une colocataire, si tu préfères. Non, sérieusement, j'aimerais mieux partager un appartement avec une fille qu'avec un garçon. Ils ne sont pas tous agréables comme toi, dit-elle avec un brin de plaisanterie en lui prenant la main. Ça me rapprocherait vraiment de l'université, je vivrais comme une grande fille en pleine ville et lorsque tu seras lassé par l'omniprésence de tes camarades, tu pourras te réfugier ici, dans mon futur domicile ! Qu'en penses-tu ?

— Ah ! Ce serait parfait ! Merci, Anyé, de ta compréhension... de ton génie... de ta bonté.

Entre chaque qualité, il l'embrassa à la commissure de la bouche.

— De rien ! Ça m'accommode également à souhait !

Elle grimaça bonnement. Une fois ce sujet clos, ils soupèrent en tête à tête et le détail du reste de la soirée fut sans intérêt pour l'élaboration du récit.

***

Le mois de juillet se poursuivit et, sans surprise, c'est toute la bande d'amis proches et des connaissances qui se retrouva au Spectre pour fêter l'anniversaire de Juheur. La soirée n'avait rien d'exceptionnel avec son lot d'amusement, de beuverie, d'anecdotes et de rires. Seule la présence de Lèbbé provoqua un froid à ceux qui étaient dans le secret. Juheur n'avait pas mentionné son nom depuis des mois. Le couple s'était laissé à l'automne dernier et Lèbbé se trouva un autre copain au printemps alors que Juheur parcourait la Kapie avec ses camarades. Cette autre union s'était évaporée à l'approche de l'été et Yotal se retrouva à sa cour. Juheur prétextait ne pas en être affecté, mais ses pensées intimes étaient autres, quoique ses sentiments fussent plus nuancés, voire ambivalents — enfin, c'était compliqué. Pour Lèbbé, certains confidents auraient pu croire qu'elle n'acceptait de côtoyer Yotal que dans le but de s'approcher de Juheur à nouveau. Stratégie qui porta ses fruits puisqu'elle parvint à se réconcilier avec le groupe et à recevoir l'invitation à cette fête d'anniversaire. Il fut impossible pour Lèbbé de se fondre dans la masse de noceurs ; son arrivée remarquée provoqua un hoquet de stupéfaction équivoque, plutôt qu'instaurer un réel malaise. Lèbbé n'ayant plus été vue depuis plusieurs mois, on fut heureux de la retrouver et l'on se surprenait à l'embrasser comme une amie proche dont l'absence avait été regrettée. On se réjouissait de son allure mûrie, autant par ses goûts vestimentaires que par ses traits. On s'exclamait qu'elle avait grandi, vraiment. Aussi étrange que cela pût sembler, elle avait effectivement pris cinq centimètres dans la dernière année. Personne ne pouvait expliquer ce phénomène physiologiquement improbable chez une adolescente mûre. Juheur fit tout pour ne pas paraître impressionné. Il n'alla pas à sa rencontre et feignit d'être occupé par une pressante et sympathique compagnie qui demandait toute son attention.

Yotal profita d'un divertissement autre pour approcher Juheur avec un propos évident.

— Contrairement à ce que tu peux croire, je ne cours plus après elle, commença-t-il comme si le sujet allait de soi. Ouf, quel cran elle a pris cette dernière année ! Quel aplomb ! Bref... J'ai bien essayé de l'attirer, mais j'ai vite compris que je n'avais aucune chance avec cette fille. Sais-tu pourquoi j'ai échoué avec Lèbbé ?

Juheur eut l'air surpris que ce nom soit mentionné et que son ami l'aborde en connaissance de son affection pour cette petite brunette (car elle demeurait néanmoins relativement petite). Il avala une longue gorgée de bière en fixant du coin de l'œil la personne convoitée qui s'efforçait de faire semblant de ne pas être préoccupée par cette paire d'yeux posés sur elle. Au bout d'un moment, Yotal s'impatienta et lui frappa la poitrine pour qu'il revienne à leur discussion.

— Juh ! Réveille ! Lèbbé est folle de toi !

— Hmm... ça s'est terminé étrangement et froidement l'an dernier, se contenta-t-il de répondre sur un ton indifférent dont l'insensibilité superficielle cachait ses réels sentiments à l'égard de celle-ci.

— Toutes ces histoires de copains et de rancards ne sont que déroute. J'ai vu son album photo et sa chambre de développement, elle y entrepose une quantité phénoménale de clichés de toi.

— Insolite... Peu importe. Elle est jeune et sotte, et je suis fort occupé, et elle m'a... peu importe, se retint-il à déballer ses pensées intimes. Je sais bien qu'elle a un talent de photographe et elle fait bien de l'exploiter et de le développer. J'envisageais de lui proposer de prendre des photos de groupe pour l'album, sans plus.

Juheur laissa un Yotal déçu du comportement apathique de son ami soudainement taciturne. La courte distance qu'il eut à couvrir pour s'approcher d'elle fut suffisante pour que sa démarche d'abord pleine d'assurance dégénère en un trot ridicule. Elle devait faire exprès pour lui tourner le dos, car il eut à lui tapoter l'épaule pour qu'elle détourne l'attention de son futile entretien avec son cercle d'amies de fille.

— *Najy*, Juh! Joyeux anniversaire, s'exclama-t-elle. Elle l'embrassa et lui sauta dans les bras, bondissant sur la pointe des orteils pour parvenir à la hauteur de ses joues.

Soudainement, l'entourage complet retint son souffle, avidement curieux de savoir ce qui retournerait de cette réunion singulière. Certains voulaient bien y voir une tension sexuelle latente, non complètement consumée, qui se réveillait, comme les fumerolles et les grondements d'un volcan endormi prêt à s'activer. Or, les deux mignons se repoussèrent comme des aimants de même polarité lorsqu'ils sentirent la collision entre leurs attributs fermes et protubérants. Du moins, ce soir-là, ils avaient en commun le fait d'être embarrassés.

— Hem, merci, Lèbbé, j'espère que tu vas bien... Je voulais savoir si... hmm, si tu étais intéressée à être la photographe pour notre prochaine séance de photo. En fait, nous devrions bientôt nous mettre à l'enregistrement et... bon, nous aurons besoin de nouvelles photos... Tu avais fait un très bon... euh, les gars t'ont tous trouvé excellente la dernière fois et puisque tu nous connais déjà très bien, je me disais que tu pourrais...

L'explication semblait interminable.

— Oui, oui, certainement, sans problème, avec plaisir. Tu n'as qu'à me dire où et quand et j'y serai! répondit-elle, un tiers excitée, un tiers déçue, un tiers gênée.

De ce désolant embarras, la paire faisait presque pitié à voir. Les autres membres de Takané ne parvenaient pas à saisir comment leur champion de relation publique, habile cavaleur, pouvait avoir l'air si idiot avec Lèbbé. Honnelli partagea aux autres son hypothèse qui n'avait rien de génial vu l'évidence :

— Affaire non conclue.

***

Cependant, en cette période précise, le grand projet de rénovation du nouveau QG les enthousiasmait tous plus que les filles en général. Leur univers n'orbitait pas autour de l'attraction gravitationnelle des femmes et Juheur, tout comme Énoeur, Kassepi et Honnelli, tous privés de copines, se sentait grandir davantage en s'affairant d'abord aux multiples activités entourant la conception de l'album, mais aussi aux travaux manuels que demandait la réfection du QG. Il semblait y avoir quelque chose de viril et sain dans ces travaux physiques qui les occupaient, sur lesquels leur être entier pouvait se concentrer, sans s'égarer par l'oisiveté.

Dès la transaction immobilière complétée, le groupe se joignit au contremaître employé par Barèr pour accélérer les travaux du rez-de-chaussée. Les gars laissèrent d'abord aux experts la tâche d'ériger le mur extérieur dont l'approbation architecturale de la façade faisait toujours défaut. À l'intérieur, il y avait des divisions murales insonorisées à monter, de la plomberie à modifier pour accueillir la future toilette, de l'électricité pour l'éclairage et les prises d'alimentation. Suivrait ensuite la finition des murs et des planchers, et éventuellement, il y aurait également l'accès arrière à refaire, mais pour l'instant, la compagnie se concentra sur la livraison de la salle acoustique qui était essentielle au démarrage du studio. Venait ensuite la finition de la salle de contrôle dont l'acoustique était également importante.

Les travaux avançaient bien par leur simplicité et leur envergure relativement limitée. On pouvait s'attendre à avoir un studio prêt pour la mi-août et le rez-de-chaussée complété au début de l'automne dans le pire des cas.

À l'étage, Honnelli fut le premier à emménager dans les nouveaux appartements de Takané encore vides et vierges. Énoeur put quitter rapidement son loyer ; il vint donc rejoindre Honnelli au cœur de ce décor encore des plus minimalistes. Barèr avait beau courir partout pour régler ses affaires, il se fit un plaisir d'aider à transporter leurs maigres possessions. La cuisine était encore dépourvue du moindre électroménager et seul le salon était honoré d'un minable divan devant une télévision sur laquelle Honnelli brancha sa console de jeu vidéo. Les deux colocataires trouvèrent un réfrigérateur et une laveuse au centre d'économie familiale de Fèttoyah pour une bouchée de pain (plus que pour une bouchée de pain, mais bon, pour vraiment pas cher). Pendant ce temps, les autres tentaient de trouver des remplaçants pour leur bail respectif. Anyériss prit la place de Kassepi avant la fin du mois, ce qui permit à Kassepi d'emménager au QG pendant qu'elle prenait la relève de sa partie du fardeau du loyer, profitant de cette courte intimité avec Isoeur. Le nouvel appartement prenait vie subitement avec désormais trois occupants permanents qui durent également se partager les tâches domestiques pour maintenir l'endroit supportable. Les trois amis aimèrent d'emblée leur pauvre Yunfèttoh 255-2. Ils rêvassaient que cet endroit devienne leur maison de débauche, sans vraiment cogiter sur la réelle faisabilité et surtout la viabilité à moyen terme d'un tel fantasme. Ils discutaient uniquement de fêtes glorieuses et des récits d'âneries avinées qu'ils y collectionneraient.

Nonobstant ces visions puériles, en cet été 1029, la rue Yunfèttoh devenait sans fanfare le centre névralgique du métal à Kapousha par son effervescence autour de la fondation du quartier général de KMM, à deux pas du Spectre et du Rock Ohlvou[99].

***

Comme convenu pour profiter de l'orientation de la lumière en ce dimanche matin, Lèbbé se présenta au futur quartier général de KMM. Elle embrassa la bande au complet avant de leur suggérer de prendre des photos sur le bord de la Yattal où la berge accessible donne sur le charmant mur de brique couvert de graffitis soutenant le boulevard Térètmi[100]. À l'époque, les groupes métal kiménores avaient l'habitude de se représenter en pleine nature et l'idée de se représenter dans un contexte urbain marginal était une originalité qui plut aux gars. Ils poursuivaient dans le même sens que leurs portraits précédents en milieu industriel délabré.

Isoeur avait prévu un pochoir et une bombe aérosol pour ajouter le logo du groupe aux fresques urbaines qui se retrouvaient de plus en plus sur les murs aveugles de briques ou de béton de la ville. Chacun avait également apporté leur attirail complet de vêtements

---

[99] Le QG se situe à 700 m du Spectre de l'ombre et à au plus 1000 m du Rock Ohlvou

[100] Boulevard qui longe la rive gauche de la Yattal, nommé en l'honneur de l'empereur Térètmi qui gouverna la Kapie de 705 à 730

noirs et d'accessoires métalliques pour amplifier leur image qu'ils considéraient comme un aspect important de leur produit musical pris dans sa globalité.

Descendant le boulevard Mavéor d'un pas badaud, il fut presque aussi long de se rendre à l'endroit précis à pied pour profiter de la belle température que l'activité même. Ils s'arrêtèrent au Rock Ohlvou pour y prendre quelques clichés. La bande arrivée à la rivière, Lèbbé prit une multitude de poses individuelles puis de groupe dans l'endroit restreint de la berge. Elle n'eut pas peur de se tremper jusqu'aux genoux dans la paisible Yattal pour obtenir l'angle parfait. Elle tâcha de les diriger sommairement pour leurs poses et se félicita lorsqu'elle croyait avoir pris un portrait remarquable. Seul le développement de la pellicule pourrait en attester. Tous furent satisfaits du déroulement et de la promptitude de la séance qui se tint dans la frivolité et l'amusement de la camaraderie baignant dans l'innocence estivale.

Ils dînèrent à un casse-croûte aux abords du pont Mavéor avant de rentrer au QG et continuer les rénovations. Au grand soulagement de Juheur qui se refroidit autour de la table à pique-nique, ses amis entretinrent Lèbbé avec maintes plaisanteries légères et heureusement aucune allusion fâcheuse. Il feignit être affamé et se consacra à dévorer son repas. Lorsque Juheur eut terminé, Lèbbé vida rapidement son assiette et se leva.

— Bon, les gars, je vous laisse, déclara-t-elle en regardant sa montre à son menu poignet. Je vous donne des nouvelles dès que j'aurai développé le film! termina-t-elle en se sauvant.

Les cinq garçons admirèrent en silence son joli petit postérieur s'en aller. Ils émirent tous un son nasal manifestant leur appréciation intérieure sans mot dire. Juheur se mordit la lèvre tandis que les quatre autres croquaient dans leur sandwich pour occuper leur bouche et éviter de parler.

D'un consensus exemplaire de parcimonie, ils se levèrent et marchèrent en se contentant d'observer le quartier. En remontant le large boulevard bordé d'arbres, faute de conversation, ils scrutèrent l'hôpital et le forum[101] de Kaceu, l'un en face de l'autre, la bibliothèque et le poste policier d'arrondissement, les parcs avoisinants, le

---

[101] Forum : Place et bâtiment où les affaires publiques (*res publicae*) se tiennent. Il est intéressant de remarquer que les membres de Takané ne semblent pas y participer puisqu'ils n'en font jusqu'ici jamais mention.

tramway, les ronds-points et leurs fontaines ou sculptures aux larges intersections, les commerces au niveau de la chaussée, les hauts immeubles empilés dessus, les enseignes et les fanions qui les couronnaient, puis toute cette population qui animait ces décors. Le peuple sortait de la grande assemblée du forum et envahissait le boulevard, les parcs ombragés, les commerces et les marchés. Si la cité fut un cœur, toute cette humanité en fut l'hémoglobine vitale qui y était pulsée. Toute cette mécanique qu'ils considéraient, humaine et organique, agrippait par sa masse imposante comme la force de gravité d'un astre et accentuait la tentation d'y appartenir, d'y prendre part, de graviter près de cette lumière irradiante jusqu'à se faire engouffrer. Ils leur venaient parfois un pincement cardiaque de ne pas s'y sentir inclus, mais la plupart du temps, ils se satisfaisaient de leur trajectoire et ils se flattaient même de leur orbite rebelle en périphérie, presque en autarcie, de celle-ci.

Si ce fut là leur cogitation durant cette pause, il était grand temps de briser ce silence. Tous attendaient le signal de Juheur pour mettre fin à ce bête mutisme. Or, Juheur n'en avait cure. Il était absorbé par ses pensées et c'était un état que ses amis affectionnaient peu chez lui, préférant sa contrepartie exubérante et vivifiante. Personne n'aimait une personne triste, mais pire, il était douloureux de voir le bouffon morose.

— Kassepi ! As-tu quelque chose de prévu pour ton anniversaire vendredi prochain ?

C'était Énoeur qui y parvint et le malaise fondit comme neige au soleil de ce jour estival. Dès lors, le groupe d'amis passa une fin de journée des plus agréables à partager leur source inépuisable de blagues et de sujets hilarants, délaissant les méandres des humeurs sentimentales. De retour au QG, ils avaient relégué leurs réflexions pour occuper leur corps au travail physique en compagnie de Barèr et Yoà ; de suer de leur front pour taire leur tête.

CHAPITRE VINGT-TROIS

Le quartier général de Takané

Le 3 août venu, il fallut peu de temps à Kassepi pour se rendre complètement ivre sous l'insistance de son entourage. Un groupe anonyme se produisait sur la scène du Spectre, mais Takané profitait d'un spectacle plus rare, celui de Kassepi. Ce dernier était drôle à voir et ses camarades se divertissaient grandement à le côtoyer dans un tel état qu'on lui connaissait peu. Sa timidité et sa réserve s'étaient évaporées dans cet épisode de libations et une exubérance rigolote le submergeait. Au-delà de l'amusement qu'on pouvait lire sur le visage candide des autres, Juheur se réjouit de voir son ami ainsi libéré d'une sorte d'entrave invisible qui amortissait habituellement sa personnalité. Son déchaînement était beau et triste à voir, car cette personne différente qu'ils appréciaient en ce soir de fête s'assombrirait à nouveau dans les profondeurs de ses entrailles au lendemain.

Chose plus rarissime encore, il fut le centre d'attention d'un cercle composé de gars, mais également de filles qui semblaient découvrir Kassepi normalement effacé en public. Or, ce soir, il était volubile, bruyant, et il ignorait la mesure.

— J'aurai mon permis de conduire dans un peu moins de trois mois! se vanta-t-il avec force, sans aucune suite avec la phrase précédente.

Cela impressionna. Deux filles se rapprochèrent et le touchèrent, et à ce moment, il était trop affecté par la boisson pour réagir idiotement. Au grand bonheur de ses amis, il ne les repoussa pas et ne se sauva pas.

Le groupe quitta la scène sans rappel. Tous conclurent que celui-ci n'avait pas d'avenir et qu'il ne survivrait pas longtemps. Tel était le sort de bien des groupes amateurs — la majorité en fait —, qui vivotaient de spectacles dans les bars locaux.

— Tâchez de conserver vos emplois de jour! conseilla Kassepi en serrant affectueusement l'épaule du batteur grassouillet.

Les deux ailiers de Kassepi le supplièrent alors de monter à la batterie pour épater la foule, mais un regain d'humilité le retint d'accepter.

— Allez, Kassi! C'est ta fête après tout, persistèrent-elles en écrasant leur petite poitrine contre son buste.

Il ne sut refuser cette fois et se dirigea vers la scène en attirant l'attention d'une voix forte et portante :

— Barèr! Mets la musique sur pause un instant, on me demande de démontrer mes prouesses aux tambours!

Il trébucha dans les nombreux câbles qui jonchaient le sol, présageant qu'il n'était aucunement en état de performer adroitement. Une fois sur le siège, il ajusta l'équipement de mouvements qui tenaient plus des réflexes que d'une véritable maîtrise motrice. Néanmoins, il s'exécuta avec habileté et parvint à impressionner son auditoire, d'abord ces deux filles aisément tombées sous son charme, mais également ses frères de groupe qui ne l'auraient pas cru capable d'exceller avec tant d'alcool dans le sang. Il termina son solo avec un rot sonore qui lui valut des rires nourris et des applaudissements.

Kassepi rejoignit sa bande qui s'était encore agrandie depuis son départ. Le magnétisme de son personnage profita à tous et bientôt chacun des membres de Takané avait une ou deux filles accrochées à leur épaule et une multitude de garçons tentait de percer leur cercle. Au bout d'un moment, tous les autres gars se retirèrent, vaincus, sauf Yotal qui faisait partie de la bande intime et qui annonça qu'il payait la prochaine tournée de *shooters* de fort.

Alors qu'Énoeur était déjà en train de *frencher* sa partenaire, Kassepi décréta la migration de la meute vers leur nouvel appartement.

— Allons terminer cette belle soirée au QG! déclara-t-il sans réfléchir au fait qu'il n'y avait qu'un divan trois places et trois lits.

Ils étaient une quinzaine.

Barèr, derrière le bar, les regarda quitter son établissement avec un serrement au cœur et un goût amer dans la gorge, envieux de l'exploit de ses amis. Il toussota et se vengea en nettoyant d'un linge humide le comptoir collant de houblon.

Sur le chemin, la délégation bruyante et complètement ivre chantait des airs patriotiques et folkloriques qu'ils avaient appris à l'école primaire et s'amusait à se les remémorer. À travers ce boucan qui allait incessamment attirer la police, Isoeur isola Anyériss qui se mêlait sinon joyeusement à la bande.

— Anyé, es-tu sûre que tu désires que nous nous joignions à eux ce soir ?

Elle lui mit la main au visage pour couvrir sa face et tira la langue elle-même pompette.

— Évidemment ! Nous avons tant de plaisir ! À quoi bon fuir cette bande de joyeux lurons ?

— C'est que ça pourrait dégénérer... peut-être, en tu-sais-quoi, dit-il avec moins d'assurance.

— Oui, et alors ? répondit-elle, défiante, sans attendre de réponse. Elle le dépassa pour rejoindre la chorale.

Isoeur eut un sourire gêné et une érection pendant que son regard s'embrouillait.

***

— Les gars, j'ai une nouvelle importante à vous communiquer ! annonça Barèr en panique, la semaine suivante. La seule salle abordable et disponible un soir de fin de semaine, et qui accepterait un événement métal, est le théâtre Pomülü.

— Wow, vraiment ! C'est un très beau théâtre ça ! s'exclama Isoeur, fasciné.

— Oui, et c'est surprenant après les événements de l'année dernière à la Citerne, ajouta Juheur.

Barèr émit un bémol, préoccupé par l'échéancier soudainement écourté.

— Cependant, il se trouve que la seule date de libre avant 1030 est le 27 octobre prochain.

— *Onéò !* Nous n'arriverons jamais à terminer l'album si tôt ! s'écria Kassepi en panique. Nous n'avons pas encore de studio opérationnel et cela nous donne moins de deux mois pour tout faire !

Juheur cherchait des solutions.

— Sommes-nous obligés d'accepter cette date ? N'y aurait-il pas moyen de faire ça ailleurs, plus tard, ou même en semaine ?

— C'est entre les mains d'Ènfine. Je n'ai pas le contrôle sur les détails de l'événement, car MMK est le promoteur de la soirée en question. Ènfine veut s'établir comme la référence métal à Kapousha et il est fortement aligné pour cette rare occasion. Soit nous acceptons et sommes la tête d'affiche de ce grand départ, soit Ènfine va de l'avant avec Gneul s'Égü[102]. J'ai bien peur que cet événement se fasse avec ou sans nous.

— *Oné'-heudan-deurk! Heud... Heud, heud!* vociféra Juheur qui voyait les choses glisser entre leurs mains.

— Quelle merde! râla Énoeur, impuissant.

— Je ne peux pas croire que ces idiots de s'Égü nous dament le pion aussi bêtement, dit gratuitement Isoeur.

— Sans studio, nous avons l'air plutôt fous, ajouta Kassepi, plus déprimé encore.

— Attendez, attendez, les gars! Il doit bien y avoir moyen de réfléchir de façon sensée à ce problème, riposta Honnelli qui se voulait encourageant, mais dont la tentative trouva peu d'écho.

Tous en étaient encore à la phase de négation. Il dut prendre l'initiative.

— Nous sommes le 10 août. Barèr, n'est-il pas vrai que les rénovations sont tout de même bien avancées?

— Oui, très juste, Honnelli. J'ai dit à Yoà qu'il pouvait commencer à intégrer son matériel mardi ou mercredi prochain, après cette fin de semaine où nous devrions achever le gros des travaux et surtout les dernières touches de finition de la salle acoustique.

— Bon, excellent! Nous avons bouclé les neuf chansons en juillet, ce qui est déjà un bon départ pour l'enregistrement, amorça-t-il les échelons positifs.

Juheur répondit à l'appel d'Honnelli.

— Tout ce que nous attendons, c'est un lieu pour enregistrer. Penses-tu vraiment enregistrer ailleurs, Sècca?

— Non, non, nous sommes déjà trop impliqués dans cette affaire pour changer de cap, mais dans la mesure où Yoà s'installe à partir de mercredi, nous pouvons espérer débuter l'enregistrement de la batterie aussitôt que la fin de semaine prochaine si nous mettons les bouchées doubles sur l'installation du matériel de studio.

---

[102] Gneul s'Égü : « Sang de cochon »

Barèr vint une fois de plus épauler cette ardeur combative d'Honnelli.

— Sècca n'a pas tort. Yoà est à Kapousha depuis deux mois maintenant et a déjà tout planifié en fonction de notre projet de studio. Il a tout ce qu'il faut en équipement pour faire fonctionner un studio.

— Voilà qui est encourageant, dit Kassepi, qui voulut bien y croire, mais qui demeurait sceptique.

— Allez, Mollieur! intervint Isoeur. Avec ton talent, tu peux mettre en boîte une chanson par soir. Ce fut plus que le cas pour *Oud Vélaga* et *Kapousha Suvial*.

— Dix jours de batterie. Ça nous amènerait à la fin de semaine du 25 août pour amorcer les guitares, calcula Juheur, méfiant.

— Mouais, et nous aurons besoin de trois bonnes semaines intensives pour en compléter toutes les pistes. Peut-être un peu plus en comptant les solos, prévint Isoeur.

Honnelli revint à la charge. Il tentait de gagner son pari de les convaincre lentement.

— Ce qui ne nous empêche pas de régler les pistes de synthétiseur pendant que vous serez au travail. Je peux aisément m'éclipser du bureau pour venir enregistrer de jour ici. D'autant plus que certaines pistes de fond de synthétiseur d'*Oud Vélaga* peuvent encore servir pour gagner du temps.

— Ça ne prendra pas une fin de semaine pour la basse, rajouta Énoeur.

— Bah, quand même plus que ça, Yabèl! en douta Kassepi qui voulait se montrer réaliste.

— Grossièrement, nous pourrions avoir terminé avec l'enregistrement autour du 20 septembre, résuma Isoeur.

— Supposons la fin du mois de septembre. C'est très serré comme pronostic, avoua Juheur, qui n'était pas encore tout à fait convaincu lui non plus. Cette présomption sous-entend que tout ira bien et nous n'en avons aucune garantie. Le studio n'est pas opérationnel et il sera dans sa phase expérimentale. Nous jonglons ici avec une grande incertitude... Mais ce n'est pas impossible.

Bien que cela fût précaire, l'atmosphère devenait plus positive et les gars retrouvaient tranquillement, presque à reculons, leur détermination et leur combativité. Barèr adorait les entendre débattre constructivement pour le meilleur du groupe. Déjà, ils voulaient absolument faire partie du spectacle précoce et cherchaient à y parvenir à grande peine. Il se devait tout de même de les aiguiller sur la réalité et les laisser nager pour atteindre leur difficile objectif.

— N'oubliez pas qu'il faut prévoir le temps de production une fois l'album complété. Ènfine a un bon contact pour cela et prétend pouvoir imprimer une bonne quantité d'albums en une semaine. Il faut donc que nous ayons le produit final dans la semaine du 15 octobre.

— 'Néò! Cela ne nous laisserait pas même un mois pour mixer et *masteriser*[103] avant de produire la matrice, se rendit à l'évidence Honnelli, qui espérait jusque-là. Honnelli, préalablement optimiste, retomba sur terre. Ah non, les gars, oubliez ça pour le 27 octobre...

Barèr tenta de le convaincre.

— Cela sera l'affaire d'Yoà. J'ai bien confiance en ses capacités et son expertise. Il saura tout faire cela en un temps record. Vous pourrez passer quelques heures le soir pour établir les points importants et lui travaillera toute la journée pour ensuite se réorienter à nouveau le soir avec vos impressions, et ainsi de suite, les rassura Barèr.

— *Onéondeurk!* Je n'ai jamais vécu une période si stressante! lâcha Kassepi, qui voyait bien la possibilité théorique du projet, mais qui serait un tour de force en pratique, si ça réussissait.

— Mais non, ce sera une paisible promenade dans le parc, rigola Énoeur.

— Au point où nous en sommes, je ne vois pas d'autres solutions si nous voulons être de ce spectacle. Que ferions-nous sinon se tourner les pouces chacun dans notre chambre! ajouta Honnelli.

— Qui a dit que nous aurions à démontrer facilement notre suprématie, les défia Juheur. Allons prouver à Ènfine que Takané est le groupe incontournable, s'il n'en est pas encore convaincu avec le rapide succès d'*Oud Vélaga*.

— Barèr, tu peux confirmer à Ènfine que son spectacle de démarrage sera pour le lancement de notre album! prophétisa Isoeur.

Barèr sourit et n'en attendait pas moins de ses protégés.

— Très juste, ce ne sera pas facile, mais je suis convaincu que nous y parviendrons, et je suis là également pour vous épauler.

---

[103] *Masteriser* ou *faire le mastering* (à ne pas confondre avec le matriçage qui constitue la gravure de la matrice) est l'étape qui succède au mixage pour normaliser, compresser, équilibrer et amplifier les bandes sonores

***

La fin de semaine qui débuta vit le redoublement d'effort des associés pour exécuter les travaux de finition des locaux d'enregistrement. Tous prirent congé de leur emploi respectif pour donner un coup de main afin qu'Yoà puisse emménager l'équipement de sonorisation le plus tôt possible.

Très tôt le samedi matin, Barèr, Yoà, Juheur et Kassepi attaquèrent la première couche de peinture sur les murs de la salle acoustique qui avaient été jointés et sablés la veille, tandis qu'Isoeur, Énoeur et Honnelli en firent autant dans la salle de contrôle.

Les haut-parleurs d'une chaîne stéréo crachaient une musique continue — évidemment du métal — pour emplir leur cœur de courage et de persévérance dans cette tâche répétitive et monotone. Les gars chantaient les refrains des meilleurs titres en chœur et quelqu'un changeait de cassette une fois que la précédente arrivait au bout de son ruban magnétique. Des hourras étaient poussés des deux pièces contiguës lorsque tous reconnaissaient le nouveau choix d'album et tous donnaient un coup de pinceau plus vigoureux.

Quelques heures plus tard, Barèr quitta le QG accompagné d'Énoeur pour se rendre à un centre de rénovation et récupérer une commande de lattes de plancher de bois franc et se procurer quelques pots de blanc de plus. Ils partirent en camion, un véhicule qui leur était devenu indispensable. Pendant ce temps, les autres achevèrent leur tâche de peintre. Armés des rouleaux encore imbibés de peinture, ils s'amusèrent à s'escrimer, visant la tête et les parties intimes, chacune valant dix points. Honnelli heurta Juheur au visage et, peinturé et crampé de rire, Juheur lui sauta dessus pour se quereller et le poignarder maintes fois d'un pinceau fraîchement trempé. Isoeur et Kassepi en profitèrent pour peinturer son postérieur. Puis, bien bariolés, ils en furent quittes pour commander de la nourriture pour tous.

La repas arriva quelques minutes avant le retour de Barèr et tous aidèrent à décharger le camion de sa cargaison avant de prendre par assaut les cartons livrés tièdes. Entre deux bouchées, Yoà fit un compte rendu de la matinée de sa douce et petite voix nasillarde.

— La première couche de peinture s'est très bien déroulée et nous aurons maintenant assez de peinture pour compléter une deuxième couche ce soir, dit-il en pointant du menton les pots tout juste achetés et encore scellés.

— Cet après-midi, nous nous attaquons aux planchers. À deux équipes, nous en aurons pour quatre bonnes heures, estima Barèr.

— Ouf, nous aurons besoin d'un petit remontant pour endurer encore longtemps le travail aujourd'hui, conclut Honnelli en ouvrant une caisse de bière et servant chacun d'eux.

— Merci, Sècca. Heureusement, demain, il ne restera qu'à poser les panneaux acoustiques et Yoà pourra enfin commencer à installer son équipement, n'est-ce pas? répondit Juheur en se tournant vers Yoà, tranquille dans son coin et dans ses chiffons maculés de peinture.

— Oui, exact. Je vous avoue que j'ai bien hâte que nous y soyons rendus. La rénovation n'est pas tout à fait mon activité préférée, souffla Yoà.

La bande s'esclaffa.

— Ha, ha! À qui le dis-tu?

Enfin rassasiés et un peu reposés, les gars se levèrent, prêts à affronter la prochaine étape. Isoeur remit de la musique et prépara du mortier avec Kassepi pendant que les autres s'initiaient à la pose de latte de bois. L'activité, bien que pénible et peu excitante en soi, devenait un moyen aussi efficace que la mixture qu'ils préparaient de souder les liens d'amitié dans le partage du labeur et l'échange d'anecdotes, d'opinions et d'idées dont ils ne s'étaient jamais nécessairement parlées auparavant. Tout y passa durant l'après-midi, de l'interprétation de la chanson qui jouait, à la gouvernance de l'empire, de souvenirs de la tournée de mars à la dernière prestigieuse et sensuelle actrice de Bèlékal. Barèr supervisait et coordonnait le travail en se déplaçant d'une pièce à l'autre et servait de pont aux discussions isolées par le mur et la baie vitrée étanche aux sons, fixée la veille.

— Selon vous, qui de Hioa ou Himalé est la plus séduisante des sœurs Dahà[104]? sonda Barèr.

— Hioa, bien évidemment! commença Énoeur sans hésiter.

Yoà et Kassepi furent bien d'accord.

Un carreau de plus venait de prendre à gauche.

---

[104] Les sœurs Hioa et Himalé Dahà sont les héroïnes d'un populaire feuilleton des années 20 qui relate leur vie d'adolescentes puis leur transition vers la vie adulte avec la bourgeoisie de Bèlékal en toile de fond. En plus d'incarner des sœurs à la télévision, ce sont de véritables sœurs.

— Ah non, Himalé, n'importe quand! répondirent Juheur, Isoeur et Honnelli. Elle a un physique bien supérieur, ajouta Barèr en passant l'information à l'autre pièce.

— Oui, c'est acccrdé, mais son comportement est épuisant, elle n'a pas le charme de sa sœur plus mignonne et tendre, débattirent-ils toujours par l'entremise de Barèr.

À droite, on entamait une nouvelle rangée.

— Moi, je me taperais volontiers les deux sans préjugés, conclut Juheur.

À gauche, on redemandait un peu de mortier.

— Croyez-vous qu'elles partagent des aventures dans leur vie de célébrité? fantasma Honnelli.

Ainsi dégénéra la discussion où la classe diminuait proportionnellement à l'avancement des planchers.

Lorsque les aires à couvrir diminuèrent à quelques rangées, l'espace devint trop étroit pour que tous mettent la main à la pâte et quelques-uns prirent une pause. Isoeur monta à l'étage prendre une douche et partit souper chez Anyériss en promettant de revenir en début de soirée pour la deuxième couche de peinture. Puis, Juheur et Énoeur allèrent chercher à nouveau de la nourriture d'un autre restaurant du quartier.

Ils arrêtèrent leur choix sur un commerce ouvert récemment qui offrait des spécialités occidentales. « Cuisine bossonienne », disait l'enseigne. Ils furent servis par une adolescente, qu'ils supposèrent être la fille du propriétaire, aux yeux clairs et perçants au travers d'une longue chevelure de jais. Juheur utilisa leur accoutrement de rénovation comme prétexte pour entamer la conversation. Avant d'avoir donné leur commande, ils avaient appris que sa mère était de Bossonie (ce qui expliquait ses yeux clairs) et son père était du Nalà (ce qui expliquait ses cheveux très sombres) et qu'elle était effectivement la fille du propriétaire récemment débarqué à Kapousha (ce qui expliquait son accent amusant, mais si mignon).

— Vive le métissage! s'échappa Énoeur au sortir du restaurant. Tu aurais pu prendre son numéro, elle était manifestement prête à venir te rejoindre à la fin de son quart de travail.

— Bah, je saurai où aller lorsque j'aurai le goût d'un mets bossonien! acheva-t-il en rendant un joli clin d'œil à Énoeur qui s'esclaffa.

À leur retour, les autres avaient terminé les planchers et savouraient une bière bien méritée sur le trottoir devant le bâtiment à la façade toujours défigurée.

— Dis-moi, Juheur, où en êtes-vous avec le parachèvement des paroles pour l'album ? demanda Énoeur.

— Ah, je peine encore à terminer la dernière chanson et il y a encore quelques tronçons qui ne me satisfont pas tout à fait. Je n'ai pas tant la tête à ça avec tous ces bouleversements autour de KMM. Je tenterai de boucler le tout pendant que les microphones et projecteurs seront sur Kassepi.

Sur ce, la bande migra vers la petite cour arrière pour engloutir le repas exotique. Ils attendirent le retour d'Isoeur qui sembla bien avoir eu droit à un copieux souper et un dessert charnel des plus appétissants. L'attente permit également au plancher de bien prendre avant de retourner travailler dessus.

Les ombres des hauts immeubles s'allongèrent et le rez-de-chaussée fut déjà plongé dans l'obscurité malgré les soirées encore longues d'août. De retour à l'intérieur, on alluma les lumières des circuits électriques nouvellement raccordés et l'on recouvrit les beaux planchers de toiles de plastique avant de reprendre les pinceaux et rouleaux.

— Allez, les gars, un dernier effort ! encouragea Barèr, qui mit la main à la pâte.

Ils prirent tous une grande respiration, résolus à mener à terme cette corvée repoussante. La soirée fut beaucoup plus silencieuse, la musique fut mise en sourdine et l'on usa de la voix avec économie comme pour ne pas éveiller les environs, alors que chacun cherchait en son for intérieur la force de continuer. La fatigue était facilement observable et l'impératif de faire une belle finition était doublement plus éreintant après une telle journée. Enfin, au bout de quelques heures encore, Barèr et Yoà décrétèrent les travaux terminés et la fin de la journée. Tous furent soulagés et aucun ne flâna bien longtemps avant de monter se doucher et se coucher. Seul Yoà, et ils le plaignirent, eut à se rendre chez lui avant de faire de même.

Le lendemain, Barèr alla chercher Yoà et son équipement et ils revinrent au QG pour installer les panneaux acoustiques selon les recommandations d'Yoà. Seuls Kassepi et Honnelli ne travaillaient pas en ce dimanche d'une chaleur écrasante ; ils s'estimèrent chanceux d'avoir évité cette canicule la veille. Rapidement, les deux musiciens se sentirent inutiles autour d'Yoà qui en avait pour des heures de montage et de branchement à faire. Ils allèrent plutôt se promener sur le bord de la Yattal pour partager leurs espoirs, leurs rêves et leurs fantasmes, puis ils rentrèrent jouer à un jeu vidéo avant que l'appartement ne s'anime à nouveau avec le retour de leurs confrères. Tous trouvaient fort agréable cette nouvelle fraternité, nourrissant ce sentiment de communauté et d'affinité, ce besoin profond d'appartenance. Tous étaient estimés et valorisés et chacun possédait sa place au sein du cercle. Il pouvait survenir les pires obstacles, ensemble, ils se sentaient beaucoup plus forts et pertinents.

***

Yoà passa la semaine à régler les préparatifs en prévision de l'inauguration des activités d'enregistrement du premier album de Takané. Il rentrait au studio à chaque soir après le boulot et partait tard, juste à temps pour attraper le dernier métro. Pendant ce temps, les gars s'occupèrent de rénover le local de répétition séparé par le couloir. Au bout de la semaine, Kassepi fut si écœuré de ces travaux manuels qui semblaient ne jamais finir qu'il fut heureux de troquer le marteau et le tourne-vis pour ses baguettes.

— Je n'aurais pas cru un jour avoir si hâte d'enregistrer! ironisa-t-il.

Donc, le vendredi soir, après un souper sommaire, tous déposèrent les outils pour assister au démarrage de cette nouvelle et folle entreprise. Juheur, aux côtés d'Yoà, ouvrit le cartable de projet qu'il avait préparé. Il y avait condensé un tableau de suivi, chanson par chanson, élément par élément, les partitions de guitares, de clavier et de batterie, les paroles ainsi que d'autres notes et aide-mémoire pour guider le groupe au travers des différentes étapes de bonne façon. Son cartable devint un objet prisé et affectionné qu'ils y référaient comme étant leur « bible[105] ».

Après deux bonnes heures d'installation de la batterie et des microphones, et après avoir fait l'ajustement des niveaux des différents canaux, l'équipe y alla d'une première prise.

---

[105] La Kapie étant historiquement séculière, le terme *bible* vient ici du vocabulaire èspakien, État voisin de la Kapie, dont l'héritage religieux est très fort et dont le lexique se greffa au kapien pour combler cette lacune

La toute première prise enregistrée au studio KMM.

Tous étaient indéniablement fébriles et anxieux. Yoà donna le OK à Kassepi de jouer un motif sur l'ensemble et pesa sur le bouton *Mojrei*. Tous se turent dans la salle de contrôle, et tous retinrent même leur souffle comme si leur respiration put gâcher le processus. Le silence eût été absolu, n'eût été la batterie de Kassepi qui retentissait avec force et majesté dans les haut-parleurs placés de part en part de la console de mixage. Yoà fit comprendre à Kassepi qu'ils avaient le nécessaire pour analyser le résultat. Tous applaudirent solennellement ce moment pour eux historique :

On enregistrait au KMM !

***

Une semaine avant le début de la session universitaire d'automne, Juheur et Yotal trouvèrent enfin un locataire pour reprendre la chambre libérée. Un étudiant du nom de Huwique de Nestie était en échange pour un an à K.Un., chose commune venant de cette ancienne colonie kapienne d'outre-mer. Yotal eût espéré trouver *une* plutôt qu'*un* colocataire, mais son sympathique et aventureux Nestois s'avéra un précieux partenaire de sortie à une époque où il savourait pleinement la vie estudiantine remplie d'activités sociales et les fins de soirée dans les bars à draguer les jeunes femmes, presque quotidiennement.

Cela creva quelque peu le cœur de Juheur de devoir quitter ce milieu alors que son ami gagnait de l'élan. À l'opposé, Yotal enviait son ami d'emménager dans cette garçonnière ayant l'attrait éloquent d'un milieu artistique. Ainsi, chacun désirait garder le proche contact et lors des très rares moments libres du groupe, les gars accompagnaient Yotal et Huwique dans les bars étudiants de Nameulédò, délaissant temporairement le Spectre qu'ils considéraient plus comme un endroit familial qu'un lieu de rencontre. Sporadiquement, le QG devenait un lieu de réunion de fins de soirée pour les deux noceurs qui venaient y raconter leurs histoires de clubs tantôt branchés du centre-ville, tantôt du quartier des artistes, tantôt à proximité de l'université, semblant ne jamais devoir étudier.

De son côté, Isoeur était moins pressé de quitter son logement afin de profiter de son intimité avec sa copine, mais Anyériss trouva également preneur à la chambre libre avant que les cours recommencent. C'était une fille en première année, Tèmyité, originaire de Dzèl, qui dut faire marche arrière à la dernière minute après qu'un propriétaire eut loué à un autre locataire qui put remplir plus promptement le bail. De cette infortune, elle aboutit chez Anyériss qui l'accueillit chaleureusement. Par son sourire d'un blanc vif qui contrastait avec son teint basané, elle apportait un peu du soleil de la côte ouest, de même que sa culture du surf, qui piquait la curiosité du cercle d'amis d'Anyériss, Takané y compris.

Cela dit, Juheur et Isoeur emménagèrent définitivement vers la fin août pour compléter la fraternité de Yunfèttoh. Barèr et les gars prirent une pause de quelques heures du studio pour déménager les meubles de Juheur et Isoeur à l'aide du camion du groupe. Ils ne fêtèrent pas la pleine occupation des lieux et préférèrent une soirée tranquille à tenter de passer au travers de la nouvelle cassette d'un jeu vidéo de guerre que Honnelli venait de se procurer comme mince échappatoire.

Car pour les intenses prochains mois, les murs du QG allaient devenir les limites de leur univers immédiat qu'ils n'allaient quitter que pour aller travailler.

CHAPITRE VINGT-QUATRE

L'enregistrement du premier album

La récence du studio et de ses installations coûta une journée entière à Yoà et Kassepi afin de calibrer et rajuster la configuration des équipements et des branchements pour obtenir un son plus vif et plus clair. Yoà eut beau avoir acquis et mis en pratique son bagage théorique lors de stages en studio à Bèlékal, il se retrouvait ici devant un casse-tête vierge dont il devait en établir lui-même les paramètres sur-le-champ. Ce n'est que vers la fin de journée, après des litres de sueur et bon nombre de jurons, que le duo finit par tirer un signal beaucoup plus éclatant et nettement plus satisfaisant aux goûts de toute la bande, qui s'était réunie le soir pour en juger de la qualité.

Une fois l'approbation donnée par l'ensemble du groupe, plus rien ne vint entraver le travail de Kassepi. Il se levait tôt le matin, se douchait, s'habillait, déjeunait puis partait pour le travail de huit heures à dix-sept heures. Il rentrait à dix-sept heures vingt, se préparait à souper, écoutait les nouvelles télévisées en mangeant jusqu'à l'arrivée d'Yoà à dix-neuf heures qui travaillait de jour au Rock Ohlvou. Le duo fermait boutique vers vingt-trois heures pour ne pas se brûler inutilement et c'était généralement suffisant pour compléter une chanson par soir.

Lorsque son horaire le permettait, Juheur supervisait dès le début de soirée. Sinon, il passait plus tard pour faire un suivi lorsqu'il revenait harassé d'un quart de soir. Isoeur assistait Barèr pour inscrire déjà des dates au calendrier. Barèr monopolisait la ligne téléphonique pendant qu'Isoeur épluchait et filtrait l'information des piles de cahiers commerciaux des multiples régions kapiennes en fonction d'itinéraires plausibles qu'il dessinait sur une grande carte du pays épinglée au mur du salon. Énoeur et Honnelli préparaient des tracts à l'effigie du groupe et de leur futur album, même s'ils étaient souvent tentés de délaisser leur bricolage pour sortir boire ou s'affaler devant la console de jeu vidéo. Ils se retrouvaient souvent tous en fin de soirée, exténués, à regarder des films cultes ou de répertoire, écrasés sur les deux divans qui, avec la télévision, formaient un triangle isocèle au centre de l'appartement.

Juheur passa le premier soir de supervision à esquisser des croquis inspirés de l'iconographie mythologique de *Takà* pour le frontispice et l'intérieur de la jaquette. Il fit appel à Sélesté, une ex-petite amie et brillante artiste, pour qui des études en arts visuels à l'UVK étaient une suite naturelle. Elle vint au rendez-vous au QG le surlendemain et Juheur lui expliqua en détail ce qu'il attendait d'elle. Trois ans après une tumultueuse séparation adolescente, Juheur était bien heureux que la rencontre ait été dépourvue de tension désagréable entre eux deux. Elle faisait chroniquement allusion à son copain actuel sans qu'il se sente le moindrement affecté. Ils auraient pu entretenir une saine amitié si leur parcours respectif n'avait pas été désormais si contraignant. Cela dit, elle promit d'accéder à sa demande d'ici une semaine, ce qu'elle fit professionnellement en présentant d'abord des esquisses puis en corrigeant selon les commentaires et annotations du groupe. Payer 75 HDG pour ce service s'avéra un mal nécessaire pour s'assurer d'un résultat prompt et non bâclé. Le groupe se réjouit d'admirer les ébauches et Énoeur et Honnelli s'impatientèrent de pouvoir incorporer ce travail à leurs affiches. Leur entreprise musicale semblait se personnifier, comme si la musique formant le corps s'agrémentait maintenant de traits de visage.

Entre-temps, Kassepi avançait à bon train et l'album se dotait d'un solide squelette par la force de son labeur.

***

La conclusion du travail de Sélesté coïncida à quelques jours près avec l'entrée en jeu de Juheur et Isoeur aux guitares. Il fallut à nouveau prendre une journée pour ajuster l'équipement et atteindre un standard de qualité. Isoeur pouvait apprécier dans les haut-parleurs la percutante distorsion du riff qu'il produisait à l'instant. Le son fluctuait sous le jeu de réglages des boutons que contrôlait Yoà.

— C'est encore un peu mince. Peux-tu ajouter un peu de moyennes fréquences ? suggéra Juheur en tant que consultant vivement interpellé par les résultats à atteindre.

Yoà en ajouta à la console puis alla s'amuser avec les réglages du préamplificateur à lampe. Le son devint bien plus gras, plus mordant, doté de plus de tripes. Juheur et Isoeur affichèrent des sourires heureux et des airs triomphateurs, « jouissifs à la limite de l'érection », comme ils s'amusèrent à vulgariser leur satisfaction. La main gauche d'Isoeur se promenait fluidement sur le manche à six cordes pendant que sa main droite suivait mécaniquement avec une attaque tantôt étouffée et pesante, tantôt franche et puissante. Avec une telle réponse sonore, il avait l'impression de s'améliorer et d'atteindre des techniques avancées sans grands efforts. Juheur le regardait jouer avec envie, impatient d'essayer à son tour.

— *Heud!* Ça sonne bien cette fois-ci! s'exclama Juheur en souriant; cet épisode surclassait tous ses souvenirs de l'enregistrement au studio Hèdi.

— Il manque un peu de basses fréquences, par contre, remarqua Isoeur après qu'Yoà eut arrêté son réglage sur un mix beaucoup plus présent dans les moyennes et hautes fréquences.

— La guitare basse d'Énoeur se chargera de ce spectre. Il vaut mieux ne pas surcharger et superposer les instruments pour qu'ils se combattent, mais plutôt en leur donnant leur place pour qu'ils se complètent, leur enseigna-t-il.

Les deux guitaristes lui firent confiance et une fois que tout fut bien à leur goût, Yoà fit jouer l'enregistrement de la première chanson par Kassepi. Isoeur y alla d'un premier jet sans interruption alors que le ruban tournait. Il se rendit jusqu'à la fin sans savoir qu'on enregistrait et déclara être enfin prêt. Yoà et Juheur se gouaillèrent de l'ignorance d'Isoeur.

— Pas mal pour ce départ presque sans faute, Izi! le complimentèrent-ils.

Pendant qu'il en fit une seconde prise, Juheur s'affaira à la petite console d'écoute et de bricolage de bandes magnétiques. Il marquait les rubans au crayon pour identifier les passages à garder et ceux à reprendre. Il compilait dans sa « bible » quelle prise était la meilleure pour tel et tel passage de la chanson. Juheur trouvait néanmoins cette tâche fastidieuse et lui demandait une vive concentration.

— Vraiment impressionnant, pour une première tentative, Izi! Vraiment!

Isoeur continua riff par riff pour construire d'abord *Oud Vélaga* et le travail de longue haleine débuta. De l'enregistrement maintes fois répété, ils passaient à l'écoute, à l'analyse, à la comparaison des meilleurs morceaux, aux débats, à la recherche de solutions, aux consensus, à l'annotation des rubans, à la duplication et la transposition sur un ruban vierge, parfois à quelques coupures et aboutages, minute par minute, bloc par bloc, riff par riff, note par note, une pause sur une césure d'un demi-soupir, puis un soupir de persévérance avant de poursuivre.

Des mines ternes et fatiguées se dessinaient lentement sur leur visage d'abord enthousiaste. Ces corvées étaient un mal nécessaire pour aboutir au produit si chèrement désiré. Chaque nuit, lorsqu'on éteignait l'équipement, le duo de guitaristes se décourageait un peu plus de leur lente progression. Ils s'efforçaient de garder un climat gai et les plaisanteries ne tarissaient pas, mais du moment qu'un d'eux se heurtait à un nœud difficile, celui-ci prenait une ampleur plus tragique que le précédent. Leur humeur maussade de bourreau de travail se répercuta sur l'ensemble de la maison et les premiers mois au QG ne furent pas aussi roses et heureux qu'ils se l'étaient représentés préalablement. Les jours d'enregistrement se succédèrent sans que les deux guitaristes profitent ni même remarquent le magnifique mois de septembre qui passait.

***

Comme à l'habitude, dès dix-huit heures trente, Juheur et Isoeur s'étaient enfermés avec Yoà pour n'en sortir que vers une ou deux heures du matin. Pendant ce temps, ceux qui n'enregistraient pas sentaient l'obligation de pratiquer durant leurs temps libres, soit en groupe ou en solo, par solidarité aux efforts de leurs collègues. Cependant, l'insonorisation des locaux rendait le salon étrangement silencieux malgré les instruments fortement amplifiés qui se déchaînaient à quelques mètres. Barèr était plongé dans une pile de papiers d'entreprise lorsqu'Ènfine passa au QG pour régler quelques détails formels avec lui. Ils discutèrent près d'une demi-heure et, avant de partir, il remit à Barèr une cassette sortie de sa poche.

— Oh! En passant, voici le premier album de Gneul s'Égü, fraîchement imprimé! J'arrive de la manufacture, déclara-t-il avec un ton qui laissait sous-entendre une compétition qui avantageait actuellement l'autre groupe. Du moins, c'est ce que Barèr perçut.

Barèr scruta la pochette pour s'en faire une idée et n'en fut pas vraiment impressionné même s'il éprouva une légère envie face à l'aboutissement de ces autres jeunes confrères de maison de disques.

— Dis-moi honnêtement, Ènfine : vois-tu vraiment cette affaire comme une course ?

— Non, mais jusqu'à preuve du contraire, je me suis engagé à placer Takané en tête d'affiche et à six semaines de l'événement, je me dois de soutenir la pression, car je ne suis malheureusement pas convaincu que vous y parveniez à temps.

Barèr s'excita.

— Voyons donc ! Parce que tu crois que Gneul s'Ègü sera en mesure d'assurer une tête d'affiche en te basant sur la seule prémisse qu'ils ont pondu un album, peut-être même médiocre, à temps !

— Oh ! Kappèlla, tu es bien mal placé pour les juger. Ils sont impressionnants, je les ai vus en action, contrairement à toi.

Barèr était visiblement irrité et parla plus fort qu'il n'en fallut.

— Exactement ! Je ne les ai jamais vus jouer, car ils ne sont jamais sortis de leur local de répétition. Tes petits jeunes n'ont pas la moindre expérience ! Tu vas te planter à coup sûr avec eux, Ènfine. Le théâtre Pomülü, penses-y ! Nous ne parlons pas ici d'une petite soirée dans un bar miteux de Kadeu. Ils n'ont même pas joué au Spectre encore ! C'est ta réputation qui est en jeu.

— Ha ! Ma réputation ! Ma réputation pourrait en souffrir bien plus de présenter Takané sans avoir la moindre chose de leur part à vendre. Je suis avant tout une étiquette, pas un promoteur !

— Allons donc ! C'est ridicule, tu connais aussi bien que moi l'importance de la réussite de la soirée en soi. D'autant plus que tu pourras toujours continuer à vendre la maquette en dernier recours. Je suis convaincu que ça vendrait mieux que cette banalité, s'écria-t-il, tentant de le raisonner en brandissant avec préjugés la pauvre petite cassette noire qu'il n'avait pas même écoutée.

— Peut-être au contraire que c'est cette collaboration problématique qui est une erreur, rétorqua Ènfine en pointant Barèr et lui pour signifier le contrat qui liait Takané et MMK.

Barèr se ressaisit et prit une grande respiration. Il se reprocha intérieurement ses propos acrimonieux et l'animosité projetée contre cet autre groupe.

— Ènfine...

Il fit une pause et afficha une mine de regret avant de poursuivre sur un rythme beaucoup plus lent.

— ... Nous sommes tous sur les nerfs. Excuse-moi, je ne voulais pas m'emporter ainsi. Je n'ai rien contre Gneul s'Égü. Nous faisons tous l'impossible pour respecter nos engagements. Fais surtout confiance aux gars, ce n'est pas comme s'ils procrastinaient.

Heureusement, Ènfine accéda à la modération de Barèr et concéda qu'il ne fallait pas céder à la panique. Il devait demeurer optimiste : ces jeunes avaient de grandes capacités et ils hypothéquaient leur vie dans l'espoir de lancer un premier grand artéfact.

— Oui, certes. Ce serait triste et ridicule de brûler un tel talent pour un simple échéancier défini par un mauvais hasard. Le spectacle aurait été en novembre ou décembre que nous n'en serions probablement jamais venus à une telle dispute. C'est vrai qu'*Oud Vélaga* est un bon produit et celui sur lequel vous vous évertuez sera bien meilleur, assurément. Allez, je vous laisse travailler. Mais il n'est toujours pas écarté que Gneul s'Égü prennent votre place si vous n'êtes pas prêts.

— Merci, Ènfine. Oui, c'est entendu. Bonne fin de soirée.

Barèr fit jouer la cassette dans la petite chaîne stéréo du salon avant de se pencher sur sa paperasse d'entreprise. Jouant en boucle, il ne se rendit pas compte que la cassette en était à sa deuxième répétition lorsqu'Énoeur, Kassepi et Honnelli envahirent le salon en quête d'une petite collation. Ils s'ouvrirent un sac de croustilles du garde-manger, un plat de légumes crus et des bières du réfrigérateur puis s'assirent autour de Barèr pour s'entretenir un peu avec lui. Il posa son crayon, également content de prendre une pause.

— Alors, les gars, la répétition est-elle bonne ?

— Oui, bien que ce ne soit pas très amusant de ne jouer qu'à trois, répondit Énoeur en plongeant bruyamment sa grande patte dans le sac.

— Nous répétons le spectacle, mais disons qu'il manque deux éléments importants, ajouta Kassepi en croquant un céleri.

— Comme j'ai hâte que cet album soit terminé, que nous puissions enfin nous donner en spectacle ! se confia Honnelli, qui résumait assez bien la pensée de ses amis. Qu'est-ce qui joue au juste ? demanda-t-il finalement en pointant la chaîne stéréo de sa bouteille.

— Oh, c'est l'album de Gneul s'Égü. Ènfine est passé plus tôt et nous en a remis un exemplaire.

Les gars portèrent subitement une attention particulière à ce qui jouait. Leurs expressions faciales d'abord curieuses allèrent de l'indifférence à la grimace, à l'agacement.

— Qu'est-ce qu'Ènfine et Dèlsha leur trouvent de si génial à la fin ? geignit Kassepi, impatient.

— Aucune idée, dit Honnelli, qui partageait ce sentiment.

— Bah, c'est assez primaire comme musique, mais je trouve qu'il y a une bonne énergie, non ? Je ne sais pas, dit Énoeur, hésitant à émettre clairement son opinion.

— Les gars, ne perdez pas votre énergie à vous comparer à eux : il n'y a pas d'affrontement entre nos deux organisations et ce sont des frères de MMK.

— Je préfère tout de même Takané, conclut simplement Kassepi, qui fit rire ses collègues par cette évidence.

— C'est pour cela que nous sommes ici, termina Honnelli.

— Allons voir où en sont Vossa et Kavèlli, dit Énoeur en se levant. À plus tard, Barèr, sois gentil.

Barèr esquissa un sourire qui le convainquit qu'il se trouvait au bon endroit ; pour rien au monde, il n'eût échangé ce sympathique cercle de camarades contre un album achevé deux mois à l'avance.

***

Les travaux de guitares tiraient à leur fin. Juheur et Isoeur avaient déjà terminé la totalité des rythmiques et ils achevèrent les mélodies et harmonies tôt cette semaine-là. Isoeur profita de deux matinées seul au studio pour enregistrer ses solos avant de filer pour un quart de soir. Il continua et boucla le tout le soir suivant, de sorte que le studio fut libre la fin de semaine pour la prochaine étape.

Pendant qu'Énoeur travaillait, Honnelli occupa la journée du samedi pour avancer ses pistes de clavier, qu'il avait entamées à temps perdu durant la séance de guitare. Énoeur revint et se fit un copieux repas pour soutenir le blitz d'enregistrement de la basse. Il se donna comme objectif de compléter ses parties pour dimanche soir, ayant l'intention de compromettre sa nuit au profit de l'album.

— Je suis prêt, les gars, et nous nous arrêtons seulement lorsque j'aurai tout mis en boîte ! dit-il pour se motiver.

Énoeur enchaînait les notes avec une habileté remarquable. Sa longue basse était une extension de son grand corps, et il jouissait avec elle d'une profonde complicité harmonieuse. C'était bien d'entendre en premier plan cet instrument, qui souvent se fondait dans la toile sonore de fond. Énoeur faisait un peu découvrir à ses amis la grande musicalité de ses partitions améliorées sans démontrer de signes avancés de fatigue. Juheur, Isoeur et Kassepi se relayèrent pour l'accompagner jusqu'au petit matin, quand ils s'entendirent tous pour prendre quelques heures de sommeil.

Ils se levèrent avant huit heures et déjeunèrent sommairement. Dehors, la journée était pluvieuse, ce qui s'avéra parfait pour éliminer la tentation de fuir le studio pour une quelconque activité extérieure. Énoeur reprit résolument sa basse.

— Allez ! Plus que quatre chansons et nous prenons congé avant la fin de l'après-midi.

— Nous comptons sur toi, Yabèl ! dit Juheur, encourageant.

Bien que les partitions de basse suivissent souvent la guitare ou certaines rythmiques compliquées, le niveau de difficulté qu'Énoeur avait à accomplir était relativement en deçà de ses confrères et ceci lui permettait de progresser rapidement dans le processus d'enregistrement. Si bien que, comme promis, Énoeur permit de fermer boutique vers le milieu de l'après-midi. Vidés et exténués des dernières semaines, tous décrétèrent d'un même souffle un congé pour le restant de la journée.

Dehors, un soleil timide perçait un lourd manteau gris par endroit où le pavé trempé scintillait joliment et où les rares voitures qui filaient se doublaient de la musique de leurs pneus chassant l'eau sur l'asphalte. Ils sortirent à l'extérieur et coururent vers le terrain de jeu de leur ancienne école secondaire pour y jouer une partie de ballon et se défouler sous un soleil désormais généreux en déclinant sous la voûte ardoisée et embrasant du coup les feuilles qui commençaient déjà à se colorer. Ils se poussaient volontairement pour se faire tomber dans le gazon gorgé de pluie, ou ils glissaient involontairement en voulant botter le ballon. Ils luttaient farouchement de plus en plus à chaque chute salissante, comme si un seuil de retenue s'était effacé dans la boue. Comme des gamins, après quelques courses et d'héroïques échappées, le nombre de buts compta moins que le degré d'encrassement. Il leur sembla que cela faisait des lunes qu'ils s'étaient amusés autant et aussi innocemment.

Ils retournèrent à l'appartement dans leurs vêtements souillés par un mélange de gazon vert et de terre noire. Pendant que Kassepi et Isoeur préparaient le souper, chacun prit sa douche à tour de rôle. Ils festoyèrent ensemble devant les émissions télévisées publiques du dimanche soir, emmitouflés dans leur robe de chambre. Une émission prenait fin et Juheur profita de la bande-annonce pour aller se vider et refaire le plein de bière. Tous savouraient ce moment exceptionnel de relâche, même toute relative qu'elle fut. La prochaine émission s'annonçait des plus ennuyeuses et Isoeur alla piger dans leur boîte de classiques cinématographiques.

— Ce soir au programme double du QG, deux incontournables du cinéma kapien, deux œuvres grandioses sur la guerre du Nassèb[106]. Voyez *La nuit la plus longue*, mais voici d'abord sans plus tarder *Sérénade sans munitions*, annonça Isoeur alors que les autres applaudissaient ses choix tout en s'installant confortablement dans le creux des divans.

Énoeur amplifia la portée effroyable du long métrage.

— Ce film me donne des cauchemars !

L'écran projeta l'introduction singulière. Indirectement, à force de s'abreuver de ces films, le champ lexical, graphique et lyrique de Juheur en devenait fortement inspiré.

Après une si longue fin de semaine, aucun des cinq ne réussit à se rendre jusqu'à la fin de la deuxième vidéocassette. Le lendemain, une nouvelle semaine de travail et d'enregistrement débutait et il se faisait tard. Demain, Honnelli parachèverait ses partitions de synthétiseur et Juheur entamerait l'enregistrement des paroles dès sa première soirée libre.

---

[106] La guerre du Nassèb eut lieu de 983 à 995, dans la partie située au sud de la Jubie que l'on appelle le Nassèb. La Kapie alla combattre l'invasion yollanaise dirigée par sa dictature religieuse et supportée par la Jubie. Les récits de cette guerre furent particulièrement horribles et alimentèrent généreusement le cinéma kapien. Dans *Sérénade sans munitions*, une œuvre crue et psychédélique, le protagoniste se retrouve au paroxysme du film à combattre un ennemi, sans munitions et à poings nus, puis il découvre qu'il s'agit d'une jeune femme qu'il ne peut se garder de violer une fois morte; le film se termine sur un cri animal qui se mélange à ses pleurs. Dans *La nuit la plus longue*, une brigade kapienne tente de repousser la guérilla de fanatiques d'un pont ayant une importance stratégique.

***

Le mercredi suivant, Juheur arriva en grande pompe au QG après une autre journée médiocre à l'épicerie. Maintenant qu'ils arrivaient au dernier élément à enregistrer, l'ambiance était plus légère et festive et menaçait l'entreprise d'un relâchement, chose qu'elle n'avait absolument pas le loisir de se payer. Néanmoins, ce soir-là, tous se joignirent à Juheur et Yoà pour apprécier le chant qui complétait l'espace sonore de *Takané*, l'album éponyme presque achevé.

Juheur affronta le microphone, seul dans la salle acoustique ; il semblait un peu démuni à chanter sans guitare et à ne pas savoir comment occuper ses mains. Face à cette vision loufoque, les gars se moquèrent allégrement de leur meneur. Par contre, Juheur s'appliqua à y mettre toute son émotion et sa voix pleine de rage vibra douloureusement et puissamment dans les haut-parleurs. Ce qui causait des maux de tête à Barèr, non pas par ces cris, mais parce que Juheur ne pouvait enchaîner plus de deux heures de chant intense sans se fatiguer la gorge et il voyait le calendrier être repoussé de jour en jour.

Un soir particulièrement pénible, Juheur jeta l'éponge.

— 'Néò, je ne suis même pas arrivé à terminer *Dhass* ! vociféra-t-il en s'affalant sur le divan de la salle de contrôle et en poussant des *heud* d'exaspération et d'inquiétude.

— Du calme, Juh, cette chanson est longue et il y a beaucoup plus de contenu que les autres, le rassura Isoeur.

La vue de leur meneur harassé n'avait rien pour raviver le cœur des autres. Les fins de soirées étaient mornes et silencieuses à l'appartement et les autres activités du groupe souffraient de la négligence de ses membres. Même Barèr passait plus de temps à estimer leur chance de satisfaire l'échéancier qui devenait plus impossible de jour en jour.

Le lendemain, Ènfine se présenta au QG pour évaluer les progrès du groupe, qui était triste à voir dans leur désenchantement et leur abattement grandissant. Barèr appréhendait le dénouement de cette visite, mais Ènfine ne voulut pas tomber dans un débat inutile sur le retard que le groupe prenait et il préféra plutôt les encourager d'une bonne nouvelle qui était des plus bienvenues en ces temps difficiles.

— *Thômi*, je vous annonce que tous les exemplaires d'*Oud Vélaga* sont désormais vendus. Cette maquette fut un grand succès et nous pouvons qu'espérer une meilleure réponse de ce futur album !

Leur regard s'éclaira, mais les acclamations furent repoussées aussitôt.

— Encore faut-il que nous le sortions ce foutu album ! échappa Kassepi.

Cette réponse stupéfia ses amis qui s'opposèrent vivement à cette pulsion négative provenant probablement du plus paisible d'entre eux, ordinairement.

— Non, non, non, c'est une excellente nouvelle, Ènfine ! s'écria Juheur, dont la vie semblait enfin ranimer son corps.

— Oui ! Nous avons pratiquement terminé les voix et ensuite nous attaquons le mixage, ajouta Honnelli pour convaincre Ènfine d'oublier le commentaire nocif de Kassepi et leur humeur maussade.

— Le mois de septembre s'achève, ça ne vous laissera plus beaucoup de temps pour travailler le son, non ? Je vous souhaite sincèrement de terminer à temps, car je ne voudrais aucunement me retrouver obligé d'imprimer un nouveau lot de maquettes pour l'événement.

Yoà prit la défense de Takané.

— Sois rassuré, Ènfine. J'ai réservé des semaines allégées au magasin pour le mois d'octobre dans le seul but de bûcher sur l'album. Nous y parviendrons.

— Veux-tu au moins entendre ce que nous avons à date ? suggéra Isoeur qui était déjà très fier du résultat préliminaire.

— Oui bien sûr, mais je ne voudrais pas non plus vous priver de votre temps d'enregistrement.

Juheur insista en lui faisant une place de choix devant les haut-parleurs.

— Oh, nous ne sommes tout de même pas à une petite demi-heure près.

Ils lui offrirent d'abord *Oud Vélaga* afin de lui démontrer le gain en qualité sur la maquette produite quelques mois plus tôt, mais qui semblait déjà être à une éternité de là. Ènfine en fut très satisfait, malgré le mix brut et il les pressa de lui faire écouter du nouveau matériel. Ils ne se firent pas prier et l'on installa les rubans de *Lyunni Sah'n Buhn* sur la console de mixage de quarante-huit pistes. Ènfine sourit à l'écoute.

— Ah oui! Cette chanson me rappelle les intenses soirées métal au Spectre!

Puis tous se mirent à chanter en chœur le refrain lorsqu'il vint une seconde fois. Les huit étaient convaincus que ce morceau serait un hymne rassembleur dans les bars. Ènfine délaissait sa relation officielle, le temps de la chanson, pour fusionner à ce groupe de *métalleux* qui trouvait dans cet univers sonore l'énergie et la force vitale offertes sous une forme qui rebutaient tant de gens. Tous ensemble, ils savaient détenir une richesse singulière.

Ènfine se laissa prendre au jeu et en redemanda.

— S'il vous plaît, une autre, une autre!

— Attache-toi bien, Ènfine! La prochaine déménage! avertit Juheur en dénichant dans le classeur les rubans d'*An Dihne Son Métai*.

— *Métal Dihne!* s'écria Énoeur en remarquant le choix de Juheur.

La chanson brute explosa les tympans ravis d'Ènfine qui gigotait d'un rire dément, comme possédé par un démon ou, du moins, abandonné de toute lucidité.

— *Thômi, thômi,* vous êtes des génies! N'arrêtez surtout pas, tâchez vite de terminer cet album et nous irons loin.

— Les prochains Sahiké Nora! s'écria Kassepi, excité.

— Tss, bien plus que ce groupe passable, plaisanta Honnelli.

Juheur se ragaillardit.

— OK, allons, les gars, je termine les voix pour *Feunèl An Lohm Sah Dzièh* ce soir! Yoà, installe les bons rubans et remets tes machines en marche. Je vous vomis tout le reste dans la prochaine heure! Ènfine, reste encore un peu pour observer comment la magie s'opère! finit-il en bondissant vers la salle acoustique.

Ce soir-là, Juheur exécuta des échantillons de chant qui donnèrent des frissons tellement il parvint à transpercer la chair et atteindre le cœur. La voix, les tripes et le cœur étaient au rendez-vous et ce fut bien à propos pour une finale tout en puissance. Les autres, Barèr, Yoà et Ènfine y compris, se joignirent volontiers à lui pour les chorales de fond afin d'appuyer les refrains et autres moments forts. Les fins observateurs diront un jour qu'une énergie unique émane de *Feunèl An Lohm Sah Dzièh*, la dernière du premier album, comme quoi on peut percevoir quelque chose de plus dans la voix du chanteur Juheur Vossa, quelque chose qui élève ce morceau parmi les incontournables du genre.

Ce soir-là, le temps s'arrêta et les impératifs serrés s'estompèrent pour ces huit marginaux qui participaient à la construction d'une future relique.

***

Une fois que Juheur eut bouclé le tout, le groupe, en tant qu'entité solidaire, se retrouva allégé d'une immense corvée. Bien que les gars eurent à superviser activement le travail d'Yoà, ils ne se trouvèrent d'abord plus forcément au front. Ils revenaient du travail sans redouter une soirée exténuante. Ils s'entretenaient avec Yoà plutôt pour apprécier sa progression et pour discuter des avenues sonores à prendre. Après quoi, ils n'avaient plus qu'à se cloîtrer pour quatre heures dans leur local pour répéter le spectacle du 27 octobre qui approchait à grands pas.

C'est du moins ce qu'ils eurent espéré de leur quotidien, mais il n'en fut ainsi qu'un court temps avant que d'autres responsabilités ne surgissent. Ils eurent plutôt à régler des problèmes de logistique tels que les décors et éléments scéniques de leur propre initiative lorsqu'Yoà ne les sollicitait pas pour le seconder dans le détestable boulot de bricolage et de gestion des rubans magnétiques qui s'empilaient formidablement dans le local de mixage. Pour comble, le perfectionnisme d'Yoà devenait un obstacle à la réussite du projet.

— Il y a quelque chose qui accroche ici. Nous avions un meilleur segment pour ce riff, j'en suis sûr. Énoeur, peux-tu me sortir ces deux autres rubans, s'il te plaît ?

Énoeur et Kassepi installèrent les roulettes en question avant qu'Yoà ne les fasse jouer une à la suite de l'autre. Les deux aides de ce soir-là se regardèrent incrédules. Yoà refit jouer les trois riffs pratiquement identiques.

— Voilà, le deuxième m'apparaît supérieur à cet endroit. Les notes sont plus claires. C'est ce bout qu'il nous faut.

— Sincèrement, Yoà, est-ce que quelqu'un entendra la différence dans l'ensemble ? rouspéta Kassepi, intéressé par l'aboutissement de l'album et doutant de la pertinence de cet entêtement absolu.

— Oui, oui, sinon la combinaison du jeu de Juheur et d'Isoeur créera une boue opaque, se justifia-t-il tandis qu'Énoeur ciselait docilement le ruban à la microseconde près sur la console de bricolage.

Yoà vint l'aider à replacer le morceau au bon endroit et à en faire une réplique destinée au mixage. Le mois d'octobre débutait, le temps manquait et Kassepi alla faire part de son inquiétude à Barèr pendant qu'Énoeur secondait Yoà avec une candide obéissance.

Au salon, Isoeur assistait Barèr, toujours dans des paperasses qui semblaient sans fin, et ils entendirent la plainte de Kassepi.

— Oui, évidemment, il faut faire la part des choses entre la perfection inatteignable et le temps que nous avons, répondit Barèr.

— C'est le compromis à prendre en réalité, entre un produit satisfaisant à quatre-vingt-dix-huit pour cent en une semaine, un second à quatre-vingt-dix-neuf virgule cinq pour cent en un mois ou un dernier satisfaisant à quatre-vingt-dix-neuf virgule neuf-neuf-neuf pour cent dans un an, ironisa Anyériss, tout en automne dans son manteau court et son petit béret coquet.

Kassepi ne l'avait pas remarquée dans son excitation. Elle lui sourit suprêmement à lui fendre le cœur. Il échappa un rictus subtil qu'il rattrapa aussitôt, comme une ombre éphémère, imperceptible.

— Salut, Kassepi, ne t'inquiète pas, je ne me mêle plus de vos affaires. Je venais tout juste d'arriver et dire bonjour à Izi, puis je montais étudier, finit-elle en se levant et en posant une main sur son épaule au passage.

Si elle eût détecté chez lui un agacement à son égard, les autres ne remarquèrent pas le malaise incompréhensible que Kassepi lutta à contenir. Sans agitation, Barèr concéda l'analyse d'Anyériss.

— Anyériss saisit exactement la problématique. Yoà a tendance à s'empêtrer dans la quête impossible d'un résultat idéalisé. Nous nous devons d'être les gestionnaires pragmatiques qui savent où tirer la ligne. Nous avons négligé jusqu'ici de le tenir à un plan précis pour ne pas nous retrouver encore avec quelques chansons à mixer au complet à minuit moins cinq.

— Eh bien, faisons ce plan immédiatement, suggéra Isoeur.

L'idée plut évidemment à l'esprit cartésien de Kassepi, qui se calma et s'assit à leur côté. Il dressa d'abord l'état des lieux. Le trio partit de ce point pour établir un horaire exhaustif à suivre pour les deux prochaines semaines qu'il leur restait pour remettre une épreuve maîtresse à MMK. Après l'élaboration du plan à l'abrupte progression, ils allèrent consulter Yoà et lui présentèrent ce à quoi il devait s'en tenir pour éviter les dépassements majeurs. Yoà eut de la difficulté à avaler le morceau, mais il dut abdiquer et devait dorénavant s'efforcer d'agir en fonction de ses clients plutôt que selon son éthique de travail aisé et utopique. Barèr déplora qu'il eût parfois tendance à glisser du côté de ces puristes qui peaufineraient leur produit pendant une décennie et trouveraient encore des points à améliorer.

— À un moment donné, il faut clore le débat et avancer ! trancha Barèr pour taire Yoà, qui revenait avec les mêmes arguments qui les fatiguaient tous.

Les journées raccourcissaient, l'air devenait frais et ravigotant, et les arbres rougissaient timidement avant de se dénuder. L'avancement suivait son cours accéléré et épuisait la bande, particulièrement Yoà, qui était au centre de la besogne. Les gars se retrouvaient reclus dans leur propre bâtiment et malgré leur emploi respectif, ils semblaient perdre contact avec le monde extérieur. Cela faisait longtemps qu'ils n'avaient pas rencontré d'autres amis lorsque les membres de Guèl Mèlthè rendirent visite au QG un vendredi soir après avoir joué au Spectre.

Juheur les accueillit en leur faisant faire le tour du rez-de-chaussée.

— Bienvenue au KMM !

— Salut, les gars, nous aurions dû venir ici plus tôt. C'est vraiment bien ce que vous avez monté comme studio ! dit Salleur, le chanteur du groupe. Ah ! Mais quelle tête vous faites ! Est-ce si mortel d'enregistrer après tout ?

Les gars de Takané, plutôt à bout et difficilement réceptifs aux distractions désopilantes, s'abstinrent de répondre. La visite de ces amis leur fit néanmoins un certain bien.

— En fait, nous attendions que votre album soit assez avancé pour venir l'entendre, rigola Vèddi, le très coloré bassiste à la tenue vestimentaire luxuriante.

La bande passa du salon au local de répétition en discutant des lieux d'une voix tonitruante avec laquelle des amis longtemps séparés communiquent leur joie de se revoir. Les musiciens de Guèl Mèlthè étaient agréablement surpris de la qualité de l'endroit.

— Pouvez-vous jouer dans ce local pendant que quelqu'un d'autre enregistre à côté sans le perturber ? demanda Salleur.

— Oui, tout à fait ! Barèr et Yoà ont mis le paquet sur l'insonorisation, les informa Isoeur. Justement, Yoà mixe notre album depuis deux semaines tandis que nous nous préparons pour le grand spectacle de lancement, sans lui nuire.

— Oui, j'ai bien hâte de vous voir à nouveau, reprit Salleur, nous avons déjà nos billets!

— Ha! Bien, merci de nous encourager! dit Kassepi sincèrement touché par cette saine fraternité.

— En fait, nous n'avons pas eu à débourser une *dall* pour nos entrées, car Ènfine nous les a offerts lors de la signature du contrat! déclara Vèddi avec un sourire de vainqueur.

— C'est donc officiel? Vous êtes désormais sur l'étiquette MMK, vous aussi? s'exclama Juheur.

— Oui, et très heureux de l'être! clama Salleur. Ce sera un honneur pour nous de vous côtoyer éventuellement sur scène.

Cette excellente nouvelle les réjouirent tous. La bande fit un détour par le réfrigérateur du salon pour servir les bières avant de rendre visite à Yoà qui trimait toujours dur sur l'album.

— Nous projetons commencer la préproduction incessamment et passer la fin de l'automne ici en studio, prédit Salleur.

Les gars de Guèl Mèlthè firent connaissance avec Yoà, qui serait leur aide comme il l'était pour Takané.

— Vous allez voir, Yoà va vous presser tout votre jus! ricana Juheur en lui assenant un coup amical sur l'épaule.

— C'est excellent, nous nous croiserons quotidiennement, alors! se réjouit Isoeur. Oui, lorsque ce sera à votre tour de traverser cet enfer, termina-t-il avec un clin d'œil.

Les musiciens de Guèl Mèlthè rirent de bon cœur, sans croire tout à fait que ce pût être si abominable. Ils l'apprendraient éventuellement à leurs dépens. Pourtant, les gars de Takané ne firent pas écho à leur légèreté, convaincus du sérieux de cette allusion.

***

Le dimanche 14 octobre, par un sublime ciel clair parsemé d'adorables petits nuages qu'un soleil clémentine ne parvenait pas si bien à réchauffer, Yotal profita d'un congé pour venir documenter une journée de travail au QG de KMM. La caméra à l'épaule, il tentait de se faire discret pour se fondre avec le mobilier et capter ces moments qu'il eût espérés authentiques. Pendant que Takané répétait leur programme complet, il s'amusa à expérimenter des cadrages originaux de chacun des musiciens. La tâche d'Yotal était rendue difficile par leurs mouvements excités et imprévisibles qu'il tentait de ne pas les rater. Les gars se trémoussaient pour satisfaire leur public d'une seule personne, mais surtout pour cette caméra qui les filmait et immortalisait leurs actions et leur fougueuse jeunesse.

Takané termina la séance particulièrement énergique et Yotal sortit du local pour filmer leur sortie. Ils apparurent l'un à la suite de l'autre en passant le seuil de la porte, tantôt suçotant leur gourde d'eau, tantôt à faire les plus belles singeries, toujours pour cet intrus qui représentait la fenêtre sur laquelle le monde extérieur découvrirait leur cercle intime. La lentille avait cette capacité de catalyser les personnalités les plus saugrenues de leur caractère habituellement un peu moins grotesque. Défiler devant l'objectif était un jeu qui les amusait beaucoup.

Le groupe fit le tour du studio pour le compte du documentaire qu'Yotal filmait et les hôtes finirent par ouvrir la porte de la salle de commande qui demeura jusqu'ici fermée.

Juheur, en trop gros plan :

— Alors, c'était une petite visite du QG de *Kapior Métal Mirò*. Derrière cette porte se trouve la salle de contrôle, là où notre ami Yoà mixe le tout premier album de Takané.

Juheur ouvre la porte. Yoà envoie la main à la caméra, légèrement embarrassé et feignant de se concentrer sur son travail, épié par la joyeuse et bruyante bande.
Yotal alimente son reportage de quelques questions que le groupe s'enchante de répondre longuement et avec philosophie contrastant avec leurs bassesses précédentes.
On sonne à la porte extérieure et Ènfine entre.
Tous :

— Salut, Ènfine ! Quel bon vent t'amène ?

Il envahit le cadrage d'Yotal qui réagit tardivement.
Ènfine, sur un ton aimable, mais expéditif :

— Salut, les gars. J'ai besoin de cinq cents exemplaires pour le matin du spectacle, potentiellement d'un album par spectateur.

Juheur, sur la défensive :

— Oh! C'est trop tôt encore, nous avons encore du mixage à finaliser. Ça ne prendra pas deux semaines les produire.

Énoeur et Honnelli se remettent à inventer des grimaces en arrière-plan.
Ènfine :

— J'ai jusqu'à mercredi pour remettre l'épreuve, après quoi, il devra me charger beaucoup plus cher pour un service vingt-quatre heures. Il me fait déjà un prix d'ami pour un délai si serré.

Kassepi :

— *Deurk!*

Yoà :

— Écoutez, nous pouvons nous concentrer sur la finalisation d'une version présentable pour une première épreuve et achever le produit pour une impression subséquente.

Isoeur rejoint les deux bouffons et baisse ses pantalons pour montrer ses fesses blanches en se dandinant.
Juheur :

— Oui, faisons ça.

Rires débiles en sourdine. Le trio se tape haut la main.
Ènfine, déçu et peu convaincu, devient impatient :

— Vous ne pourrez pas mixer bien davantage, déjà que les magasins ne seront pas pourvus à temps. Vous auriez dû me remettre le tout il y a deux ou trois semaines pour que j'aie le temps de préparer tout le matériel à distribuer.

Juheur pouffe de rire en remarquant les derniers mimes sexuels de ses amis. Il se décrotte le nez bêtement pour les encourager.
Barèr, à la rescousse :

— Pèllé, demeurons calmes. Le déroulement n'est pas parfait, mais nous donnons tous notre meilleur en ce moment. Nous savons que ça ne correspond pas exactement à ton grand plan pour envahir le monde d'une nouvelle vague métal, mais nous n'en sommes pas si loin. Pourvoyons d'abord les magasins spécialisés de Kapousha pour répondre à la demande immédiate qui suivra le spectacle de lancement. Puis, le temps que Takané retourne faire quelques spectacles à travers l'empire, nous aurons eu l'occasion de fournir les chaînes de magasins avec la version définitive.

Yoà s'était déjà retourné face à sa console pour continuer son travail, sans faire attention à la discussion qui continuait dans son dos, toujours sous l'objectif d'Yotal. Barèr et Ènfine argumentèrent un certain temps sur ce sujet, attirant l'attention d'Yotal qui les cadra plus serré. Puis, il élargit son champ de vision pour englober tout le cercle d'entrepreneurs.

Kassepi, réaliste :

— Effectivement, nous ne sommes pas un grand groupe connu ; nous ne casserons aucun record de vente la première semaine de lancement. Misons plutôt sur la vente à moyen terme.

Isoeur rejoint le sérieux conciliabule pendant qu'Énoeur et Honnelli rapportent des canettes de bière.
Barèr :

— Exactement, Kassepi, nous devrions nous concentrer sur la vente de disque et de marchandise à la série de spectacles qui débutera en novembre. C'est dommage de ne pas tirer davantage profit du grand lancement, mais nous ne pouvons pas faire mieux dans les circonstances.

Concours de calage en arrière-plan.
Juheur, en s'adressant à Ênfine :

— Nous avons déjà envoyé les canevas pour la production de vêtements, nous espérons recevoir la marchandise au début de novembre.

Énoeur gagne, puis Honnelli régurgite la moitié de sa bière sur son gilet.
Isoeur, de sa voix douce :

— Avec ces doublons de concerts par fin de semaine durant les deux prochains mois, nous serons en mesure de couvrir le territoire kapien et de vendre des albums et du linge pendant que Barèr et toi aurez le temps de préparer une tournée un peu plus étoffée pour la fin de l'hiver et le printemps 1030.

Ênfine abdique :

— Bon, d'accord, mais ne tardez pas à me le remettre. Nous nous entendons tous là-dessus et c'est une prévision heureuse pour nous tous : la première impression ne nous dépannera pas très longtemps.

Kassepi :

— Nous serons très près de ce que nous voulons atteindre. Nous pouvons te remettre l'épreuve finale le lendemain du lancement.

Juheur acquiesce à l'estimation de Kassepi et se tourne vers Yoà qui se sent interpellé :

— Oui, bien sûr. Nous n'en sommes vraiment pas loin. Encore une bonne semaine de mixage et c'est dans la poche !

Barèr, confiant :

— Bien. Voilà qui est réglé. Passons, puisqu'il reste encore bien du travail pour le spectacle.

Ènfine :

— À propos, as-tu pu dénicher un groupe prêt pour ouvrir ?

Barèr, un peu embarrassé :

— Bah, j'aurais Thon Yékreuth[107], qui est venu jouer au Spectre quelques fois et qui accepterait de jouer gratuitement, vu l'envergure de l'événement.

Ènfine, d'une longue moue :

— Mouais, ce n'est pas génial comme groupe, mais, si c'est tout ce qui est disponible, allons-y pour eux. Ce n'est que pour trente minutes, apr...

L'avertisseur clignotait depuis un bon moment dans le viseur oculaire d'Yotal. À ce moment, la pile de la caméra se vida complètement et l'enregistrement coupa net.

***

Mardi nuit, Yoà bûcha sur le mix préliminaire qui servirait de première matrice. Barèr et les cinq musiciens l'épaulèrent dans ce marathon nocturne. Au début, tous étaient surexcités de passer une nuit blanche. Ils avaient fait le plein de victuailles, de boissons et d'un peu d'amphétamine pour se garder éveillés. Le moral fut d'abord

---

[107] Thon Yékreuth : « Les affreux »

élevé, puis, au fur et à mesure que les embûches de finitions se matérialisaient, et qu'on voyait les heures s'évaporer plus rapidement que la progression du travail, leur ardeur s'inhiba et l'atmosphère s'attiédit. Leur corps leur envoyait des signaux variés et désagréables qui criaient l'appel au sommeil. Un à un, le groupe perdit un joueur tombé sous la fatigue ou les sensations inconfortables. Vers six heures du matin, il ne resta plus que deux zombis, Juheur et Isoeur, flottant entre deux réalités de chaque côté d'Yoà, tout aussi livide. Juheur décapsula les trois derniers comprimés et ils l'avalèrent sans émotion. Les yeux embrouillés et pochés, ils souffraient de bouffées de chaleur intenses. Ils tentaient en vain de s'hydrater de litres et de litres d'eau pour réguler leur température et chasser leur mal de tête. Les trois débiles débattirent sur la question de savoir comment les petites heures du matin avaient pu passer si vite. Le plus dur fut lorsque la première lueur dans la fenêtre annonça l'aube. Ils haïrent leur corps et désirèrent violemment se retrouver à un moment où ils purent enfin dormir.

Vers huit heures, Juheur et Isoeur sursautèrent, le cœur palpitant avec frénésie, lorsqu'Yoà tapa sur le rebord de la table de la console après une dernière écoute.

— *Heud!* Que se passe-t-il ? s'exclama Juheur, enroué.

— Fini, se contenta de leur répondre Yoà, absent, comme si c'était son fantôme qui parla.

Il éteignit résolument tous les équipements et s'effondra sur le divan, qui sembla le dévorer tranquillement. Pendant un long moment, les trois braves ne bougèrent plus, tentant de retrouver leurs sens et de prendre conscience de l'événement. Cela faisait deux mois que le groupe s'acharnait à construire cet album, leur plus grande réalisation ; et même plus, en considérant l'ensemble de leurs démarches effrénées qui y culmina. Au début de l'été, cet accomplissement semblait inimaginable pour ces jeunes garçons fous, forcés d'accélérer la finition des morceaux pour la seconde maquette et sans même un studio pour les enregistrer. Pourtant, dans des conditions qu'ils ne crurent pas possible de surmonter, ils se tournaient maintenant vers cette époque récente qu'ils observaient avec une certaine élévation, comme du haut d'un plateau qu'ils avaient escaladé péniblement durant ces derniers mois. Juheur et Isoeur se regardaient en échangeant des phrases déconstruites qui manifestaient néanmoins une lueur de fierté et de compréhension par rapport à leur réalisation. Le profond bouleversement qu'ils vivaient à l'instant les empêchait de distinguer le parcours qu'il leur restait à franchir pour atteindre le prochain sommet. Leur esprit n'était pas en mesure de concevoir et d'ordonner les tâches à effectuer avant le lancement officiel de l'album et de la suite. Juheur relâcha une flatulence fétide et Isoeur n'eut pas même la force d'en rire.

Yoà ronflait déjà. Juheur et Isoeur prirent le précieux ruban contenant le fruit de leurs derniers mois de folie ouvrière et s'aventurèrent dehors comme deux épouvantails nauséabonds. Ils se rendirent aux très modestes bureaux de MMK — le pluriel était une forte exagération — dans Kapousha-Düh[108], et ils sonnèrent pour remettre en main propre à Ènfine leur seul et plus grand trésor, car il n'était aucunement question de le laisser dans la boîte aux lettres dans ce quartier malfamé. Ènfine les remercia, les félicita et se permit de se moquer de leur mine diaphane.

Ils étaient effectivement pathétiques à voir.

Ils rentrèrent au QG en maugréant des bêtises que seuls eux arrivaient à décrypter, et encore, parvenaient-ils à se comprendre ? Enfin, ils gagnèrent leur lit ô combien mérité ! Ils avaient droit à quelques heures de sommeil avant de se rendre à leur emploi plus tard en journée.

Effondrés dans leur lit, ils n'avaient plus la force de se préoccuper qu'il ne restât plus que dix jours avant le lancement tant anticipé de *Takané*.

---

[108] Kapousha-Düh : Kapousha Sud

CHAPITRE VINGT-CINQ

Kahnnà tikè[109] ! *Le lancement de l'album* Takané

Le matin du grand jour, avant de s'affairer aux préparatifs du spectacle avec le reste du groupe, Juheur sortit du QG muni de son sac à dos et il fit une promenade. Le soleil matinal réchauffait tant bien que mal l'air frais d'octobre. Le ciel se couvrait par intermittence, alternant entre les épisodes de béatitude et ceux de frisson. Juheur se concentrait à conserver sa chaleur et à faire crépiter sous ses pieds les amas de feuilles mortes sur la chaussée. Il semblait ne pas avoir de destination par ses choix de rue apparemment aléatoires, mais c'était en fait un trajet familier qui ne lui demandait plus d'activité cérébrale à opérer. Juheur parvint dans le creux de Kadeu, là où se trouvait la vraie pauvreté. Sa jeunesse à Fèttoyah fut un rêve en comparaison à celles vécues à Limoyè.

Il lui sembla qu'il s'était écoulé une éternité depuis la dernière fois où il s'était aventuré dans ce quartier. Il évitait volontairement de s'y rendre, là où ses allées tordues le révulsaient. Chaque incursion dans Limoyè lui rappelait tant de souvenirs dont l'aigreur ne s'adoucissait guère avec les années ; il persistait ici un certain éther, mauvais, d'une telle acescence que même le temps glouton rechignait à le dévorer. Les ruelles craquées et jonchées de détritus, les façades écaillées et les galeries délabrées, les bambins morveux laissés sur le trottoir et les enfants au regard déjà vitreux dans leurs loques, tout ici prédisposait à un destin tragique. *Pour ces damnés, mieux vaut disparaître plus tôt que tard*, songea Juheur. Une sorte de sourire se peignit sur son visage troublé à la pensée de son ami qui y était parvenu, lui, comme plus clairvoyant que les autres égarés dans ce

---

[109] *Kahnnà tikè* : formule d'encouragement comme « bonne chance, *good luck, viel glück, gambate kudasai* », qui a évolué de l'expression antique *kahnyà af tikèyà* (« courage et persévérance »)

ténébreux abysse urbain. En descendant une rue, les devantures se faisaient plus pauvres encore.

Juheur cogna à la porte qui donnait directement sur la cuisine, créant à peine une frontière avec l'extérieur. La petite femme d'une quarantaine d'années qui lui répondit avait quelque chose de joli, mais son visage n'était plus habitué à sourire depuis bien longtemps. La vue de Juheur lui fit assez d'effet pour qu'il aperçoive la fille ensoleillée qu'elle fut jadis. *Elle dut être même belle*, pensa Juheur.

— Bonjour, madame Toth. Comment allez-vous ? dit-il avec toute l'humble déférence qu'il pouvait afficher.

— Juh ! Quelle joie de te revoir ! s'exclama-t-elle d'un air qui jeta un peu de soleil sur son appartement gris et triste, puis l'éclaircie passa et la femme s'assombrit : si tôt...

— J'aurais tant dû venir plus tôt, madame, répondit-il en s'excusant.

— Mais non, mais non, ne perd pas ta jeunesse à venir entretenir une vieille mère comme moi. Et d'abord ne m'appelle plus *madame*, tu peux m'appeler Massa, tu le sais bien. Mais comment vas-tu ? Comment vont Isoeur et Énoeur ? Jouez-vous toujours de la musique ? Ah ! Je l'espère grandement ! Ah ! Et ta mère ? Toujours à la bibliothèque ?

— Elle va bien. Oui, elle y est toujours aussi impliquée... C'est à croire qu'elle a préféré se concentrer sur tous les autres jeunes que les deux siens, irrécupérables, échappa-t-il d'un toussotement rancunier.

Par dignité, il afficha un sourire, mais blessé, tout au mieux.

— Oh, ne dis pas ça, Juheur. Certes, elle se dévoue corps et âme pour la communauté. Elle a tant fait pour le quartier. Elle est mère de centaines d'enfants réchappés qui lui doivent beaucoup, mais elle ne vous a jamais abandonné, ton frère et toi. Elle a eu son lot de nuits blanches pour vous.

— Eh bien, disons qu'elle peut enfin dormir tranquille maintenant que je ne suis plus dans ses pattes avec mon tempérament et mes bavures, s'embarrassa-t-il.

Massa se désola de la dureté qu'il s'imposait, puis cette tristesse se mélangea à l'ingratitude qu'il évoquait.

— Oh, Juheur, une mère ne dormira jamais tranquille, répondit-elle à voix basse, presque imperceptible en baissant la tête.

— Ha, ha ! Ce que j'ai pu lui causer des cheveux blancs, força-t-il la note pour ranimer la douloureuse conversation.

— Oh! Juh, sourit-elle, navrée. Petit délinquant! Il faut bien que jeunesse se fasse. Tu t'en es bien tiré, brillant et d'un grand cœur, sans fumée ni piqûre, avec un petit travail honnête et la tête pleine de projets, dit-elle, lui faisant une douce caresse sur la joue. Alors, Izi? Énoeur?

— Oui, ils vont bien à leur façon. Ils ont terminé le secondaire depuis un an déjà. Énoeur travaille à temps plein comme concierge à la gare Koh-Varfadèl. Isoeur est cuisinier dans un restaurant près de l'UVK et il s'est fait une bonne copine au début de l'année. Plus substantiellement, ils se dévouent désormais avec cœur dans Takané. Nous avons significativement progressé dans la dernière année!

— Quel bonheur! Il m'aurait été si triste que vous vous sépariez. Jouez-vous toujours dans ces bars de la capitale?

— Eh bien, plus vraiment, nous avons passé les derniers mois à nous concentrer sur l'enregistrement sonore.

Il fit une légère pause tandis qu'elle lui manifestait une joie sincère. Elle lui sourit sans trop trouver quels mots d'encouragement lui prodiguer. Il se défit de son sac à dos pour fouiller son contenu.

— Je suis justement venu vous faire cadeau de la première version de notre premier album, commença-t-il, mais il sentit son assurance le quitter et son discours se fit moins fluide qu'il ne l'eût souhaité. Il sortit de son sac la cassette en question. Enfin, voilà *Takané*, ajouta-t-il presque gêné.

Une seconde éclaircie passa dans la cuisine à l'odeur citronnée de produits ménagers.

— Oh! Comme c'est merveilleux! s'exclama-t-elle fascinée, puis attendrie. Juh, c'est magnifique. Vous êtes parvenus à créer votre propre musique. Vous en rendez-vous compte? C'est extraordinaire!

Juheur tremblait en voulant lui indiquer de parcourir la jaquette tandis que ses mots censés transmettre l'invitation ne furent que bredouillement. Honteux de sa conduite, il se mit à trembler davantage, et proportionnellement aux pages que la petite femme parcourait avec un délice rare. Puis elle parvint aux remerciements qui se terminaient par une vibrante dédicace à Kmési.

— Oh! C'est si gentil, merci, Juh, dit-elle dans un hoquet ému.

— Tout ne sera plus jamais pareil sans lui, dit Juheur en observant une pause.

— Mon petit Juh, continua-t-elle en lui caressant la joue de sa tendre main. Va, ne t'arrête plus systématiquement à sa mémoire, n'avance pas à reculons en regardant le passé à sa recherche. Va de l'avant, poursuis ton chemin, non pas avec lui comme fardeau, mais bien comme un inspirant vent en poupe. Kmési vit en nous non pas pour nous empoisonner la vie, mais bien pour nous enrichir tous.

Juheur, les lèvres frémissantes, ne parvenait plus à retenir ses larmes. Il tentait d'approuver les dires de Massa à travers ses sanglots. Elle en vint également aux larmes et ils se prirent dans les bras pour braver ensemble leur tristesse.

— Va, mon petit Juh. Poursuis tes rêves et ton œuvre. Ne ruine pas tes pensées à entretenir sa mémoire puisqu'il a regagné l'éther et il coule désormais dans nos veines, irrésistiblement, peu importe que nous pensions à lui ardemment ou que nous l'oubliions à l'occasion. Tes amis ont plus besoin de ton génie que d'un fantôme idolâtré.

— Mais que restera-t-il pour toi ?

— Ne t'inquiète plus pour moi, Juh. Je saurai toujours, à l'écoute de votre musique, que Kmési vogue parmi l'onde, répondit-elle en séchant les pleurs de Juheur puis les siennes.

Il l'embrassa avec révérence puis fit signe de s'en aller, ce que madame Toth l'encouragea à faire également.

Juheur prit congé de Massa dont le sourire d'adieu crevait le cœur dans sa simplicité superficielle et sa gaieté d'apparat. Il se sentit dévasté et eut mal au cœur, non pas d'un mal digestif, mais d'un réel malaise à la poitrine comme si on la lui transperçait. Il ressentit alors un besoin viscéral d'évacuer ses sentiments intenses. Il se précipita sur la première distributrice à bière qu'il trouva et y inséra difficilement une pièce de monnaie d'une main qu'il ne contrôlait plus. Il décapsula la canette et vida son contenu d'un trait. Il en régurgita la moitié avant de s'en acheter une deuxième qu'il vida sur son chemin. Au bout d'un court moment enfin, son cerveau fut sévèrement ramolli par l'ivresse. Il pouvait à nouveau respirer librement.

Il rentra au QG alors que la matinée n'était pas encore achevée. Il ne monta pas à l'étage pour retourner à sa chambre, mais demeura plutôt au rez-de-chaussée où il trouva Barèr à la table du salon affairé comme toujours à une pile de documents. Il s'écroula sur le divan en saluant son gérant qui ne leva pas tout de suite les yeux. Juheur n'avait pas la tête à lui demander sur quoi il travaillait.

Au bout d'un moment à partager ce silence, Barèr reposa son crayon.

— Une grande journée, n'est-ce pas !

— Oui, tu parles ! pouffa Juheur avec une note finale vaporeuse laissant échapper une idée plus profonde que le propos de Barèr sous-entendait de prime abord.

Barèr remarqua la nuance et chercha à le faire parler.

— Je suis allé porter un exemplaire de notre album à Massa, n'eut-il qu'à dire, sans entrer dans les détails que Barèr parvenait à imaginer.

— C'est un beau geste, tu as très bien fait, commença Barèr en prenant une pause pour en signifier l'importance. Tâche maintenant de bien te ressaisir, car la journée est à peine entamée et elle sera longue et fastidieuse. Nous avons tous besoin d'un Juheur en pleine forme ce soir, l'encouragea-t-il d'un sourire amical toujours sur son doux ton de voix comme s'il ne voulait pas réveiller quiconque dans le bâtiment.

Juheur et Barèr continuèrent à discuter un moment avant d'entendre descendre des escaliers la bande de joyeux lurons bruyamment bavarde et fortifiée d'un copieux déjeuner.

— Hé ! Vossa, te voilà donc ! firent-ils en investissant le salon maintenant trop petit pour six.

Juheur se garda de leur mentionner son vibrant épisode matinal. Or, la bonne humeur du groupe qui submergea la pièce ne donna pas l'occasion de déceler la moindre subtilité dans l'état émotionnel de leur ami.

— Quel est donc le plan de la journée, Barèr ? demanda Isoeur en se frappant les mains, prêt à affronter le labeur.

— Nous devons nous rendre au théâtre Pomülü pour quatorze heures, puis la sonorisation se fera jusqu'à dix-sept heures en commençant évidemment par vous, puis Gneul s'Égü, et enfin Thon Yékreuth. Ensuite, nous aurons le temps de souper, puis durant la prestation des premiers groupes, Dèlsha fera une entrevue avec vous qui sera enregistrée sur vidéocassette par Yotal. D'ailleurs, il ne devrait plus tarder pour filmer le déroulement de la journée débutant au QG si je ne me trompe pas. Le spectacle doit commencer à vingt heures trente et votre arrivée sur scène doit se faire aux alentours de vingt-deux heures, pour une bonne heure de Takané à son meilleur !

— Parfait, ça nous donne un peu plus de deux heures pour transporter l'équipement et les décors à Kostèno. Allons, les gars, il faut s'activer ! les stimula Kassepi.

Les quatre amis déjà debout ne perdirent pas une seconde et se rendirent au local pour démanteler leur équipement et l'amener systématiquement au camion garé dans le garage. En se levant enfin pour rejoindre ses amis, Juheur offrit à Barèr un sourire confiant.

— Ce sera une belle journée, mon ami, conclut Juheur enfin regaillardi.

Barèr n'en doutait point.

Juheur rejoignit ses camarades qui œuvraient déjà à démonter la batterie, débrancher les appareils électriques, ranger les instruments et l'équipement dans leurs étuis et valises, caser le tout dans l'ordre. Le groupe en étant déjà à une vingtaine de sorties, ils étaient bien habitués à cette tâche de charrier le matériel de spectacle du local au camion, du camion à une scène, puis de cette dernière à nouveau au camion et enfin du camion à une autre scène ou de retour au local.

Yoà arriva peu après pour entamer une autre journée de mixage pour la seconde épreuve de l'album.

— Salut, les gars ! Je finis tout ça cette fin de semaine. Demain, nous pourrons nous rencontrer pour confirmer le tout et remettre l'épreuve finale à Ènfine. Dommage que je ne puisse pas assister à cette soirée de première. Tâchez de casser la baraque, ce soir !

— Excellent, Yoà, et merci bien ! Yotal filmera le tout pour que tu puisses ne rien manquer, répondit Juheur avant de reprendre sa tâche.

Pour le grand événement, le groupe apportait, en plus de leur équipement habituel, des décors de scène démontables qui leur prirent grand-peine à disposer dans le camion une fois l'essentiel placé. L'épreuve leur valut de bonnes salves de jurons avant qu'ils parviennent non sans un épisode de découragement à reconfigurer en bonne partie l'espace du camion pour accommoder les articles supplémentaires. Sans y parvenir totalement, ils jonglèrent avec l'idée de faire un second déplacement. Il les consternait d'envisager la déception de renoncer à ces éléments qui leur prirent tant d'heures de bricolage. Ils finirent par loger la majorité, dont quelques morceaux qu'ils tinrent sur leurs genoux et ils se résolurent à contrecœur à se passer de quelques accessoires superficiels. Tant pis.

Ainsi vers treize heures trente, dans les temps et comme à l'habitude, Barèr prit le volant pendant que les cinq musiciens s'installaient sur les banquettes arrière.

— Courage, Barèr, j'ai mon examen final dans deux semaines. Nous pourrons ensuite partager le temps à conduire à deux.

— C'est très bien, oui ce sera moins de pression sur mes épaules. Dommage que tes amis n'en font pas autant! dit-il en se moquant des autres.

Juheur s'opposa mollement.

— Bah, nous n'en avons jamais vraiment ressenti le besoin jusqu'à maintenant : les transports en commun nous suffisent largement, déjà que la carte mensuelle coûte assez cher, merci! Un jour, peut-être.

— Ce n'est pas grave. Allons, embrayons, conclut Barèr en activant le mécanisme d'ouverture de la porte de garage.

Roulant à basse vitesse sur la rue Teullu, le camion rejoignit Mavéor *onéguéò* puis tourna à gauche pour descendre le boulevard. Au feu de circulation précédant le pont enjambant la Yattal, Barèr se rangea dans la voie de gauche, coupa le moteur et signala son intention à tourner. Il redémarra son moteur à la vue du feu jaune annonçant le feu vert imminent. Il tourna sur Térètmi *onéguéò*, qui longeait la rivière aux magnifiques reflets rougeâtre et orangé de la végétation tirant sa révérence pour l'hiver à venir. Les hauts immeubles richement ornés et tassés le long de la rive donnaient une certaine noblesse à cette rivière qui perdait souvent son importance au profit du majestueux Sabbéor dans lequel elle se jetait. La différence frappante entre le profond Kadeu et les lotissements riverains de Guimèh[110] impressionnait toujours et amenait immanquablement son lot de commentaires, tantôt révulsés et irrévérencieux, tantôt admiratifs et envieux.

Un peu plus loin, les masses de piétons et l'activité des tramways se firent plus denses à l'approche de la gare Koh-Varfadèl, que le groupe dépassa aussi. Énoeur fut heureux de ne pas s'y rendre pour travailler aujourd'hui. Au bout de quelques minutes à conduire dans tout ce fourmillement humain et automobile sur le boulevard Térètmi, Barèr signala son intention de tourner à droite sur le Nèss

---

[110] Guimèh est l'arrondissement avoisinant Kadeu au nord-est, en aval sur la Yattal

s'on Hamènamèn[111] qui, comme l'indiquait les panneaux routiers, menait à l'hôpital général de l'Empire et vers les arrondissements de Minonü et de Kostèno. L'enjambement était encore trop à l'intérieur des terres pour qu'on puisse apercevoir la pointe formée de la confluence des deux cours d'eau, mais il donnait sur les quais pittoresques d'un port jadis très prospère sur les rives de la Yattal. La population locale s'y réconciliait maintenant que l'afflux envahissant de touristes se retirait progressivement pour la morne saison. Traversant le pont, ils purent admirer la colline de Minonü et son immense calendrier astral avant de s'engouffrer dans les immeubles denses de quartiers millénaires. Le camion se retrouva sur des rues principales de moindre importance que les grands boulevards où enfin le théâtre Pomülü se trouvait non loin d'une intersection populaire. Barèr passa devant le théâtre et les passagers admirèrent la façade classique de l'établissement, comme s'ils se trouvaient dans un autobus de touristes.

Arrivé aux environs du théâtre, Barèr gara le camion dans la ruelle donnant à l'arrière où se trouvait l'entrée des artistes et de l'équipement. Ènfine et Dèlsha, sur place depuis peu pour assurer le bon déroulement de l'événement qu'ils produisaient, les accueillirent chaleureusement malgré une flagrante nervosité mutuelle. C'est que le couple reconnaissait la veine qu'il avait eue de s'entendre avec la direction de cette salle de spectacle qui était d'abord réticente à accueillir cette faune métal, groupes et auditoires confondus. Tout comme le reste du quartier artistique de Kostèno dans lequel se situait le Pomülü, la place était reconnue pour son attitude libérale, mais on y trouvait bien peu de marginaux comme ceux du « mouvement sombre », l'appellation péjorative du métal. MMK eut à engager un service de sécurité supplémentaire pour éviter les débordements et rassurer les propriétaires de l'établissement. De plus, ils eurent à débourser un exorbitant montant de 1500 HDG pour réserver la salle, comme gage d'assurance, pour satisfaire une appréhension maladive. Malgré les 7 HDG que coûtait un billet pour couvrir leurs dépenses et dégager un mince profit, ils souhaitaient fortement que la communauté métal réponde en grand nombre à l'appel.

---

[111] Nèss s'on Hamènamèn : « pont de l'Hôpital »

— Les gars, je vous demanderais de bien vouloir modérer vos transports pour que la journée puisse se dérouler sans anicroche. C'est un pénible test qu'on nous impose ici aujourd'hui. Si vous voulez à nouveau jouer dans un tel endroit, qui est, vous le verrez, magnifique, tâchez de bien vous comporter, s'il vous plaît, les avertit Ènfine.

Juheur tenta de l'apaiser.

— Évidemment, Ènfine, nous ne sommes tout de même pas des bêtes. Les gérants de ce théâtre verront que nous sommes préparés et ordonnés. Présente-nous plutôt ta jolie femme que voici.

À tour de rôle, ils serrèrent la menotte de Dèlsha et rendirent à cette femme toute menue et délicate son sourire mignon. Sa voix était proportionnellement petite et agréablement féminine. Rien d'elle ne semblait issu des sombres sphères. Son apparence ne donnait aucun indice sur ses préférences musicales qui en auraient fait sourciller plus d'un.

— Et ils se surprendront de voir avec quelle créativité et quel dévouement nous habillerons la scène de nos décors, malgré nos maigres moyens, ajouta Honnelli au travers des présentations.

Juheur échangea avec Dèlsha sur ses impressions de leur musique et leur bonheur de se faire interviewer par elle, pendant que Kassepi s'adressa à Ènfine. Lorsque vint le tour de Kassepi de serrer la main de Dèlsha, il l'encouragea en lui remettant une enveloppe d'une épaisseur appréciable et réconfortante.

— Et voici l'argent de la prévente, nous en avons vendu près de quatre-vingts par nous-mêmes !

— Merci bien, Kassepi, la prévente s'est donc bien déroulée avec maintenant près de la moitié de la salle occupée, dit-elle en s'illuminant, témoignage de ses réflexes pécuniaires de survivance.

— Et je m'occupe de contenir l'excitation d'Énoeur, rigola Isoeur, non sans préoccupation, en touchant l'épaule de son bassiste demeuré pourtant silencieux d'admiration en apercevant la salle par la porte entrouverte.

— Voyons les choses du bon côté : nous avons assez d'albums pour les cinq cents personnes qui se présenteront ce soir, dit Barèr, qui continua à s'entretenir avec Ènfine pour régler d'autres besoins, pendant que les cinq musiciens revêtaient leur chapeau de déménageur une fois de plus.

À l'intérieur, ils rencontrèrent l'équipe technique du théâtre, qui les aida à brancher leur équipement alors que le matériel reprenait forme sur la grande scène. L'expérience et l'efficacité de ces techniciens interloquèrent les musiciens amateurs qu'ils étaient après tout. Leur ami et fidèle caméraman Yotal se présenta également à ce moment et se mit à filmer les moments vécus par le groupe. Les gars s'émerveillaient de la richesse des décorations de la salle lorsqu'ils purent prendre une petite pause pendant qu'on installait les microphones sur leur équipement.

— C'est extraordinaire de venir jouer dans une place d'une telle réputation. Ça fait énormément changement des bars miteux où nous avons joué jusqu'à maintenant, fit remarquer Honnelli à Juheur.

— Effectivement, je ne sais pas comment l'ambiance prendra forme sous ces hauts plafonds et riches ornementations, approuva Juheur, qui se réchauffait les doigts à la guitare, déjà prêt à effectuer les tests.

On attendait précisément que l'équipe finisse de régler un léger contretemps à sonoriser la batterie monstre de Kassepi montée sur une basse plateforme qui demandait plus de microphones et de câblage que d'ordinaire. Chacun se préparait à son propre instrument et coopérait humblement aux exigences et requêtes des techniciens de la salle. Pour ceux qui tenaient certains préjugés, leur profil métal contrastait violemment avec leur comportement calme et ouvert. Leurs yeux brillants ne pouvaient nullement contenir cette débilité et cette déchéance qu'on attribuait facilement aux *métalleux* et qu'on véhiculait dans les médias.

Une fois les problèmes techniques réglés, on passa à la sonorisation par la console centrale, où un technicien appela à tour de rôle les musiciens à jouer pour équilibrer les niveaux.

On commença par Énoeur, déjà prêt, qui était effrayé de jouer le premier. Il s'exécuta néanmoins, du jeu le plus modeste, à caresser sa grosse corde ouverte. Déjà, les très basses fréquences produites par son accordage grave causèrent un premier pépin au garçon à la console. Énoeur devint rouge de honte lorsqu'il vit le technicien déboussolé devant ses aiguilles et ses potentiomètres à leur extrême. La scène ronronnait lourdement, ce qui régalait le reste du groupe qui félicitait Énoeur de sa puissance. À l'instant, Énoeur ne pouvait se sentir plus mal à l'aise. Puis, son soulagement vint lorsque les projecteurs se déplacèrent sur ses amis guitaristes.

— Guitariste côté cour, entendirent-ils dans les moniteurs de scène.

Juheur et Isoeur se regardèrent, ignorants et amusés.

— Où se situe le côté cour ? demandèrent-ils, intimidés.

— C'est le côté droit vu de la salle, les informa-t-on d'un ton légèrement agacé.

— Ah ! Donc la gauche de la scène, résumèrent les musiciens qui tentaient de mémoriser ce principe aucunement intuitif.

Isoeur garrocha un riff hautement saturé. On fit une grimace d'incompréhension à la console. Juheur sourit de bonheur, impatient d'essayer à son tour. Isoeur se fit prier de moduler ses boutons de fréquences pour le bien du mixage qui donnait des maux de tête aux techniciens. Isoeur enclencha ensuite ses pédales d'amplification et de réverbération pour simuler un solo. De la scène, on entendit un fort juron de répulsion et Juheur fut ravi de l'effet que produisait l'intensité de leur musique. *Et ce n'est là que la facette sonore de notre prodige*, se dit-il, réjoui. À son tour, il enveloppa la salle de son jeu mordant et syncopé. Sa jouissance et son euphorie s'évaporèrent dès qu'on l'intima de diminuer substantiellement son volume. Le garçon arriva péniblement à équilibrer les deux guitares, puis il invita le claviériste à jouer. Honnelli essaya ses différents sons préconfigurés. À chacun, il pouvait voir la consternation du technicien qui ne sut comment intégrer un tel élément dans le mur dense des autres instruments distorcus. Honnelli plaqua d'abord docilement des accords de section de cordes, puis s'excita à enchaîner des arpèges de piano dès qu'on le lui permit. Vint finalement l'ensemble colossal de percussions qui se tenait fièrement au milieu de la scène. Deux grosses caisses, trop de tambours, trop de cymbales : il fallut près d'une heure pour équilibrer la batterie complète avec la collaboration obéissante de Kassepi.

Les tests continuèrent jusqu'au moment où l'équipe technique fut, après de pénibles efforts, satisfaite. Le processus intimida forcément les musiciens qui vivaient leur première véritable sonorisation. En guise de finale, on accorda au groupe la possibilité de jouer un morceau pour leur propre exigence sonore sur scène. Munis de leur système sans-fil, Juheur, Isoeur et Énoeur se promenèrent sur les planches du théâtre en jouant un extrait de *Takané* feintant d'analyser ce qui sortait des haut-parleurs mis à leur disposition. Une fois la sonorisation terminée, ils remercièrent l'équipe technique sans demander le moindre ajustement et rangèrent leur instrument pour les amener dans la loge qu'on leur avait attribuée. Les membres de Gneul s'Égü emboîtèrent le pas rapidement, puisqu'on était légèrement en retard sur l'horaire.

Les gars s'émerveillèrent à la vue de la porte où une affiche à l'effigie de Takané avait été collée. Ils investirent la loge confortable avec de multiples éloges.

— Dites, les gars, le son était-il si bon sur la scène? demanda Kassepi.

Ils partagèrent tous un air embarrassé. Honnelli cherchait à cacher quelque chose.

— Bah...

— C'était correct... répondit vaguement Isoeur.

Juheur se réserva une hypothèse.

— Il faudra voir avec un public dans la salle, le son changera du tout au tout.

— Sincèrement, il me semble que non, mais je n'ai pas osé leur demander quoi que ce soit, avoua finalement Énoeur.

Ils partirent tous à rire, ayant l'effet bénéfique d'évacuer cette pression passée. Ils réglèrent leurs affaires personnelles et retournèrent dans la salle pour assister aux tests des autres groupes. Ils s'assirent sur le plancher.

— Je ne suis pas un admirateur de la musique de Gneul s'Égü, chuchota Juheur à l'oreille de Kassepi.

Ils applaudirent tous gentiment lorsque le groupe termina un morceau.

— Non, moi non plus. Elle n'a rien d'inspirant, observa Kassepi.

— Ça ne lève pas vraiment, analysait Honnelli.

— Celle de Thon Yékreuth est encore pire selon moi, fit une grimace Énoeur en voyant les individus désagréables prendre possession de la scène.

— Ils portent bien leur nom. Au moins, les gars de Gneul s'Égü sont très sympathiques, termina Isoeur.

Ils s'arrêtèrent là pour écouter un moment ces affreux personnages. Au bout d'un moment, Juheur regarda sa montre et invita ses amis à se remuer un peu.

— Je ne sais pas pour vous, mais j'ai une faim de loup. Allons manger un morceau. Il est passé dix-sept heures.

Les quatre autres ne se firent pas supplier et bondirent sur pieds d'un coup.

Le groupe sortit de la salle pour prendre l'air et dans le but d'engloutir un souper réconfortant. Yotal les suivit partout pour ne pas rater la moindre anecdote, la moindre sottise qui germerait à tout moment de leurs esprits surexcités. Dehors à l'entrée du théâtre, ils assistèrent à un phénomène encore rare lors de leurs spectacles. Une file de bientôt des centaines de *métalleux* se massait dans l'attente de l'ouverture des portes. Reconnaissant des amis, quelques membres de leur famille et d'autres habitués du Spectre de l'ombre, ils prirent le temps d'un enivrant petit bain de foule avant de se diriger vers les restaurants du coin. Les longues queues d'attente étaient monnaie courante à Kostèno et la faune locale n'en était généralement plus piquée de curiosité, mais cette fois, jamais elle n'avait vu une foule de jeunes personnes vêtues de noir et portant les cheveux longs. Les passants levaient la tête pour apprendre ce qui se produisait au théâtre Pomülü.

Ce soir, MMK présentait le lancement d'album de Takané.

Les gars continuèrent à déambuler dans les rues commerçantes de Kostèno où plusieurs salles de spectacles et autres établissements artistiques avaient pignon sur rue. Ils s'arrêtèrent à un casse-croûte bon marché. Leur bonne humeur bruyante pouvait certainement agacer la clientèle, mais Takané n'en avait cure, refermé sur son monde intime et gardé. Les gens autour ne savaient décoder leurs allusions de toute façon. Leurs histoires aussi drôles que vulgaires que parfois songées les galvanisaient, et tout cela se faisait souvent au détriment de la quiétude environnante, mais le quartier était habitué aux originaux et ce calme environnant en était probablement un d'indifférence coutumière. Tout au plus, ils réussirent à soutirer un sourire intimidé de la caissière, mais sinon, leur pétillement fébrile très communicatif ne trouva ici aucune résonance et, pour l'instant, leur bouillonnement s'amplifia entre eux seuls.

Ils engloutirent leur repas, mais une seule part de leur appétit fut comblée. Bien que leur faim et leur soif fussent rassasiées, le désir (cliché, certes) de brûler les planches du théâtre les rongeait tous de l'intérieur. Dans leur estomac, des papillons pataugeaient dans la bouffe fraîchement ingurgitée. L'image les fit tous grimacer d'un répugnant amusement et c'est sur cet accent viscéral, littéralement, qu'ils sortirent hanter les environs.

La promenade du retour aida à mettre de l'ordre dans leur ventre qui présentait un état précaire. La nuit était déjà bien installée lorsqu'ils atteignirent le théâtre et, à leur grand bonheur, la file d'attente s'allongeait encore. Faisant une estimation rapide, ils étaient au moins certains que la salle serait bien remplie. Ils passèrent et contournèrent les bâtiments pour passer par l'entrée des artistes où Barèr, Ènfine et Dèlsha semblaient enfin en pause.

— Avez-vous vu la queue à l'avant? demanda Énoeur tout excité.

— Oui, il devait y avoir près de deux cents personnes lorsque je suis allé voir tantôt, répondit Ènfine.

— Non, non, il doit y avoir plus de quatre cents personnes déjà! lança Honnelli, lui-même surpris du succès.

Ènfine et Dèlsha se réjouirent, eux qui savaient avoir désormais atteint le point mort financier de leur événement.

— Si c'est exact, alors il ne reste plus qu'à vous d'assurer sur scène pour compléter cette journée jusqu'ici couronnée de succès. Espérons seulement qu'il n'y aura pas d'éléments fâcheux et encore moins que la foule y réagisse avec laideur, dit Barèr qui semblait pourtant confiant.

— Bon, les portes ouvriront bientôt. Je me rends au kiosque de vente de MMK. Barèr, rejoins-moi lorsque tu en auras fini avec tes gars, s'il te plaît.

Ènfine et Dèlsha se dirigèrent à l'avant de la salle pendant que le groupe se recueillait dans la loge.

— Vous n'êtes pas trop stressés, j'espère? leur demanda Barèr, qui lui-même semblait l'être tout à coup.

— Non, pas le moins du monde. Ce n'est qu'un spectacle comme les autres, les chansons sont les mêmes, les enchaînements sont les mêmes. Nous avons répété des dizaines de fois. Nous nous concentrons sur ce que nous pouvons contrôler, voilà tout, répondit Juheur qui voulut couper court ce sujet pour éviter d'alimenter des craintes non fondées parmi ses camarades.

Barèr finit par les laisser tandis que les membres de Gneul s'Égü se mêlèrent à Takané retourné en retrait de la scène. Les blagues jaillirent en des réactions surjouées qui trahissaient la nervosité de certains musiciens. Chacun vivait ce prélude à sa façon. Les affreux se campaient dans une attitude condescendante, comme s'ils étaient au-dessus de tout ça. Les moins fortement constitués s'agrippaient tant bien que mal à ceux qui avaient un moral plus difficilement ébranlable. À vrai dire, les membres de Gneul s'Égü n'en étaient qu'à leur troisième prestation publique et cela paraissait dans leur assurance chancelante. À leur côté, Takané faisait figure de vétéran avec une vingtaine de spectacles dans le corps, sans compter les innombrables prestations dans les bars de la capitale. Or, ils avaient malgré tout un dénominateur commun, mis à part leur allégeance métal : aucun n'avait joué à ce jour devant des centaines de personnes et cela parut lorsqu'ils entendirent tous les bruits et les voix s'élever au-devant de la salle.

Les portes ouvraient.

Les treize musiciens des trois formations réunies accoururent près des rideaux pour observer l'arrivée des premières troupes métal venues se masser au pied de la scène. Le brouhaha emplit la salle qui était demeurée dans un silence de mort depuis la fin des tests de son. L'air frais et dormant fut subitement brassé et grimpa en température progressivement, de manière constante. L'endroit devint rapidement très vivant, bruyant et chaleureux.

Cette vision les impressionna tous vivement. Les gens continuaient à affluer, puis cette vue devint répétitive et monotone. Les gars préférèrent retourner dans le confort de leur loge.

— Hé, les affreux, bonne chance ! Ça sera bientôt à vous de jouer. Réchauffez-nous bien la salle !

— Nous allons détruire ! répondirent-ils avec leur confiance mal placée.

Isoeur ferma la porte derrière lui.

— *Heudandeurk !* Ces pauvres-là vont se faire bouffer tout cru. Ils ne sont vraiment pas prêts à affronter un tel auditoire ! les plaignit-il, mi-amusé, mi-compatissant.

— Dites, avons-nous un plan pour la fin de soirée ? demanda Honnelli, qui cherchait à tuer le temps et détendre l'atmosphère.

— Ouais ! Nous avons tout l'équipement à rapporter au QG ! railla Kassepi, accompagné d'un sourire excessif de pure moquerie vu l'évidence de la chose.

— Quelle joie ! ironisa Énoeur. Sans blague, nous n'avons qu'à inviter des amis à l'appartement.

— Des ami-*e*-s, tu veux dire, précisa Juheur.

— Avis aux intéressés : Anyériss est ici ce soir, accompagnée d'une amie, annonça Isoeur.

L'ambiance festive gagnait leur lieu clos et intime.

— Parfait, je prends Anyériss ! plaisanta Honnelli pour taquiner Isoeur.

— Non ! Je voulais dire... Ah ! que vous êtes stupides ! s'exclama Isoeur en abandonnant, mais tout aussi amusé.

Ils étaient mûrs pour une bonne plaisanterie et ils étaient experts pour s'égayer mutuellement.

— Alors donc, si Isoeur ne se sent pas assez généreux ce soir pour partager, nous devrons prendre chacun notre tour pour son amie, dit un Honnelli vulgaire.

— Bah, depuis le temps que nous nous connaissons, ça ne me dérange pas vraiment de partager s'il y en a un qui ne peut plus se retenir ! poursuivit Juheur qui participait à faire descendre encore plus vertigineusement le niveau de la conversation.

Tous rirent aux éclats de cette fantaisie qu'ils savaient tous invraisemblables et sachant qu'ils avaient tous pour les filles une estime bien plus haute. C'était leur moyen de dissimuler leur faiblesse et leur manque de confiance face à elles en général. Plus le discours était vulgaire, plus ils s'enorgueillissaient de leur dominance en façade et plus ils s'éloignaient de leur douce aspiration en leur for intérieur.

— Faites un effort, les gars. Sérieusement, vous seriez tristes à voir d'avoir à partager une seule fille à quatre, tenta Isoeur de relever un peu la conversation, qui n'avait toujours ni classe ni distinction.

Juheur reprit un peu de sérieux.

— Non, mais sincèrement, les derniers mois ont été si ardus que je ne vois pas comment j'aurais pu prendre le temps et l'énergie de courtiser la moindre fille.

— Juh ! Es-tu en train de nous dire que tu n'as pas baisé depuis le début de l'enregistrement ? Pas même avec ?... demanda Isoeur, perplexe, en se retenant tout juste de nommer Lèbbé.

— Bah, ça fait plus longtemps que ça à vrai dire, avoua-t-il.

— Il n'est pas le seul, nous travaillons en tout temps, ajouta Kassepi, qui était dans la même situation. Lorsque nous ne sommes pas à notre emploi, nous sommes soit en pratique personnelle, soit en répétition de groupe, soit en train d'écrire de la musique, enregistrer de la musique, bricoler les décors, travailler sur les détails de l'album et ceux du spectacle de lancement, et avant ça nous avions en plus les spectacles au Spectre et chez Firèr. Il ne reste plus beaucoup de temps libre pour amorcer des actions en ce sens, non ?

Dans les faits, même la fête pour Kassepi au mois d'août ne se termina aucunement en orgie comme ils l'eussent tous espéré et seul Isoeur avait eu de quelconques relations sexuelles dans les trois ou quatre derniers mois. Juheur, Énoeur, Kassepi et Honnelli, eux n'avaient pas trouvé l'occasion, l'énergie ou le courage de mener la moindre démarche auprès d'une fille. Même Lèbbé, la copine éphémère de Juheur, finit par se caser avec un universitaire au printemps et les épisodes de l'été n'avaient rien conclu de nouveau entre eux deux. Énoeur pouvait avoir quelques épisodes glorieux, mais ceux-ci étaient rares et passagers. Kassepi ne confiait aucun détail de sa vie intime, mais ses amis savaient qu'il ne côtoyait personne. Honnelli s'efforçait de rester romantique et fidèle à Énovia, quoiqu'il lui arrivât de gaffer à de rares occasions, mais sa dernière maladresse remontait peut-être au printemps.

— Sans vouloir t'offenser, Kavèlli, dit Honnelli, plus calme, tu as eu la chance de te lier à Anyériss avant d'entrer dans le rythme frénétique de l'été. Je crois que c'est plus facile d'entretenir une relation que de partir de zéro, observa-t-il.

— Comme c'est triste, mes amis... Ce soir, il faut éviter à tout prix une autre nuit d'isolement ! Enfin, nous sommes libérés d'un très gros morceau de labeur maintenant, voulut les encourager Isoeur.

Pour une raison qui leur échappait, cette question semblait d'une importance incontestable, bien qu'après ces derniers mois d'abstinence, ils observassent une vie alternative soutenable et enrichissante. Il n'en demeura pas moins que ce soir-là, ils étaient tous bien convaincus que cette disette devait prendre fin, ne serait-ce que pour conserver une étiquette de normalité sur la projection paranoïaque du regard d'autrui. C'était dans leur fantasme la conclusion logique de cette journée exceptionnelle.

— Tu as bien raison, Izi. Ce soir, après notre lancement, qu'on dira inoubliable, nous festoierons avec abondance de bouffe, de bière et de filles ! proclama Juheur, qui fut acclamé par ses acolytes.

À l'entrée du théâtre, les portiers dénombrèrent les cinq cents billets de clients que la salle pouvait contenir alors que, dehors, il restait encore plusieurs dizaines de personnes sans billet ayant couru le risque de se présenter directement à la porte dans l'espoir d'assister au spectacle. Sur ce plan, c'était un vif succès, et Ènfine et Dèlsha s'en réjouirent beaucoup.

Très serré dans l'horaire, on ferma les portes et Ènfine se pressa de le signaler à Thon Yékreuth qui partageait une loge avec les membres de Gneul s'Égü qui purent se délivrer de leur présence devenue même détestable.

Sans attendre davantage, on plongea la salle dans le noir et le groupe amorça leur programme. Ni l'un ni l'autre des groupes de musique n'allèrent les observer. Les musiciens de Takané profitèrent de ce moment pour se changer et se préparer pour ensuite accueillir Dèlsha et Yotal qui firent une courte entrevue sur le parcours du groupe et leurs influences. Le tout était dépourvu de sérieux. Chaque réponse était agrémentée de multiples blagues et l'on ne se gênait pas pour couper la parole pour y glisser une autre pitrerie. Dèlsha en était charmée et Yotal, la caméra à l'épaule, peinait à conserver un cadrage fixe sous ses convulsions. Une fois l'amusant exercice terminé, ils pouvaient entendre de leur loge que les quatre affreux étaient souvent désynchronisés et à quel point ça sonnait faux. À entendre la foule, le spectacle visuel ne semblait guère sauver l'issue de leur prestation. Les applaudissements entre les chansons demeurèrent modérés et l'auditoire devait probablement avoir hâte d'assister à un meilleur spectacle.

Le second groupe de la soirée répondit à ce manquement. Bien que la musique de Gneul s'Égü ne plût pas vraiment aux membres de Takané, le groupe avait une facilité sur scène qui trouvait réponse dans la foule, réceptive à leur musique brute. Juheur, Isoeur, Énoeur, Kassepi et Honnelli la qualifiaient de primaire et se fascinaient à tenter de comprendre pourquoi les adolescents étaient à ce point portés vers cette musique mince et fade à leurs oreilles. Les cinq jeunes ne pouvaient s'empêcher de ressentir une jalousie face à leur succès aisé alors qu'eux avaient la profonde conviction, même une certitude comparative qu'Ènfine pouvait affirmer, que la musique de Takané, leur propre musique, était le fruit d'un effort cérébral de composition et de peaufinage bien plus considérable.

— Il n'y a pas à dire : le chanteur possède un véritable charisme. L'avez-vous vu prendre ce bain de foule ? avoua Honnelli.

— Ils sont très droits aussi, ajouta Kassepi.

— Ils s'habillent n'importe comment, par contre, remarqua Énoeur.

Bien que le style vestimentaire de Takané soit aussi *thrash*, il avait du moins de son propre jugement une cohérence et déjà une recherche artistique. Juheur voulut couper court à une certaine envie.

— Ne vous en faites pas, notre musique est bien meilleure et les gens sont venus pour nous. Nous allons les éclater sans problème.

— Et avec nos décors, notre accoutrement, notre musique supérieure, nous présenterons un produit bien plus achevé que la foule saura reconnaître, continua Isoeur.

— Une batterie, une basse et une seule guitare, c'est plus facile à coordonner que deux guitares et un clavier en plus, dit Honnelli, pour les rabaisser.

Juheur conclut la discussion pour de bon.

— Arrêtez, les gars ! Nous n'en avons rien à faire de leur prestation. Tant mieux pour eux s'ils ont du succès et tant mieux pour nous s'ils réussissent à réchauffer la foule. Allez, retournez à la loge, ça sera à nous plus vite que nous le pensons.

Ils obéirent en changeant subitement de sujet comme si ce n'avait été qu'une soupape d'échappement qui s'était ouverte pour évacuer un surplus de nervosité, tel un jet de vapeur saturée.

Sur la scène, le chanteur de Gneul s'Égü annonça leur dernière chanson pour la soirée avant de céder la place au groupe principal, Takané. Il y eut un regain d'applaudissements à cette annonce. Juheur, qui contemplait la scène de derrière le rideau, rejoignit ses camarades dans la loge. C'était plutôt silencieux de ce côté-ci du théâtre alors que s'exécutait une violente musique brute en toile de fond. Les cinq musiciens tentaient toujours de gérer sans grande expérience la fébrilité qui les assaillait. C'était ni plus ni moins leur plus important spectacle à ce jour et le stress les gagnait visiblement. Chacun s'efforçait de garder son sang-froid, refermé sur soi-même dans leur propre bulle, lors de ces dernières minutes fatidiques où la tension rampait subrepticement le long de leur échine. En pivotant bêtement et anxieusement sur sa chaise à roulettes, Juheur croisa le regard d'Isoeur. Ils partagèrent un sourire complice.

— Hé, Izi, te rappelles-tu notre première année du secondaire ? Lorsque nous parcourions Kadeu à la recherche de disques métal, que nous avons déniché le Rock Ohlvou et qu'à l'été 1023, nous nous sommes procuré nos premières guitares électriques chez Kappèlla pour commencer notre duo. *Onéondeurk!* Nous en avons fait du chemin depuis ce temps!

Isoeur s'en rappelait très bien et ses yeux clairs miroitaient ce souvenir avec toute leur brillance. Il en profita pour compléter le discours de Juheur.

— Et ce n'est que le début, mon ami. Regarde-nous, aujourd'hui : Barèr est devenu notre précieux allié; nous possédons deux maquettes et désormais un premier album complet; notre musique est distribuée par une petite, mais travaillante et diligente maison de disques; nous avons un QG pour y jouer, pour y travailler, pour y enregistrer et pour y vivre! Et surtout, nous sommes forts d'un solide regroupement, dit-il en rassemblant de ses bras ouverts leurs trois autres amis qu'il voulut inclure à son discours. Regarde-nous ce soir, nous lançons notre album devant une foule record de cinq cents *métalleux*. C'est du jamais vu à Kapousha!

À ce discours de son ami fidèle avec qui il renouait enfin pleinement, le sourire de Juheur s'épanouit et illumina son visage; c'est tout ce qu'il fallut pour embraser le cœur de ses camarades et chasser leur peur. Il se leva et les autres se rassemblèrent autour de lui, se serrant en un intime caucus d'un amour fraternel.

— Mes amis, ce soir, nous inaugurons une nouvelle ère du métal et nous ferons vibrer la cité pour affirmer avec force au monde entier que Kapousha est enfin une ville métal des plus vivantes. Ce soir, allons prouver que Takané en est le groupe principal qui mène et inspire cette nouvelle vague émergente! Ce soir, donnons tout ce que nous avons et amusons-nous! *Kahnnà tikè!*

Sentant tous arriver au paroxysme de la passion de l'allocution de leur meneur, surélevé par l'hymne poignant d'introduction qui commença à jouer dans la salle, ils unirent leur poing au centre du cercle et tous ensemble, avec conviction et ferveur, ils crièrent :

— TAKANÉ!

ANNEXES

GLOSSAIRE

Vocabulaire kapien

Bégotè................ construction
Bèl..................... source
Buhn.................. nuit
Chah'................. allo
Dafine .... palais
Dallèn................ couronne
Dhass................. cœur
Dihn .... guerre
Dün.................... rue
Ègü.................... soi
Égü.................... cochon
Fèllor................. miroir
Garmà................ dragon
Gneul................. sang
Gnir .... gris
Gô .... jour
Guèl................... mort
Hamènamèn ..... hôpital
Himé.................. grand
Huynur .... armée
Kahnyà .... courage
Kap .... mont
Kil .... étoile
Lannya............... lune
Lohm .... fin
Lyun .... enfant
Mèl.................... dieu
Mèlthè .... ange

Mirò................... lieu central
Mojrei................ enregistrer
Mox.................... lumière
Mullior.............. musique
Najy................... salut
Narouha............. aréna
Nèppé .... forêt
Nèss .... pont
Nikeulé.............. aéroport
Ohlvou .... paradis
Onéguéò............ boulevard
Orrayò............... empire
Orrayeur............ empereur
Oud.................... val
Oudan .... vallon
Ourumé.............. moteur
Pannyé .... média
Passèl................ tourelle, minaret, clocher
Rakkè................. ombre
Sab .... eau
Shôda................. merci
Soud................... fond
Suvial .... éveil, retour à la conscience
Takà................... tonnerre
Tcha................... soleil
Ténéguéò........... autoroute

362

Thôm	ami		*Douhlèn*	avril
Thünèl	banque		*Thilèn*	mai
Tikèyà	persévérance		*Hèylèn*	juin
Unlyabèka	université		*Pahlèn*	juillet
Vollur	province		*Kihlèn*	août
Vovéllyà	prévoyance		*Haplèn*	septembre
Yaèt	jouer		*Nouhlèn*	octobre
Yékreu	affreux		*Sèhlèn*	novembre
Yib	sur		*Dzorèlèn*	décembre
Xia	mer			
Xièh	tout		*Gônéy*	lundi
Xin	vert		*Gôpèr*	mardi
			Gôtak	mercredi
Yat	un		*Gômôx*	jeudi
Thi	deux		*Gôyag*	vendredi
Douh	trois		*Gôlann*	samedi
Hèy	quatre		*Gôsha*	dimanche

Thôm .... ami
Thünèl .... banque
Tikèyà .... persévérance
Unlyabèka .... université
Vollur .... province
Vovéllyà .... prévoyance
Yaèt .... jouer
Yékreu .... affreux
Yib .... sur
Xia .... mer
Xièh .... tout
Xin .... vert

Yat .... un
Thi .... deux
Douh .... trois
Hèy .... quatre
Pah .... cinq
Kign .... six
Hap .... sept
Nouh .... huit
Sèh .... neuf
Xor .... dix
Thor .... cent
Myul .... mille

Koh .... nord
Ohf .... est
Düh .... sud
Èhl .... ouest

Suvélora .... printemps
Oré .... été
Résu .... automne
Nésuvé .... hiver

Varfalèn .... janvier
Sèflèn .... février
Yatlèn .... mars

Douhlèn .... avril
Thilèn .... mai
Hèylèn .... juin
Pahlèn .... juillet
Kihlèn .... août
Haplèn .... septembre
Nouhlèn .... octobre
Sèhlèn .... novembre
Dzorèlèn .... décembre

Gônéy .... lundi
Gôpèr .... mardi
Gôtak .... mercredi
Gômôx .... jeudi
Gôyag .... vendredi
Gôlann .... samedi
Gôsha .... dimanche

DOSSIER

Mois

L'année, rythmée par le cycle de la lune, est divisée en douze mois.

Varfalèn, « la lune de Varfa » est le premier mois de l'année. Nommé en l'honneur du premier empereur Varfadèl (1 — 9), ce mois succédant à celui du solstice d'hiver est devenu le premier de l'année avec la libération de Kapousha en l'an 1.

Sèflèn, « la lune de Sèf », est le deuxième mois de l'année. Nommé en l'honneur du second empereur Sèffidor (9 — 30).

Yatlèn, « première lune », est le mois de l'équinoxe du printemps qui était le premier mois de l'année avant la création de l'empire. Il est désormais le troisième mois de l'année.

Douhlèn, « deuxième lune », le quatrième mois de l'année et celui qui succède l'équinoxe du printemps.

Thilèn, « troisième lune », le cinquième mois de l'année et celui qui précède le solstice d'été.

Hèylèn, « quatrième lune », le mois du solstice d'été et le sixième de l'année.

Pahlèn, « cinquième lune », le septième mois de l'année.

Kihlèn, « sixième lune », le huitième mois de l'année et celui qui précède l'équinoxe d'automne.

Haplèn, « septième lune », le neuvième mois de l'année et celui de l'équinoxe d'automne.

Nouhlèn, « huitième lune », le dixième mois de l'année.

Sèhlèn, « neuvième lune », le onzième mois de l'année et celui qui précède le solstice d'hiver.

Dzorèlèn, « dixième lune », le douzième mois de l'année et celui du solstice d'hiver.

La semaine est divisée en sept jours (*gô*), nommés d'après les sept corps célestes les plus brillants.

Gônéy, « le jour de Néyor », nommé d'après la planète rouge.

Gôpèr, « le jour de Pèrror », la planète véloce.

Gôtak, « le jour de Takà », la planète du dieu de la foudre.

Gômôx, « le jour de Moxédyè », la planète de la déesse de la lumière.

Gôyag, « le jour de Yagà », la planète du dieu du temps.

Gôlann, « le jour de Lannya », la lune.

Gôsha, « le jour de Tcha », le soleil.

L'univers kapien

16 ans

Âge de la majorité en Kapie. À cet âge, un individu obtient le statut légal pour participer au forum, acheter de l'alcool et des drogues ou entamer des cours de conduite.

Abélines

Les Abélines sont une chaîne de vieilles montagnes verdoyantes qui longent la mer scérienne, débutant à l'ouest à Hédridzia et terminant à l'est à Kapousha. Le mont Avèlbièro en est considéré comme le dernier sommet important. Les Abélines dépassent rarement les mille mètres d'altitude.

Bèlékal

Mégapole de la côte ouest de la Kapie. Principal port de l'empire, deuxième centre économique derrière Kapousha. Capitale provinciale du Battlà sud.

Bréna

Mets originaire du Dalan (extrême sud de la Kapie). C'est un roulé fait d'une pâte relativement épaisse rappelant le pain pita dans lequel sont introduits des légumes frais et une viande rôtie mélangés à une sauce particulièrement épicée.

Chochi, Kiyopine

L'un des plus éminents compositeurs de la période romantique du huitième siècle. Originaire de Forêt-Grise, son œuvre est l'une des plus reconnues et des plus respectées à ce jour. Il a repoussé de grande façon les harmonies et les techniques pianistiques.

Dzin-Oudanth

Les « Verts-Vallons », ville située à environ mille kilomètres à l'est de Kapousha. Capitale de la province du même nom.

Èspakie (ou Spakie)

Pays qui borde l'est de la Kapie. l'Èspakie fut longtemps une théocratie qui s'opposait à l'expansion de la Kapie. À la fin du troisième siècle, l'Èspakie s'allie à la Scérie pour envahir la Kapie. À l'époque du récit de Takané (1020—1050), l'empire kapien a significativement repoussé ses frontières et ces deux États sont des alliés de la Kapie.

Forums

Place et bâtiment où les affaires publiques (*res publicae*) se tiennent. Les premiers forums remontent au tout début de la fondation de l'empire sous Mavéor et ils forment un symbole fort de la gouvernance et de la Kapie. Chaque quartier possède son forum. C'est le lieu de rassemblement de la vibrante démocratie participative (mais non élective) kapienne. Il s'y tient quotidiennement des assemblées populaires, dont la grande assemblée du dimanche qui est traditionnellement la plus courue. On les reconnaît à leur dôme circulaire, mais surtout à leur tourelle (comme à mi-chemin entre un clocher et un minaret).

Garmà

Le *garmà* est un petit reptile à fines écailles de la taille du lézard dont les membres antérieurs sont dotés d'ailes qui rappellent celles de la chauve-souris. Le dragon apparaît sur l'emblème de la Kapie, entre les montagnes et le disque solaire.

Gnir-Nèppé

Forêt-Grise. Petit État souverain enclavé dans le sud de la Kapie et situé plus précisément sur un haut plateau au cœur des Pics blancs, là où le fleuve Sabbéor prend sa source. Cette région porte une importante dimension mythique dans la culture kapienne.

Guimèh

Guimèh est l'arrondissement avoisinant Kadeu au nord-est, en aval sur la Yattal. Les quartiers intérieurs de Guimèh ne sont pas différents de ceux de Kadeu, mais là où le boulevard Mavéor traverse la rivière, on arrive près de la délimitation des deux arrondissements et dans la culture locale, la rive nord (et ses riches appartements riverains le long du boulevard Térètmi) est associée à Guimèh.

HDG (*Himèth Dallènth Ganèn*)

Les HDG sont la monnaie au cours légal en Kapie. De façon générale, on dit *hidaga* pour les prix affichés et payés, *dallènth* pour parler de la monnaie, ou encore *dall* pour toute autre fonction utilisée dans la langue familière. Le salaire minimum est de 3 HDG par heure en 1028 et les chiffres de dix heures sont répandus, surtout dans les emplois demandant peu ou pas de scolarité.

Hédridzia

Capitale provinciale située à la pointe extrême nord de la côte ouest de la Kapie. La prononciation *dz* est en fait la lettre *x* en kapien, sauf en fin de mot, où elle devient un *ks* ou un *gz* selon les accents régionaux, comme *mox*, « lumière ». Un simple caprice de langue.

Honnadèté

La « grande boucle » est une ligne de métro située sur la rive ouest de Kapousha, qui dessert de nombreux quartiers d'importance et qui connecte plusieurs autres lignes. Elle constitue une boucle non circulaire qui épouse la géographie de la cité.

Hug, Gall

Un des deux frères fondateurs de la compagnie de locomotion

ferroviaire Hug Urudèn. Léù et Gall développèrent la locomotive à vapeur à partir des machines à vapeur utilisées jusqu'ici dans les mines et industries. Ils furent les premiers à appliquer cette technologie à un mode de locomotion.

Jubie
Pays qui borde entièrement le sud de la Kapie. La frontière et les relations diplomatiques difficiles demeurent une source de tension récurrente entre les deux États.

Kadeu
Arrondissement populaire au cœur de Kapousha, qui s'étale au pied du plateau de Nameulédò jusqu'à la rive gauche de la Yattal. Fèttoyah, Gueudeu, Limoyèh sont des quartiers de Kadeu.

Kappior Orrayò (ou Kapie)
L'empire kapien, fondé par Mavéor et Sabbékal en 129, couvre à l'époque du récit de Takané (1020—1050) un territoire vaste de plus de 8 000 000 km². Le cœur de la Kapie s'étend le long du fleuve Sabbéor et de ses affluents et se poursuit le long des Abélines jusqu'à Hédridzia au nord-ouest.

L'empire, gouverné par l'empereur choisi par concours, constitue une fédération de provinces, gouvernées par les princes — tous issus de la SDB (*Soskèt Désyil sé Blohdyò*), l'École spéciale du pouvoir. Bien que l'empire kapien ne possède pas d'élection législative, il est un précurseur des principes du libéralisme et de l'État de droit, et il demeure à l'époque du récit de Takané la figure de proue de la démocratie restreinte (des comptes rendus robustes des droits fondamentaux des citoyens, d'une cour indépendante de justice pour faire valoir ces droits, et de médias libres pour les surveiller) et participative (les forums, le civisme, les quatre écoles de laboratoires d'idées). L'empire kapien est analogue à un projet ou à une entreprise transparente où le chargé de projet ou les dirigeants supportent avec rigueur et humilité le *fardeau du pouvoir* (le mot *blohdyò* « pouvoir » en kapien a la même racine que *poids*).

En 1030, l'empire kapien possède la plus grande économie de la planète et l'armée la plus puissante, avec ses alliés, qui régule le commerce international.

La Kapie possède certaines caractéristiques législatives rarissimes au sein des nations du monde : elle est la seule à avoir légalisé la production, la distribution et la consommation de toute drogue (incluant celles récréatives); elle est profondément séculière et elle interdit les organisations dogmatiques (indépendance spirituelle); elle opère un contrôle serré des armes (incluant celles à feu); elle possède des lois d'identité individuelle et d'unions ouvertes; elle possède une loi d'urbanisation et un système de taxes foncières qui incite fortement la planification et la densification des villes; et bien que la dernière exécution remonte au début du dixième siècle, l'empereur détient toujours le droit de vie ou de mort sur ses sujets et les tribunaux sentencient encore des humiliations publiques pour les offenses graves aux lois, quoiqu'elles se fassent plutôt rares au onzième siècle. Les principales taxes prélevées par les différents niveaux de gouvernance sont les impôts sur le revenu personnel, les taxes sur la pollution (eau, air, sol), les taxes de produits et services et les taxes foncières.

Le climat de la Kapie varie beaucoup selon les régions. Des collines élevées des Dzin-Oudanth au nord-est aux jungles tropicales de Magueumadir au sud-ouest, du littoral humide et tempéré d'Hédridzia au nord-ouest au désert sec et aride de Dan-Nalan au sud-est. La Kapie connaît un hiver enneigé sur le premier tiers septentrional ainsi que sur les hauteurs des Pics Blancs tout au sud, dont la fonte au printemps gonfle le fleuve Sabbéor.

L'étendard de l'empire kapien est formé de trois symboles : la montagne à deux sommets à la pointe, du dragon prenant son envol en centre et du disque solaire au chef, le tout sur fond de bleu profond, impérial.

Kapousha (Kap-ou$_d$-sha)

Capitale de l'empire kapien dont l'étymologie indique le « val des monts dorés par le soleil ». Le mot est formé de trois syllabes : *kap* (mont); *oud* (vallée), dont la finale dure −*d* persiste dans la prononciation contemporaine; et la syllabe adoucie *sha*, dont l'origine remonte à *Tcha* (soleil).

À la latitude 46°54' N, Kapousha est sise à l'embouchure du fleuve Sabbéor se jetant dans la grande baie de Kapousha et la mer scérienne. La chaîne des Abèlines au nord-ouest se termine en des vallons coupés par le puissant fleuve qui achève sa course dans ce « val des monts dorés » (en raison de la terre rougeâtre qui les recouvre) avant de rejoindre la mer. La région est parsemée de ces monts plus ou moins importants qui lui donnent du relief (mont Pigale, mont Ganò, mont Kapafdzia, butte de Minonü, colline impériale). Le plus important est nécessairement le mont Avèlbièrro qui domine la région de ses 413 m. La cité est orientée dans l'axe nord-sud qu'impose le fleuve Sabbéor à la hauteur de l'imposante île d'Onéò. À l'ouest, elle est traversée par la rivière Yattal qui se jette dans le Sabbéor et forme la pointe de Minonü, puis circonscrite par le mont Pigale et le mont Avèlbièrro. À l'est, l'expansion de la ville se limite à une bande urbanisée de quelques kilomètres de large le long de la rive droite.

La région est habitée depuis au moins 30 000 ans par des groupes proto-scériens. Quelques millénaires avant l'ère de référence, les Ouddé (« peuple de la vallée ») descendent le fleuve Sabbéor, à la fois se mélangeant et repoussant vers le nord les peuples scériens. Les terres fertiles, l'abondance de sources d'eau douce et l'accès à la mer font de Kapousha un centre important entre les vastes territoires intérieurs et les peuplements côtiers. La ville prospère passe de dynastie en dynastie jusqu'à la première invasion scérienne qui prend possession de Kapousha en -49. Varfadèl parvient à libérer la cité et à repousser les scériens; l'an 1 est proclamé et le proto-empire de Kapie prend forme sous la dynastie de Varfadèl. En 129, le général Mavéor et le stratège Sabbékal, à la tête d'une rébellion qui tourne en guerre civile, détrônent Adzièr et proclament la fondation de l'empire kapien, basé sur les principes novateurs du libéralisme dans le nouveau contrat social *On Orrayò* (l'Empire). Commence alors une succession — parfois tumultueuse (quelques usurpateurs, une seconde invasion scérienne, la dynastie des Môx, la déroute démocratique de Dékalénò, etc.) — de règnes d'empereur jusqu'à l'époque du récit de Takané.

En 1030, Kapousha est une mégapole très dense de près de 11 000 000 d'habitants (kapiens, kapiennes) étalée sur un territoire d'environ 900 km^2. Son économie est très diversifiée : gouvernance provinciale et nationale, centre historique, culturel et touristique, services médiatiques d'importance, centre commercial et bancaire, centre majeur de logistique et de transport, centre d'industrie de pointe (automobile, aéronautique, informatique, science de la vie), centre majeur d'enseignement supérieur (six universités d'envergure).

Kapousha jouit d'un climat tempéré caractérisé par des hivers courts (fin décembre à février) et généralement doux (-5 °C à 2 °C) et d'un été étiré (mi-mai à fin septembre) et tiédi par la proximité à la mer (25 °C à 32 °C). L'été amène son lot d'orages et de fortes précipitations à l'occasion. Le printemps est long et agréable, procurant à la ville une longue période de temps clément (mi-mars à début juin) avant les grandes chaleurs estivales. Octobre est flamboyant et tiède jusqu'aux pluies froides de la fin novembre et du début de décembre. Les précipitations tournent habituellement en neige aussi tôt que la mi-décembre, alors que le reste de l'hiver est plutôt sec et ensoleillé, apportant peu d'accumulation au sol.

Kapousha-Düh
Arrondissement au sud de la cité qui fait partie de la première ceinture de Kapousha. Kapousha-Düh est incorporé et planifié lors de la forte expansion de la ville qui eut lieu durant la révolution industrielle.

Kapousha-Koh
Arrondissement pris entre la cité de Kapousha, au sud, et la baie de Kapousha, au nord. Ce quartier, fameux pour ses villas cossues, ses allées bordées d'arbres centenaires, le grand phare et son accès à la plage, est l'icône de la richesse et l'on y fait souvent allusion dans les propos péjoratifs qui visent une certaine classe supérieure.

Kapousha Mirò
Gare Centrale de Kapousha construite à l'extrémité nord-ouest de l'arrondissement Hagnimèh.

Kapousha Unlyabèka (Ka-youne)
Université de Kapousha. Le campus est situé sur le plateau de Nameulédò.

Kohèl
Le « Nord-Ouest » est un arrondissement de Kapousha, au nord d'Avèlbièro et à l'ouest de Kapousha-Koh.

Kostèno
Arrondissement de Kapousha situé aux abords du fleuve Sabbéor, face à la pointe nord de l'île d'Onéò. Il est parmi les plus vieux

arrondissements de la cité. Kostèno compte une multitude de points touristiques, de bâtiments et monuments historiques.

KPG (*Kapior Pannyèth Ganèn*)
Les « Médias Kapiens Unifiés » sont l'une des plus importantes maisons de disques du monde, devenu un conglomérat de différents médias au tournant du millénaire.

KT (*Kapior ténéguéò*)
Les autoroutes dont l'orientation est parallèle au fleuve Sabbéor sont numérotées par dizaine paire, alors que celles perpendiculaires sont numérotées par dizaine impaire. L'autoroute KT10, passant par Kapousha, relie Hédridzia, à la pointe nord-ouest, à Sèrra, au nord-est. L'autoroute principale transkapienne qui longe d'abord le Sabbéor et aboutit éventuellement à Dan-Nalan, est la célèbre KT20 dépeinte dans de nombreux *road movies*.

KTN (*Kapousha Thünèl Narouha*)
Le KTN est un stade multifonctionnel pouvant accueillir jusqu'à trente mille personnes selon les configurations (sports, concerts ou congrès). Le complexe est situé à l'échangeur des autoroutes KT30 et KT11, à l'extrémité ouest du centre-ville d'Hagnimèh.

Kiménora
Capitale du royaume nordique de Kiménie. Signifiant « racine des Dieux » en kiménore, elle est située près du soixantième parallèle, ce qui en fait la capitale la plus nordique du monde. Le fleuve Sessièn traverse la ville.

KXN (*Kapousha-Dzanafeur nikeulê*)
Aéroport international nommé d'après l'empereur Dzanafeur (955—970), sous lequel la construction et l'inauguration (959) de cet immense complexe aéroportuaire eurent lieu.

Lullamie
Pays qui borde le sud-est de la Kapie.

Mavéor
Premier empereur de Kapie (129—155). Il se proclame *Orrayor sé*

Kapior («Grand empereur des Kapiens») après avoir détrôné Adzièr au terme de la guerre civile. Aidé de Sabbékal, il énonce les principes novateurs du libéralisme dans le nouveau contrat social *On Orrayò* (l'Empire) et fonde le *Soskèt Désyil sé Blohdyò* (SDB; l'École spéciale du pouvoir). Après avoir consolidé la nation, Mavéor se concentre sur les structures de l'État et les infrastructures de l'empire naissant. Il lance la mise en place d'un réseau de forums (centre des affaires publiques), la construction de routes pavées et d'écoles.

Nameulédò
Arrondissement de Kapousha, où se situe l'Université de Kapousha. Il s'étale sur un plateau à 180 m d'altitude, d'une part surplombant la cité et d'autre part se trouvant au pied du mont Avèlbièro qui domine la ville de ses 413 m. Le boulevard Mavéor (Mavéor *onéguéò*) se termine sur le boulevard triangulaire du campus.

Nassèb
Province semi-autonome du sud-est de la Jubie.

Nésuvé Sé Yinth Dhassèi
L'hiver de nos cœurs est le fameux récit historique publié en 727 qui relate une tranche de l'invasion èspakienne de 305. L'histoire prend le point de vue des paysans kapiens assiégés, sur la route d'Oudzièh, à l'ouest de Dzin-Oudanth, et qui périssent l'un après l'autre. On y évoque l'effondrement de la civilisation, les souffrances humaines et la déchéance de l'homme. Il est bien connu que ce siège s'avéra une diversion alors que la stratégie principale de l'Èspakie fut de percer plus au sud, par Tonèl.

Oudéò
Arrondissement central de Kapousha situé sur la rive ouest du fleuve Sabbéor, face à l'île d'Onéò. Au pied de la colline impériale, Oudéò englobe le territoire de ce qui fut jadis le premier hameau de Kapousha, puis la vieille cité à l'intérieur de son rempart. Le quartier gouvernemental, avec le parlement, les ministères, les ambassades et la mairie, s'étale au sud du monticule où le palais impérial fut érigé.

Pics Blancs
Les Pics Blancs sont la chaîne de hautes montagnes qui délimite en

partie la frontière sud de l'empire kapien sur plus de mille kilomètres avec la Jubie. Certains sommets atteignent les 3000 m

Sagueudmèl

Prolifique poète kapien de l'ancienne époque classique, né vers -415 et décédé vers -370. Il vécut après l'essor de la dynastie du Sud qui fut une période riche pour Kapousha. Il est encore largement cité et fait partie des lectures à l'école primaire et secondaire.

Sabbèn

Grand arrondissement de Kapousha situé sur la rive est du Sabbéor. Il fait face à la majeure partie des quartiers centraux de la rive opposée (tout le vieux, l'île d'Onéò, le centre-ville d'Hagnimèh). Il a un lien direct vers la Gare Centrale via le pont Lèla *nèss*.

Scérie

Pays séparé de la Kapie au nord par la mer scérienne. La dernière invasion scérienne de la côte sud et de la baie de Kapousha remonte au début du quatrième siècle. Celle-ci est repoussée par l'armée kapienne dirigée par l'impératrice Lévaflannya, dite Lèla, qui, aux portes de la capitale scérienne, négocie la « paix de Lèla » (311) qui perdure au moment du récit de Takané.

Takà

Divinité fabuleuse de la mythologie kapienne, associée au tonnerre, à la foudre et à la fureur. La plus grosse planète du système solaire porte son nom, tout comme la journée *gôtak*.

Tcha

Soleil et divinité solaire, soit la principale de la mythologie kapienne. En tant qu'astre le plus brillant, le jour *gôsha* est nommé en l'honneur de Tcha. Les découvertes scientifiques modernes sur le soleil ne firent qu'amplifier son admiration par sa puissance démesurée et inimaginable à l'échelle humaine.

Térètmi

Empereur qui gouverna la Kapie de 705 à 730. L'histoire retient sa réforme de l'industrie de la construction et de la fondation de

Kapior-Bégotèth, ainsi que le traité d'indépendance de Forêt-Grise (720), toujours en vigueur.

UVK (*Unlyabèka Volluré ba Kapousha*)
Le campus de l'Université de province à Kapousha est situé dans l'arrondissement d'Hagnimèh, tout juste à l'est de la gare Kapousha Mirò.

Varfadèl
Libérateur de Kapousha en l'an 1. Il repousse l'occupation scérienne et, en s'associant au roi Habbèth d'Hédridzia qui meurt en l'an 4, il prend la gouverne de Kapousha (1—9) et entame la reconquête des contrées kapiennes.

Vidièr
Premier prince issu de la SDB, il remporte le concours de l'empereur Mavéor et devient le second empereur de Kapie (155—180). Il fonde la compagnie de construction Volluré Bégotèth pour l'exécution des grands travaux de reconstruction de la nation.

Vidièr nèss
Pont suspendu nommé en l'honneur de l'empereur Vidièr (153—181). Achevé en 975, il traverse le Sabbéor à son embouchure, entre les arrondissements Ganò sur la rive ouest et Kapafdzia sur la rive est. Il comporte six voies automobiles sur un palier inférieur, quatre voies ferrées et deux voies cyclables sur le palier supérieur. Sa travée centrale fait 950 m de long, il a une longueur totale de près de 1500 m et s'élève à 65 m au-dessus de l'eau ; ce qui en fait le plus grand pont de Kapie. Le second est le Lèla *nèss* (910 m) entre l'île d'Onéò et Sabbèn, cinq kilomètres et demi en amont. La vue de la cité d'un de ces deux ponts est tout simplement grandiose.

VMS (*Vovéllyà Miro Soud*)
Le VMS est un fonds gouvernemental créé à la naissance (ou à l'obtention de la citoyenneté) pour chaque Kapien. Un montant de 5 % du salaire est prélevé à même le salaire de l'employé auquel l'employeur contribue en parts égales. Il est possible de contribuer aux fonds de ses enfants avec un prélèvement additionnel. Ce fonds sert à alléger les coûts à débourser lors d'imprévu (services

gouvernementaux, soins de santé, éducation supérieure) ou lors de grandes dépenses (maison, voiture, retraite, etc.)

Yattal

Rivière qui traverse Kapousha dans l'axe Sud-Ouest-Nord-Est. Elle se jette dans le Sabbéor, à la pointe de Minonü, quelque deux kilomètres au sud de l'embouchure du Sabbéor dans la baie de Kapousha. Elle divise les arrondissements centraux des arrondissements de l'ouest. Elle prend sa source dans le Batlà, les plaines du plateau occidental, où elle sillonne les terres sur près de six cents kilomètres.

CARTES — *CIRCA* 1030

1. L'arrondissement de Kadeu

2. La cité de Kapousha

3. L'empire kapien

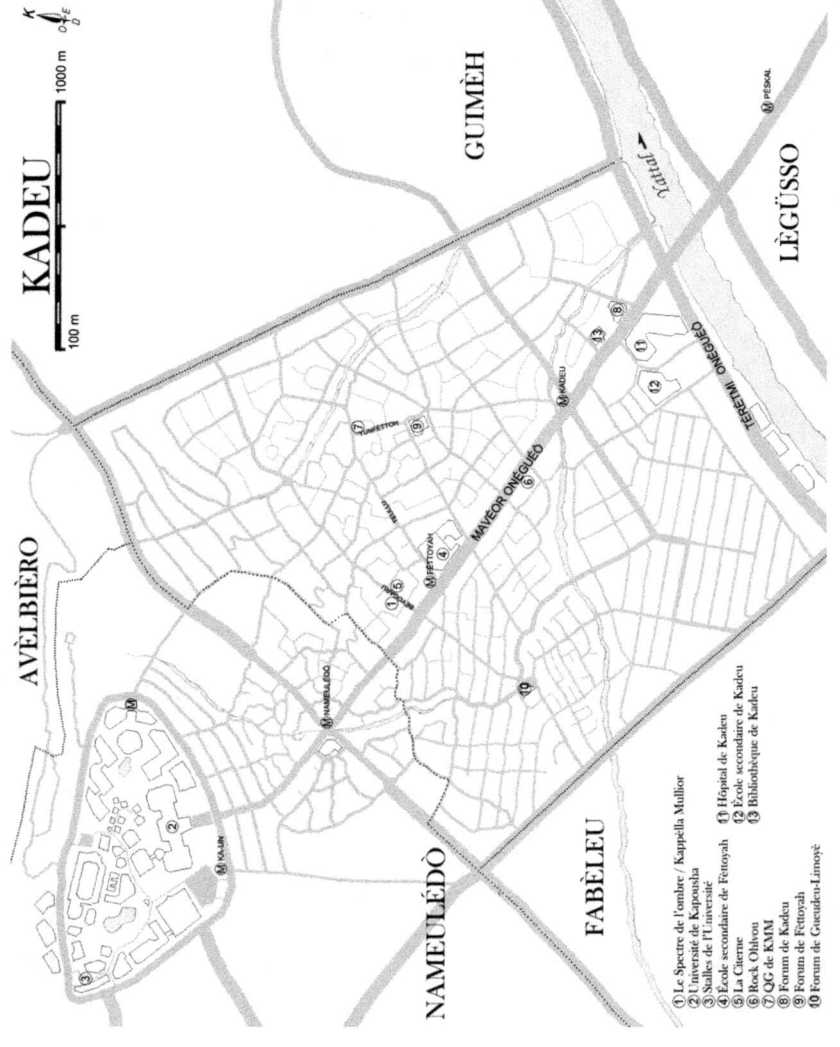

KADEU

100 m 1000 m

AVÈLBIÈRO

NAMEULÉDÒ

FABÈLEU

GUIMÈH

LÈGÜSSO

Vattaf

MAVÉOR ONEGUÈO

TERETMI ONEGUÈO

① Le Spectre de l'ombre / Kappella Mullior
② Université de Kapousha
③ Salles de l'Université
④ École secondaire de Fèttoyah
⑤ La Cierne
⑥ Rock Ohlvou
⑦ QG de KMM
⑧ Forum de Kadeu
⑨ Forum de Fèttoyah
⑩ Forum de Gueudeu-Limoyè
⑪ Hôpital de Kadeu
⑫ École secondaire de Kadeu
⑬ Bibliothèque de Kadeu

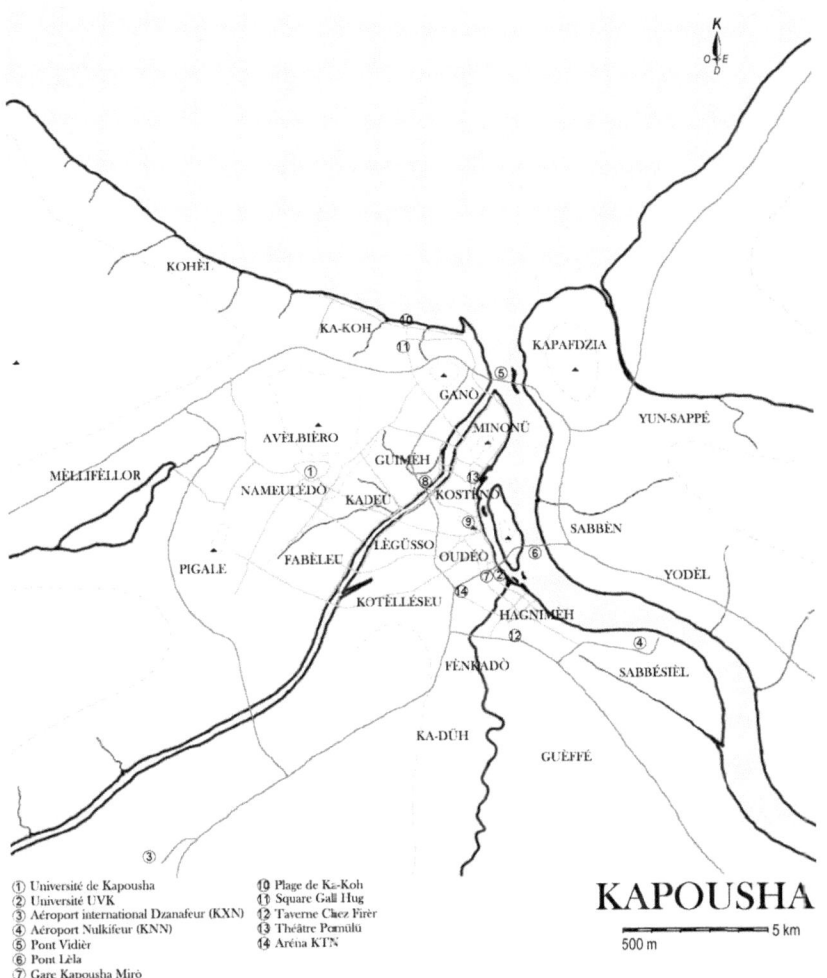

KOHÈI

KA-KOH ⑩

⑪

KAPAFDZIA

GANÒ ⑤

MINONǓ

YUN-SAPPÉ

AVÈLBIÈRO

MÈLLIFÉLLOR

① GUIMÈH

NAMEULÈDÒ ⑧ ⑬

KADÈǓ ⑧ KOSTÈNO

LÈGÜSSO ⑨

PIGALE FABÈLEU OUDÉO ⑥ SABBÈN

⑦ YODÈL

KOTÉLLÈSEU ⑭

HAGNIMÈH

⑫

FÉNKADÒ ④

SABBÉSIÈL

KA-DÜH

GUÉFFÉ

③

① Université de Kapousha
② Université UVK
③ Aéroport international Dzanafeur (KXN)
④ Aéroport Nulkifeur (KNN)
⑤ Pont Vidièr
⑥ Pont Lèla
⑦ Gare Kapousha Mirò
⑧ Gare Koh-Varfadèl
⑨ Palais impérial (Dafine Orrayor)

⑩ Plage de Ka-Koh
⑪ Square Gall Hug
⑫ Taverne Chez Firèr
⑬ Théâtre Pomülü
⑭ Aréna KTN

KAPOUSHA

500 m _____ 5 km

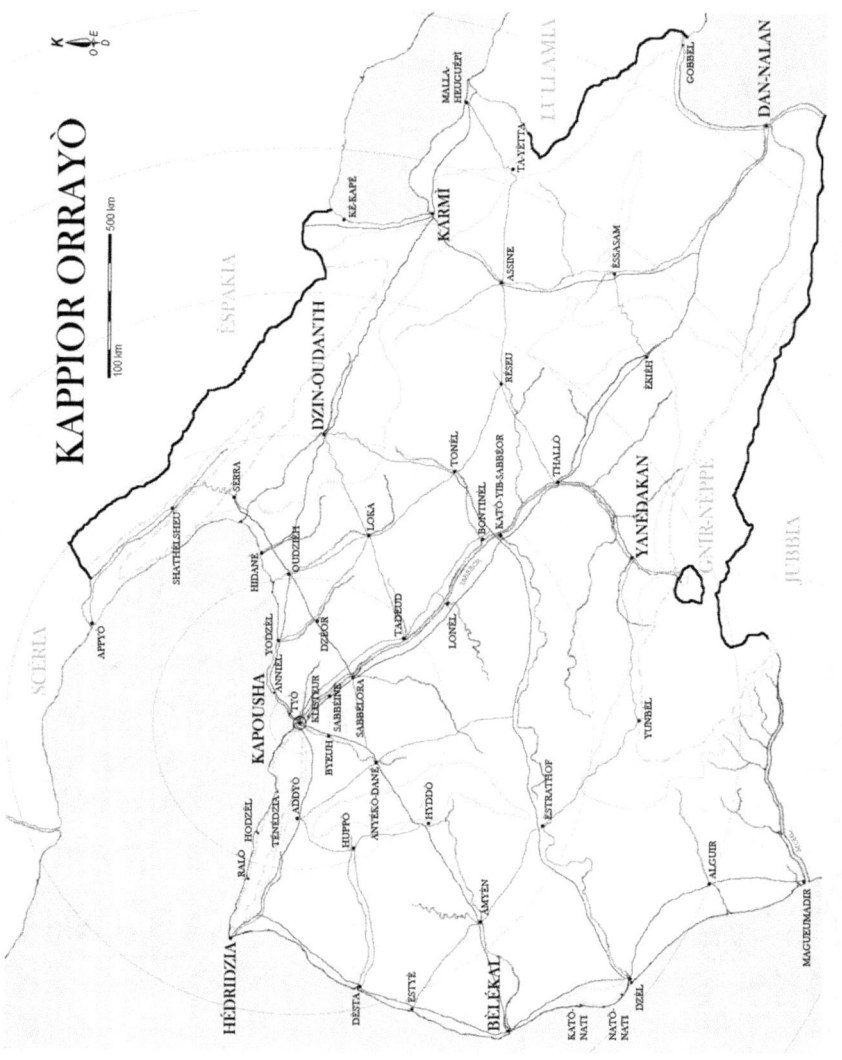

KAPPIOR ORRAYÒ

Mise en page : Les publications VIIN
Typographie : linuxlibertine.org

Cet ouvrage a été achevé d'imprimer
par CreateSpace, Charleston SC